Melissa Foster

Melodie der Liebe

Die Bradens in Peaceful Harbor

Die Autorin

Melissa Foster ist eine preisgekrönte *New-York-Times-* und *USA-Today-*Bestsellerautorin. Ihre Bücher werden vom *USA-Today-Bücherblog*, vom *Hagerstown Magazin*, von *The Patriot* und vielen anderen Printmedien empfohlen. Melissa hat mehrere Wandgemälde für das *Hospital for Sick Children*, eine Kinderklinik in Washington, D. C., gemalt.

Besuchen Sie Melissa auf ihrer Website oder chatten Sie mit ihr in den sozialen Netzwerken. Sie diskutiert gern mit Lesezirkeln und Bücherclubs über ihre Romane und freut sich über Einladungen. Melissas Bücher sind bei den meisten Online-Buchhändlern als Taschenbuch und E-Book erhältlich.

www.MelissaFoster.com

Melissa Foster

Melodie der Liebe

Die Bradens in Peaceful Harbor

LOVE IN BLOOM – HERZEN IM AUFBRUCH

Aus dem Amerikanischen von Usch Pilz

Die Originalausgabe erschien erstmals 2017 unter dem Titel
»Whisper of Love – The Bradens at Peaceful Harbor«
bei World Literary Press, MD, USA.

Deutsche Erstveröffentlichung
2019 bei World Literary Press, MD, USA
© 2017 der Originalausgabe: Melissa Foster
© 2019 der deutschsprachigen Ausgabe: Melissa Foster
Lektorat: Judith Zimmer, Hamburg
Umschlaggestaltung: Natasha Brown

ISBN: 978-1948868419

Für meine Mutter

Liebe Leserinnen und Leser

Nash und Phillip trug ich über ein Jahr lang im Herzen und konnte es kaum erwarten, sie mit Tempest zusammenzubringen. Alle drei sind etwas ganz Besonderes. Ich hoffe, Sie werden sich genauso heftig in sie verlieben wie ich.

Abonnieren Sie meinen Newsletter, bleiben Sie immer auf dem Laufenden über alle Neuerscheinungen:
www.MelissaFoster.com/Newsletter_German

Die Serien über die Bradens gehören zur Reihe »Love in Bloom – Herzen im Aufbruch«, meiner großen Sammlung von Liebesromanen, in denen Mitglieder des weitverzweigten Braden-Familienclans die Hauptrollen spielen. In allen Büchern treten immer wieder Figuren auf, die Sie aus anderen Bänden schon kennen. So werden Sie nie eine Verlobung, eine Hochzeit oder eine Geburt verpassen. Am Ende dieses Buches finden Sie eine vollständige Liste aller Serientitel sowie Hinweise auf geplante Neuerscheinungen.

Besuchen Sie auch meine »Reader Goodies«-Seite. Dort finden Sie einen Familienstammbaum, Serienübersichten, Erscheinungstermine und vieles andere (in englischer Sprache):
www.MelissaFoster.com/Reader-Goodies

Melissa Foster

Eins

»Es gibt zwei Arten von Menschen auf dieser Welt, Tempe.« Jillian Braden spazierte mit einem Glas in der Hand auf ihren himmelhohen Absätzen durch die Küche. »Solche wie mich, deren Gehirne nie zur Ruhe kommen, und solche wie dich, deren Gehirne ohne Schlaf nicht funktionieren.« Sie legte Tempest das weiche lilafarbene Tuch um den Hals und bauschte ihr das lange blonde Haar zurecht. Den Schal hatte sie für Tempests sechsjährige kleine Patientin gemacht, die gerade eine Chemotherapie durchstehen musste. »Ich liebe dich, wie du bist. Also mach dir keine Gedanken.«

»Ich möchte nur nicht, dass du mich für undankbar hältst.« Tempest stellte ihren Gitarrenkoffer ab und umarmte ihre zierliche Cousine, bei der sie in den letzten drei Wochen gewohnt hatte. »Danke für den Schal. Der wird ihr sicher gut gefallen.« Bewundernd betrachtete sie das Tuch und steckte es in ihre Tasche. Später am Vormittag würde sie es der kleinen Mary mitbringen.

Tempest war kürzlich aus ihrer Heimatstadt Peaceful Harbor in das eineinhalb Autostunden entfernte Pleasant Hill umgezogen und arbeitete hier nun stundenweise als Musiktherapeutin im Krankenhaus. Jillian hatte sie freundlicherweise fürs Erste bei sich wohnen lassen. Dabei waren sie und ihre Cousine so unterschiedlich wie Tag und Nacht. Die Modedesignerin Jillian verkaufte ihre ungewöhnlichen Kreationen in ihrer ebenso ausgefallenen wie exklusiven eigenen Boutique. An ihren Kollektionen arbeitete sie meist nachts, schlief nur hier und da ein paar Stunden und wirbelte dennoch energiegeladen durch ihre prallgefüllten Tage. Tempest hingegen funktionierte nur nach mindestens sieben Stunden Schlaf und mit Hilfe von viel Kaffee, Ruhe und Rückzugsmöglichkeiten.

Jillian trank ihre zuckerfreie Cola aus und stellte das leere Glas in die Spüle. Es war halb acht morgens und sie hatte die ganze Nacht an einem neuen Entwurf gefeilt. Leider lag ihr Atelier genau über dem Gästezimmer, in dem Tempest derzeit wohnte, und Jillian tanzte gern bei der Arbeit. Seit drei Wochen lebten sie jetzt unter einem Dach, und wenn Tempest nicht bald wieder ordentlich schlafen konnte, würde sie anstelle der ruhigen Melodien, die ihre Therapiepatienten brauchten, demnächst wutstrotzende Rocksongs schreiben.

»Was hast du denn jetzt vor?« Jillian bauschte noch einmal Tempests Haar.

Sie gehörte zu den Menschen, von denen man sich gerne anfassen ließ, sich freundlich und liebevoll berührt, aber niemals betatscht fühlte. Um diese Fähigkeit beneidete Tempe sie immer ein wenig. Sie selbst war nicht kühl, keineswegs, aber sie war eher zurückhaltend. Zurückhaltend im Leben, zurückhaltend mit ihren Gefühlen, zurückhaltend in allem, was sie tat und dachte. *Zu* zurückhaltend. Inzwischen war sie näher an dreißig als an zwanzig und fühlte sich nicht nur in ihrer kleinen Heimatstadt eingeengt, sondern zugegebenermaßen auch von ihrer eigenen bedachtsamen Art. Der Umzug nach Pleasant Hill sollte ihr helfen, beruflich neue Schwerpunkte zu setzen. Und vielleicht, nur vielleicht würde die neue Stadt sich auch positiv auf ihr brachliegendes Sozialleben auswirken. Zumindest wenn sie je genug Schlaf bekam, um ausgehen und Leute kennenlernen zu können.

»Ich suche mir ein günstiges, ruhiges Zimmer, bis ich weiß, ob aus meiner Geschäftsidee etwas wird, und ich mir etwas Eigenes leisten kann. Oder eben auch nicht«, sagte Tempest ein wenig niedergeschlagen. »Ich kann ja keine langfristigen Verträge unterschreiben, solange nicht klar ist, wie es hier für mich weitergeht.« Neben dem Teilzeitjob im Krankenhaus, wo sie die kleinen Patienten der Kinderabteilung mit ihrer Musik unterstützte, bot sie an zwei Tagen in der Woche im Gemeindezentrum Musikkurse für Vorschulkinder an. Irgendwann wollte sie ganz von solchen Kinderkursen leben können. Derzeit arbeitete sie an vielen Wochenenden auch noch weiter mit einer Patientin in Peaceful Harbor, deren Behandlung noch nicht abgeschlossen war.

»Ich bitte dich. Wenn die Mütter hier dich erst kennen, werden sie mit ihren Kindern Schlange stehen. Schau dir mal die Pinnwand bei Emmaline an. Dort hängen immer jede Menge Anzeigen. Ich wette, günstige Zimmerangebote sind auch dabei.« Jillian betrachtete in der Tür der Mikrowelle ihr Spiegelbild und strich sich den fransigen braunbordeauxfarbenen Pony aus dem Gesicht.

Emmaline O'Connor und Jillian waren zusammen aufgewachsen. Emmaline betrieb im Stadtzentrum ein Café, das passenderweise ihren Namen trug. Tempest ging gerne dorthin, denn mit seiner familiären Atmosphäre erinnerte es sie an zu Hause.

»Prima Idee. Im Emmaline's habe ich immer nur Kaffee oder ein Frühstück im Kopf. An die Pinnwand habe ich gar nicht gedacht.« Tempest nahm ihre Gitarre und hängte sich ihre Tasche um. »Alles Gute für deinen Entwurf.«

»Heute wird nichts mehr entworfen. Erst mal schlafe ich zwei Stunden, dann kommen ein paar Kundinnen zur Anprobe ins Geschäft.« Jillian machte sich auf den Weg zur Treppe. »Geh bloß nicht allein zu irgendwelchen zwielichtigen Vermietern. Ruf mich an, falls du dir ein Zimmer ansehen willst. Wenn ich keine Zeit habe, leihe ich dir gern einen meiner Brüder.«

Tempe lachte, während Jillians Stimme oben an der Treppe verhallte. Dem überentwickelten Beschützerinstinkt ihrer Cousine und ihrer Cousins würde sie wohl kaum entkommen. Dieser Charakterzug lag ihnen im Blut. *Genau wie mir die Zurückhaltung.* Sie begrub diesen Gedanken ganz weit unten, denn sie fürchtete, dass es schwer werden würde, ihre Über-vorsichtigkeit abzulegen. Und als ausgebildete Therapeutin wusste sie natürlich, dass sie ihrem Aufbruch zu neuen Ufern damit im Wege stand. Sie hatte ihre jüngere Schwester Shannon ermutigt, das Nest zu verlassen und nach Colorado zu ziehen. Inzwischen war Shannon verliebt bis über beide Ohren und wohnte mit ihrem Traummann Steve Johnson zusammen. Falls sie selbst sich irgendwann überwinden konnte, ein paar Risiken einzugehen, fand sie vielleicht eines Tages ebenfalls ihr Glück.

»Tempe!«, rief Jillian von oben.

»Ja?«

»Vergiss nicht, wir treffen uns morgen um fünf mit Jax und Nick in Tully's Taverne.«

»Ich arbeite bis fünf, also komme ich ein bisschen später.«

»In Ordnung. Aber nicht kneifen!«

Tempe verzog das Gesicht. Jillians Einladungen, sie zur Happy Hour zu begleiten, hatte sie in den letzten drei Wochen fast immer ausgeschlagen und lieber den Frieden und die Ruhe im Haus ausgekostet. Dabei war sie im Grunde sehr gerne mit ihren Cousinen und Cousins zusammen und Nick hatte sie seit Monaten nicht gesehen. »Ich komme. Versprochen. Und jetzt muss ich los!«

Es war Anfang September. Bald würden die Blätter ihr prächtiges Herbstkleid anlegen und sie würde ihre Pullover und Strickmützen aus dem Schrank holen. Mit dem Wind im Gesicht ging sie zu ihrem Wagen. Nach den heißen Spätsommertemperaturen hier in Maryland war die frische Brise eine willkommene Abwechslung. Tempest legte ihre Gitarre in den Kofferraum und setzte sich ans Steuer. Auf dem Weg in die Stadtmitte summte sie die Melodie des Liedes, das sie gerade für einen kleinen Jungen schrieb, der im Koma lag.

Während es in Peaceful Harbor herrliche lange Strände gab, lag Pleasant Hill inmitten einer weitläufigen Landschaft aus Hügeln und Wiesen. Viel größer als ihr Heimatort an der Küste war Pleasant Hill nicht, aber doch viel geschäftiger. Backsteinhäuser und schicke Geschäfte säumten die breiten, mit Backsteinen gepflasterten Gehwege. An fast jeder Ecke standen auf kleinen Rasenflächen Holzbänke unter Bäumen, die wohltuenden Schatten spendeten.

Tempe bog mitten im Zentrum in eine hübsche Sackgasse mit viel üppigem Grün ein und parkte hinter dem Café. Wieder einmal staunte sie über die vielen Luxuskarossen auf den städtischen Parkplätzen. Aus Peaceful Harbor war sie eher Pick-ups, Jeeps und Cabrios mit Sandhäufchen auf den Stoßstangen gewöhnt. Etwas wehmütig dachte sie an ihr ruhiges Apartment mit Blick aufs Wasser, wo sie oft draußen gesessen, Gitarre gespielt und dabei den Duft des Ozeans in der Nase gehabt hatte. Aber sicher würde es ihr auch hier gut gefallen, wenn sie irgendwann Zeit fand, die ganz andere Umgebung zu genießen. Sie hatte ein pralles Notizbuch voller Ideen für Liedertexte, brauchte aber unbedingt Ruhe und Muße, um weiter daran arbeiten zu können.

Tempe folgte einem Paar in das Café und atmete das köstliche Aroma frisch gerösteten Kaffees ein. Dazu kam der Duft von noch warmem, hausgebackenem Brot. Auf einer gigantischen Tafel waren mit pinkfarbener Kreide die Kaffeeangebote des Tages aufgelistet. Die Frühstückskreationen standen in Grün darunter, dazwischen gab es fröhliche kurze Sprüche in Blau. »Finde deinen Glücksort« stand da. Und: »Erschaff dir dein Leben!« Gemälde von Künstlern aus der Region schmückten die sonnengelben Wände. Der schmale Raum war mit runden Tischchen möbliert. Im hinteren Teil führte eine Wendeltreppe zu einer Galerie mit weiteren Sitzplätzen. In dem Café war immer viel los, sonst hätte sie ihre Lieder vielleicht hier schreiben können.

»Morgen, Tempe.« Emmaline, eine quirlige Brünette, winkte ihr von der Theke aus zu, wo sie gerade einen Kaffee zubereitete. »Jilly hat mir vor ein paar Minuten geschrieben. Die Pinnwand ist dort drüben.« Sie zeigte auf eine Korktafel voller Zettel und Notizen in der Nähe der Kasse.

»Danke.« Tempe schüttelte den Kopf über ihre übereifrige Cousine und schob sich um ein älteres Paar und eine Gruppe Frauen herum, um besser auf die Pinnwand sehen zu können. An bunten Reißzwecken hingen dort alle möglichen Jobangebote, Zimmeranzeigen und allerlei Zu-verkaufen-Aushänge. Ein Flyer, auf dem die Eröffnung der Kinderabteilung einer Kunstboutique angekündigt wurde, stach ihr ins Auge. Sie riss sich einen der Papierstreifen mit Uhrzeit, Datum und Adresse ab und steckte ihn in ihre Handtasche. Vielleicht konnte sie der

Inhaberin vorschlagen, bei der Eröffnung Gitarre zu spielen. Sie musste für ihre Kindermusikkurse werben und Netzwerken war das A und O. Tempe ging auf, dass das Café der perfekte Ort sein könnte, um vielbeschäftigte Mütter auf sich aufmerksam zu machen, die für eine Pause unter der Woche sicher dankbar waren. Es konnte nicht schaden, ein paar Flyer zu drucken und sie hier und anderswo in der Stadt zu verteilen.

Von einem Aushang für ein Herbstkonzert riss sie ebenfalls einen Streifen ab. Offenbar gab es hier jede Menge Gelegenheiten, ihre Arbeit bekannt zu machen, und außerdem einiges zu unternehmen – vorausgesetzt sie fand einen Ort, wo man sie schlafen ließ. Zwischen einem Zettel mit einem gebrauchten Auto und einem Aufruf zum Blutspenden lugte ein weißes, mit Buntstiften umrandetes Blatt Papier hervor. Von den süßen kindlichen Verzierungen angezogen, schob sie die anderen Zettel beiseite und las den in einer fahrigen Schrift verfassten Aushang. *Zimmer frei. Ruhige Umgebung. Keine College-Kids. Keine Partys.*

Das klang perfekt.

»Jilly sagt, du suchst ein Zimmer.« Emmaline drückte ihr einen Kaffeebecher in die Hand.

Tempest musste nicht erst probieren, um zu wissen, dass es ihre Lieblingssorte war. Ein Vanille-Latte mit einem Touch Caramel. »Ja, und es soll günstig und ruhig sein.«

»Etwas Günstiges«, sagte Emmaline, »findest du eher am Stadtrand. Ist Jillys verrückter Arbeitsrhythmus dir auf die Nerven gegangen? Ich könnte wetten, das Mädel hat seit der Highschool nicht mehr geschlafen.«

Tempest lachte. »Sie ist wirklich ein Energiebündel und ich brauche einfach meine Ruhe. Deshalb ...« Sie zeigte auf das Angebot, das ihr Interesse geweckt hatte. »Das hier sieht recht vielversprechend aus.«

Emmaline schnalzte leise mit der Zunge. »Die meisten Leute, die hier Zettel anpinnen, kenne ich persönlich. Aber über den Typ, der *den* aufgehängt hat, weiß ich nicht viel. Er ist ziemlich verschlossen. Hat einen süßen kleinen Jungen, aber … Ach, ich weiß nicht.«

»Denkst du, mit ihm stimmt irgendwas nicht?«

»Schwer zu sagen.« Emmaline beugte sich näher und raunte: »Er ist ein *Künstler*«, als ob das ihre Bedenken erklären würde. »Er lebt zurückgezogen am Stadtrand. Viel mehr kann ich dir nicht sagen. Er ist einfach nur … Ach, keine Ahnung. Vielleicht bin ich ein bisschen zu kritisch. Ich finde ihn mysteriös. Ja, ich glaube, das ist der richtige Ausdruck.«

Tempest atmete auf. »Ein zurückgezogen lebender, mysteriöser Künstler mit einem süßen Kind? So einer könnte der perfekte Hausgenosse für mich sein.«

Sie plauderten noch eine Weile, und Tempest versprach, Jillian von Emmaline zu umarmen. Dann ging sie zu ihrem Wagen und rief die Nummer auf der Zimmeranzeige an.

»Ja?« Eine tiefe, etwas barsche Stimme tönte aus der Leitung.

»Hi.« Der abweisende Ton überraschte Tempest, doch sie wollte keine voreiligen Schlüsse ziehen. »Ich rufe wegen des Zimmers an. Ist es noch zu haben?«

»Ja. Es ist ein einzelnes Zimmer bei uns im Haus. Vierhundertfünfzig pro Monat. Sie sind keine College-Studentin, oder?«

»Nein. Und Sie hoffentlich kein Serienkiller.«

Einen Moment lang herrschte Stille und sie hielt den Atem an. *Mr. Ruppig ist offenbar nicht zu Scherzen aufgelegt.*

»Nein, heute mal nicht.«

Seine Stimme klang so stark und gleichzeitig so düster, dass sie nun doch erwog, sich von Jillian begleiten zu lassen. *Der Typ hat an einem öffentlichen Ort einen Zettel aufgehängt und laut Emmaline hat er einen kleinen Sohn. Sicher verscharrt er auf seinem Grundstück am Stadtrand keine Leichen.* Sie dachte an ihren Cousin Nick, einen von Jillians älteren Brüdern, der genauso brummig sein konnte, wie dieser Mann sich anhörte, aber keiner Fliege etwas zuleide tun würde. Es sei denn, jemand bedrohte seine Familie. Dann konnte man für nichts garantieren.

»Möchten Sie sich das Zimmer ansehen?«, fragte er.

»Gern.« Ihr Herz hämmerte wie wild. Sie vereinbarten einen Termin nach ihrer Arbeit im Krankenhaus, tauschten ihre Namen aus und sie notierte sich die Adresse. »Prima. Dann bis heute Abend.« Das Smartphone behielt sie nach dem Anruf gleich in der Hand. Für eine kurze Onlinerecherche. Sie gab *Künstler Nash Morgan* in das Suchfeld ein.

Die wenigen Artikel, die sie fand, waren über vier Jahre alt. Darin wurden einige seiner Werke beschrieben, die in Galerien an der Ostküste zum Verkauf standen. Die Abbildungen der detailreichen Skulpturen aus Holz und Metall fand sie atemberaubend. Sie suchte nach noch älteren Artikeln und hoffte auf ein Foto des talentierten Künstlers. Doch das einzige im Netz auffindbare Bild war mehr als zehn Jahre alt. Nash Morgan saß in verwaschenen Jeans und einem grauen T-Shirt auf der Motorhaube eines Pick-ups. Am Handgelenk trug er mehrere Lederbänder und an seinem rechten Ringfinger schimmerte ein silberner Ring. Unter einer Washington-Nationals-Baseballmütze lugte straßenköterblondes Haar hervor. Er hatte einen kleinen, schönen Mund, der sich an den Mundwinkeln nach oben kräuselte, und frische Stoppeln auf

Kinn und Wangen. Die Wimpern an seinen eher kleinen, dunklen Augen waren so dicht, dass sie fast wie angeklebt wirkten.

Künstler und dann auch noch gut aussehend, eine unwiderstehliche Kombination.

Sie legte ihr Telefon auf den Beifahrersitz und sagte sich, so sollte sie über den Mann, der ihr Vermieter werden könnte, nicht denken. Auf dem Weg zum Krankenhaus sah sie ihn trotzdem immer wieder vor sich. Dass der freundlich blickende Typ auf dem Foto und der abweisende Kerl, mit dem sie gerade gesprochen hatte, ein und dieselbe Person sein sollten, wollte ihr nicht in den Kopf.

Nash Morgan schob seinen dreijährigen Sohn Phillip auf seiner Hüfte zurecht, griff hinter sich und schloss das Tor. Die Hühner stoben gackernd und flügelschlagend auseinander. Er stellte Phillip auf den Boden, und sein Sohn schüttelte den Kopf und zuckte die Achseln, als würden sie das schon seit zwanzig Jahren machen und er fände es unfassbar, dass die Hühner immer noch davonliefen. Nash wuschelte dem Kleinen durch die wilden, dunklen Locken, was ihm einen ernsten, erwartungsvollen Blick einbrachte. Phillip streckte die Hand aus, und Nash freute sich über den Eifer, mit dem sein Sohn stets die allabendlichen Aufgaben anging. Aus seinem großen Eimer reichte er ihm einen kleinen und nickte in Richtung des Hühnerstalls.

Phillip erwiderte das Nicken und stapfte in seinen Gummistiefeln in den Verschlag, um die Eier einzusammeln.

Nash rückte seine Baseballmütze zurecht und hörte zu, wie sein Sohn ein Ei nach dem andern mit einem »Hm-hm« in den Minieimer legte.

Er holte tief Luft und hoffte zum millionsten Mal, dass er genügend für seinen Kleinen tat. Er war Phillips einziges Elternteil. Oder vielmehr das einzige, das ihn haben wollte. Immer wenn er sich diese Tatsache bewusst machte, überkam ihn ein Gefühl, als würde jemand mit den Fingernägeln über eine Schultafel kratzen.

Sein Telefon klingelte und Larry Roberts Nummer erschien auf dem Display. Nash stieß einen Fluch aus. Larry besaß eine Galerie in North Carolina und hatte ihm zu seinem Durchbruch verholfen – dem Erfolg, der ihm in seinem Künstlerleben noch viele weitere hätte bescheren sollen. Doch nach Phillips Geburt hatte er nur noch wenige Auftragsarbeiten annehmen können. Larry eröffnete gerade eine weitere Galerie in Virginia und wollte dort gern ein paar von Nashs Arbeiten anbieten. Nash hatte ihm bereits gesagt, dass daraus nichts werden würde, aber Larry ließ nicht locker.

Er schluckte den bitteren Geschmack der Enttäuschung hinunter, ließ den Anruf auf die Mailbox laufen und schaute hinüber zu der Scheune, in der er sich eine Schreinerwerkstatt eingerichtet hatte. Dort stellte er die Möbel her, die er in der Stadt verkaufte. Seine Künstlerwerkstatt hatte er vor fast drei Jahren abgeschlossen und seine unvollendeten Stücke dort eingelagert. Falls es ihm je gelang, sie fertigzustellen, waren sie sicher absolut galerietauglich. *Tagträume.* Eine Zeit lang hatte er nicht nur Träume gehabt, sondern sie sogar gelebt. Aber das war lange her, und es war sinnlos, sich über etwas den Kopf zu zerbrechen, was einfach nicht sein konnte. Oder vielleicht erst, wenn Phillip viel älter war.

Gebückt trat er ebenfalls in den Hühnerstall und schaute nach, ob die Tiere genügend Futter und Wasser hatten. Dann überprüfte er die Nester und sammelte die wenigen Eier ein, die Phillip übersehen hatte. Phillip lehnte sich an sein Bein und gähnte. Dass jemand sein Kind nicht von ganzem Herzen liebte, war für Nash kaum vorstellbar. Aber Phillips Mutter Alaina war drei Monate nach der Geburt ihres Sohnes gegangen. Sie hatte Nash das alleinige Sorgerecht überlassen und er hatte nie wieder etwas von ihr gehört. Kein Tag verging ohne Sorge, welche Folgen das Verschwinden der Mutter für seinen Sohn haben würde. Ans Licht würden sie vermutlich erst viel später kommen.

»Gut gemacht, Phillip.« Er sprach den Namen seines Sohnes so schnell aus, dass er fast wie »Flip« klang. Dann setzte er den Eimer ab, legte die Arme um seinen Jungen und flüsterte ihm ins Ohr. »Ich hab dich lieb, kleiner Mann.« Er küsste ihn auf die Wange, dann schwang er ihn herum und wurde mit dem süßesten nur denkbaren Kichern belohnt.

Nash nahm die Eimer und machte sich auf den Weg zu den Ziegen. Big und Little liefen hinter ihm und Phillip her, als sie wie jeden Abend gemeinsam den Ziegenstall ausfegten. Phillip füllte, genau wie sein Vater, einen Wassereimer und begleitete jeden Handgriff mit einem »Hm-hm«. Nash warf einen Becher Hafer in die Krippe und wartete, während Phillip dasselbe tat. Big knabberte an Phillips Shirt und der Junge beugte sich hinab und küsste die Ziege auf den Kopf.

»So, fertig, Kumpel.« Nash war im ländlichen Virginia aufgewachsen. Die meisten seiner Freunde hatten auf einer Farm gelebt, und er war fest überzeugt, dass der Umgang mit Tieren Phillip Verantwortungsbewusstsein lehren würde. Zudem liebte der Kleine Tiere aller Art, von Eichhörnchen über

Ziegen bis hin zu Würmern. Nash war das nur recht. Seiner Erfahrung nach konnte man Tieren viel eher trauen als Menschen.

Das Geräusch von Reifen auf dem Kies der Einfahrt ließ ihn aufblicken. Er nahm Phillip auf den Arm, schloss das Ziegengehege und schnappte sich die Eimer.

»Besuch«, sagte er und stapfte mit Phillip Richtung Haus. Dabei fiel sein Blick auf den Prius, der hinter seinem alten Pickup parkte. Einen so durstigen Truck fuhr er nur ungern, aber er brauchte die Ladepritsche für den Transport seiner Möbelstücke. Nash hoffte, dass Tempest Braden, die Frau mit dem Hybridfahrzeug, die sich das Zimmer ansehen wollte, keine fanatische Bäume-Umarmerin war. Verdammt, er hoffte, sie war von der stillen Sorte, damit er so tun konnte, als würde sie gar nicht bei ihnen wohnen.

Phillip runzelte die Stirn und schlang die Arme fest um Nashs Hals. An Besucher war er nicht gewöhnt, und die Interessenten, die das Zimmer bislang besichtigt hatten, hätte Nash nur ungern in die Nähe seines Sohnes gelassen. Sie waren zu forsch und viel zu laut gewesen oder hatten einen wenig vertrauenerweckenden, flatterhaften Eindruck gemacht. Er wünschte sich einfach eine ruhige, verlässliche Person, die pünktlich ihre Miete zahlte, damit er ein paar neue Werkzeuge anschaffen und etwas für Phillips Zukunft zurücklegen konnte. Nash hielt den Kleinen ein wenig fester, dann ging er der hochgewachsenen blonden Frau entgegen, die gerade aus ihrem Auto stieg.

Der federleichte Rock flatterte ihr um die Knie. Große pinkfarbene Rosen mit blassgrünen Blättern sahen aus wie zufällig auf den dünnen weißen Stoff gestreut. Der Rocksaum war mit einer Spitzenborte besetzt. An einer anderen Frau hätte dieses verspielte Kleidungsstück wahrscheinlich mädchenhaft gewirkt. Aber sie hatte unendlich lange Beine, trug zu dem Rock ein kurvenumschmeichelndes, ärmelloses Top und sah aus, als wären Süß und Sexy an der Kreuzung auf die sündige Versuchung geprallt.

Als er näherkam, drehte sie sich zu ihm um. Nash blieb wie angewurzelt stehen. Die Strahlen der tief stehenden Sonne ließen ihr langes Haar in verschiedenen Blondtönen schimmern. Es fiel ihr stufig über die Schultern. Ihre Nase zeigte ein klein wenig nach oben und sie hatte ein reizendes rundes Kinn. So viel natürliche Schönheit hatte er noch nie gesehen.

Sie legte den Kopf schief und lächelte. »Nash?«

Er musste sich kurz schütteln, um wieder klar denken zu können. Dann zwang er seine Beine, sie zu ihr zu tragen. »Ja. Tempest?«

Sie ging ihm den Hügel hinauf entgegen. »Danke, dass ich heute gleich kommen durfte.« Sie spähte in die Eimer. »Ich hoffe, ich störe nicht.«

»Wir sind gerade mit der Abendrunde fertig. Haben Sie uns gut gefunden?« Aus der Nähe war sie sogar noch schöner. Ihr Haar war ein wenig zerzaust, so als hätte sie es den ganzen Tag über nicht gebürstet, und in ihren hellblauen Augen glitzerten kleine weiße Sprenkel um die Pupillen wie Sternenstaub. Dass eine Frau Nashs Aufmerksamkeit erregt hatte, war lange her, und er mahnte sich zur Zurückhaltung. Auf keinen Fall wollte er Phillips Leben unnötig verkomplizieren. Noch nicht einmal für eine Frau mit derart spektakulären blauen Augen.

»Ja. Ihre Beschreibung war perfekt.« Sie lächelte Phillip an. Als sie weitersprach, wurde ihre Stimme weich wie eine Sommerbrise. »Wie heißt du denn, du kleiner Schatz?«

Phillips Finger gruben sich in Nashs Hals. Nash nickte ihm

ermutigend zu.

»Flip«, antwortete Phillip.

Tempests Augen weiteten sich amüsiert. »Flip? Das ist ein ungewöhnlicher Name.« Ihr schönes Lächeln ließ ihr Gesicht leuchten. »Ich bin Tempest, aber alle nennen mich Tempe. Schön, dich und deinen Dad kennenzulernen.«

Als sie ihr Lächeln Nash zuwandte, wurde ihm heiß. Er liebte das Meer und wusste, dass das Wort *Tempest* einen gewaltigen Sturm beschrieb, den alle Seeleute fürchteten. Welche Art Sturm diese liebenswerte Schönheit mit der sanften Stimme entfachen konnte, ahnte er bereits. Aber sich einfach mitreißen zu lassen, durfte er sich nicht erlauben.

»Mein Sohn heißt eigentlich Phillip.« Das sagte er schneller als beabsichtigt und merkte, dass der Name sich deshalb auch aus seinem Mund wie *Flip* anhörte. Zudem hatte seine Antwort deutlich unfreundlicher geklungen als geplant. In seinem Bemühen, der Anziehungskraft dieser Frau zu widerstehen, erschien er vermutlich wie ein echter Kotzbrocken.

»Okay. Flip.«

Wenn sie ihn sagte, klang der Name so süß, dass er sie nicht korrigieren wollte.

»Flip«, wiederholte Phillip.

»Kommen Sie. Ich zeige Ihnen das Zimmer.« Auf dem Weg ins Haus umwehte ihn ein Hauch ihres blumigen Parfüms. Es war lange her, dass er etwas so Feminines gerochen hatte. Vielleicht war es doch keine so gute Idee, jemanden bei ihnen einziehen zu lassen.

Zwei

Augen, die sich ein wenig verhärteten, *und* Vater? Das bewahrte sie immerhin vor allzu prickelnden Fantasien über das appetitliche, etwas über eins neunzig große Prachtstück, das sie jetzt in sein Haus führte. Mit seinen Wikingerbeinen und Schultern, die dazu gemacht schienen, die ganze Welt zu tragen, sah dieser Nash einfach umwerfend aus. Aber bei verheirateten Männern blieb sie auf Distanz. Zudem strahlte er geradezu fühlbar eine innere Anspannung aus.

Er ging ihr voran durch ein rustikales Wohnzimmer mit wunderschönen selbstgezimmerten und mit detailreichen Schnitzereien verzierten Möbeln. Die abgewetzten Holzdielen hatten allerdings schon bessere Tage gesehen und die Wände waren schmerzhaft kahl. Zwischen zwei Bücherregalen gab es einen rußgeschwärzten offenen Kamin. Auf den Regalbrettern drängten sich Bücher und Spielzeug. Ein Couchtisch voller Spielsachen stand vor einem Ledersofa. Über der Armlehne hing eine weiche Kinderdecke, und eine Vertiefung im Polster verriet, wo Nashs Lieblingsplatz war. Tempe stellte sich vor, wie er und Flip auf dem Sofa zusammen kuschelten. Ein würziger Duft nach Holz und Mann hing in der Luft.

»Augenblick.« Er verschwand mit seinem Sohn durch die

Küchentür links in der Diele. Sie hörte Wasser laufen und nahm an, dass die beiden sich die Hände wuschen. Eine Minute später stand Nash ohne die Eimer wieder vor ihr und forderte sie mit einer Geste auf, ihm ins obere Stockwerk zu folgen.

Seine Rückenmuskeln zeichneten sich unter dem weißen T-Shirt ab. Flip spähte über die Schulter seines Vaters. Er hatte eine fast kastanienbraune Haut und den süßen Babyspeck noch nicht ganz verloren. Dunkle Locken fielen ihm in die Augen und bis auf den Kragen seines Shirts. Er und sein Vater hätten beide einen Haarschnitt vertragen können, doch das etwas zu lange Haar machte den Kleinen noch niedlicher, und wie es so unter der roten Baseballmütze hervorlugte, milderte es die Kantigkeit des Vaters ein wenig. Tempest fragte sich, ob das dieselbe Mütze war, die sie auf dem Foto im Internet gesehen hatte.

»Ich habe gelesen, Sie sind Künstler und machen Skulpturen. Haben Sie die Möbel im Wohnzimmer auch selbst geschreinert?« Am Ende der Treppe erreichten sie einen schmalen, kahlen Flur. Von dekorativen Elementen hielt er offenbar nicht viel.

Seine Lippen öffneten sich zu einem überraschten Ausdruck. »Sie haben sich über mich schlaugemacht?«

»Bevor eine Frau allein zum Haus eines Fremden fährt, sichert sie sich ein bisschen ab.« Sie hätte gern gewusst, weshalb es keine aktuellen Artikel über ihn gab, aber offenbar war ihm sehr daran gelegen, seinen Sohn und ihre gemeinsame Privatsphäre zu schützen.

»Das ist vermutlich schlau. Ja, die Möbel sind von mir.« Er zeigte auf eine Tür am Ende des Flurs.

Im Vorbeigehen warf sie einen Blick durch die offene Tür eines anderen Zimmers. An der Wand stand ein Kinderbett, die

Kopfstütze war liebevoll mit Schnitzereien verziert. Auf einer großen Kommode neben dem Fenster stand eine Lampe. Auf einem plüschigen blauen Teppich in der Zimmermitte lag ein kleiner Berg Spielzeug, vorwiegend Plastikwerkzeug und Tiere aus Plastik und Holz. Doch viel mehr faszinierte sie, was sie weiter links im Zimmer entdeckte. Dort saßen naturgetreu geschnitzte Eichhörnchen auf den Ästen einer Baumskulptur, die wirkte, als wäre sie hier an Ort und Stelle aus dem Boden gewachsen. Nahezu lebensgroße geschnitzte Waschbären, Bären, Vögel und spielende Hirsche verschönerten die Wand dahinter und verwandelten den Raum in einen Zauberwald. Die unzähligen Arbeitsstunden, die in den hölzernen Tieren steckten, waren nichts im Vergleich zu der Liebe, die Nash offensichtlich in die Stücke hatte einfließen lassen. Verstohlen warf sie einen Blick über die Schulter auf den hochgewachsenen, finster blickenden Vater, der sich ganz auf seinen Sohn konzentrierte. Stumme Botschaften, die sie nicht lesen konnte, flogen zwischen den beiden hin und her.

Tempest ging weiter zu der Tür am Ende des Flurs. Der mysteriöse Mann, der ihr folgte, machte sie immer neugieriger. Sein Verhalten und seine Wikingerstatur ließen ihn hart erscheinen, doch immer wieder bemerkte sie Momente voller Weichheit im Umgang mit seinem Sohn.

Sie schob den Gedanken beiseite und betrat ein gemütliches, L-förmiges Zimmer. Mit den in gedämpftem Weinrot gestrichenen Wänden hätte es düster wirken können. Doch eine gläserne, von cremefarbenen Vorhängen umrahmte Doppeltür führte hinaus zu einem Balkon an der Rückseite des Hauses. Ein Bett, eine Kommode und ein Nachttisch standen im linken Teil des Zimmers. Unter der Fensterreihe in der Nische auf der rechten Seite befand sich eine schöne alte Badewanne mit

Klauenfüßen. Von der Wanne aus konnte man sicherlich durch die Balkontür direkt hinaus in den Garten sehen. Tempest stellte sich vor, wie sie sich hier nach einem langen Arbeitstag bei einem warmen Bad entspannte. Das Zimmer war nicht sehr groß, doch es hatte einen altmodischen Charme und die Klauenwanne gab ihm einen luxuriösen Touch.

»Kann man darin wirklich baden?« Sie ging über den Dielenboden, um sich die Wanne anzusehen. Sie war blitzsauber, nur der Hahn war alt und verrostet.

»Nein.« Nash zeigte mit dem Daumen über die Schulter. »Das Badezimmer ist den Flur entlang.«

Sie versuchte, ihre Enttäuschung zu verbergen. »Wohnen Sie schon lange hier?«

Mit zarter Hand strich er über Flips Rücken. »Etwa vier Jahre.«

Tausend Fragen schossen ihr durch den Kopf. Vermietete er das Zimmer zum ersten Mal? Brauchte er Geld, weil er eine kostspielige Scheidung hinter sich hatte? Hatten die Eltern das gemeinsame Sorgerecht für Flip? Und wie kam der Kleine zu diesem Namen? War er in der Familie üblich? Oder handelte es sich um einen Spitznamen? Sie beschloss, sich erst einmal mit dem Zimmer zu beschäftigen und weniger mit den Gründen, weshalb es vermietet wurde. Auch über den Namen des niedlichen Jungen und die Mutter des Kleinen sollte sie jetzt eigentlich gar nicht nachdenken. *Eins nach dem anderen.*

Das Zimmer war etwas dunkel, eher klein, und ein eigenes Bad wäre ihr lieber gewesen. Trotz allem machten dieser Raum und das Haus insgesamt einen heimeligen Eindruck. So als hätte Nashs Liebe für seinen Sohn die Räume und das Mauerwerk ganz und gar durchdrungen. Aus dem Augenwinkel sah sie, wie er Flip einen Kuss auf die Stirn drückte. Bei einem so stillen

Mann zu wohnen, würde ihr sicher die nötige Ruhe geben, um Lieder schreiben und Pläne für das nächste Treffen der Girl-Power-Mädchengruppe ihrer Schwägerin Leesa in Peaceful Harbor machen zu können. Leesa bei ihrer Arbeit zu unterstützen, machte Tempe riesigen Spaß.

»Darf ich?« Sie zeigte auf die Balkontür.

Geschmeidig schob sich Nashs muskulöser Körper an ihr vorbei. Seine große Hand verschluckte den Türgriff. Er öffnete das Schloss und hielt ihr die Tür auf. Unwillkürlich fragte sie sich, ob das eher auf einen Kavalier oder auf einen Kontrollfreak hindeutete. Schwer zu sagen. Sein perfekter Mund war zu einer so ernsten Linie zusammengekniffen, dass in ihr der Ehrgeiz erwachte, ihm ein Lächeln zu entlocken. Ein Lächeln wie auf dem Internetfoto, das ihr nicht mehr aus dem Kopf ging. Ohne das straßenköterblonde Haar, den silbernen Ring an seiner rechten Hand und die Lederbänder am Handgelenk hätte sie ihn nicht unbedingt für den Mann auf der Aufnahme gehalten.

Sie trat hinaus auf den Balkon und spürte seine Gegenwart hinter sich, als wäre ein großer Hütehund bei ihr. Nash mochte ein wenig wortkarg sein, doch sein ruhiges, selbstbewusstes Auftreten gab ihr ein Gefühl von Sicherheit. Vermutlich erinnerte sie das unterschwellig an den ausgeprägten Beschützerinstinkt ihrer Brüder.

»Das Grundstück endet bei den Bäumen dort drüben«, sagte er etwas freundlicher.

Der herrliche Blick ins Grüne nahm ihr den Atem. Ein üppig wuchernder Wald schirmte Haus und Garten gegen den Rest der Welt ab. Dabei waren die Nachbarn sowieso ziemlich weit entfernt. Bis zu den nächstgelegenen Wohnvierteln am Stadtrand fuhr man gut und gerne fünfzehn Minuten. Tempests Ruhebedürfnis kam das sehr entgegen. Im Garten und am

Waldrand blühten bunte Wiesenblumen. Ein paar Schritte vom Haus entfernt stand ein stabiler, aus groben Planken gezimmerter Picknicktisch, darauf ein umgestülpter Eimer. Ein kleines Stück weiter gab es eine Feuerstelle, die aussah, als wäre sie erst kürzlich benutzt worden. Nach links fiel das Grundstück ein wenig ab. Dort stand neben einem Gehege für irgendwelche Tiere, die gerade nicht zu sehen waren, das Hühnerhaus. In der Nähe der Landstraße stand am Fuß des Hügels eine große Scheune. Der Balkon nahm die gesamte Breite des Hauses ein. An beiden Enden gab es fest eingebaute Sitzbänke. Auf der anderen Seite des Hauses entdeckte Tempest eine weitere, etwas kleinere Scheune, einen Teich, den sie von der Straße aus nicht gesehen hatte, und einen großen Gemüsegarten. Bei der Vorstellung, wie gut sie sich in dieser Umgebung nach einem langen Arbeitstag entspannen könnte, machte ihr Herz einen kleinen Freudenhüpfer. Einen Strand gab es hier nicht, aber das hier war beinahe genauso gut.

»Was für Tiere halten Sie denn außer Hühnern noch?«, fragte sie.

»Wir haben Ziegen und ein paar Hofkatzen.«

»Und was ist in den beiden Scheunen?«

Er zeigte auf das hügelabwärts gelegene, verwitterte Holzgebäude bei den Tiergehegen. »Das ist meine Werkstatt.« Dann zeigte er auf die kleine Scheune beim Teich und seine Züge verdüsterten sich. »Dort lagere ich Material. Die Türen sind immer abgeschlossen.«

Ohne seinen süßen kleinen Sohn hätte diese Antwort sie vielleicht nervös und nicht noch neugieriger gemacht. Flip schmiegte mit einem schläfrigen Seufzen den Kopf an die Schulter seines Vaters. An Nashs breiter Brust und in seinen starken Armen sah der Junge geradezu winzig aus. Nash küsste ihn auf die Stirn und strich ihm zärtlich über den Rücken. *Du magst ein bisschen ungehobelt sein, aber dein Kleiner ist einfach zum Knuddeln.*

Auf dem Weg zur anderen Seite des Balkons kam sie an Phillips Fenster und dann an einer zweiten Balkontür vorbei. Die geöffneten Vorhänge erlaubten einen freien Blick ins Hauptschlafzimmer. Spielsachen und eine flauschige, mit einem Tiermuster bedruckte Kinderdecke lagen in der Mitte des ungemachten Betts. Daneben stand eine dunkle hölzerne Kommode. Es gab keine Bilder an den Wänden und auch sonst keinerlei schmückendes Beiwerk. Tempe fand das seltsam, denn offenbar hatte Nash das Zimmer seines Sohnes mit viel Liebe und Mühe ausgestaltet.

»Ist Ihre Frau nicht zu Hause?« Sie fand es ganz legitim, nach Informationen zu fischen.

Mit einer schützenden Geste strich Nash über Flips Kopf. Als er ihr danach wieder ins Gesicht schaute, lag etwas mehr Wärme in seinem Blick. »Wir beide wohnen allein hier, aber ich kann Ihnen versichern, ich bin kein Mann, der das Ihnen gegenüber in irgendeiner Weise ausnutzen würde.«

»Oh, ich wollte damit nicht sagen … So habe ich das nicht gemeint. Ich war nur neugierig, wer alles hier lebt.« Eilig ging sie in das Zimmer mit der Badewanne zurück. Dass er den Eindruck hatte, sie würde ihm misstrauen, war ihr peinlich. Um ihre Verlegenheit zu überspielen, konzentrierte sie sich wieder auf die unmittelbare Umgebung. Sie konnte sich vorstellen, wie sie auf dem Balkon saß, Gitarre spielte und Lieder schrieb, wie sie im Mondlicht durch den Garten spazierte und tagsüber vielleicht sogar dort arbeitete, wenn Nash nichts dagegen hatte.

»Wie denken Sie sich denn den Wohnalltag?«, fragte sie. »In einer Art WG mit jemand Fremdem habe ich noch nie gelebt.

Würde ich meine Sachen einfach in den gemeinsamen Kühlschrank stellen?«

Er deutete zum Flur, und sie folgte ihm hinunter in die Küche, die genauso rustikal wirkte wie der Rest des Hauses. Holzschränke und praktische Arbeitsplatten zogen sich über die rechte Seite des Raumes. An der Spüle stand ein roter Eimer, daneben lag ein weiterer Plastikhammer. Der kleine Junge liebte offenbar Werkzeuge. Weiter links nahm ein großer Tisch im Farmhausstil viel Platz ein. Auf der Tischplatte lagen Buntstifte und Papier. Darüber hing eine schöne, schmiedeeiserne Lampe. Die Küche machte einen bewohnten und gemütlichen Eindruck. Sie noch etwas freundlicher zu gestalten, wäre sicher nicht schwer. Ein paar Vasen mit Wiesenblumen, ein frischer Anstrich … Aber sie war ja nicht zum Dekorieren gekommen. Sie war hier, weil sie einen ruhigen, sicheren Ort zum Wohnen suchte, und den hatte sie jetzt vielleicht gefunden.

Nash öffnete die Tür zu einer Speisekammer voller Konservenbüchsen und Wasserflaschen. Auch typische Sachen, die Kinder gern mochten, wie Haferflocken, Cornflakes und Packungen mit Fertigkäsenudeln standen dort. Nach einem weiteren Kuss auf Flips Stirn ging Nash zum Kühlschrank und öffnete ihn. Die Eimer mit den frisch eingesammelten Eiern und ein paar Lebensmittel standen darin.

Nash wiegte den Kopf. Seine Lippen zuckten, und man hätte fast meinen können, er lächelte. »Jede Menge Platz für Ihre Einkäufe.«

Sie war froh, dass er langsam ein bisschen auftaute. »Gibt es Hausregeln, die ich kennen sollte?«

»An erster Stelle steht die Sicherheit meines Sohnes. Es wäre mir also eher unrecht, wenn ständig unbekannte Männer hier ein und aus gehen würden.«

Sie unterdrückte ein Lachen. Er konnte nicht ahnen, wie unterentwickelt ihr Sozialleben war. In Peaceful Harbor war die Liste männlicher Singles, bei denen sie nicht das Gefühl hatte, sie gehörten zur Familie, sehr kurz und mit zu viel Geschichte belastet. »Da müssen Sie sich keine Sorgen machen.«

»Trinken Sie größere Mengen Alkohol? Rauchen Sie? Irgendwelche illegalen Drogen möchte ich natürlich auch nicht im Haus haben.«

Tempest verschränkte die Arme. Unwillkürlich fragte sie sich, was für Leute sich das Zimmer bisher angesehen hatten. »Wirke ich wie eine der Trunksucht verfallene Krawallnudel oder wie ein Junkie?«

»Ich denke einfach nur an meinen Sohn«, sagte er ohne jeden entschuldigenden Unterton.

Sie bewunderte die Ernsthaftigkeit, mit der er seine elterlichen Pflichten wahrnahm, und verzieh ihm die fehlende Entschuldigung. Der Himmel wusste, dass sie genügend Eltern gesehen hatte, die nicht annähernd so umsichtig waren wie er.

»Haben *Sie* denn irgendwelche schlechten oder seltsamen Gewohnheiten? Oder …?« *Nächtliche Besucherinnen?* Sie verkniff sich die Frage. Er mochte vor düsterer, kerniger Männlichkeit strotzen, was gleichbedeutend mit tonnenweise Sexappeal war, doch dass er ein ausschweifendes Liebesleben führte, bezweifelte sie. Er hatte sich abgeschottet wie Fort Knox und war viel zu besorgt um seinen Sohn, um Fremde in dessen Nähe zu lassen.

Er schaute ihr fest in die Augen. Die Kombination aus seinem Schweigen und diesem bohrenden Blick war wie ein Feuer, das sich langsam ausbreitete. Eigentlich wollte sie sich nicht eingestehen, wie anziehend sie ihn fand. Doch ihre unterdrückten Gefühle witterten offenbar Morgenluft. *Okay, vielleicht hat er ja doch ein ausschweifendes Liebesleben. Sobald er abends seinen Sohn ins Bett gebracht hat.* Zittrig holte sie Luft und musterte ihn genauer. Der angespannte Zug um seinen Mund ließ sie rätseln, ob nur sie die Hitze spürte. Sie hoffte es, denn es war sicher nicht ratsam, Gefühle für ihren potenziellen Vermieter zu entwickeln. Und weshalb zog er sie überhaupt in seinen Bann? Als charmant und herzlich konnte man ihn kaum bezeichnen. Sie sagte sich, sein herrlicher Körper würde nackt sicher nicht halb so gut aussehen und seine großen, starken Hände würden sich auf ihrer Haut ganz bestimmt nicht himmlisch anfühlen. Sie biss die Zähne zusammen und kämpfte gegen den Ansturm dieser ungewohnten – *und äußerst ungehörigen!* – prickelnden Gedanken an.

War das nun eine ganz dumme Idee oder einfach eine Notwendigkeit, weil er dringend ein zusätzliches Einkommen brauchte? Nash war sich nicht sicher. Und jetzt stand plötzlich eine engelsschöne Blondine vor ihm, die alles ganz genau wissen wollte. Sie musterte ihn, als versuchte sie, ihn zu durchschauen. *Viel Glück damit.* Das war ihm selbst noch nicht wirklich gelungen. Vor ein paar Jahren hatte er eine Weile geglaubt, er wüsste etwas über das Leben. Doch derzeit hangelte er sich nur von einem Tag zum anderen und hoffte inständig, dass er genügend für seinen kleinen Sohn tat.

Verspätet fiel ihm auf, dass er ihre Frage noch nicht beantwortet hatte. »Nein. Keine seltsamen Gewohnheiten. Und Sie?«

»Seltsame Gewohnheiten?« Sie schüttelte den Kopf.

»Eigentlich bin ich ziemlich langweilig. Einen Großteil meiner Freizeit verbringe ich mit meiner Familie, spiele Gitarre oder schreibe Lieder für meine Musiktherapiepatienten.«

»Sie spielen Gitarre?« Eine Gitarre hatte er seit Jahren nicht angerührt. Dabei hatte es eine Zeit gegeben, in der das Instrument sein ständiger – und einziger – Begleiter gewesen war. PJ, sein Bruder, hatte ihm beigebracht, wie man »Something« von George Harrison spielte. Damals war er, Nash, erst dreizehn gewesen. *Wenn du ein Mädchen kennenlernst, das deine Welt rockt, ist das der passende Song.* Nach PJs Tod hatte er ihn fast täglich angestimmt. Wann er damit aufgehört hatte, wusste er nicht mehr. Aber sicher lange, bevor er Phillips Mutter kennengelernt hatte. Für sie hatte er das Lied nicht ein einziges Mal gespielt.

»Ist das ein Problem?«, fragte Tempe. »Ich kann gern draußen spielen. Und es ist keine zornige oder anstößige Musik.«

Eine Minute lang grübelte er darüber nach, ob sie spielen zu hören schmerzhafte Erinnerungen in ihm wecken würde, und wog die Vor- und Nachteile ab. Er musste das verdammte Zimmer vermieten und sie machte einen verantwortungsbewussten, recht ruhigen und vertrauenswürdigen Eindruck. Im Hinblick auf seinen Sohn war ihm Letzteres am wichtigsten. »Nein. Schon in Ordnung.«

Sie warf einen liebevollen Blick auf Phillip, der an seiner Schulter eingeschlafen war.

»Ich bringe ihn besser ins Bett«, sagte er. »Aber bevor wir uns entscheiden, würde ich gerne noch ein wenig mehr über Sie erfahren. Haben Sie noch ein paar Minuten Zeit?«

»Klar.«

Mit einer Geste lud er sie ein, es sich im Wohnzimmer

bequem zu machen. Dann trug er Phillip die Treppe hinauf und nahm dabei immer zwei Stufen auf einmal. Irgendetwas an Tempest machte ihn ganz kribbelig. Vielleicht lag es daran, dass sie ihm bereits mehr direkte Fragen gestellt hatte als jeder andere, der wegen des Zimmers gekommen war. Oder lag es daran, dass sie Gefühle in ihm weckte, die lange Zeit wie tot gewesen waren? Ihre Vorsichtigkeit gefiel ihm. Vor der Besichtigung hatte sie ein paar Recherchen über ihn angestellt und jetzt stellte sie ihm tausend Fragen. Und alles andere? Oh ja, das gefiel ihm auch. Doch solche Empfindungen hatte er schon so lange und so tief begraben, dass er sein Interesse an ihr gut ignorieren und lieber noch eine Schaufel Erde in diese Grube werfen konnte.

Er zog seinem schlafenden Sohn den Pyjama an und legte ihn ins Bett. Abends war sein Kleiner immer hundemüde. Andere Kinder kannte Nash nicht, aber vermutlich gab es weit und breit keines, das besser und tiefer schlief als Phillip. Gerne hätte er ihm die Zähne geputzt, aber das würde heute wohl ausfallen müssen.

Bei seiner Rückkehr ins Wohnzimmer schaute Tempest sich gerade die Bücher neben dem Kamin an. Sie wandte sich zu ihm um und warf ihm ein weiteres bezaubernd ungekünsteltes Lächeln zu, was ihn ein wenig lockerer werden ließ.

»Sie mögen Geschichten übers Meer.«

»Unter anderem.«

»Mein Vater hat mir früher Geschichten über Meerjungfrauen erzählt, die den Fischern Fische an die Haken hängen.«

Mein Vater hat PJ und mir Geschichten über eine Zukunft erzählt, zu der es nie gekommen ist.

»Können wir in der Küche reden, während ich die Eier

sauber mache?« Ohne Phillip wusste er nicht, wohin mit seinen Händen. Dabei gab es immer etwas zu tun – Wäsche falten, putzen, sich um die Tiere kümmern. Die Liste war endlos.

Er ließ Tempest den Vortritt. Ein großer Fehler. Unvermeidlich fiel sein Blick auf ihr langes, dickes Haar. Sofort juckten ihm die Finger, weil er es zu gerne anfassen wollte. Und dann dieser hübsche Hintern in dem sexy kurzen Rock. Seit Alaina gegangen war, war er mit keiner Frau zusammen gewesen. Während dieser ganzen Zeit hatte er sich nur auf Phillip konzentriert, kein einziges weibliches Wesen hatte Gedanken an Sex in ihm geweckt. Und jetzt schneite plötzlich diese Tempest hier herein und er war spitz wie Nachbars Lumpi? Um sich von den Gelüsten abzulenken, die plötzlich in ihm wach wurden, ging er an ihr vorbei und holte die Eimer mit den Eiern aus dem Kühlschrank.

»Kann ich Ihnen etwas zu trinken anbieten?«, fragte er, während er die Eimer neben die Spüle stellte. »Wir haben Eistee im Haus.«

»Nein danke.« Sie lehnte sich an die Arbeitsplatte auf der anderen Seite der Spüle und sah dabei sehr entspannt und gleichzeitig ernst aus.

Und hübsch. Sehr, sehr hübsch.

»Wie alt ist Flip?«

»Er ist drei.« Nash schüttelte den Kopf. Eigentlich hätte er sie korrigieren sollen. Aber dass sie seinen Sohn Flip nannte, war irgendwie süß und seltsam sexy. Er begann, die Eier zu waschen. Er wollte nicht über seinen Sohn sprechen und schon gar nicht daran denken, wie bezaubernd diese Frau war. Und wie heiß. *Du bist definitiv heiß. Verdammt. So geht das nicht weiter.* »Weshalb suchen Sie überhaupt ein Zimmer?«

»Ich habe bis jetzt in Peaceful Harbor gelebt und möchte

gern beruflich hier Fuß fassen. Ein paar Wochen lang habe ich bei meiner Cousine Jillian gewohnt. Aber sie ist eine Nachteule, und ich bin ein Mensch, der ausreichend Schlaf braucht, um halbwegs zu funktionieren.«

Er spürte, wie seine Lippen sich zu einem Grinsen verzogen, und legte ein sauberes Ei auf ein Papiertuch neben der Spüle. Sofort wandte er sich dem nächsten Ei zu. »Das kann ich nachvollziehen.«

»Ich habe mich schon gefragt, ob Sie überhaupt wissen, wie man lächelt.« Sie nahm das saubere Ei und trocknete es ab.

In Gegenwart von Fremden tue ich das nicht oft. Er konzentrierte sich weiter auf die Arbeit und versuchte, dem Umstand, wie leicht es war, sich mit ihr zu unterhalten, keine allzu große Bedeutung beizumessen. Genauso wenig wie der Tatsache, dass sie sein Lächeln bemerkt hatte. Dass jemandem überhaupt etwas an ihm aufgefallen war, lag lange zurück. Klar bemerkte er gelegentlich, wie Frauen ihn abcheckten, wenn er und Phillip zum Einkaufen in die Stadt gingen oder Möbel an ein Geschäft auslieferten. Aber ihr fiel nicht der muskulöse Kerl mit dem netten kleinen Jungen auf. Sie sah sein Lächeln.

»Wenn Phillip dabei ist, bin ich in Gegenwart von Unbekannten immer ein bisschen angespannt. Tut mir leid.«

»Das verstehe ich. Ich arbeite viel mit Kindern, und obwohl es nicht meine eigenen sind, habe ich immer das Bedürfnis, sie zu beschützen.« Tempe riss ein paar Papiertücher ab und breitete sie auf der Arbeitsplatte aus.

»Weshalb vermieten Sie denn das Zimmer?« Sie legte ein gewaschenes Ei auf ein Papiertuch, dann schob sie sich eine Haarsträhne hinters Ohr, die sofort wieder an ihren ursprünglichen Platz zurücksprang.

»Weil ich ein paar Anschaffungen für mein Geschäft

machen muss.«

Erneut strich sie sich das Haar aus dem Gesicht, erneut fiel es nach vorn. Sie seufzte und lachte dabei leise auf. Das klang so melodisch, dass er es am liebsten gleich noch einmal hören wollte.

»Passiert mir auch andauernd«, scherzte er. Das brachte ihm ein weiteres helles Lachen ein.

In kameradschaftlichem Schweigen reinigten sie die restlichen Eier. Anschließend legte er sie in eine Schüssel und stellte sie zurück in den Kühlschrank. »Für wie lange wollen Sie das Zimmer denn mieten?«

»Schwer zu sagen. Wenn möglich, würde ich das gern von Monat zu Monat entscheiden, bis ich weiß, wie es hier beruflich für mich läuft.«

Er hielt ihr die Hintertür auf und sie trat hinaus auf die Veranda. »Von hier draußen dringen Geräusche nicht bis ins Zimmer meines Jungen.«

Sie setzte sich auf die Stufen, und er setzte sich neben sie, achtete aber darauf, genügend Abstand zu halten. Tempest lehnte sich an den Fuß des Geländers und ließ die langen Beine von den Stufen baumeln. Er versuchte, nicht hinzustarren. Aber diese Beine waren vom Feinsten, und sie trug sexy Sandalen mit schmalen Lederriemen um die Knöchel. Sofort stellte er sich vor, wie er mit den Händen über ihre glatte Haut strich und die verführerischen Riemchen öffnete.

»Was wollen Sie denn sonst noch wissen?« Ihre Frage riss ihn aus seinen Tagträumen.

Er räusperte sich, schaute hinaus auf den Rasen, zu den Bäumen und in den Himmel. Überallhin, nur nicht auf diese Beine. Mühsam scheuchte er die lüsternen Gedanken aus seinem Kopf. Viel wichtiger war doch, ob er sie sich als

Hausgenossin vorstellen konnte. Doch dafür musste er erst einmal seine verdammte Lust unter Kontrolle bringen.

»Wegen Phillip habe ich bislang noch nie ein Zimmer vermietet, und eine Checkliste habe ich mir, ehrlich gesagt, nicht zurechtgelegt. Aber ein paar Dinge würden mich schon noch interessieren, denn Sie in mein Haus zu holen, bedeutet ja auch, dass ich Ihren engsten Freunden und Ihrer Familie die Tür öffnen muss.« So weitreichende Fragen hatte er eigentlich gar nicht stellen wollen. Dabei waren sie durchaus berechtigt. »Irgendwelche Psycho-Freunde oder -Ex-Freunde, von denen ich wissen sollte? Wilde Busenfreundinnen? Verrückte Familienmitglieder?«

Sie lächelte und stieß ein leises Pffft aus. Noch ein kleines, sexy Detail an Tempest Braden, das sich sofort bei ihm festsetzte.

»Einen Freund gibt es derzeit nicht. Weder psycho noch normal. Und fast mein gesamter Bekanntenkreis lebt in Peaceful Harbor. Meine Freizeit verbringe ich, wie gesagt, meist mit meiner Familie. Meine Angehörigen ...« Sie stieß den glücklichen kleinen Seufzer aus, den man bei Frauen manchmal hörte, wenn sie nach den richtigen Worten suchten, um etwas oder jemanden zu beschreiben, das oder der ihrem Herzen sehr nahe war.

Eine Mieterin, in deren Augen so viel Liebe und Offenheit lagen, wenn sie von ihrer Familie sprach, hatte sicher nichts zu verbergen. Auch aus seinen Augen hatten früher Liebe und Offenheit gestrahlt. Doch der Tod seines Bruders hatte alles verändert.

Tempest liebte ihre Familie, tat sich aber manchmal schwer damit, das Fremden zu erzählen. Nicht jeder war mit so viel Geborgenheit und Unterstützung aufgewachsen wie sie, und manchen schmerzte es vielleicht, wenn sie ihr Glück vor ihm ausbreitete. Aber irgendetwas an Nashs Blick sagte ihr, dass er die Wahrheit hören wollte. Offenbar war ihm bewusst, wie sich die Familienverhältnisse auf eine Person auswirken konnten. In ihren Augen sprach das für ihn.

»Der Braden-Clan ist groß und weit verzweigt und wir stehen einander sehr nahe. Ich habe vier tolle Brüder. Sie haben einen ausgeprägten Beschützerinstinkt, lassen mir aber genügend Luft zum Atmen. Meine Schwester und ich sind sehr unterschiedlich, aber wir verstehen uns bestens. Ich glaube, mit meiner Familie habe ich das große Los gezogen. Und wie steht es bei Ihnen?«

Mit der Antwort ließ er sich so viel Zeit, dass sie schon glaubte, er wollte nicht darüber sprechen. Aber falls sie in Zukunft unter einem Dach wohnten und er sich deshalb für ihre Familie interessierte, wollte sie auch etwas über seine wissen.

»Es gab nur mich und meine Eltern«, sagte er schließlich. »Wir haben uns immer gut verstanden.« Er stützte die Ellbogen auf die Oberschenkel und verschlang die Hände ineinander.

Als er den Kopf ein wenig neigte, streifte sein Blick ihr Gesicht. An ihrem Mund blieb er lange genug hängen, um ihre Nervenenden zum Prickeln und ihren Magen zum Flattern zu bringen. Verunsichert durch diese überraschend intensiven Gefühle schaute sie beiseite. Sie sollte nicht einmal daran denken, ein Zimmer bei einem Mann zu mieten, dessen glühender Blick dazu führte, dass sie ihre Grenzen sprengen und sich auf ein Terrain voller sinnlicher Verlockungen vorwagen wollte. Lieber sollte sie sich höflich bedanken, schnurstracks zu ihrem Wagen marschieren und auf dem schnellsten Weg davonfahren. Doch sie saß da wie angenagelt und konnte beobachten, wie seine Züge weicher wurden und seine Augen wärmer.

»Sind Sie hier in der Gegend aufgewachsen?«, fragte sie.

»Nein. In Oak Rivers, Virginia. Als ich in der zehnten Klasse war, haben meine Eltern das Haus verkauft, unsere Sachen gepackt und mich zwei Jahre lang selbst unterrichtet, während wir gemeinsam um die Welt gesegelt sind.« Sein ernster Ton wollte nicht zu einem so aufregenden Abenteuer passen.

»Das klingt unglaublich spannend. Anscheinend waren Ihre Eltern auch sehr gerne draußen auf dem Meer. Mein Vater hat ein Boot, genau wie ein paar meiner Brüder. Aber in Peaceful Harbor gehört das auch irgendwie dazu.«

»Mein Vater hat das Meer geliebt, aber ursprünglich war er Professor, und meine Mutter ist Künstlerin.«

Von seinem Vater sprach er in der Vergangenheitsform. Tempest hoffte, dass er sich nur missverständlich ausgedrückt hatte. »Die künstlerische Ader liegt bei Ihnen wohl in der Familie. Wohnen Ihre Eltern in der Nähe?«

Sein Blick wurde noch ernster. »Meinen Vater haben wir schon vor über zehn Jahren verloren.«

»Oh Nash.« Am liebsten wollte sie den Arm um ihn legen und ihn trösten. Hätte sie ihre Gitarre zur Hand gehabt, dann hätte sie seinen Kummer vielleicht wegsingen können. Je mehr sie über Nash erfuhr, desto klarer wurde ihr, dass er nicht einfach bloß ein ruppiger Typ war. Nein, er hatte schwere persönliche Verluste hinter sich und er schützte seinen Sohn. Wieder dachte sie an Flips Mutter. War sie etwa ebenfalls bereits gestorben?

»Das mit Ihrem Vater tut mir leid. Das muss unvorstellbar schwer für Sie sein.«

Er nickte und holte tief Luft. Als er sich aufrichtete und die Schultern straffte, weitete sich seine Brust. Jetzt wirkte er wieder stark und selbstbewusst und so, als hätte er viel Übung darin, sich aus den dunklen Abgründen herauszuarbeiten, die sich manchmal vor ihm auftaten.

»Dad war ein guter Mann«, sagte er mit einem nachdenklichen Lächeln. »Aber im Leben ist nur eines sicher, und das ist der Tod. Für die anderen muss es danach irgendwie weitergehen. Das hat er oft gesagt.«

So richtig das war, so resigniert klang es in ihren Ohren. »Und Ihre Mutter? Sehen Sie die öfter?«

»Sie hat wieder geheiratet und ist sehr beschäftigt.« Er räusperte sich. »Tempest«, sagte er mit belegter, rauer Stimme. »Anscheinend haben Sie irgendein Wahrheitsserum in Ihr Parfüm gemischt. Eigentlich müsste *ich* doch die Fragen stellen.«

»Entschuldigung.« Sie hatte gerade einen kurzen Blick auf den Mann unter dem Schutzpanzer erhaschen können und wollte zu gern ein wenig mehr von dem Panzer absprengen. »Also los. Fragen sie. Ich habe nichts zu verbergen.«

»Wirklich?« Seine Augen verengten sich, und er beugte sich so nahe zu ihr, dass sie die Spitzen seiner geschwungenen Wimpern sehen konnte. »Jeder hat Geheimnisse.« Seine Mundwinkel hoben sich, doch selbst dieses perfekte Lächeln nahm seinem Blick nichts von seiner Intensität.

Er war so männlich und stark. Doch in den letzten Minuten hatte er sehr verletzlich und schutzlos gewirkt. Tief in ihr keimte ein Pflänzchen, das von seiner Anziehungskraft genährt wurde. Ihr war, als hielte ihre Seele den Atem an, als wartete sie darauf, dass er noch mehr von sich preisgab. Sie wollte seine Geheimnisse ergründen. Die tiefen Geheimnisse, die Liebende in stillen Nachtstunden miteinander teilten, wenn ihre Körper satt und nassgeschwitzt waren und nichts anderes auf der Welt existierte. *Heiliger Bimbam. Ich habe doch etwas zu verbergen.*

»Ich ...« Sie schaute hinaus in den Garten, als könnte sie die befreienden Worte irgendwo unter den Bäumen finden. »Ich sollte gehen.«

Sie rappelte sich hoch, und er richtete sich neben ihr auf, groß und kräftig wie eine turmhohe Eiche. Sie kam auf der Stufe ins Wanken.

»Hoppla.« Er legte die Hände an ihre Hüften und stützte sie. Ihre Blicke trafen sich und hielten einander fest.

Oh Gott, und wie fest. Tempes Pulsschlag beschleunigte sich, die Luft zwischen ihnen lud sich elektrisch auf. Auf so etwas war sie nicht vorbereitet, und noch viel weniger auf den fast unwiderstehlichen Drang, die Hände auf die herrlichen Muskeln zu legen, die sich unter Nashs dünnem T-Shirt wölbten.

Das ist verrückt.

Der helle Wahnsinn.

Er war heiß. Brandheiß. Heiß genug, um alle Grenzen zu vergessen.

Sie musste wirklich komplett übermüdet sein. Total erschöpft.

Oder aber ich verliere gerade meinen verdammten Verstand.

»Alles in Ordnung?« Seine Brauen zogen sich zusammen, doch seine Lippen bogen sich wieder nach oben.

Ein weiteres Lächeln, von dem sie für später einen inneren Schnappschuss machen konnte. Na prima. Jetzt klang sie wie eines der schmachtenden jungen Mädchen, die früher ihren Brüdern nachgelaufen waren. Sie straffte die Schultern. So wie diese Mädchen wollte sie nicht sein. Fest schaute sie ihm in die Augen, merkte aber sofort, dass sie mehr darin suchte. Wäre es unhöflich, wenn sie ihn bat, lieber wieder ruppig und abweisend zu sein?

»Ja, alles klar«, log sie. Sie wünschte, er würde seine Hände wegnehmen, denn aus irgendeinem Grund konnte sie sich nicht bewegen.

Sein Blick wanderte an ihrem Körper hinab. Er musterte sie, als könnte er ihr nicht recht glauben. *Schlauer Mann. Schlauer, verführerischer Mann.*

Schluss jetzt!

Fast zögernd ließ er sie los, doch die Hitze seiner Berührung blieb.

»Sie überlegen sich das mit dem Zimmer?« In seiner Stimme schwang Hoffnung mit.

Weil sie Angst hatte, was sie vielleicht sagen würde, hielt sie den Mund und nickte lieber.

»Okay.« In seinen Augen lag leichte Besorgnis. Während sie die Verandastufen hinunterstieg, berührte er sie am Kreuz. Die Hand nahm er erst weg, als sie unten auf dem Rasen stand. »Ich bringe Sie zum Wagen.«

»Nicht nötig …«

Er schaute sie missbilligend an. »Ich muss sowieso noch nachsehen, ob ich den Hühnerstall abgeschlossen habe.«

Ja, klar.

Als sie vor ihrem Wagen standen, sagte er: »Meine Nummer haben Sie ja. Falls es Fragen gibt, rufen Sie mich an.«

Sie nickte. Wann hatte sie ihre Stimme verloren? Das war einfach zu albern.

»Okay«, presste sie schließlich hervor.

»An diesem Wochenende wollten noch zwei weitere Interessenten zur Besichtigung kommen. Aber wenn Sie das Zimmer haben wollen, kriegen Sie es.«

Ihr Kopf deutete seine Worte in eine sehr persönliche Einladung um.

»Vielen Dank. Ich melde mich.« Sie stieg in den Wagen, und er schloss die Tür für sie, nickte kurz, lächelte beinahe und stapfte dann zum Hühnerstall.

Grundgütiger. Hatte sie vielleicht alles, was gerade passiert war, völlig falsch interpretiert? Sie musste wirklich komplett übermüdet sein.

Drei

Nash parkte hinter dem Country Charm, einem der Geschäfte, die seine Möbel verkauften, und hob Phillip aus dem Kindersitz. Nach einem Küsschen stellte er ihn auf den Boden. »Häng dich an mein Hosenbein, Kumpel.«

Das hätte er nicht erst sagen müssen, denn Phillip hatte Routine. Schließlich nahm Nash ihn zu jeder Auslieferung mit. Er hievte den Stuhl von der Ladefläche und Phillip klammerte sich an sein Hosenbein. So erklommen sie die Stufen zum Liefereingang des Geschäfts. Oben setzte Nash den Stuhl ab, wuschelte seinem Sohn durchs Haar und nickte in Richtung der Türklingel. Phillip drückte auf den Knopf.

»Was meinst du, sollen wir ins Diner gehen, wenn wir hier fertig sind?« Einen Besuch im Main Street Diner gönnten sie sich nur selten. Dort gab es Eiscreme zum Mitnehmen und eine altmodische Jukebox. Phillip drückte für sein Leben gern auf die Knöpfe und summte die Lieder mit.

Ein Lächeln hob die runden Wangen des Kleinen. Er nickte so heftig, dass ihm die dunklen Locken in die Stirn fielen.

Die Hintertür des Geschäfts ging auf und Mrs. Padgerly – *Nennt mich Mrs. P, sonst fühle ich mich wie meine eigene Schwiegermutter* –, eine Witwe in den Fünfzigern mit glattem dunklem Haar und dem unbändigen Drang, jeden zu verkuppeln, der ihrer Ansicht nach verkuppelt werden musste, strahlte sie an. »Wenn das nicht meine beiden Lieblingsmänner sind.« Sie ging in die Hocke und kitzelte Phillip am Bauch. »Dein Daddy wird sich noch wundern. Bald bist du so groß wie er.«

Phillip kicherte und schob sich hinter Nashs Bein.

»Tut mir leid, dass wir so spät dran sind.« Nash trug den Stuhl in den Lagerraum. »Mir ist die Zeit davongelaufen.«

Er hatte während Phillips Mittagsschlaf gearbeitet, und dann wieder, während Phillip in der Scheune gespielt hatte. Am späten Nachmittag hatten sie eine Pause gemacht, Gemüse geerntet und ein bisschen davon an die Ziegen verfüttert. Phillip hatte sich mitten ins Ziegengehege gelegt und hinterher erbärmlich gestunken. Das dringend nötige Bad hatte sie noch länger aufgehalten. Aber Nash konnte sich Schlimmeres vorstellen. Sie hatten einen schönen Nachmittag gehabt, und an Tagen wie diesen fragte er sich, wie andere Eltern es fertigbrachten, zur Arbeit zu gehen und auf viel gemeinsame Zeit mit ihren Kindern zu verzichten. Stundenlang ohne Phillip sein zu müssen, hätte ihn um den Verstand gebracht. Um keinen Preis wollte er verpassen, wie aufgeregt sein Kleiner war, wenn er die dickste Tomate entdeckte, und wie er kicherte, wenn Big und Little ihm das Gemüse direkt aus der Hand fraßen. Weil er nun einmal all diese Momente erleben wollte, musste er jetzt das Zimmer vermieten, und das brachte wieder neue Herausforderungen mit sich. Dazu zählte er seit gestern Abend auch eine ganz bestimmte blonde Frau, die ihm nicht mehr aus dem Kopf ging.

»Vielleicht erlauben Sie mir eines Tages, Ihnen eine nette junge Dame vorzustellen, die dafür sorgt, dass das nicht mehr vorkommt.« Mrs. P zog die Augenbrauen hoch.

»Danke, aber wir zwei sind ziemlich ausgelastet.« Nash nahm Phillip auf den Arm und dachte daran, dass ihr Leben oder zumindest ihr Haus noch voller werden würde, wenn Tempest bei ihnen einzog. In der vergangenen Nacht hatte er stundenlang über die Begegnung mit ihr nachgedacht. Er konnte nur hoffen, dass er nicht zu aufdringlich gewesen war. Aber dass er sich für eine Frau interessiert hatte, lag lange zurück. Deshalb konnte er schwer einschätzen, ob er sie vielleicht zu lange angestarrt oder sein Interesse an ihr auf irgendeine andere Weise zu deutlich gemacht hatte. Ihr über-stürzter Aufbruch hatte ihn verunsichert. Hatte er vielleicht zu viel über sich erzählt? Dafür hätte er sich jetzt am liebsten in den Hintern getreten. Gleichzeitig fand er es gut, dass sie ihn nach seiner Familie gefragt hatte. Schließlich hatte er auch einiges über ihre wissen wollen.

Mrs. P schrieb eine Quittung für das Möbelstück und reichte sie ihm. Im Kopf rechnete er aus, welche Summe nach Abzug ihrer Kommission in drei Tagen auf seinem Bankkonto landen würde. In den zwei Jahren auf See hatte er von seinem Vater viel über den Umgang mit Geld und über Finanzen ganz allgemein gelernt. Lernen war eine seiner Strategien gewesen, mit dem Tod seines Bruders umzugehen. Solange er die Nase in ein Buch steckte, musste niemand viele Worte machen. Und Nash lernte schnell. Nicht nur, wie man seine Gefühle unterdrückte, sondern auch, wie man sein Geld einteilte und sparte. Von dem Tag an, an dem er zu Hause ausgezogen war, hatte er seine Ausgaben immer geplant und sich an den Plan gehalten. Als Alaina schwanger geworden war, hatte er die Planung so umgebaut, dass er auch Geld für Phillips Zukunft zurücklegen konnte. Die Hälfte aller Einnahmen wurde für

Lebenshaltungskosten und kleine Extras verwendet, ein Viertel für Reparaturen, Tierarztrechnungen und unerwartete Ausgaben zurückgelegt. Das letzte Viertel sollte den Grundstock für Phillips Zukunft bilden. Eine Zeit lang waren die Summen auf den Sparkonten erfreulich angewachsen. Aber dann war Alaina gegangen. Die Vorstellung, er könnte trotzdem weiter Auftragsarbeiten annehmen und zusätzlich Kunstwerke über Galerien verkaufen, hatte sich als blauäugig erwiesen.

Mrs. P stemmte eine Hand in ihre rundliche Hüfte. »Selbst wenn ihr Jungs ein prallgefülltes Leben habt – die richtige Frau könnte alles noch besser machen.«

Sofort dachte er wieder an Tempest. In der letzten Nacht hatte er nicht nur die Begegnung mit ihr immer wieder durchgespielt, ihm waren auch andere Dinge durch den Kopf gegangen. Zum Beispiel, wie schön sie war und dass sie nicht so ging wie die meisten anderen Menschen, die immer nur ihr Ziel im Auge hatten. Sie spazierte anmutig dahin, nahm ihre Umgebung wahr und zeigte mit der Art, wie sie die Mundwinkel hob oder wie ihre Augen sich weiteten, ihre Freude an so vielen kleinen Dingen. Manchmal stieß sie auch ein süßes Seufzen aus, vermutlich ohne es zu ahnen. Und ihre Beine? Über die hatte er schon beinahe zu viele Fantasien gehabt, sich vorgestellt, wie sie sich um seine Taille schlangen oder um seine Schultern. Oder wie sie sich unter seinen Schenkeln anfühlten. Am Ende hatte er selbst Hand anlegen müssen, um sich Erleichterung zu verschaffen. Genau genommen durfte er nicht einmal daran denken, das Zimmer an sie zu vermieten. Aber immer, wenn sein Verstand ihm das sagte, rebellierte der Mann in ihm.

Er musste die Gedanken an sie dringend einstellen, bevor ihm ein Ast wuchs, den er nicht wegschnitzen konnte. Schnell sagte er: »Mit der anderen Bestellung bin ich ein paar Tage im Verzug. Aber bis in spätestens einer Woche sollte ich alles geschafft haben.«

Mrs. Ps Augen blitzten listig. »Wie schon gesagt, die richtige …«

»Mrs. P«, unterbrach er sie, »ohne Ihre ständigen Verkupplungsversuche wäre ich vielleicht schon am Montag fertig.«

»Schön.« Sie strich über die Stuhllehne, auf der hoch über fein geschnitzten Tannenwipfeln ein Adler kreiste. »Wenn es sein muss, lassen Sie sich Zeit bis Freitag. Ihre Arbeit wird immer *noch* besser. Ich wünschte nur, ich könnte mehr davon bekommen.«

Das war ja gerade das Problem. Vor Phillips Geburt hatte er jede Menge Bestellungen annehmen und sich sogar einen kleinen Vorrat schaffen können. Doch in den vergangenen drei Jahren war er ein alleinerziehender Vater gewesen, der nur hin und wieder ein paar Stunden Möbel bauen und mit Schnitzereien verzieren konnte. An Schmiedearbeiten dachte er schon gar nicht mehr. Sein Geschäft litt darunter, doch seinen Sohn wollte er auf keinen Fall vernachlässigen. Im Grunde war er für jede Minute mit Phillip dankbar. Aber sein Pick-up hatte inzwischen über hunderttausend Meilen auf dem Tacho, er musste Werkzeuge ersetzen, und wenn er Phillip noch etwas anderes bieten wollte als ein paar Tiere auf einem kleinen Stück Land, musste etwas geschehen. Ein Zimmer zu vermieten, war immerhin ein Anfang.

»Irgendwann würde ich tatsächlich gern wieder mehr tun. Ich arbeite daran, und ich bin Ihnen sehr dankbar, dass Sie immer wieder Bestellungen für mich an Land ziehen.«

Sie lieferten noch zwei weitere Möbelstücke aus, dann fuhr

Nash zum Diner. Phillip sprang aus dem Truck in seine Arme. Seine Stirn schlug gegen Nashs Mützenschild.

»Holla, Kumpel. Alles in Ordnung?«

Phillip rieb sich die Stirn.

Nash schob seine kleine Hand weg und küsste die schmerzende Stelle. Das Telefon in seiner Tasche vibrierte. Er setzte Phillip ab und hielt ihn an der Hand fest, dann zog er das Telefon heraus. Er hoffte auf einen Anruf von Tempest, doch zu seiner Enttäuschung stand Larrys Name auf dem Display. Er musste dringend mit dem Galeristen reden. Aber für den Moment ließ er die Mailbox anspringen und setzte das Gespräch mit Larry mit auf die lange Liste von Dingen, über die er nachdenken musste.

»Prima, Mary. Und jetzt noch mal von vorn. Ich bin sehr stolz auf dich.« Zart griff Tempest in die Saiten. »You are my sunshine.« Sie sang so langsam, dass Mary mitsingen konnte, während die Chemotherapie ihren Gang nahm. Im Krankenhaus von Pleasant Hill wurde Musiktherapie bei Patienten aller Altersgruppen eingesetzt. Tempest arbeitete zwar gerne mit Erwachsenen, aber noch viel lieber mit Kindern. Heute begleitete sie Marys Behandlung zum dritten Mal. Die Musik war viel mehr als eine willkommene Ablenkung für das kleine Mädchen. Marys Eltern Walter und Caroline sagten, auch Marys Einstellung hätte sich dank der Musiktherapie verändert. Jetzt weinte sie vor den Behandlungen nicht mehr, sondern freute sich auf das Singen mit Tempest.

Die Krankenschwester entfernte die Infusion, aber Mary

sang unverdrossen weiter. Hin und wieder strich sie mit zittrigen Fingern über den lilafarbenen Schal, den Jillian für sie gemacht hatte. Tempest brachte den Kindern gern kleine Geschenke mit, wenn sie besonders beängstigende oder schmerzhafte Prozeduren über sich ergehen lassen mussten. Natürlich wusste sie, dass alle Geschenke der Welt die Angst und die Schmerzen nicht ausschalten konnten. Aber ein wenig halfen sie doch, und jede Kleinigkeit zählte.

Als die Schwester fertig war, schlang Mary die Arme um Tempests Hals.

»Bist du nächstes Mal auch wieder dabei, Tempe?«, fragte sie.

»Aber klar doch. Irgendwelche Sonderwünsche?«

Mary schaute hilfesuchend zu ihrer Mutter. Durch die Behandlungen hatte sie ihr Haar verloren. Jetzt trug sie eine hübsche weiße Strickmütze mit roten Sternen. Marys Prognose war gut, doch Tempest wusste, dass sich das jederzeit ändern konnte.

Caroline strich über Marys Arm. »Wie wärs mit dem Lied aus dem Radio, das dir so gut gefällt?«

»Oh ja. Ja!« Mary nickte. »›What makes you beautiful.‹ Kennst du das?«

»Ja, sehr gut sogar. Meine Schwester Shannon ist ein großer Fan von One Direction.«

»Du hast eine Schwester?«, fragte Mary. »Ich habe auch eine, aber sie kommt nicht mit zu den Behandlungen.«

»Sicher fehlst du ihr sehr.«

»Sie fehlt mir auch. Aber sie ist erst zwei und manchmal geht sie einem ziemlich auf die Nerven.«

Tempest packte ihre Gitarre in den Koffer. »Meine Schwester ist schon über zwanzig und kann mir manchmal trotzdem noch auf die Nerven gehen. Aber weißt du was? Ich glaube, umgekehrt ist es genauso.«

Mary lachte.

Walter küsste Mary auf den Kopf. Wie bei Tempests ersten Besuchen verrieten seine feucht schimmernden Augen, wie schwer es ihm fiel, seine Gefühle unter Kontrolle zu halten. »Vielen Dank, Tempe. Dann bis nächste Woche.«

»Ich freue mich schon auf euch.«

Auf dem Weg nach draußen begegnete ihr Dr. Tolson, die medizinische Leiterin gleich mehrerer Klinikabteilungen. Mit ihrem im Nacken zusammengesteckten blonden Haar, der weißen Bluse und dem dunklen Bleistiftrock pflegte die Ärztin den klassisch professionellen Look. »Tempe, gut, dass ich Sie gerade sehe.« Sie hielt Tempest die Tür auf. »Wir hatten heute eine Besprechung und dabei ist ein paar Mal Ihr Name gefallen.«

»Sollte mich das beunruhigen?« Sie wusste, dass sie ihre Sache gut machte und dass das medizinische Personal auf den Stationen ihre Arbeit schätzte und sie mochte. Trotzdem nagten noch kleine Zweifel an ihr, denn schließlich war sie hier neu.

»Nein, überhaupt nicht. Sie unterstützen die Kinder ganz wunderbar und die Eltern sind begeistert von Ihnen. Wir denken daran, das Budget für die Musiktherapie aufzustocken. Glauben Sie, Sie könnten noch ein paar Stunden mehr bei uns arbeiten? Vielleicht auch mit Erwachsenen?«

Ihrem Bankkonto würde das guttun. Aber Tempest wusste, wie schnell ihre Tage und Wochenenden sich mit Patienten aus dem Krankenhaus füllen würden. »Ich freue mich sehr über das Angebot, aber ich möchte eigentlich gerne mehr Musikkurse für Vorschulkinder anbieten. Dürfte ich vielleicht um etwas Bedenkzeit bitten?«

Dr. Tolson kramte ihre Schlüssel aus der Handtasche. »Selbstverständlich. Wie läuft es denn mit den Kursen?«

»Es geht voran. Langsam zwar, aber eigentlich nicht schlecht. Ich habe heute mit Hattie Rivers gesprochen, der Besitzerin der Downtown Art Boutique. In ein paar Wochen eröffnet sie in ihrem Geschäft eine Kinderabteilung und ich werde bei der kleinen Feier spielen. Sicher ist das eine gute Gelegenheit, Familien kennenzulernen. Und das führt hoffentlich zu weiteren Anmeldungen.«

»Wie schön. Sie dürfen gern auch bei uns für sich werben. Ich habe nichts dagegen, wenn meine Leute Ihren Namen und Ihre Nummer weitergeben.«

»Wäre das denn in Ordnung, wo Sie mir doch gerade mehr Stunden angeboten haben?«

Dr. Tolson lächelte. »Eigentlich wollen wir doch alle nur glückliche, gesunde Kinder sehen. Sie nehmen uns ja keine Patienten weg, sondern tun etwas Gutes für die Familien in unserer Stadt.« Sie warf einen Blick auf die Uhr. »Ich muss los, aber überlegen Sie sich die Sache, bitte. Die nächste Besprechung findet vermutlich schon in der kommenden Woche statt, und wir würden uns freuen, wenn Sie weitere Patienten übernehmen könnten.«

Auf dem Weg zu ihrem Wagen dachte Tempest über das Angebot nach. Doch eine Stimme in ihrem Hinterkopf erinnerte sie daran, weshalb sie ursprünglich nach Pleasant Hill gekommen war. Hier genau dasselbe zu tun, was sie auch in ihrer Heimatstadt Peaceful Harbor getan hatte, konnte man wohl kaum als Neuanfang bezeichnen. Sie stieg ein und wünschte sich, sie könnte sich den ganzen Abend lang unter dem Sternenhimmel ausruhen, doch sie hatte Verpflichtungen. Sie zog ihr Telefon aus der Tasche und schrieb an Jillian.

Komme gleich. Bin noch auf dem Krankenhausparkplatz. Fahre jetzt los.

Nach einer weiteren sehr unruhigen Nacht, die sie diesmal nicht ihrer energiegeladenen Cousine verdankte, sondern den vielen Gedanken an einen großen, muskulösen und sehr verschlossenen alleinerziehenden Vater, war sie, was ihre Wohnsituation anging, ohne klare Vorstellungen in den Tag gestartet. In der Hektik der folgenden Stunden hatte sie keine Zeit gehabt, von Nash zu träumen. Trotzdem hatte er sich heimlich und leise in einem Winkel ihres Gehirns eingenistet wie eine verbotene Frucht. Vielleicht konnte die liebe Verwandtschaft ihr bei der Entscheidungsfindung helfen.

Zwanzig Minuten später betrat sie die bereits gut gefüllte Taverne. Viel zu laute Musik und eine Luft zum Schneiden schlugen ihr entgegen. Eigentlich mochte sie keine Bars. Ruhige Cafés oder Gartenlokale, wo man sich nicht schreiend unterhalten musste, waren ihr lieber.

Sie arbeitete sich durch die Menge, bis sie ihre Cousine entdeckte. Jillian tanzte gerade mit einem Kerl, der mindestens einen Kopf größer war als sie. Mit seinem halblangen dunklen Haar und den vielen Tätowierungen sah er recht verwegen aus. Tempest hätte sich mit einem Mann wie ihm nicht wirklich wohlgefühlt, aber Jillian stand auf ungezähmte Bikertypen. Jillians Brüder Nick und Jax waren ebenfalls da. Vermutlich war Mr. Tattoo einer von Nicks Freunden. Sonst hätte er mit Sicherheit verhindert, dass seine Schwester mit einem wie ihm tanzte.

Eine schwere Hand landete auf ihrer Taille und ließ sie zusammenzucken. Sie wandte sich um. Ein Fels von einem Mann lächelte sie an. Ihr Cousin Nick war eine imposante Erscheinung. Tempest hatte in ihm immer eine Mischung aus

Biker und Country-Boy gesehen. Sein Silverstone Motorrad war eine Spezialanfertigung und er trainierte Pferde für Shows und Turniere. Äußerlich war er eindeutig ein Braden – groß, dunkelhaarig und gebaut wie ein Krieger. Jillian hingegen schlug ihrer Mutter nach und war genauso zierlich wie resolut.

»Na, schöne Frau?« Nick beugte sich zu ihr und küsste sie auf die Wange. Dann legte er ihr schützend den Arm um die Taille.

»Ich habe gerade an dich gedacht. Wen bringt Jilly denn da so ins Schwitzen?«

»Meinen Kumpel Jace Stone.« Er führte sie zu dem Tisch, an dem Jax gerade bei einer hübschen blonden Bedienung einen Drink bestellte.

Jax stand auf und umarmte Tempest. »Wie geht's meiner Lieblingscousine?« Er war fast so groß wie Nick, aber deutlich sehniger, und er hatte helleres Haar.

»Die leidet unter Schlafmangel und braucht einen Rat.« Mit Jax konnte sie prima reden. Von all ihren Cousins war er ihr am ähnlichsten. Er war bedachtsam und strahlte bei allem, was er tat, eine gewisse Ruhe aus. Vermutlich musste das so sein, denn beruflich entwarf er luxuriöse Hochzeitskleider und versuchte, die Sonderwünsche anspruchsvoller Bräute im Bridezilla-Modus zu erfüllen.

»Ich habe dir ein Glas Wein bestellt.« Er rückte einen Stuhl für sie zurecht. »Setz dich und erzähl mir, was dich beschäftigt.«

Nick ließ sich auf dem Platz gegenüber nieder. »Muss ich irgendjemandem in den Hintern treten?«

»Mir vielleicht. Aber ich sage dir rechtzeitig Bescheid.« Sie griff über den Tisch hinweg und nahm einen Schluck von Nicks Bier. Eigentlich trank sie nicht viel Alkohol, aber heute brauchte sie etwas, um ihre Gedanken zu entschleunigen.

»Auweia.« Jax zeigte auf Nicks Bier. »Was ist denn mit dir los?«

»Du weißt, dass Jilly gern die Nacht zum Tag macht?«

»Ja. Und *du* wusstest das schon mit sechs Jahren«, antwortete Nick. »Erinnerst du dich noch an deine Übernachtungen bei uns?«

»Oh ja. Am Ende habe ich immer bei einem von euch auf dem Teppich geschlafen.« Nick, Jax und Jilly hatten noch drei weitere Brüder – Zev, Graham und Beau – und Tempest hatte mehr Nächte bei den Jungs auf dem Fußboden verbracht als bei Jillian im Zimmer. »Ich dachte, so was wächst sich irgendwann aus. Das war wohl ein Irrtum. Ich meine, schaut sie euch mal an.«

Jace und Jillian tanzten, als hätten sie die Tanzfläche gepachtet. Gegen ihre gewagten Hüftschwünge war *Dirty Dancing* die *Sesamstraße*. Ein wenig beneidete Tempest ihre Cousine darum, dass sie so völlig unbefangen sein konnte. »Sie hat Power für zehn und ich werde schon vom Zuschauen müde.«

»Das geht uns allen so«, seufzte Jax. »Jilly meinte, du wärest auf Zimmersuche. Du weißt, du kannst bei mir unterkriechen, wenn du möchtest.«

»Sicher fände sie es spannend, alle zwei Wochen eine andere nackte Frau durchs Haus hüpfen zu sehen.« Nick zwinkerte Tempest zu. »Glaub mir, bei einem der Braden-Jungs willst du nicht wohnen.«

Damit hatte er absolut recht. »Danke, ihr Lieben. Aber vielleicht habe ich schon etwas gefunden. Es ist nur ... Ich kann mich nicht recht entscheiden.«

»Hey! Du hast es geschafft!« Jillian kam mit Jace an den Tisch. Sie setzte sich neben Nick. »Wow! Das war toll.«

Jace musterte Tempest mit einem hungrigen Blick, dann schnappte er sich einen Stuhl.

Nick legte seinem Freund eine Hand an den Halsansatz und fixierte ihn. »Kumpel, das ist meine Cousine Tempest.«

Weshalb hatte sie das Gefühl, dass es keine gute Idee war, ihre Cousins um Rat zu bitten, ob sie im Haus eines Fremden, der ihr vielleicht ein bisschen zu gut gefiel, ein Zimmer mieten sollte? Die Jungs würden ihr verbieten wollen, auch nur einen Fuß über seine Schwelle zu setzen. Schließlich waren sie Bradens.

Jace stieß einen leisen Fluch aus. »Oh Mann. Bist du eigentlich mit jeder schönen Frau in dieser Stadt verwandt?« Er warf Tempest ein Killerlächeln zu. »Jace Stone. Schön, dich kennenzulernen.«

»Ja, freut mich. Du bist ein guter Tänzer.«

Die Bedienung brachte Tempest ihren Wein. Sie nahm sofort einen großen Schluck.

»Das kann man wohl sagen«, bestätigte Jillian, was ihr einen strengen Blick von Nick einbrachte. »Immer locker bleiben, großer Bruder. Ich habe nur bestätigt, dass er gut tanzt. Das war keine Einladung in mein Schlafzimmer.«

»Hast du eben Schlafzimmer gesagt?« Jace zuckte mit den Brauen.

Alle am Tisch lachten, außer Nick. Der funkelte düster in die Runde.

»Wenn ich mit meinen Brüdern unterwegs war, lief es auch immer so. Und dann wurden ihnen ihre Herzen gestohlen.« Tempe nippte an ihrem Wein und dachte an das aufregende Kribbeln, das Nash bei ihr auslöste. War er vielleicht ihr Herzensdieb?

»Wo wir gerade von gestohlenen Herzen sprechen – du bist

gestern ziemlich spät nach Hause gekommen«, stellte Jillian fest. »Ist dir ein schöner Mann über den Weg gelaufen?«

Kann schon sein. »Ich habe mir ein Zimmer angesehen. Auf einer kleinen Farm draußen vor der Stadt, mit Garten und Teich.«

»Das würde doch prima zu dir passen«, sagte Jax. »Und wo ist der Haken?«

Tempest nahm noch einen Schluck von dem flüssigen Mutmacher. »Ich weiß nicht, ob es einen gibt. Der Vermieter ist ein alleinerziehender Vater. Er hat einen süßen kleinen Jungen und …« *Und er ist brandheiß, er ist Künstler und …*

»Ein Kerl mit Kind wirkt auf Frauen sehr erotisch«, erklärte Jace. »Behaupten zumindest meine Schwestern.«

Jillian beugte sich mit einem wissenden Grinsen über den Tisch. »Es steckt mehr dahinter, nicht wahr? Zwischen euch beiden hat es gefunkt. Er bringt deinen Magen zum Flattern, das sehe ich dir an.«

Tempest wandte sich ab. »Quatsch.«

»Gib dir keine Mühe. Ich habe den Nagel auf den Kopf getroffen. Schaut sie euch nur an. Sie wird ganz rot.« Jillian griff über den Tisch und drückte Tempests Hand. »Gib's zu, Tempe. Du bist verknallt.«

»Wer ist der Mann?«, wollte Nick wissen.

»Er heißt Nash Morgan und ich bin *nicht* verknallt.« Erneut drehte Tempest sich weg. Sie wusste sehr gut, dass die anderen sie durchschauten.

»Flunkern war nie deine Stärke«, raunte Jax so leise, dass nur sie es hören konnte.

Sag mir etwas, was ich noch nicht weiß.

»Lass mich raten.« Jace grinste. »Du hast Angst, dass zwischen ihm und dir was läuft, wenn du das Zimmer nimmst.«

»Alter!«, bläffte Nick.

»Oh mein Gott«, raunte Tempest.

»Wenn du auf ihn stehst und er auf dich, ist es völlig egal, wo du wohnst«, erklärte Jillian. »Dann wird früher oder später sowieso etwas laufen.«

»Halt die Luft an, Jilly«, schimpfte Nick. »Den Kerl schaue ich mir erst mal genau an. Sein Name kommt mir bekannt vor, aber ich weiß nicht recht, woher. Wenn ich dich einfach bei irgendeinem Typen einziehen lasse, ohne ihn zuvor abzuchecken, bringen deine Brüder mich um, Tempe.«

Tempest verdrehte die Augen. »Ich brauche weder deine Erlaubnis noch ihre.«

»Korrekt«, bestätigte Jax. »Aber es schadet nichts, wenn wir uns mal vorstellen und ihn wissen lassen, dass du im Zweifel Unterstützung hast.«

»Habe ich irgendeine Wahl?«, seufzte Tempe.

»Nein«, sagten Nick, Jax und Jace im Chor.

»Du kennst mich doch nicht mal«, sagte sie zu Jace.

»Jetzt schon.« Jace grinste forsch. »Außerdem gehörst du zu Nicks Familie. Deshalb bin ich automatisch so was wie dein großer Bruder.«

»Als bräuchte ich dringend *noch* einen.« Tempest stemmte sich hoch und nahm ihre Tasche. »Ich gehe nur kurz an die frische Luft. Bin gleich wieder da.«

»Ich komme mit.« Jillian stand auf und nahm im Gehen ihren Arm. »Die wollen nur dein Bestes.«

»Ich weiß. Aber ich bin auch so schon ziemlich durcheinander.« Tempe schob sich durch die Tür nach draußen und atmete in der kühlen Abendluft erst einmal tief durch.

»Ist sein Haus so toll? Oder er?«, fragte Jillian. Wie immer kam sie direkt zum Punkt.

»Schwer zu sagen. Das Haus ist eigentlich nichts Besonderes. Gleichzeitig fühlt es sich an, als würde es nur darauf warten, zu etwas Besonderem zu werden.«

»Ähm …? Ich fürchte, ich kann dir nicht ganz folgen.«

»In den Räumen gäbe es viel zu verschönern. Außer dem Zimmer seines Sohnes ist alles ein bisschen schmucklos. Aber kennst du das, wenn ein Haus sich anfühlt wie ein Zuhause und nicht nur wie irgendein Gebäude? Die meisten Leute würden es vielleicht nicht so empfinden. Aber wenn man die beiden dort zusammen erlebt, spürt man ihre Liebe. Weißt du, was ich meine? Es ist, als wäre jede Verzierung unnötig. Das Grundstück ist ziemlich abgelegen und es ist unglaublich friedlich da draußen. Die beiden halten Ziegen und Hühner, und für mich fühlt es sich fast an, als würde ich dorthin gerufen. Kannst du dir das vorstellen? Und er … er …« Sie holte tief Luft und stieß sie langsam wieder aus. »Er ist eher still, aber stark. Und er lebt für seinen Sohn. Die Liebe zu dem Kleinen quillt regelrecht aus seinen Poren. Er beschützt ihn, wie unsere Brüder uns beschützt haben. Vielleicht sogar noch hingebungsvoller.«

»Wow. Das will was heißen.«

»Nicht wahr?« Die Erinnerung daran, wie Nash Flip über den Kopf und den Rücken gestrichen hatte, wärmte Tempests Herz. »Er schaut den Kleinen an, als wäre er das Einzige, was auf dieser Welt zählt. Und über seine Familie spricht er mit großer Wärme. Wenn er nicht gerade ruppig oder abweisend ist.«

»Ruppig und abweisend?« Jillians Miene wurde ernst. »Das klingt nicht besonders gut.«

»Das war er auch nur zu Anfang, bevor er Flip ins Bett gebracht hat …«

»Flip?« Jillian lachte. »Wer nennt denn sein Kind Flip? Flip. Flip. Flip. Süß irgendwie, das gebe ich zu. Ziemlich süß sogar.«

»Jilly!«

»Sorry. Erzähl weiter. Ich reiße mich zusammen. Versprochen.«

»Als sein Kleiner im Bett war, war er deutlich weniger verschlossen. Ich glaube, er hat zwei Gesichter. Einerseits möchte er seinen Sohn mit aller Macht vor schädlichen Einflüssen bewahren, andererseits ist er ein *Mann*. Verstehst du?«

»Ich habe eine ziemlich klare Vorstellung.«

»Ein Teil von ihm möchte einfach nur für seinen Sohn da sein. Das ist doch unglaublich sexy, oder? Und einen anderen Teil seiner Persönlichkeit hält er offenbar unter Verschluss. Es ist schwer zu beschreiben, aber es war, als würde er für einen Augenblick aus seinem Schneckenhaus kommen, nur um dann gleich wieder darin zu verschwinden.«

»Interessant.« Jillian drückte ihre Hand. »Dass du dich zu einem solchen Mann hingezogen fühlst, verstehe ich gut. Er klingt irgendwie mysteriös. Und eine kleine Farm irgendwo weit draußen? Das passt zu dir.«

»Das ist noch nicht alles.« Tempests Brust zog sich zusammen, weil sie gleich noch ein wenig mehr verraten würde. Aber über Nash zu sprechen, half ihr, ihn ein bisschen klarer zu sehen. »Er hat seinen Vater verloren, und ich habe keine Ahnung, was mit Flips Mutter ist. Aber für mich fühlt es sich an, als hätte er viel Schmerzhaftes erlebt. Ich wünschte, irgendein Zeichen würde mir sagen, ob es gut ist, mich bei ihm einzumieten, oder ob das ein riesiger Fehler wäre.«

»Lass uns doch eine Pro-und-Kontra-Liste machen.« Jillian griff nach Tempests Handtasche und kramte eines ihrer

Notizbücher und einen Stift hervor.

Tempest lachte. »Tu dir keinen Zwang an.«

»Ich doch nicht.« Jillian zog einen senkrechten Strich auf der Mitte einer freien Seite. »Okay. Erst die Pros.«

»Die Lage ist perfekt.« Tempe schaute zu, wie Jillian schrieb: *Perfekte Lage.* Dann: *Er ist heiß.* »Jilly.«

»Was ist? Das ist ein Pro, ganz egal, was meine Brüder sagen.«

»Wenn du meinst. Also weiter …« Tempest lächelte einer jungen Familie zu, die gerade vorbeiging. Von der Bank vor der Taverne aus konnte sie einige der Geschäfte in der Hauptstraße und in einer Seitenstraße sehen. Sie schaute gerne Leuten dabei zu, wie sie ihren Abend genossen, und fragte sich, was Nash und Flip wohl gerade taten. Sammelten sie Eier ein? Las Nash seinem Sohn eine Geschichte vor? Einen Fernseher hatte sie nirgends gesehen. Für sie war das ein großes Plus, denn sie hatte fernsehen immer als unnötige Ablenkung empfunden, die verhinderte, dass man vor die Tür ging und wirklich etwas erlebte. Allerdings schaute sich heutzutage fast jeder irgendwelche Serien auf seinem Smartphone an. Sie versuchte, sich vorzustellen, wie Nash sich irgendeine alberne Daily-Soap ansah. Es wollte ihr nicht gelingen. In seinen Bücherregalen standen Klassiker und Titel wie *Im Herzen der See.*

»Erde an Tempe.« Jillian wedelte mit der Hand vor Tempests Gesicht herum.

»Sorry. Weitere Pros. Die Miete ist erschwinglich, ich glaube, wir würden gut miteinander klarkommen, und er sagt, er hat keine seltsamen Gewohnheiten.«

»Ach, sagt er das? Was er für normal hält, finden andere vielleicht meschugge.«

»Schon möglich.« Tempest bemerkte ein Paar, das gerade

Hand in Hand das Diner gegenüber verließ. Der Mann zog die Frau in seine Arme und küsste sie. Tempest kam sich vor wie eine Spannerin und schaute schnell weg.

Jillian beugte sich näher zu ihr und senkte die Stimme. »Könntest du dir *so was* mit ihm vorstellen?«

»Es mir vorstellen? Ich hoffe darauf.« Tempest lachte. »Ich habe schon einige Männer gedatet, mich aber nie so ganz und gar gewollt und angenommen gefühlt. Bei dir ist das sicher anders.«

»Nö.« Jillian wedelte wegwerfend mit der Hand. »Gewollt, ja. Aber nicht so. Das eben war gewollt aus Liebe. Ich bin eher ein Lass-uns-für-eine-Weile-verrückt-nacheinander-sein-Mädchen. Aber bevor du einen falschen Eindruck bekommst: Ich schlafe nicht wahllos mit irgendwelchen Kerlen.«

»Das weiß ich doch.« Tempest wollte sich nicht über Bettgeschichten unterhalten. Das würde nur prickelnde Tagträume über Nash heraufbeschwören und so kam sie nicht weiter. Sie wandte sich wieder ihrem Dilemma zu und sagte: »Weitere Pros. Sein Sohn ist unglaublich süß, wenn auch ein bisschen still. Genau wie Nash.« Seinen Namen auszusprechen, war ein schönes Gefühl.

Jillian hörte auf zu schreiben. »Eigentlich weißt du schon, was du willst, nicht wahr? Du machst ein Gesicht wie ich, wenn ich eine Entscheidung getroffen habe.«

»Nein. Das geht nicht. Ich kann das nicht tun. Ich habe zu viel Angst davor, einzuziehen und mich dann auf meinen Vermieter zu stürzen.«

»Ein weiterer wichtiger Punkt.« Jillian setzte den Stift aufs Papier und schrieb beim Sprechen. »Pro: auf Vermieter stürzen wollen.«

»Streich das wieder!« Tempe griff nach dem Stift, aber

Jillian zog ihn weg. »Im Ernst, Jilly. Solche Anwandlungen hatte ich noch nie. Wenn Frauen so was sagen, verdrehe ich immer die Augen. Ich kann nicht mal glauben, dass ich das laut ausgesprochen habe.«

»Weil du ein süßes Hippiemädchen mit besonderen Verbindungen zum Universum bist. Du driftest auf einer Wolke aus Ernsthaftigkeit durchs Leben, hilfst selbstlos anderen Menschen und freust dich an kleinen, einfachen Dingen. An sanften Brisen und Schmetterlingen.«

Aus dem Mund jeder anderen Person hätte das für Tempest sarkastisch geklungen oder als wäre sie total verschroben. Doch obwohl sie so verschieden waren, verstand und schätzte Jillian Charakterzüge an ihr, die andere vielleicht nerdig oder langweilig fanden.

Jillian legte den Arm um sie und sagte: »An dich selbst denkst du immer zuletzt. Deshalb verpasst du manchmal unbeschwerte, spaßige oder prickelnde Momente. Jedenfalls suchst du sie nicht ganz bewusst, so wie viele andere in deinem Alter es tun.«

»Gestern Abend habe ich so was auch nicht gesucht.« Das war die reine Wahrheit. Nach dem Telefongespräch hatte sie sich auf einen grantigen, barschen Rüpel eingestellt.

»Deshalb finde ich, du solltest dir nicht so viele Gedanken machen. Lass dich doch einfach auf die Sache ein. Wenn die Verbindung zwischen euch so stark ist, dass du dich jetzt schon auf Nash stürzen möchtest, hat das auch etwas zu bedeuten.« Sie tippte mit dem Stift auf das Papier. »Ich weiß, du bist immer sehr vorsichtig. Also lass uns auch ein paar Kontras auflisten.«

»Ich könnte mich auf meinen Vermieter stürzen wollen«, sagte Tempe seufzend.

Jillian lachte. »Auf Vermieter stürzen wollen – Pro *und*

Kontra. In Ordnung. Und sonst?«

»Mehr fällt mir nicht ein«, gab Tempe zu. »Das Zimmer ist klein, aber es steht eine tolle alte Badewanne mit Klauenfüßen drin. Zum Baden ist sie leider nicht geeignet, aber sie sieht so schön aus. Und es gibt einen herrlichen Balkon, wo ich Gitarre spielen und den wunderbaren Ausblick genießen kann.«

»Ach, meine süße Cousine. Du hast keine weiteren Gegenargumente? Das Einzige, was dich zurückhält, ist, dass du dich auf diesen Nash stürzen könntest?«

Tempest nickte. »Mein Kopf sagt, es ist keine gute Idee, bei ihm einzuziehen. Aber …« Sie zuckte die Achseln. Sie wollte lieber nicht verraten, welche ihrer Körperteile energisch forderten, sie solle es unbedingt wagen.

»Ich weiß, du glaubst an Zeichen und an kosmische Fügungen. Aber manchmal musst du einfach deinem Gefühl folgen. Nehmen wir zum Beispiel mein Geschäft …«

Während Jillian über die Risiken sprach, die sie mit ihrer Selbstständigkeit eingegangen war, dachte Tempest an Nashs Gesichtsausdruck, als er gesagt hatte, sein Vater sei nicht mehr am Leben. Und sie dachte an die Art, wie er Phillip während ihres ganzen Besuchs angeschaut hatte. Und wie er *sie* angeschaut hatte. Oder wie sie glaubte, von ihm angeschaut worden zu sein.

Jillian packte ihren Arm. »Oh mein Gott«, flüsterte sie. »Heißer geht's nicht.«

Tempest folgte ihrem Blick zur gegenüberliegenden Straßenseite. Dort nahm Nash gerade den kleinen Flip auf den Arm und ihr Herz kam ins Stolpern. Nashs muskulöse Oberarme dehnten die kurzen Ärmel seines Shirts, während er seinen Sohn auf die Nasenspitze küsste, ihn noch höher hob und auf seine Schultern schwang. Mit einer Hand stützte er den

Rücken des Kleinen, mit der anderen hielt er ihn am Fußgelenk fest. Flip klopfte kichernd auf Nashs Baseballmütze und ließ sich von seinem Vater zur Eisdiele tragen.

»Ich habe plötzlich unbändige Lust auf was Süßes.« Jillian stand auf, aber Tempest griff nach ihrer Hand. »Was ist?«

»Das ist er.« *Es gibt garantiert kein deutlicheres Zeichen, als gerade jetzt den Mann vor mir zu sehen, an den ich seit gestern Abend ununterbrochen denke.*

»Das ist Nash?«, flüsterte Jillian. Sie zog die Hand weg und machte sich auf den Weg über die Straße.

Oh nein. Nein, nein, nein. Nur der Himmel wusste, welche peinlichen Fragen Jillian ihm jetzt gleich stellen würde. Tempest eilte hinterher.

»Tempest!«

Nicks tiefe Stimme rief ihren Namen und Nash drehte sich zu ihr um. Sein Blick traf sie wie ein Blitzschlag. Ein Adrenalinstoß ließ ihren jagenden Puls noch weiter in die Höhe schnellen. Nashs Mundwinkel kräuselten sich nach oben. Nick rief noch einmal ihren Namen und Nashs Blick flog über ihre Schulter. Er senkte das Kinn, in seinen Augen schloss sich eine Tür und sein Lächeln erstarrte zu Stein.

Vier

Diese kämpferische Entschlossenheit gegenüber männlicher Konkurrenz hatte Nash seit vielen Jahren nicht gespürt. Doch als sich jetzt drei muskulöse Kerle zu Tempest und ihrer Freundin gesellten, erwachten diese Instinkte zum Leben. Er straffte die Schultern und machte einen Schritt auf die Frau zu, auf die er eigentlich keinerlei Anspruch erheben konnte. Aber vielleicht brauchte sie ja seinen Schutz. Den drei Männern schleuderte er einen grimmig herausfordernden Blick entgegen.

Der muskelbepackte Dunkelhaarige, der Tempests Namen gerufen hatte, musterte ihn düster. Dann wandte er sich an Tempest und ihre Freundin. »Wolltet ihr euch heimlich verdrücken?«

»Ganz und gar nicht.« Die zierliche Frau mit dem braunen Haar, die vor Tempest die Straße überquert hatte, verschlang Nash ganz unverhohlen mit ihren Blicken. Die beiden anderen Männer kamen näher.

Der größte unter den dreien beäugte ihn und Phillip ungeniert. Mit seinen großflächigen Tätowierungen sah er ziemlich martialisch aus. Nash hielt seinen Sohn ein wenig fester und versuchte, die Situation einzuschätzen. Der dritte Mann hatte helleres Haar und schien eher neugierig als angriffslustig zu sein.

Nash hob das Kinn und grüßte mit einem knappen Nicken.

Tempests Blick flog zu ihm. Ihre Miene wirkte besorgt. Sein Wunsch, sie zu beschützen, wurde dadurch gleich noch größer.

Er machte einen weiteren Schritt auf sie zu. »Alles in Ordnung?«

Ein unsicheres Lächeln huschte über ihre Lippen. »Hi. Ich habe gerade an Sie gedacht. Ich meine, an Ihr Haus. An das Zimmer, das Sie vermieten wollen.« Sie sprach so schnell, dass sie sich beinahe verhaspelte.

Ein amüsiertes Lächeln stahl sich auf die Züge des etwas hellhaarigeren Mannes – vermutlich weil die Worte gar zu hastig über Tempests schöne, volle Lippen kamen.

»Das ist Jillian, meine Cousine.« Sie deutete auf die Frau, dann auf ihre Begleiter. »Meine Cousins Nick und Jax, und das ist Jace, Nicks Freund.« Anschließend zeigte sie auf Nash und sagte: »Nash Morgan und sein Sohn Flip.«

Verdammt, wie sie seinen Namen aussprach, hörte sich gut an. Ein wenig atemlos, ein wenig nervös. Und wenn er sich die Kerle so ansah, fiel ihnen ebenfalls auf, wie durcheinander Tempest war. Besonders gut schienen sie das nicht zu finden.

Jace richtete sich auf und verschränkte die Arme. Der Kerl war ein Kraftpaket und überragte ihn um einige Zentimeter. *Und er hat kein Kind auf den Schultern.* Nash holte tief Luft und bot den Männern, die in kritisch fixierten, seine breite Brust.

»Schön, Sie alle kennenzulernen«, sagte er und streckte Nick als Erstes die Hand hin.

»Ja, freut mich. Süßer Junge.« Nicks Ton war ernst, doch die nette Bemerkung über Phillip nahm ihm die Schärfe.

»Danke.« Nash schüttelte Jax die Hand. »Jax.« Dann streckte er auch Jace die Hand hin, dessen herausfordernder

Blick ein wenig zu lange auf ihm ruhte. »Jace«, sagte er mit einem leicht amüsierten Tonfall. Nash war nie ein Mann gewesen, der sich leicht einschüchtern ließ.

Jace schüttelte ihm die Hand und deutete mit dem Kinn auf Phillip. »Cooles Kerlchen.«

Nash war froh über den halbwegs lockeren Ton.

»War's das jetzt? Sollen wir alle mal tief durchatmen und nett zueinander sein?« Jillian tätschelte Jaces Arm. »Schön artig bleiben.« Sie warf Nash einen entschuldigenden Blick zu. »Sorry. Manchmal geht die Familienloyalität ein bisschen mit uns durch. Aber vielleicht ist es ganz gut, wenn Sie gleich die volle Dosis abkriegen. Am besten, Sie rechnen mit der einen oder anderen Frage, denn Tempe denkt daran, bei Ihnen einzuziehen.«

»Ich mache das«, sagte Tempest.

Jetzt wirkte sie auf Nash wieder so selbstsicher wie am gestrigen Abend. Sie straffte die Schultern und hatte plötzlich einen entschlossenen Zug um den Mund.

Er hob die Brauen. »Sie wollen …?«

»Das Zimmer mieten, ja. Wenn das Angebot noch steht.«

»Es steht noch. Freut mich.« Würde es seltsam aussehen, wenn er jetzt triumphierend die Faust in die Luft stieß?

»Du hast dich entschieden?« Jillian konnte ihre Überraschung nicht ganz verbergen. *Warst du nicht bis eben noch total unschlüssig?*

Nick warf Nash einen Blick zu, der halb Lächeln, halb Warnung war. »Dann wird es jetzt wohl Zeit für die Fragen.«

»Mach keinen Wind, Nick. Der Mann hat ein Kind auf den Schultern.« Jax seufzte. »Verletzen Sie sie nicht, erzählen Sie ihr keine Märchen und tun Sie nichts, was ihr schadet. Verstanden?«

»Jax!« Tempest stöhnte. »Sorry, Nash. Dass ich außer ein paar Brüdern mit einem überentwickeltem Beschützerinstinkt auch noch ein paar Cousins von derselben Sorte habe, hätte ich Ihnen vielleicht sagen müssen.«

Sich von wildfremden Kerlen Verhaltensregeln geben zu lassen, behagte ihm nicht. Aber dass Tempests Familie hinter ihr stand und sich für sie einsetzte, freute ihn für sie. Auch wenn Tempest offenbar am liebsten im Erdboden versunken wäre.

»Keine Sorge.« Sein Blick wanderte von einem Mann zum anderen. »Ich bin nur ein alleinerziehender Vater, der zusieht, dass er über die Runden kommt. Und ich werde Tempe mit demselben Respekt behandeln, den auch Sie hoffentlich jeder Frau entgegenbringen würden, die unter Ihrem Dach wohnt.«

Jillian und Tempest tauschten einen anerkennenden Blick aus.

»Das wäre dann wohl geklärt«, sagte Jax. »Hat jemand Lust auf ein Eis?«

Nash schaute Tempest an, und sie hob eine Schulter zum süßesten Achselzucken, das er je gesehen hatte. Er wäre lieber mit ihr und Phillip allein gewesen, um sie noch ein wenig besser kennenzulernen. Zu gerne hätte er herausgefunden, weshalb Tempests Lächeln jetzt viel scheuer wirkte als am Vorabend und weshalb sie jedes Mal wegschaute, wenn er sie dabei ertappte, wie sie ihn und Phillip ansah. Aber das musste er sich wohl abschminken und stattdessen mit drei Kerlen, die er nicht kannte, bei einem Eis höfliche Konversation machen.

Es folgten ein paar angespannte Minuten, in denen sie Eiscreme bestellten und sich damit an einen Tisch vor dem Verkaufsfenster setzten. Doch bald hatten die kritischen Fragen ein Ende und das Gespräch drehte sich um unverfänglichere

Dinge. Nash war erleichtert. Das Knistern zwischen ihm und Tempe machte ihn schon nervös genug, und er fragte sich, ob die anderen es ebenfalls spürten. Phillip saß zufrieden auf seinem Schoß und vertilgte sein Eis, während die Erwachsenen redeten. Die netten Bemerkungen, mit denen Tempests Cousins den Kleinen hin und wieder einbezogen, deuteten darauf hin, dass sie nicht die Kotzbrocken waren, für die er sie im ersten Moment gehalten hatte. Jillian schrieb nebenher immer wieder Textnachrichten. Und Tempest … Tempest war genauso süß und anziehend wie am Abend zuvor.

»Ihr wohnt also alle hier in der Gegend?« Inzwischen waren sie zum Du übergegangen. Dass Nash mit jemand anderem als Phillip an einem Tisch gesessen hatte, war lange her, und es fiel ihm nicht leicht, die misstrauischen Stimmen in seinem Kopf zu überhören. Ein Teil von ihm wäre gern einfach aufgestanden und gegangen. Doch ein anderer Teil, der sich seit vierundzwanzig Stunden immer wieder hartnäckig zu Wort meldete, hatte es nicht eilig, von Tempest wegzukommen.

»Ich bin ziemlich viel unterwegs«, antwortete Nick. »Aber hier ist mein Zuhause. Familie und so.«

Familie. Ja, auch er erinnerte sich daran, wie es war, eine Familie zu haben. Er küsste Phillip aufs Haar. Jetzt war sein Sohn seine Familie. Eine Zeit lang hatte Nash ein freies Künstlerleben geführt und war von einem Staat in den anderen getingelt, immer dahin, wo er seine Stücke verkaufen konnte. Das war Ewigkeiten her.

»Jax und ich wohnen auch hier«, erklärte Jillian. Sie hatte ihr Eis bereits aufgegessen und ihr Telefon vibrierte schon wieder.

Tempest beobachtete Phillip mit einem weichen Blick und einem ungekünstelten Lächeln. Dass sie seinen Sohn so anschaute, löste in Nashs Magen ein angenehmes Kribbeln aus. Um sich abzulenken, wandte er sich an Jace. »Und du? Bist du auch von hier?«

Jace schüttelte den Kopf. »Ich bin geschäftlich viel unterwegs. Ich designe Motorräder und habe Geschäfte an verschiedenen Orten in den Staaten. Und wo wir gerade davon sprechen, ich muss los. Meine Schwester Mia erwartet mich in New York.« Er stand auf.

Nash erhob sich ebenfalls und nahm Phillip auf den Arm. Dabei streckte er Jace die Hand hin. »Hat mich gefreut.«

»Danke, Mann.« Jace zwinkerte Phillip zu. »Bis bald, Kleiner.«

Phillip verbarg das Gesicht an Nashs Brust.

»Ich mache mich jetzt besser auch auf den Weg. Es gibt noch so viel zu entwerfen. Und ihr habt doch sicher auch zu tun, nicht wahr, Jax?« Jillian warf Jax und Nick einen ziemlich offensichtlichen Kommt-wir-lassen-die-beiden-allein-Blick zu. Die zwei verstanden den Wink mit dem Zaunpfahl. Jillian umarmte Tempest und lächelte Nash und Phillip an. »Schön, dass wir uns jetzt kennen. Sicher sehen wir uns bald wieder.«

»Tut mir leid, dass wir anfangs ein bisschen unentspannt waren.« Jax klopfte Nash auf den Rücken wie einem alten Freund.

Nash versuchte, die Vertraulichkeit ganz locker zu nehmen. Aber das fiel ihm nicht leicht. »Schon gut. Heutzutage kann man nicht vorsichtig genug sein.« Er verabschiedete sich von Nick, dann setzte er sich wieder zu Tempest und sah, wie ihre Wangen sich röteten. »Deine Verwandten sind nett.« Er hoffte, ihr die Beklommenheit nehmen zu können und damit vielleicht auch seine eigene loszuwerden.

»Dass sie dich so ins Verhör genommen haben, tut mir

wirklich leid.« Sie warf Phillip einen liebevollen Blick zu. »Ich hatte nicht damit gerechnet, dass wir uns hier über den Weg laufen. Und ich möchte dir nicht deine Zeit mit Flip stehlen.«

Nash machte den Mund auf, um sie zu korrigieren. Aber sie war schon verlegen genug, und er wollte sie nicht noch mehr durcheinanderbringen, indem er ihr erklärte, dass sie den Namen seines Sohnes missverstanden hatte. »Mich freut unser Zufallstreffen«, sagte er zu seiner eigenen Verwunderung. Tempests Wangen färbten sich noch dunkler. »Hör mal, wegen des Zimmers musst du dich nicht sofort entscheiden. Du kannst dir das gern noch mal durch den Kopf gehen lassen.«

»Das habe ich schon. Ich möchte bei euch einziehen. Es sei denn … Oh mein Gott. Du hast es dir anders überlegt. Das kann ich dir nicht verdenken, jetzt wo du meine …«

»Nein, habe ich nicht.« Ihre Blicke trafen sich und einen Augenblick lang versank die Welt um sie herum.

»Sicher?«

Sicher? »Absolut.« Er legte den Arm um Phillip, damit er nicht die Hand ausstreckte und ihr eine blonde Strähne aus den Augen strich. »Die sorgen sich eben um dich. Du hast Glück, solche Angehörigen zu haben.« *Mehr Glück, als dir vielleicht bewusst ist.*

Sie schenkte ihm ein weiteres umwerfendes Lächeln. Wenn sie tatsächlich bei ihm einzog, konnte er sich sicher noch sehr oft daran erfreuen.

»Danke. Aber wie du siehst, sind sie manchmal ziemlich anstrengend. Ganz so direkt wie Nick und Jace sind meine Brüder nicht, aber ich glaube, wenn sie nicht greifbar sind, hat Nick das Gefühl, sie vertreten zu müssen.«

Phillip gähnte und legte den Kopf an Nashs Schulter. »Er ist so still«, sagte Tempest. »Ich hoffe, sie haben ihm keine Angst eingejagt.«

»Er ist immer recht still.« Nash wollte einfach hier sitzen bleiben, hören, wie die Blätter in der Brise raschelten, und Tempests Gegenwart genießen. Aber der Vater in ihm sprach lauter als jede andere Stimme in seinem Kopf. »Tut mir leid, dass ich nicht länger bleiben kann. Aber ich glaube, ich bringe meinen Kleinen jetzt besser nach Hause. Er wird morgens immer in aller Frühe wach, egal wann ich ihn abends ins Bett bringe.«

»Okay. Hättest du gern irgendwelche Referenzen?«

Er schüttelte den Kopf. Gemeinsam gingen sie die paar Schritte bis zum Gehsteig. »Nicht nötig. Wann möchtest du denn einziehen?«

»Am liebsten gleich jetzt«, scherzte sie. »Damit ich endlich wieder mal nach Herzenslust schlafen kann.«

»Kein Problem.«

Sie lachte. »Das war nur Spaß.«

»Und ich meine es ernst.« Ihr Lächeln verschwand und er hätte sich für seine Bemerkung ohrfeigen können. »Wo hast du denn geparkt?«

»Hinter der Taverne.«

Gemeinsam überquerten sie die Straße. Jeder Schritt fühlte sich an, als müssten sie sich durch die elektrisch geladene Luft vor einem Gewitter kämpfen. Jedes Mal, wenn ihre Arme sich streiften oder ihre Blicke sich trafen, sprühten Funken.

»Und jetzt wirklich im Ernst«, sagte sie, als sie vor ihrem Wagen standen. »Ab wann möchtest du denn das Zimmer vermieten?«

»Sobald du einziehen kannst.« Phillip lehnte schwer an seiner Schulter. Immer wieder fielen ihm die Augen zu und er war bereits halb eingeschlafen.

»Wirklich?« Sie zog die Nase kraus. »Ich möchte mich nicht aufdrängen.«

Dräng dich auf, Tempe. Bitte, dräng dich auf. Sie war einfach zu süß und zu sexy und ahnte vermutlich gar nichts davon. Er fand das unfassbar betörend. »Wirklich. Du kannst heute Abend noch zu uns rauskommen, morgen oder nächste Woche. Wann immer es dir am besten passt.«

Sie biss sich auf die Unterlippe, Hoffnung trat in ihren Blick. »Morgen gebe ich noch einen Musikkurs für Kinder, aber danach habe ich den Rest des Wochenendes frei. Wäre morgen Abend zu bald?«

»Fragst du immer mehrmals nach, bevor du eine Antwort akzeptierst?«

»Nur wenn ich nervös bin.«

Die Luft zwischen ihnen heizte sich auf. Er trat noch ein wenig näher. Eigentlich hätte er das nicht tun sollen, aber sie zog ihn magisch an. »Warum bist du nervös?«

Ihr Blick verriet ihm, dass sie die Verbindung zwischen ihnen genauso deutlich spürte wie er. Sie war so echt, so ungekünstelt, so liebenswert und ehrlich. Und das machte sie gefährlich. *Nicht nur für mich. Auch für Phillip.* Bei dem Gedanken lehnte er sich ein wenig zurück und spürte, wie kühlere Luft die aufgeheizte verdrängte. Tempest schloss ihren Wagen auf und er öffnete die Tür für sie. Dabei ermahnte er sich zur Zurückhaltung. *Nichts überstürzen.*

»Eigentlich gibt es gar keinen Grund«, sagte sie zittrig. Sie wandte den Kopf ab und schob sich hinters Steuer. »Vermutlich bringt mich nur der bevorstehende Umzug durcheinander.«

Er wartete darauf, dass sie ihn anschaute. Als sie es endlich tat, sah er alles, was er sehen wollte. Es war klar wie der helle Tag. *Du spürst es auch und du läufst nicht davon. Du bringst es auch nicht fertig, das einfach wegzuwerfen, oder?* Er wusste, dass er sich auf dünnem Eis bewegte. Und ihm war klar, dass er nichts mit ihr anfangen konnte, vor allem nicht, wenn sie bei ihnen wohnen sollte. Doch zum ersten Mal seit langer Zeit wollte er einfach nur egoistisch sein. Zumindest egoistisch genug, sich viel gemeinsame Zeit mit ihr zu wünschen – auch wenn sie vielleicht nur Freunde sein konnten. Zu gerne hätte er seinem Egoismus ganz nachgegeben, aber das würde, das konnte er sich nicht gestatten. Sonst brachte er Unruhe in sein Leben und riskierte womöglich die Stabilität, die für seinen Sohn so wichtig war.

»Ich bin auch nervös«, sagte er ehrlich. »Und wahrscheinlich ist das ganz gut so.«

Fünf

Seit der spontanen Entscheidung, das Zimmer bei Nash zu mieten, verschlang sich Tempests Magen immer wieder zu einem festen Knoten, nur um gleich darauf zu flattern wie hundert Schmetterlinge. Am Abend hatte sie die Bar verlassen, weil ihre Cousins ihr die Luft zum Atmen genommen hatten. Viel Lust auf die laute, überfüllte Taverne hatte sie sowieso nicht gehabt. Sie hatte sich lieber entspannen und nach einem langen, emotionalen Tag zur Ruhe kommen wollen.

Wie ausgelaugt sie tatsächlich war, war ihr erst durch Jillians Bemerkung klargeworden, sie würde sich immer um andere kümmern und an sich selbst zuletzt denken. Das ging schon ziemlich lange so. Auch Bars besuchte sie eigentlich nur, weil andere Leute sich ausgerechnet dort mit ihr treffen wollten und weil man das in ihrem Alter nun mal machte. Sie hatte nicht allzu viele Bekannte, die lieber in einem gemütlichen Café oder irgendwo draußen saßen und sich unterhielten, ohne sich von Menschenmengen oder Mobiltelefonen ablenken zu lassen. Nash und Flip hingegen schienen viele stille gemeinsame Momente zu genießen. Bei ihrem Besuch auf der kleinen Farm hatte das etwas in ihr ausgelöst, und sie hatte sich sofort gewünscht, mehr Zeit mit ihnen verbringen zu können. Oder *bei* ihnen, in der ruhigen Welt, die Nash geschaffen hatte.

Als sie jetzt in seine Einfahrt einbog, kroch Angst an ihrem Rückgrat empor und setzte sich auf ihre Schultern. Brachte sie sich in eine Situation, die sie nicht kontrollieren konnte? Machte sie einen Fehler? Schon der Umzug von Peaceful Harbor hierher nach Pleasant Hill war eine riesige Veränderung gewesen. Verlangte sie vielleicht zu viel von sich?

Sie klammerte sich am Lenkrad fest, versuchte, ihr wild pochendes Herz zu beruhigen, und nahm plötzlich aus dem Augenwinkel eine Bewegung wahr. Flip rannte im Ziegengehege umher, Nash war ihm auf den Fersen. Sie ließ ihr Fenster herunter und hörte Flips kindlich hohes Kichern und dann Nashs lauteres, raueres Lachen, als er sich den Jungen über die Schulter warf. Nashs Heiterkeit wirkte ansteckend auf sie, und wie unbeschwert er mit seinem Sohn umging, wenn die beiden alleine waren, erfüllte sie mit Glück. Er zog Flip in seine Arme und drückte ihn an sich. Wärme durchrieselte Tempests Herz, und zum x-ten Mal an diesem Tag sagte sie sich, dass sie sich richtig entschieden hatte. Was sollte falsch daran sein, in einer ruhigen, familiären Atmosphäre leben zu wollen? *So kenne ich das nun mal. So bin ich es gewohnt.* Schön, sie fand Nash unglaublich anziehend. Aber sie war kein Mensch, der seine Impulse nicht zügeln konnte. Das bewies nicht zuletzt die überaus kurze Liste ihrer bisherigen sexuellen Beziehungen. So gut wie alle Männer wollten nur das Eine, und den meisten sah man das schon von Weitem an. Sie konnte mitverfolgen, wie sie ihre nächsten Schachzüge planten und sich ausrechneten, wie lange es dauern würde, sie ins Bett zu bekommen. Am besten gleich beim ersten Date. Sie hatte genügend erste Dates hinter sich gebracht, bei denen ihr die Lust auf ein zweites vergangen war.

Tempest atmete tief durch und stellte den Motor ab. *Mit*

der Anziehung komme ich klar. Und falls doch nicht, würde sie nicht zu stolz sein, einen Rückzieher zu machen. Nash wandte sich mit einem breiten, unbekümmerten Grinsen um. Er stellte Flip auf den Boden und sah dabei unfassbar sexy aus. Tempe stieg aus dem Wagen und sein Blick flog zu ihr. Sein Lächeln veränderte sich, wurde dunkler. Die Luft fühlte sich plötzlich viel wärmer an. Er folgte Flip zur Einfahrt. Der Kleine blieb dort stehen und schaute sich zu seinem Vater um. Nash nickte und streckte ihm die Hand hin. Flip schloss seine kleine Faust um zwei von Nashs Fingern. Zusammen marschierten sie über den Kies zu Tempest und blieben kurz vor ihr stehen. Nash schob seine freie Hand in die Vordertasche seiner Jeans. Flip registrierte es und steckte prompt seine kleine Hand in seine eigene Tasche. Sie waren ein ganz besonderes Paar, diese beiden stillen, neuen Jungs in ihrem Leben.

»Na? Alles klar?« Nashs Forschheit wirkte heute schon viel weniger ruppig. Tempe dachte daran, was er am vergangenen Abend gesagt hatte. *Ich bin auch nervös, und vermutlich ist das gut so.*

»Ja.« *Mir schlottern bloß ein bisschen die Knie.* »Willst du mir das Zimmer wirklich geben? Falls du es dir anders überlegt hast, geht das in Ordnung.«

Er schaute hinab auf ihre Sandalen, schüttelte den Kopf und hob dann unter seiner Baseballmütze hervor den Blick zu ihr. Er sah gleichzeitig heiß, süß und unglaublich männlich aus. Ihr Herz flatterte wie ein junger Vogel.

»Wenn ich es mir anders überlegt hätte, hätte ich dich angerufen, bevor du dir die ganze Mühe gemacht hast.«

Sie nickte und fragte sich, ob er sah, wie gelähmt sie war. Weil sie irgendetwas tun musste, drückte sie auf den Kofferraumknopf an ihrem Schlüssel und drehte sich zu ihrem

Wagen.

»Ich helfe dir.« Bevor sie protestieren konnte, schnappte er sich ihren größten Koffer. Mit einer Kopfbewegung in Richtung der wenigen anderen Sachen sagte er: »Ist das alles, was du hast?«

»Hm-hm. Ich habe noch keine Ahnung, wie es hier beruflich für mich laufen wird. Möglicherweise muss ich der Arbeit wegen doch wieder zurück nach Peaceful Harbor. Darum habe ich die meisten Sachen in meiner Wohnung dort gelassen.«

Die Muskeln in Nashs Kiefer zuckten. Flip versuchte, sich am Kofferraumrand hochzuziehen und hineinzuspähen. Doch dazu war er noch viel zu klein. Neugierig schaute er seinen Vater an.

»Darf er auch etwas tragen?«, fragte Nash.

»Klar doch.« Sie nahm das kleine lederne Schmuckkästchen, das ihre Mutter ihr geschenkt hatte, und ging neben dem Jungen in die Hocke. »Glaubst du, du schaffst das?«

Er nickte zuversichtlich und machte dabei ein so ernstes Gesicht, dass sie lachen musste.

Als Nächstes hievte sie eine Pappschachtel voller Bücher aus dem Kofferraum, die Nash ihr prompt mit der freien Hand aus den Armen nahm.

»Die kann ich selber tragen«, protestierte sie.

»Die nehme ich. Ich lasse dir die schweren Sachen übrig.« Er warf einen Blick zu Flip. »Komm, Kumpel.«

Flip trug das Schmuckkästchen, als wäre es aus Glas. Nash wartete, bis Tempest einen Korb voller Bettwäsche und Handtücher aus dem Wagen geholt hatte, dann machte er sich auf den Weg zur Haustür.

»Vorhin habe ich alle Sachen ganz allein zu meinem Wagen geschleppt«, erklärte sie stolz.

»Und jetzt schleppe ich sie für dich ins Haus.«

Sein Grinsen war einfach zu sexy. Wie sollte sie ihm da widersprechen?

»Bitte sag mir, dass ich nicht bei jemandem einziehe, der einen ebenso überentwickelten Beschützerinstinkt hat wie die Braden-Sippe. Ich liebe meine Familie, aber dass ich ein paar Ortschaften weiter weg ziehe, hat durchaus seinen Grund.«

Flip drückte die Tür auf und Nash hielt sie mit dem Ellbogen für sie offen. »Sagen wir doch einfach, ich bin hilfsbereit. Oder: Ich möchte nicht, dass du dich auf meinem Grundstück verletzt und mich dann verklagst.« Aus dem Augenwinkel warf er ihr einen Blick zu. Ein Lächeln spielte um seine Lippen.

»Ja, so wird es wohl sein«, scherzte sie. Sein Haus mit dem Wissen zu betreten, dass sie von nun an hier schlafen würde, fühlte sich seltsam an. Es war anders als bei einem Hotelaufenthalt, wo alle nur Gäste waren, und anders als bei einem Familienbesuch, wo man sich im Jogginganzug mit einer Schale Pfirsichen mit Sahne aufs Sofa fläzen konnte. *Ach herrje, kann ich hier in Joggingsachen herumlaufen?* Sofort hörte sie im Kopf, was Jillian und Shannon dazu sagen würden. *Nein. Auf gar keinen Fall. Es sei denn, ihr habt zuvor ein paar heiße Spielchen im Heu getrieben.* Grundgütiger! Wie kam sie bloß auf einen so schmutzigen Gedanken? Das war nicht gut.

Flip arbeitete sich im Schneckentempo mit dem Schmuckkästchen die Treppe hinauf. Sie folgte ihm und Nash hielt sich dicht hinter ihr und brachte den moschusartigen, männlichen Geruch eines harten Arbeitstages mit.

»Immer noch nervös?«, fragte er leise.

»Jetzt, wo ich hier bin, sogar noch ein bisschen mehr«, gab sie zu.

Dass er dazu nichts sagte, machte die Sache nicht eben besser.

Als sie oben ankamen, drehte Flip sich zu seinem Vater um. Nash nickte zu der Tür am Ende des Flurs. »Da wohnt von jetzt an Tempe. So wie wir es besprochen haben.«

Der Kleine nickte und marschierte den Flur entlang.

»Wow, das klingt irgendwie seltsam«, murmelte sie nachdenklich.

»Wirklich?« Gemeinsam betraten sie das Zimmer. »Ich finde, es klingt schön.«

Schön. Sogar seine Wortwahl gefiel ihr. Die meisten Männer, die sie kannte, hätten vielleicht *cool* oder *super* gesagt. *Schön* hörte sich an, als wäre sie hier willkommen. Es klang einladend und warm.

»Soll ich gleich den Vertrag unterschreiben?«

»Darum kümmern wir uns, wenn du dich eingerichtet hast.«

Das Zimmer wirkte verändert. Freundlicher, bewohnter. Sie hätte wetten können, dass Nash hellere Glühbirnen in die Deckenlampe geschraubt hatte. Auf dem Bett lagen Leintücher, Kissenbezüge und ein Stapel Handtücher, die allesamt aussahen wie nagelneu und frisch gewaschen. Neben das Bett hatte er ihr ein paar Bücher gelegt. Obwohl er das vermutlich für jeden getan hätte, weitete sich bei dem Anblick ihr Herz. Ihre Bücherkiste stellte er auf ein hübsches Tischchen. Dazu gehörte ein Stuhl mit handgeschnitzten Beinen. Die Lehne war mit einer detailreich geschnitzten Berglandschaft verziert. Bei der ersten Besichtigung hatte beides nicht im Zimmer gestanden. Nash setzte ihren Koffer vor dem Schrank ab. »Die Bettwäsche und die Handtücher brauchst du anscheinend nicht.«

Flip stellte das Schmuckkästchen neben die Bücherkiste auf den Tisch, und als Nash erneut seine Hand in die Hosentasche steckte, tat sein Sohn dasselbe.

»Trotzdem danke. Das war sehr aufmerksam von dir. Und der kleine Tisch und der Stuhl sind wunderschön.« Im Papierkorb neben dem Bett lagen Preisschilder. »Die Handtücher und die Bettwäsche kann ich gerne bezahlen.«

Nash schnaubte. »Sei nicht albern.«

Flip schnaubte ebenfalls und schüttelte den Kopf.

Tempest spürte, wie sich ein Lächeln auf ihre Züge legte. Solange sie diese beiden um sich hatte, würde ihr das sicher sehr oft passieren. Einmal gingen sie noch zu ihrem Wagen und holten die restlichen Sachen.

Dann legte Nash die Hand auf den Kopf seines Sohnes. »Jetzt lassen wir dich erst mal auspacken. Hast du schon was gegessen?«

Ihr gefiel, wie er Flip bei allem, was er tat, mit einbezog und dass er seinen Sohn so häufig berührte – beinahe als wäre der Kleine eine Erweiterung seiner selbst. »Nein. Ich habe gleich nach der Arbeit gepackt. Aber wenn ich alles verstaut habe, fahre ich noch mal los und hole mir etwas. Ich muss sowieso Lebensmittel einkaufen.«

Nash schaute aus dem Fenster, sein Kiefer spannte sich an. »Wir essen nachher eine Gemüsepfanne mit Hühnchen. Wenn du magst, bist du eingeladen. Du kannst ja morgen noch einkaufen gehen.«

»Danke. Gern. Ich räume nur kurz ein paar Sachen weg, dann helfe ich dir.«

Er nahm die Handtücher und die Bettwäsche, die nicht gebraucht wurden, und schob Flip aus dem Zimmer. »Wir machen das schon. Wir sind ein eingespieltes Team.« Im Flur blieb er noch einmal stehen und schaute zu ihr zurück. »Aber wenn du helfen möchtest, freuen wir uns natürlich.«

Er zog die Tür ein Stück weit zu und ließ sie mit ihren Gedanken über einen Mann allein, der sich ziemlich viel Mühe gegeben hatte, ihr kleines Zimmer wohnlich zu gestalten.

So nervös war Nash nicht mehr gewesen, seit er Phillip zum ersten Mal in den Armen gehalten hatte. Wie konnte er in seinem eigenen Haus so angespannt sein, und das, während er ein Essen zubereitete, das er schon hundertmal gemacht hatte? Doch für ihn und Phillip zu kochen, war eine Sache, denn Phillip schmeckten seine Kreationen. Aber was, wenn es Tempest nicht schmeckte? Er betrachtete die roten, orangefarbenen und gelben Paprikaschoten und das andere Gemüse, das sie aus dem Garten geholt hatten. Die schmalen Hähnchenstreifen – *nicht* von Tieren aus dem eigenen Stall – hatte er bereits vorhin geröstet. Bei diesem Gericht etwas falschzumachen, würde ihm wohl kaum gelingen. Er gab sich Mühe, sich auf den Countrysong zu konzentrieren, der gerade im Radio lief, und nicht auf das nervöse Kribbeln in seinem Bauch. Aber genauso gut hätte er versuchen können, einen Herbststurm zu ignorieren.

Phillip saß auf der Arbeitsplatte, riss den Salat klein und warf die Teile in eine Schüssel.

»Und? Was denkst du, Kumpel?«

Phillip blickte auf und sang eine Zeile des Liedes im Radio mit. »Playing with fire …« Dann summte er ein paar Takte bis zu der Stelle, an der es hieß ›tangled up‹ – *total verstrickt.*

Nash lachte. *Vielleicht mache ich mir einfach zu viele Gedanken.* Zusammen mit einem Schuss Olivenöl gab er das

Gemüse in den Wok, dann sang er gemeinsam mit seinem Sohn den Countrysong weiter. Er fügte Gewürze und Phillips Lieblingssauce hinzu, drehte die Hitze herunter, schnappte sich seinen Jungen und wirbelte ihn beim Singen herum. Phillip mochte es, wenn er mit ihm tanzte. Und Nash musste dabei immer an das Leben denken, das er hinter sich gelassen hatte. Dass er gezwungen gewesen war, erwachsen zu werden, hatte ihn nicht bitter gemacht. Aber hin und wieder dachte er wehmütig an die Reisen zu den Kunstfestivals und daran, dass er früher jeden Tag stundenlang an seinen Skulpturen hatte arbeiten können. Und zwischendurch nach Lust und Laune Gitarre spielen. Doch das war lange her. Er küsste Phillip auf die Stirn. Mit seinem Sohn zu tanzen, war noch schöner, als durch die Gegend zu ziehen.

»Singen kannst du also auch.« Eine große Tasse mit der Aufschrift »Musik streichelt die Seele« in der Hand stand Tempest in der Tür. Sie hatte sich umgezogen. Jetzt trug sie eng anliegende Jeans und ein elfenbeinfarbenes, ärmelloses Shirt mit einem spitzenbesetzten Ausschnitt. An den Füßen hatte sie nur einen kleinen silbernen Zehenring. Wieder diese perfekte Kombination aus sexy und unschuldig, die sich gerade mit Lichtgeschwindigkeit zu Nashs Lieblingslook entwickelte.

»Nur für den Hausgebrauch.« Herrje, so schnell konnte man sich zum Deppen machen. Er setzte Phillip auf einen Hocker an der Arbeitsplatte, wo sich sein Sohn sofort wieder mit dem Salat beschäftigte und dabei weitersummte. Nash rührte mit großer Konzentration in der Pfanne.

Tempest hielt ihre Tasse in die Höhe. »Darf ich die in den Schrank stellen? Aus der trinke ich jeden Morgen.«

»Eine Tasse?« Er legte den Kopf schief. »Ich weiß nicht. Die braucht doch ziemlich viel Platz.«

Tempe lächelte und berührte Phillip am Bein. »Dein Daddy ist ein echter Spaßvogel.«

Phillip schaute sie fragend an und hielt ihr ein Stück Salat hin.

»Seine Hände sind gewaschen.« Nash griff nach der Tasse, sie nach dem Salatblatt. Nash stellte die Tasse in einen Schrank und erklärte dabei: »Tassen und Gläser«, dann machte er eine weitere Schranktür auf: »Teller und Schüsseln.« So verfuhr er mit jeder Schublade und jedem Schrank in der Küche. Als er die Tür neben dem Kühlschrank öffnete, hinter der Töpfe und Pfannen aufbewahrt wurden, sagten er und Phillip wie aus einem Mund: »Schlagzeug.«

»Ich glaube, hier wird es mir gefallen.« Tempest öffnete Schubladen, bis sie ein Schälmesser fand, schnappte sich eine Karotte und machte sich an die Arbeit.

Sie schälte und schnitt Karotten, ließ sie in die Salatschüssel fallen und gab hin und wieder Phillip ein Stück. Nash spürte, wie sich nach und nach sämtliche Knoten in ihm lösten. Tempe hielt sich eine Gurke vor den Mund und sang leise hinein wie in ein Mikrofon. Phillip lachte und Nash konnte die Augen nicht von ihr lassen. Ihr Haar war ein wenig zerzaust, so als hätte sie es den ganzen Tag über nicht frisiert oder zurechtgemacht, so wie viel zu viele Frauen es viel zu oft taten. Außerdem trug sie nur ganz wenig Make-up. Ihm gefiel das. Ihr Lächeln genügte, um ihr natürlich schönes Gesicht noch schöner zu machen.

Sie wusch die Gurke und schnitt sie in Scheiben. Phillip stibitzte eine und aß sie schnell auf.

»Ich bin überrascht, dass du Gemüse magst«, sagte sie zu ihm. Dann drehte sie sich zu Nash. »Die meisten Kinder wollen von Gemüse nichts wissen.«

»Nicht mein Junge. Essen für Große war ihm schon immer

lieber als Kinderessen.« Er holte drei Teller aus einem Schrank. *Drei.* Einen Moment lang dachte er an den ersten Tag, nach dem Alaina gegangen war. Anstelle von zwei Tellern hatte er von da an nur noch einen aus dem Schrank genommen. Die Erinnerung daran kam mittlerweile nicht mehr oft und längst traf sie ihn nicht mehr mit der Wucht eines Erdbebens. Das Gefühl ähnelte jetzt eher einem Bienenstich: kurz, schmerzhaft und vielleicht ein Grund, zornig zu werden. Er steckte Gabeln und Servietten in den Plastikeimer, den Phillip immer gerne nach draußen trug. Dann schob er die schweren Gedanken beiseite und füllte die Teller.

»Und Käsemakkaroni«, sagte Tempest.

»Hm?«

»Käsemakkaroni und Essen für Große.«

»Nein. Käsenudeln sind Kinderessen. So was rührt er nicht an.« Nash stellte Phillip auf den Boden und gab ihm den Eimer mit dem Besteck. Dann nahm er die Teller und deutete mit dem Kinn auf die Hintertür. Phillip machte sie auf.

»Danke, Kumpel. Tempe, bringst du die Salatschüssel mit?«

»Die Gläser bringe ich auch.« Sie folgte den beiden in den Garten und stellte die Gläser und die Salatschüssel auf den Picknicktisch. »Dass er Käsemakkaroni mag, dachte ich wegen der Vorräte in eurer Speisekammer.«

Nash stellte die Teller auf dem Tisch ab. »Die sind für mich.«

Sie lachte. »Wie süß. Ich kann mir gar nicht vorstellen, dass ein ausgewachsener Kerl wie du Käsemakkaroni aus der Packung isst. Die Portionen sind winzig. Vermutlich putzt du sie mit drei Bissen weg.«

Er rückte seine Baseballmütze zurecht und grinste. »Ich mag das Zeug einfach. Und ja, vielleicht esse ich auch mal drei

Packungen auf einmal. Oder vier. Aber sicher hast du auch irgendwelche Vorlieben für ungesunde Snacks.« Er nahm den umgedrehten Eimer von den Kerzen, die zum Abendessen im Garten einfach dazugehörten, zog ein Feuerzeug aus der Tasche und zündete sie an. »Bei dir ist es vielleicht eine Familienpackung Eis. Oder Kuchen. Schokoladenkuchen.«

»Da liegst du meilenweit daneben.« Sie zeigte zum Haus. »Ich hole etwas zu trinken. Was gibt es bei euch denn normalerweise?«

»Ich mache das schon.« Er erklomm immer zwei der Verandastufen gleichzeitig. »Was hättest du gerne?«

»Was du hast. Da bin ich nicht wählerisch.«

Er ging ins Haus und kam ein paar Minuten später mit einem Krug Eistee, zwei Flaschen Apfelsaft und einer Flasche Wasser zurück.

»Durstig wie ein Fisch?«, scherzte sie.

Er schenkte Phillip Saft ein und legte eine Serviette neben den Teller des Kleinen. »Ich weiß ja nicht, was du magst.«

»Eistee ist prima, danke.« Sie setzte sich ihm gegenüber und ließ sich einschenken.

»Sind deine kleinen Essenssünden ein großes Geheimnis?«, fragte er.

»Schon möglich«, antwortete sie kokett. »Du wirst sie jedenfalls ziemlich seltsam finden.«

»Sicher nicht seltsamer, als dass Phillip lieber Steak statt Käsemakkaroni isst.« Er legte seinen Arm um den Kleinen und zog ihn ein wenig näher zu sich. »Stimmt's, Kumpel?«

Phillip lächelte mit vollem Mund und nickte.

»Pfirsichhälften mit Schlagsahne«, sagte sie. »Aber nicht irgendwelche. Es müssen schon frisch geerntete Pfirsiche sein. Dafür kommt die Sahne aus einer Sprühdose. Du weißt schon, dieses künstliche Zeug.«

Die Idee von Tempest und Schlagsahne pflanzte sofort allerhand sündige Gedanken in seinen Kopf. »Und du findest, dass ich Käsemakkaroni esse, ist süß?«, scherzte er. »Ich hätte nicht gedacht, dass du etwas Künstliches magst.«

Sie betrachtete ihren Teller. »Wie kannst du das wissen, wo wir uns doch erst seit zwei Tagen kennen?«

Das fragte er sich auch. »Das war geraten. Du wirkst einfach sehr, sehr *echt*.«

Ihre Blicke trafen sich. In ihren Augen sah er einen Ozean aus tiefen Gedanken. Er wollte sich hineinwerfen und all ihre großen und kleinen Geheimnisse ergründen. Doch sein Sohn saß neben ihm und lauschte mit gespitzten Ohren. Schnell schaute er hinunter auf seinen Teller und brach den betörenden Bann.

»Und was ist, wenn du im Winter mal ein bisschen Seelenfutter brauchst?« Er versuchte, die Frage ganz unschuldig klingen zu lassen. Doch selbst er hörte, wie belegt seine Stimme war.

»Das schmeckt wirklich großartig«, sagte sie viel zu überschwänglich, so als müsste auch sie sich die Hitze aus den Knochen schütteln. »Ich kann mein Glück kaum fassen. Ich habe einen Vermieter, der singen *und* kochen kann.«

Er wusste nicht, was er darauf antworten sollte. Vielleicht, dass auch er sein Glück kaum fassen konnte, eine Mitbewohnerin gefunden zu haben, die in sein Leben geweht kam und den Staub von lange vergrabenen Teilen seines Wesens blies. Vorsichtshalber hielt er den Mund und schaute sie nur fragend an. Schließlich wartete er noch auf eine Antwort.

»Seelenfutter für den Winter? Eiscreme.« Sie hielt inne und senkte die Stimme. »Auf einem großen Stück Schokoladenkuchen.«

Sie lachten beide.

»Kuchen! Au ja!« Phillip grinste breit und lieferte Nash einen perfekten Vorwand, um mehr Zeit mit Tempest verbringen zu können.

»Es ist schon spät, Kumpel, und Kuchen backen dauert eine Weile. Wie wär's, wenn wir zusammen den Teig machen? Solange du schläfst, wird er gebacken, und du kriegst ein Stück zum Frühstück?«

»Mit Scholadeguss?« Manche Buchstabenkombinationen bereiteten Phillip noch Probleme.

»Selbstverständlich.«

Phillip linste hoffnungsvoll zu Tempe hinauf.

»Was meinst du, Tempe?«, fragte Nash. »Hast du Lust, ein bisschen zu backen?«

Sie schaute Phillip lange an. Die Sekunden vergingen in Zeitlupe.

Sag ja. Sag einfach nur ja.

Schließlich nickte sie. »Klar, warum nicht.«

Phillip stand zwischen Tempest und Nash auf einem Schemel und rührte in der Schüssel. Er war ein stilles Kind, aber sein lebhaftes Mienenspiel war einfach umwerfend. Während der Arbeit summte er ein Lied aus dem Radio mit.

»Schau mal, Phillip.« Nash zeigte ihm, wie man die Zutaten in der Mitte der Schüssel vermischte. Nicht einfach für ein so kleines Kerlchen.

Tempest hob den Kopf. Hatte er gerade *Phillip* gesagt? Sie

musterte die beiden aufmerksam und hoffte, dass Nash den Namen gleich noch einmal wiederholen und sie ihn dabei sehen würde. Nash legte die Hände auf Flips und der Kleine verschwand beinahe unter seiner breiten Brust. Gemeinsam rührten sie in der Schüssel.

»Ja, genau so, Phillip«, sagte er bedächtig.

Phillip. Du liebe Güte. Sie hatte Nashs Sohn die ganze Zeit mit dem falschen Namen angesprochen! Aber so schnell, wie sein Vater ihn meist aussprach, wunderte sie sich nicht, dass der Kleine sich ebenfalls *Flip* nannte.

Sie schob sich neben Nash und flüsterte: »Ich habe andauernd *Flip* zu ihm gesagt. Warum hast du mich nicht korrigiert?«

Nashs Mundwinkel zuckten. »Das war nicht falsch, nur kürzer. Und ich fand es süß.«

»Aber er heißt nicht so.« Sie beugte sich zu dem Kleinen. »Tut mir leid, dass ich deinen Namen nicht richtig gesagt habe, Phillip.«

Phillip zog die Brauen zusammen.

»Ich habe dich *Flip* genannt, aber du heißt *Phillip*«, sagte sie langsam. Vielleicht wusste er das gar nicht.

»Flip«, bestätigte er mit dem herzigsten Grinsen, das sie je gesehen hatte. »Flip Morgan.«

Sein weiches R klang zum Knuddeln.

»Da hörst du es.« Leise lachend drückte Nash seinem Sohn einen Kuss auf die Schläfe. Dann flüsterte er: »Prima gemacht, Kumpel. Das wird der beste Kuchen aller Zeiten.«

Mit Nash und Phillip zusammen zu sein, war anders, als sie erwartet hatte. *Besser. Viel besser.* Die vielen innigen, sehr vertrauten Momente, die sie jetzt miterlebte, erinnerten sie daran, wie ihre Eltern damals als Kind mit ihr umgegangen waren. Zu Hause war Nash ein ganz anderer als der, den sie beim Eisessen in der Stadt erlebt hatte. Sie schaute zu, wie Phillip so eifrig weiterrührte, dass dabei ein bisschen Teig über den Schüsselrand spritzte. Mit dem Finger wischte Nash den Spritzer weg und ließ ihn Phillip ablenken.

»Jetzt muss noch Butter dazu.« Nash zerdrückte die Butter mit einer Gabel.

»Wenn du sie ein bisschen anwärmst, kannst du sie schlagen.«

Nashs Blick brannte sich in ihren. Ein sündiges Lächeln spielte um seine Lippen und löste einen Hurrikan in ihr aus. Offenbar sah man ihr an, dass ihr fast schwindelig wurde, denn er griff um Phillip herum und berührte sie sanft am Arm.

»Ich wärme sie lieber ganz langsam an«, sagte er mit rauer Stimme. »Und spare mir das Schlagen.«

Seine Hand glitt von ihrem Arm und hinterließ eine Spur aus Gänsehaut. Doch sein versengender Blick blieb an ihr haften. Innerlich ließ sie noch einmal vor sich ablaufen, was gerade geschehen war, und versuchte nachzuvollziehen, was ihr diesen Blick eingebracht hatte. *Diese Stimme. Deine Berührung.*

»Tempe?«

Hektisch blinzelte sie sich aus ihrer Trance und schaute in sein amüsiertes Gesicht.

»Du hattest dich wohl in ganz besonderen Gedanken verloren. Ich habe schon zweimal deinen Namen gesagt.«

»*Butter.* Ich habe von Butter gesprochen.« *Großer Gott!* Sie klang so durcheinander, wie sie sich fühlte.

»Hm-hm.« Er zeigte auf den elektrischen Mixer neben ihr auf der Arbeitsplatte. »Gibst du mir den bitte? So gern ich die Dinge auch langsam angehe, ich fürchte, wenn Phillip rechtzeitig ins Bett soll, muss ich doch ein bisschen schneller machen.«

Der Blick, den er ihr dabei zuwarf, setzte sie unter Strom. Sie gab ihm das Gerät, dann räumte sie schnell die Zutaten weg, die nicht mehr gebraucht wurden. Sie wollte den nervenzerfetzenden Funken entkommen, die zwischen ihnen stoben, bevor sie die Küche in Brand setzten.

Erst als sie den Teig auf zwei Blechen glattgestrichen hatten, normalisierte sich ihre Atmung.

Sie öffnete den vorgeheizten Ofen und nahm ein Blech von der Arbeitsplatte. »Unten ist es eigentlich immer am besten. Oder möchtest du es lieber oben haben?«

Er ging um Phillip herum. Sein listiges Lächeln war fast vertraulicher als ein Kuss. Er beugte sich zu ihr und sagte: »Vorsicht, Tempe. Die Frage hat's in sich.«

»Was ...« Ihr fiel die Kinnlade herunter. »Ich spreche von der Schiene. Der Schiene im Ofen! Backst du den Kuchen oben oder unten?« Sie stellte das Blech auf die untere Schiene.

»Oben ist nie falsch. Aber unten oder von der Seite ...«

Sie verdrehte die Augen und er schob lachend das zweite Blech in den Ofen.

»Du bist mit mehreren Brüdern aufgewachsen und hast nicht gelernt, auf deine Wortwahl zu achten?« Er hob Phillip von seinem Schemel, stellte ihn auf den Boden und klopfte ihm auffordernd auf den Hintern. »Sag Gute Nacht zu Tempe und geh schon mal hoch. Ich komme gleich nach.«

Phillip schlang die Arme um ihre Oberschenkel und sie schmolz trotz ihres hämmernden Herzens dahin. »Gute Nacht, Tempe.«

»Gute Nacht, Süßer. Danke, dass ich euch beim Backen helfen durfte.« Als Phillip aus der Tür war, warf sie Nash einen strengen Blick zu. »Du weißt genau, wovon ich gesprochen habe.«

Er rückte näher an sie heran. Das war aufregend und quälend zugleich. »Ja, klar. Tut mir leid. Ich wollte dich nicht durcheinanderbringen.«

»Das hast du auch nicht«, sagte sie viel zu atemlos. »Ich meine … doch, das hast du. Aber auf eine gute Art.«

Wieder füllten sich seine Augen mit Hitze. »Es gibt eine gute Art?«

Langsam glaube ich, es könnte eine geben. Sie versuchte, seinem Blick standzuhalten, aber Nash war einfach viel zu anziehend, und der Wunsch, ihn zu berühren, wurde geradezu übermächtig. Das benutzte Geschirr auf der Arbeitsplatte bot ihr den dringend benötigten Ausweg aus der Misere. Sie schob sich um Nash herum, drehte den Wasserhahn auf und spülte den Messbecher aus. »Du solltest Phillip nicht warten lassen.«

»Tempest.« Sein Ton bat um Verzeihung.

Sie versuchte es mit einem Lachen. Es hatte unbekümmert klingen sollen, hörte sich aber zu ihrem Schrecken eher ziemlich überdreht an. »Schon gut. Ich habe dir schließlich eine Steilvorlage geliefert.«

Zögernd blieb er hinter ihr stehen. Sie war wie ausgeknipst, zu keinem Gedanken und keiner Bewegung mehr fähig. Gerne hätte sie die Luft zwischen ihnen gereinigt oder sich wenigstens unsichtbar gemacht. Als er endlich die Küche verließ, atmete sie tief aus und hielt sich an der Spüle fest, um nicht ins Wanken zu kommen. Seine schweren Schritte bewegten sich die Treppe hinauf. Tempest schnappte sich die Schüssel, kratzte den verbliebenen Schokoladenteig zusammen und aß ihn hastig auf. Am liebsten hätte sie gleich zwei Pfund davon verschlungen oder eine ganze Badewanne voll. Ach was. Sie brauchte einen Schokoladenpool, in den sie mit Haut und Haaren eintauchen konnte.

Ihr Telefon klingelte. Mit der linken Hand zog sie es aus der Tasche. Die rechte war voller Schokolade. *Shannon.*

Gott sei Dank.

»Shan?«

»Hi. Fehlt dir was? Weshalb flüsterst du?«

»Weil ich mich bei einem Mann eingemietet habe, der mir viel zu gut gefällt, und er im Augenblick in einem Zimmer direkt über mir ist.«

Shannon kreischte auf und Tempest nahm erschrocken das Telefon vom Ohr.

»Shannon!«, flüsterte sie hektisch. »Das ist eine sehr ernste Angelegenheit.« Sie leckte die Schokolade von ihren Fingerknöcheln, dann kratzte sie noch ein wenig Teig aus der Schüssel.

»Okay, sorry.« Shannon kicherte. »Augenblick.«

Tempest hörte, wie ihre Schwester jemandem erzählte, was sie gerade gesagt hatte. Dann folgte das Geräusch eines Kusses.

»Du rufst mich an und knutschst gleichzeitig mit Steve?«

»Nein.« Shannon lachte leise. Durchs Telefon drang das Geräusch eines weiteren lauten Kusses. »Ich wollte dir nur sagen, wir denken gerade über einen Hochzeitstermin nach. Willst du meine Trauzeugin sein?«

Jetzt kreischte Tempest laut auf und bereute es sofort. Sie rannte hinaus auf die hintere Veranda. »Oh mein Gott! Ja! Danke,« sagte sie etwas leiser. Sie hörte Nash die Treppe hinunterrennen. »Auweia. Ich hätte nicht schreien sollen. Nash bringt gerade seinen Sohn ins ...«

Nash preschte durch die Hintertür und war mit einem Schritt bei ihr. Sein alarmierter Blick jagte durch den Garten. Mit einem Arm schob er sie hinter sich und schirmte sie mit seinem Körper ab. »Was ist passiert? Ist alles in Ordnung?«

»Oh-oh«, sagte Shannon. Tempest ließ das Telefon sinken, während Nash sich zu ihr umdrehte. Sein Blick wanderte forschend über ihr Gesicht und ihren Körper und blieb schließlich an der leeren Schüssel hängen. »Du hast geschrien.«

»Ja, tut mir leid«, sagte sie schnell. »Meine Schwester hat mich gerade gefragt, ob ich ihre Trauzeugin sein möchte. Ich hoffe, ich habe Phillip nicht erschreckt. Entschuldige bitte. Ich wollte nicht so laut sein.«

»Großer Gott, du hast mir eine Heidenangst gemacht.« Er zog sie an sich und drückte sie gegen all seine wunderbar harten Muskeln. Die Schüssel fiel ihr aus der Hand und landete mit einem *Plong* auf den Brettern der Veranda. Er machte einen Schritt zurück, ein Lächeln huschte über sein Gesicht. »Phillip hat nichts mitbekommen.«

Mit dem Daumen strich er über ihre Wange, warf einen kurzen Blick auf die Schüssel zu ihren Füßen und steckte dann den Daumen in den Mund. Was sie dabei in seinen Augen sah, ließ ihre Knie weich werden. Grundgütiger, sie brauchte unbedingt mehr Schokolade. *Sofort.*

Er hob die Schüssel auf, warf ihr noch einen Blick zu, der beinahe ihre Panties zum Schmelzen brachte, verschwand dann im Haus und ließ sie mit all ihren schwindelerregenden Gefühlen auf der Veranda zurück.

Sie atmete tief durch. Wieder hörte sie seine Stiefel auf der Treppe. Schließlich drückte sie das Telefon ans Ohr und flüsterte: »Shan.«

»War er das? Was ist passiert? Was hat er getan? Die Stille eben war ziemlich heiß. Ich glaube, ich habe mir an meinem Telefon die Finger verbrannt.«

»Sehr hilfreich. Danke.« Tempests Herz hämmerte wie nach

einem schnellen Lauf. »Aber ja, es war heiß. Wirklich heiß.« Sie schluckte und fügte hinzu: »Ich glaube nicht, dass ich da so leicht wieder rauskomme.«

einem schnellen Lauf. »Aber ja, es war heiß. Wirklich heiß.« Sie schluckte und fügte hinzu: »Ich glaube nicht, dass ich da so leicht wieder rauskomme.«

Sechs

Durch die offene Balkontür wehte kühle Luft ins Haus und trug den Klang von Tempests Gitarre herein. Nash ging in seinem Schlafzimmer auf und ab und versuchte, einen klaren Kopf zu bekommen. Nachdem er Phillip ins Bett gebracht und den Kuchen aus dem Ofen geholt hatte, hatte er sich erst einmal lange unter die kalte Dusche gestellt, um nicht ständig daran denken zu müssen, wie Tempest sich in seinen Armen anfühlte. Mit mäßigem Erfolg. Noch immer konnte er ihre weichen Kurven spüren und durchlebte noch einmal die Angst, die ihn wegen ihres Schreis befallen hatte. Er musste sich dringend in den Griff bekommen, bevor er etwas Dummes tat und sie damit verjagte.

Er trat hinaus auf den Balkon. Die Musik umschlang ihn wie ein Band und zog ihn wie magisch zu ihrer Stimme. Verdammt, sie sang so süß, geradezu unirdisch, und doch klar wie ein geflüstertes Versprechen. Ein Bein ausgestreckt, das andere angewinkelt, saß sie mit der Gitarre im Schoß seitwärts auf der Bank. Goldene Wellen verbargen ihr Gesicht, während sie den Saiten eine leise Melodie entlockte. Immer wieder brach sie ab und schrieb etwas in ihr Notizbuch. Sein Puls beschleunigte sich mit jedem Schritt. Ein Auge unter ihrem

Haar verborgen blickte sie zu ihm auf und die Stille hatte plötzlich ihren ganz eigenen Takt.

»Hey«, sagte er.

Sie lächelte. Eine leichte Röte überzog ihre Wangen. »Hey«, antwortete sie und schaute wieder auf ihre Gitarre.

Offenbar hatte sie das Verlangen in seinem Blick bemerkt und war peinlich berührt. Er verabscheute sich dafür. Sie sollte sich doch wohlfühlen in seinem Haus und er benahm sich in einer Tour daneben. Aber er war kein Tier, er konnte seine Impulse zügeln. Verdammt, er würde es zumindest versuchen.

»Sieh einer an. Du hast ja richtig tolles Haar.«

Unsicher, was er darauf antworten sollte, fuhr er sich über den Kopf.

»Du hast immer die Mütze auf. Deshalb dachte ich, du versteckst darunter vielleicht eine kahle Stelle.« Mit einem verschmitzten Grinsen schaute sie ihn an.

»So weit ist es zum Glück noch nicht.« Erleichtert über ihren heiteren Ton setzte er sich zu ihr. »Das ist eine schöne Melodie.«

»Danke.« Sie schob sich das Haar hinters Ohr, doch es fiel ihr sofort wieder ins Gesicht. »Ich schreibe sie für einen Patienten.«

»Sicher wird sie ihm gefallen.«

»Er liegt im Koma.« Sie schaute beiseite.

»Oh verdammt. Das tut mir leid.« *Volltreffer ins Fettnäpfchen.*

»Ja, es ist schlimm. Der Kleine ist erst sieben.«

Sie sprach so leise, dass er gern näher gerückt wäre, um jede Silbe hören zu können. Aber er wagte es nicht. »Mir war nicht klar, dass du mit so schwer kranken Menschen arbeitest. Das ist sicher nicht einfach.«

»Wieder gesund zu werden, ist oft nicht leicht, und für die Patienten und ihre Angehörigen ist es tausend Mal schwerer als für mich. Ich versuche nur, die Schmerzen und die Angst ein wenig zu lindern. Vielleicht kann ich sogar ein bisschen dazu beitragen, den kleinen Jungen von dort zurückzuholen, wo er jetzt ist.« Sie seufzte. »Irgendwann würde ich gerne mehr Kindermusikkurse geben und weniger im Krankenhaus arbeiten. Für mein Seelenleben wäre das besser. Aber bis die Kindergruppe so groß ist, dass ich von den Kursen leben kann, wird es einige Zeit dauern.«

»Wie stehen die Chancen, dass der Kleine wieder zu sich kommt?«

Erneut schob sie sich die widerspenstige Strähne hinters Ohr, die sich prompt wieder löste, als sie auf ihre Gitarre hinunterschaute. »Jeder Fall ist anders. Aber die Ärzte sind zuversichtlich.«

Er konnte der Versuchung nicht widerstehen, sich vorzubeugen und ihr das Haar hinters Ohr zu schieben. Sie hob den Blick, schaute ihn aus ihren klaren blauen Augen an und jagte ihm damit ein Kribbeln bis tief in die Eingeweide. Stumm holte sie Luft, hielt sie einen Moment lang an und stieß sie dann langsam wieder aus. Er fand das unfassbar sexy.

»Danke«, flüsterte sie.

Es gab so vieles, was er jetzt sagen wollte. *Tut mir leid, dass ich dir Unbehagen bereitet habe. Du bist so schön.* Und: *Ich möchte deine Lippen an meinen spüren.* Diese Sätze standen ganz oben auf der Wunschliste. Doch er brachte nur einen einzigen Satz zustande. »Woher weißt du, welche Lieder deinen Patienten helfen?«

Bevor sie antwortete, stieß sie wieder ein süßes Seufzen aus. »Wirklich wissen kann man es nie. Aber enge Angehörige sagen in ihrem tiefen Kummer oft mehr, als sie denken.«

Oder sie sagen gar nichts.

Als seine Eltern ihn nach PJs Tod von der Schule genommen hatten, um mit ihm auf einem Boot zu leben, hatten sie aufgehört, über seinen Bruder zu reden. Reden wäre einfach zu schmerzhaft gewesen. Seine Gefühle hatte er in Lieder gegossen, die er in Gegenwart seiner Eltern allerdings nicht hatte singen können. Bald hatte er gelernt, auch die Lieder zu verbannen, bis sie wieder aufs Festland zurückgekehrt waren und er schließlich alleine losgezogen war. Nach Phillips Geburt waren die Liedzeilen nur so aus ihm herausgeflossen und er hatte einen Song nach dem anderen geschrieben. Dann war Alaina gegangen, ein Nebel hatte sich über seine Gedanken gelegt und er hatte die Gitarre in eine Ecke gestellt. Jetzt erfuhr er, dass Tempest Lieder schrieb, um anderen zu helfen, und ihm wurde bewusst, dass er, abgesehen von der Liebe für Phillip und für seine eigene Mutter, seit Alainas Auszug gar nichts mehr gefühlt hatte.

»Nach und nach bekomme ich ein recht genaues Bild von meinen Patienten.« Tempests Bemerkung riss ihn aus seinen Gedanken. »Was ich höre, fließt in meine Lieder ein. Wie richtig ich damit liege, weiß ich trotzdem nie. Aber richtig oder falsch, das spielt vielleicht gar keine so große Rolle, wenn man versucht, eine Person zu erreichen. Ich folge einfach meinem Gefühl.«

Er schaute auf ihr Notizbuch, wo sie Noten und Textschnipsel aufgeschrieben hatte, inmitten von Schnörkeln und kleinen Herzen. Verdammt, das passte perfekt zu ihr. »Darf ich mal sehen?«

»Du kannst Noten lesen?« Sie gab ihm das Buch.

»Ein wenig.«

Sie stellte die Gitarre ab und schlang die Arme um die Knie, während er sich ihre Notizen anschaute. Sie beobachtete ihn mit angehaltenem Atem und kaute nervös auf ihrer Unterlippe. Die Beklommenheit, die sich einstellte, wenn man etwas aus der Hand gab, in das viel Herzblut eingeflossen war, kannte er nur zu gut. Wann immer er ein Möbelstück verkaufte, ging es ihm ganz ähnlich. Und auch wenn er eine fremde Person zum ersten Mal in Phillips Nähe lassen musste.

Während er stumm die Liedzeilen las, hörte er Tempests Stimme in seinem Kopf leise singen.

*Die Hand auf dem Herzen und bei allen Sternen haben
     sie geschworen*

*Versprochen, auf dich zu achten, dich zu lieben
     und aufzufangen*

*Bei aufgeschlagenen Knien, gebrochenem Herzen und allem,
     was dazwischen liegt*

*Dich zu lieben und in ihren Herzen zu tragen, tausend und
     einen Tag*

Du hast gelacht, du hast gespielt

Du hast ihre Welt erfüllt

*Mit aufgeschlagenen Knien, deinem Lachen und allem, was
     dazwischen liegt*

Deine Familie wartet

Alle stehen dir bei

Die Hand auf dem Herzen und bei allen Sternen schwören sie

Hörst du sie rufen? Spürst du, wie sie deine Hand halten?

Sie warten auf dich

Sie werden immer warten

Tausend und einen Tag

Er schluckte gegen die Gefühle an, die ihm die Kehle eng werden ließen. »Das ist wunderschön.«

Sie griff nach dem Notizbuch, doch er hielt es fest. An ihren geröteten Wangen konnte er ablesen, wie verlegen seine Bemerkung sie machte. Doch er wollte nicht, dass sie verlegen war. Er legte die Hand über ihre und wartete, bis sie ihn ansah.

»Tempest, deine Worte haben große Kraft.«

Sie wich seinem Blick nicht aus, nur ihr Atem ging schwerer. »Danke. Vielleicht ist der Text ein bisschen kitschig, aber du solltest seine Familie sehen und die Hoffnung in ihren Gesichtern.« Ihre Augen wurden feucht. Sie wandte sich ab und stellte beide Füße auf den Boden.

Um sie zu trösten, legte er ihr den Arm um die Schultern und zog sie zu sich. »Du bist eine starke, tapfere Frau. Was du da machst, bringen nicht viele Menschen fertig.«

»Pffft.« Sie wischte sich die Augen ab. »Es gibt jede Menge Leute, die so was können und auch tun.«

»Das glaube ich nicht«, widersprach er. »Man muss schon ein besonderer Mensch sein, um die Schmerzen anderer mittragen zu können.«

Er lockerte seinen Griff und war überrascht, dass sie sich an seinem Arm festhielt und an seine Brust lehnte, anstatt von ihm abzurücken.

»Ist das okay?«, fragte sie unsicher.

»Ja.« *Mehr als okay.* »Tut mir leid wegen vorhin. Ich wollte dich mit meinen Sprüchen nicht stressen.«

»Ich weiß. Und ich möchte keine falschen Signale aussenden. Ich will nur … solche Lieder zu schreiben, kostet mich viel Kraft.«

Er legte seine Wange auf ihren Kopf. »Dann hast du den perfekten Mitbewohner. Ich habe im Lauf der Jahre auch ein paar sehr kräftezehrende Erfahrungen gemacht. Und ich möchte versuchen, für dich da zu sein, ohne dass du befürchten musst, dass ich dich gleich in mein Bett abschleppe.« *Oh Mann.* Hatte er das wirklich laut gesagt? Und konnte er dieses Versprechen auch halten? Er würde sich, zur Hölle noch mal, alle Mühe geben. Ihm war nicht klar gewesen, wie sehr ihm etwas so Grundlegendes wie Freundschaft und eine menschliche Berührung gefehlt hatten. »Möchtest du darüber reden?«

»Darüber, dass du mich nicht ins Bett abschleppen willst?«, scherzte sie.

»Ich meine über deine Patienten, deine Arbeit. Deine Musik.« Er knirschte mit den Zähnen. Dann sagte er: »Über alles, was du willst, damit ich die andere Idee aus dem Kopf bekomme.«

Lachend schaute sie ihn über ihre Schulter hinweg an. »Ich mag dich, Nash. Du bist wie mehrere, sehr unterschiedliche Männer in einem. Und ein wirklich toller Vater.«

»Ich mag dich auch. Und jetzt hör auf, mich anzusehen.« Mit seinem Kinn schob er ihr Gesicht von sich weg. »Noch einen langen Blick auf deinen Mund und ich werde mich selbst Lügen strafen.«

Sie lachte, dann stieß sie ein tiefes, glückliches Seufzen aus. »Ich kann mich ein Stück wegsetzen, wenn es zu anstrengend wird.«

»Es ist nicht zu anstrengend. Bleib einfach nur hinter der Linie.«

»Ach, wir haben Linien?«

Er hielt sie noch fester. »Ich bin ein anständiger Kerl, aber kein Heiliger. Mitfühlend, ja. Aber immer noch ein männliches Wesen aus Fleisch und Blut.«

»Ich glaube nicht, dass irgendeine Frau das übersehen

könnte.« Aus dem Augenwinkel riskierte sie einen weiteren Blick in sein Gesicht und studierte seine Miene. »Da wir gerade von Linien sprechen, wo verläuft sie denn bei dir in puncto persönlicher Fragen?«

»Wo hättest du sie denn gerne?«

»Herrje, du machst es mir leicht.« Sie lächelte. »Anscheinend sind deine Linien eher mit Bleistift gezogen als mit Tinte.«

Falls sie irgendwo einen Radiergummi fand, hatte er wirklich ein Problem. »Was interessiert dich denn so sehr?«

»Ich wüsste gern etwas über Phillips Mom.«

Noch während Tempest die Worte aussprach, merkte sie, wie Nash starr wurde. »Wir müssen nicht über sie reden. Ich bin einfach nur neugierig.«

Er schwieg, doch die Therapeutin in ihr bemerkte seinen schwereren Atem und seinen festeren Griff.

»Was möchtest du denn wissen?«, fragte er schließlich.

»Habt ihr das gemeinsame Sorgerecht für Phillip? Seid ihr geschieden? Mir ist der Ring an deiner rechten Hand aufgefallen, deshalb habe ich angenommen …«

Sie lehnte noch immer an seiner Brust. Er öffnete die Hände, und sie spürte, wie er den Ring betrachtete. »Der hat meinem Vater gehört.«

Sie streckte die Hand aus und berührte den schönen, breiten Reif aus mattiertem Silber. An beiden Rändern entlang verlief ein schmaleres Band aus einem dunkleren Metall, das mit zwei winzigen Silbernieten am Mittelteil befestigt war.

»Er ist aus Silber und Titan«, erklärte Nash mit ruhiger

Stimme. »Ich habe ihn für meinen Vater gemacht. Damals, als ich noch mit Metall gearbeitet habe.«

»Der Ring ist elegant und maskulin zugleich. Einzigartig und schön. Aber arbeitest du denn nicht mehr mit Metall?«

»Seit Phillips Geburt hat sich viel verändert. Seine Mutter ist gegangen, als er drei Monate alt war.«

Sie ist gegangen? Warum denn? Wo ist sie jetzt? Dutzende Fragen schossen ihr durch den Kopf, doch die Spannung in seiner Stimme hielt sie davon ab, sie zu stellen.

»Schmieden und schweißen ist mir zu gefährlich, wenn Phillip dabei ist. Und nein, ich bin nicht geschieden. Alaina und ich waren nie verheiratet«, sagte er eisig. »Seit dem Tag, an dem sie von hier verschwunden ist, hat sie ihren Sohn nicht mehr gesehen.«

Tempest drehte sich zu ihm und konnte beobachten, wie er die Lippen zusammenpresste und wie seine Augen sich verengten. Diese Mischung aus Schmerz und geduldigem Ertragen kannte sie von den Gesichtern der Angehörigen ihrer Patienten.

»Das tut mir leid und es macht mich auch ratlos. Dass eine Mutter ihr Kind verlässt, ist schwer zu verstehen. Aber ich möchte mir kein Urteil anmaßen.«

»Das kannst du ruhig tun.« Er presste die Finger in seine Oberschenkelmuskeln, als wollte er seiner Wut damit ein Ventil verschaffen. »In dem Augenblick, in dem sie ihm den Rücken gekehrt hat, war ihr sicher klar, wie viel Unverständnis sie damit ernten würde.« Er beugte sich vor und stützte die Ellbogen auf die Knie. Diese Haltung hatte sie bei ihm schon öfter gesehen. Mit rastlosen Bewegungen verschlangen sich seine Hände ineinander.

»Sie hat euch verlassen.« Wer ging denn einfach so von

seiner Familie weg? »Das muss sehr weh getan haben. Es tut mir leid, ich hätte nicht fragen sollen.«

»Kein Problem.« Er drehte den Kopf zu ihr und schaute ihr direkt in die Augen. »Ich habe nichts zu verbergen. Ja, sie hat uns beide verlassen. Aber es geht mir nicht um mich. Wir waren kein Highschool-Pärchen, nicht unsterblich ineinander verliebt oder für das ewige Glück bestimmt. Wir waren zwei reisende Künstler, sind von einem Festival zum nächsten gezogen, die Küste hoch und runter. Wir waren immer dort, wo die Kunst uns hingeführt hat. Wir haben uns kennengelernt, wir mochten einander und waren ein paar Wochen zusammen. Dann wurde sie schwanger.« Er zuckte die Achseln. »So was passiert. Verhütungspannen kommen vor. So ist das Leben.«

Das hörte sich an, als hätte er diese Gedanken schon tausendmal durchgespielt.

»Eine Abtreibung wollten wir beide nicht, und, wie ich schon sagte, es war nicht die große Liebe. Von Heirat war deshalb auch nie die Rede.« Er schaute hinauf zu den Sternen und schüttelte den Kopf. »Als wir von der Schwangerschaft erfahren haben, habe ich mir gesagt, ich könnte lernen, Alaina zu lieben, aber ...« Erneut zuckte er die Achseln. »Wir hatten es einfach nicht in uns. Ich mochte sie und fand es schön, mit ihr zusammen zu sein. Wir hatten viel gemeinsam, und hin und wieder haben wir miteinander geschlafen. Aber Liebe war es nie.«

»Hat sie dich geliebt?«

Er schnaubte. »Nein. Sie sagte, sie wüsste nicht, ob sie überhaupt jemanden lieben könnte. Aber für uns beide war das kein Problem. Wie ich schon sagte, diese Art Verbindung gab es zwischen uns nicht. Wir waren ... wir waren einfach nur Freunde, die manchmal miteinander ins Bett gegangen sind.

Aber das Baby, das in ihr wuchs, habe ich vom ersten Augenblick an geliebt. Ich war nie wütend auf sie wegen der Schwangerschaft, und ich glaube, sie war auch nie wütend auf mich. Zu unserer Beziehung hätte das auch gar nicht gepasst. Wir nahmen die Dinge einfach immer, wie sie kamen. Aber ein Kind? Das war etwas ganz anderes. Sie wollte weiterhin reisen und das Leben einer abgebrannten Künstlerin führen. Aber man kann kein Kind aufziehen, wenn man nicht weiß, wo man am nächsten Tag schlafen wird oder wie man an etwas zu essen kommt.«

Er richtete sich ein wenig auf und deutete zum Haus. »Das hier habe ich mit dem Geld gekauft, das mein Vater mir hinterlassen hat. Ich wollte ein sicheres Zuhause für das Baby, so wie ich es als Kind erlebt hatte. Aber Alaina kannte so etwas nicht. Ihr Vater war beim Militär, sie sind alle paar Jahre umgezogen. Mit achtzehn ist sie allein losgezogen und nie nach Hause zurückgekehrt. Sie kannte nur dieses Nomadendasein und schlussendlich wollte sie auch nichts anderes. Eines Abends hat sie mir das Kind in den Arm gelegt, ist zu irgendeinem Kerl in einen Kombi gestiegen und ward nie wieder gesehen. Einen Monat später kamen per Post die Papiere. Sie hatte ganz offiziell auf ihr Sorgerecht verzichtet und es den Behörden gemeldet, so als wäre Phillip ein altes Auto, das man einfach so abgibt.«

Zorn trat in seine Augen, und Tempest fragte sich, ob sich dahinter vor allem Schmerz verbarg oder ob er tatsächlich wütend war. Wegen der ganzen Situation, weil Alaina einfach verschwunden war, oder aber, weil er plötzlich als alleinerziehender Vater dagestanden hatte.

»Dann kümmerst du dich seit dem Tag damals ganz allein um Phillip?«

Er nickte. Ein Lächeln trat auf seine Lippen. »Wir sind ein

gutes Team und ich möchte mit niemandem tauschen.«

»Aber du klingst wütend.«

»Das bin ich auch. Nicht weil ich Phillip ohne Hilfe großziehen muss, sondern weil sie meinen kleinen Jungen ohne eine Mutter hat sitzenlassen. Ich bin wütend, dass er sich sein Leben lang fragen wird, weshalb seine Mutter ihn nicht liebt. Jeder weiß, wie sehr Kinder darunter leiden können, wenn ein Elternteil fehlt. Ich tue alles, was in meiner Macht steht, damit er spürt, wie sehr er geliebt wird. Aber ich bin nun mal nicht seine Mutter.«

Die Frau in Tempest verstand ihn sehr gut. Sie war voller Mitgefühl für den süßen Jungen, der oben in seinem Zimmer schlief. Doch die Therapeutin in ihr fragte sich, ob Alaina vielleicht genau das Richtige getan hatte. Nicht jeder war dazu bestimmt, Mutter oder Vater zu sein. Und so schwer es für Nash und Phillip sein mochte, immerhin kannte Alaina sich gut genug, um andere nicht mit ihrem Unvermögen zu belasten.

»Wenn mich das zu einem schlechten Menschen macht«, sagte Nash, »dann ist es eben so.«

»Es macht dich nicht zu einem schlechten Menschen. Es macht dich menschlich.«

Die Spannung wich aus seinem Gesicht. »Danke. Ich versuche, mein Bestes zu geben.«

»Du bist ein toller Vater. Aber du solltest es sagen, wenn jemand deinen Sohn mit dem falschen Namen anspricht.« Sie lächelte und hoffte, ihre Bemerkung würde die Stimmung ein wenig auflockern.

Er lachte leise auf. »Danke. Vielleicht sollte ich manchmal einfach langsamer sprechen. Aber ich fand es wirklich süß, und offenbar denkt Phillip tatsächlich, er heißt *Flip*.« Noch einmal zuckte er die Achseln und sein Gesicht wurde wieder ernst.

»Dass du mich für einen guten Vater hältst, bedeutet mir sehr viel. Mein Kleiner ist mein Leben. Er soll sich geborgen fühlen und glücklich sein können. Aber was ist mit dir, Tempe? Weshalb willst du hier in Pleasant Hill neu anfangen? Du sagst, du hättest weder einen verrückten noch einen normalen Ex, zu dem du auf Abstand gehen musst. Weshalb braucht dann eine so atemberaubende, kluge Frau wie du einen Neuanfang und ist immer noch Single?«

Jetzt zuckte sie mit den Achseln. Ihre Wangen brannten wegen des Kompliments.

Er beugte sich vor. Die Spannung von vorhin war verschwunden. An ihre Stelle war eine weiche, aber doch sehr intensive Neugier getreten. »Ich habe dich gerade einen Blick in meine Vergangenheit werfen lassen. Sicher kriege ich von dir noch ein bisschen mehr als dieses Achselzucken.«

Tempest räusperte sich. »Man könnte sagen, dass ich mich in meinem alten Leben gefangen gefühlt habe, obwohl ich Peaceful Harbor sehr liebe. Ich habe mich im Kreis gedreht und auch keine neuen Leute mehr kennengelernt. Beruflich wollte ich mich ebenfalls verändern. Ich war viel im Krankenhaus im Einsatz, wollte aber lieber die unbeschwertere Seite meiner Arbeit mit Kindern ausbauen. Doch es ist nicht leicht, sich neu zu erfinden, wenn alle einen zu kennen glauben und man beruflich eine ganz bestimmte Nische besetzt. Deshalb wurde es Zeit für eine Veränderung.«

»Und Single bist du noch, weil …?«

»Keine Ahnung. Aber ich arbeite viel und ich helfe meiner Schwägerin Leesa mit ihrer Girl-Power-Gruppe. Ich verbringe viel Zeit mit meiner Familie.«

»Und das verhindert, dass du einen netten Mann kennenlernst?«

»Nein. Aber wenn man in einer kleinen Stadt aufwächst, trifft man nur selten jemanden, über den man nicht schon viel zu viel weiß. Und über die meisten männlichen Bewohner von Peaceful Harbor im passenden Alter weiß ich mehr, als mir lieb ist. Es war einfach Zeit für einen Aufbruch.«

»Übers Kleinstadtleben könnte ich dir auch ein paar Geschichten erzählen.« Eine Sekunde lang trat ein gequälter Ausdruck auf sein Gesicht, war aber so schnell wieder verschwunden, dass sie sich fragte, ob er tatsächlich da gewesen war.

»Und was muss ich mir unter dieser Girl-Power-Gruppe vorstellen?«, fuhr er fort. »Trainiert ihr dort den Kampf gegen uns Männer? Falls ja, dann ist das vielleicht das Problem.«

Wie konnte er in einer Sekunde so ernst sein und in der nächsten wieder scherzen? »Ich bitte dich. Komme ich dir vor, als würde ich auf Männer eindreschen? Wir helfen jungen Mädchen, durch gemeinsame Aktivitäten ein besseres Selbstwertgefühl zu entwickeln. Die Treffen finden etwa alle sechs Wochen statt, je nachdem, wie viel Zeit wir haben. Mir macht diese Arbeit großen Spaß. Ein junges Mädchen zu sein, ist nicht leicht. Der Gruppendruck, was die Kleidung, aber auch das Verhalten angeht, ist enorm. Schon den Alltag zu bewältigen, kann eine Riesenherausforderung sein.«

»Jungs geht es ganz ähnlich«, gab er zu bedenken. »Die Teenagerjahre sind für keinen leicht.«

»Ich wette, dir ist es während deiner Schulzeit nicht schwergefallen dazuzugehören.«

»Täusch dich nicht. Ich war schlaksig und unbeholfen und habe mich mehr für Kunst als für Sport interessiert. Das macht einen nicht gerade populär.« Mit dem Zeigefinger strich er ihr das Haar aus dem Gesicht und setzte mit dieser zarten

Berührung ihren Körper in Flammen.

»Und du?«, fragte er leise. »Sicher warst du in der Highschool sehr beliebt.«

»Ich hatte viele Freundinnen, aber ich war das Nerd-Girl, das freitags lieber am Strand hinter ihrem Elternhaus Gitarre gespielt hat, anstatt auf Partys zu gehen.«

»Verstehe. Du warst geheimnisvoll und brav, sexy und künstlerisch – das Mädchen, von dem die Hälfte der Jungs an deiner Schule geträumt hat.« Seine Stimme klang samtig und warm. »Und jetzt verbringst du deine Tage damit, anderen Menschen zu helfen. Weshalb dich noch kein Mann vom Fleck weg geheiratet hat, ist mir absolut schleierhaft.«

»Das hört sich an, als wäre ich furchtbar interessant. Aber ich kann dir versichern, das bin ich nicht.«

»Ich unterhalte mich gern mit dir und ich finde dich faszinierend.« Sein intensiver Blick ruhte auf ihr, seine Finger bewegten sich über ihren Arm.

Ihr Magen zog sich zusammen, sie suchte fieberhaft nach einer Antwort. »Vielleicht bin ich für so was nicht spontan genug.«

»Vielleicht bist du einfach nur vorsichtig.«

»Ja, gut möglich«, gab sie zu. Das Atmen fiel ihr plötzlich schwer.

»*Zu* vorsichtig?«

Langsam und betörend malten seine Finger Kreise auf ihren Arm und sandten verheißungsvolle Schauer durch ihren Körper.

»Vermutlich.« Sie hoffte, dass sie das Wort laut ausgesprochen hatte, denn sie hatte sich bereits so sehr in seinen federleichten Berührungen verloren, dass sie nicht sicher sein konnte, ob sie überhaupt etwas gesagt hatte.

»Wonach suchst du, Tempe?« Seine Stimme war ein kaum

hörbares Flüstern.

Wollte er wissen, was sie sich von einem Mann erhoffte? Oder von Pleasant Hill? Auf beide Fragen hatte sie keine eindeutige Antwort. »Ich weiß es nicht genau.«

»Oh doch, du weißt es.« Sein Ton war lockende Verführung. Aber falls sie in all ihrer Verwirrung richtig gehört hatte, lag auch ein wenig Nervosität darin. »Niemand anders kann es wissen.«

Die sanfte Brise, das Gefühl seiner Finger auf ihrer Haut und der bestrickende Klang seiner Stimme verschmolzen miteinander, während sie sich in die Augen schauten. Gleichzeitig beugten sie sich nach vorn. Oder bildete sie sich das nur ein? Jedenfalls strich sein minziger Atem über ihre Lippen. Seine Finger blieben auf ihren Arm liegen, ihr Mund wurde trocken.

»Sag mir, was du willst, Tempest«, flüsterte er.

»Jetzt gerade möchte ich dich küssen.« Sie konnte kaum glauben, dass sie das wirklich gesagt hatte, aber zurücknehmen wollte sie es nicht. Um keinen Preis der Welt.

Seine Hand schob sich in ihren Nacken. Keiner von ihnen blinzelte. Sie wusste nicht einmal, ob sie noch atmete, während seine warmen, starken Finger ihren Nacken umschlossen und sich dort einfach himmlisch anfühlten. Und so ganz und gar richtig. Mit der Nasenspitze strich er über ihre Wange und sie schloss in Erwartung der ersten Berührung seiner Lippen die Augen.

»Ich möchte dich auf keinen Fall bedrängen. Das habe ich mir versprochen«, flüsterte er.

Sie hob die Lider. Die überwältigenden Gefühle, die ihr ins Gesicht starrten, nahmen ihr den Atem.

»Tempest.« Das klang wie eine Bitte. »Was hast du mit mir

gemacht? Seit Alaina gegangen ist, habe ich keine Frau mehr geküsst.«

Sie spürte, wie schnell ihr Herz schlug, hielt den Atem an und versuchte, an etwas anderes zu denken als an ihren drängenden Wunsch, ihren Mund näher an seinen zu bringen. »Bei mir ist es auch ziemlich lange her.«

Seine Fingerspitzen drückten sich in ihre Haut, seine Augen waren voller Zärtlichkeit und Leidenschaft. »Ich mag dich wirklich sehr. Und ich möchte es auf keinen Fall vermasseln.«

»Vielleicht sollten wir uns lieber nicht küssen.« Sie krallte die Finger vorn in sein Shirt und hielt ihn ganz nahe bei ihr. Ihre Lippen kribbelten vor Erwartung. »Vermutlich ist es eine schlechte Idee, aber ich will es so gerne. Willst du …«

Er erstickte ihre Worte mit seinen Lippen und zog sie an sich. Seine Zunge fand den Weg zwischen ihre Lippen. Nash schmeckte einfach himmlisch, und als sein Kuss tiefer wurde, flogen ihre Gedanken davon. Er küsste sie härter, fordernder. Seine Zunge suchte und forschte, als wollte er sie ganz ausfüllen. Dann verlagerte er sein Gewicht und hob sie auf seinen Schoß. Ein muskulöser Arm schlang sich um ihre Taille und hielt sie so fest, dass sie nicht sagen konnte, wo Nash endete und wo sie begann. Seine andere Hand schob sich unter ihr Haar. Er umfasste ihren Hinterkopf und drehte sie so, dass er sie noch leidenschaftlicher küssen konnte. Ihre Hände glitten wie von selbst über seine Arme, an seinen Schultern entlang und in sein dichtes, weiches Haar. Noch nie hatte sie einen Mann so geküsst, ohne jeden Gedanken daran, welche Botschaft sie damit aussandte. Die Bewegungen seiner Zunge machten sie abwechselnd benommen und hellwach. Ein wohliges Gefühl durchrieselte ihre Glieder, pulsierte durch ihre Adern und ließ sie völlig ungewohnte Laute ausstoßen. Leise stöhnte sie auf. Sie kannte diesen Mann erst seit drei Tagen, doch es war, als hätte sie ihr ganzes Leben lang auf diesen Kuss gewartet.

Es gab keinen Anfang und kein Ende. Der Kuss ging einfach immer weiter. Selbst als der Rhythmus ruhiger wurde, löste Nash sich nicht von ihr. Es war, als wollte auch er immer weiter und weiter schwelgen. Seine Hand bewegte sich über ihren Rücken und an ihrer Seite entlang. Seine Fingerspitzen streiften ihre Brust und schickten Hitzestrahlen an Stellen, die lange keine Hitze gespürt hatten. Sie drängte sich an ihn, Angst und Erregung kämpften in ihr um die Oberhand.

Als ihre Lippen sich schließlich voneinander lösten, war sie atemlos. Oder aber sie rang nach Luft. Genau konnte sie das nicht sagen, denn sofort fand sein Mund wieder zu ihrem und beschenkte sie mit einer ganzen Serie berauschender Küsse.

»Du lieber Himmel, Tempe«, flüsterte er und holte Luft.

Eine heiße Sekunde lang trafen sich ihre Blicke. Dann verschlang er ihren Mund so fordernd und meisterhaft, dass auch ihre letzten Gedanken zerstoben. Sie klammerte sich an sein Shirt und rieb die Lippen an seinen, während kehlige Laute aus ihrer Lunge stiegen. Unter ihr hoben sich seine Hüften, seine Erregung presste sich an ihre feuchte Mitte und sie drängte sich ihm instinktiv entgegen. Tempe umfasste sein Gesicht, wollte mehr von ihm spüren. Seine Stoppeln kratzten an ihren Handflächen, und erst jetzt spürte sie, dass ihre Lippen von diesen Stoppeln brannten, und wie sie an ihren Wangen rieben, wenn er ihre Mundwinkel küsste.

»Tempest.« Seine Stimme klang belegt vor Lust. »Wir durchbrechen gerade alle roten Linien.«

Sie strich mit dem Daumen über seine Unterlippe. Er fing ihn mit seinen Zähnen ein und saugte zärtlich daran. Nash war so sündig und das hier war nicht sie. Sie ließ sich nicht einfach mitreißen, sie durchbrach keine roten Linien. Sie ließ Männer nicht an ihrem Daumen saugen und setzte sich auch keinem auf den Schoß wie eine Nachtclubtänzerin. Aber oh, wie sehr sie ihn wollte. Sie zog ihren Daumen aus seinem Mund und fing seine Lippen mit ihren ein. Dass sie so fordernd sein konnte, erschreckte sie ein wenig. Sie musste ihre Lust unter Kontrolle bringen. Sie befahl sich aufzuhören, aber der Kuss war einfach zu berauschend. Er fühlte sich so gut an, und sie überließ sich dem Drängen der Frau in ihr und der Leidenschaft, die sie und Nash erfasst hatte.

Sie küssten einander, bis sie *beide* stöhnten. Er umfasste ihre Hüften, zog sie fest an sich und bewegte sich im Rhythmus ihrer Küsse unter ihr. Ohne dabei auch nur einen Millimeter von ihr abzurücken, legte er sie schließlich auf der Bank auf die Seite. Sein kräftiger Schenkel drängte sich zwischen ihre. Einer seiner Arme war das Kissen für ihren Kopf, der andere hielt ihre Körper zusammen wie eine Klammer.

»Sag mir, dass du morgen nicht vor lauter Angst wegläufst«, bat er zwischen zwei Küssen. »Sag mir, dass ich es nicht vermassele.«

Sie hörte die Worte in ihrem Kopf. *Küss mich. Ich laufe nicht weg. Küss mich. Du vermasselst es nicht. Küss mich.* Er musste es hören. Das verriet ihr das wilde Schlagen seines Herzens. Aber als sie versuchte, ihre Stimme wiederzufinden, brachte sie nur einen weiteren hungrigen Ton hervor. Sie wusste nicht, was mit ihr geschah. Aber etwas, das größer war als sie und größer als er, hatte sie in der Hand. Sie spürte es ganz tief in sich. Im Herzen spürte sie, dass er nicht versuchen würde, bis zum Äußersten zu gehen. Doch sie fürchtete schon jetzt den Augenblick, in dem ihre unersättlichen Küsse endeten. Wann würde es so weit sein? In fünf Minuten? In zehn? Wenn der Morgen dämmerte? Oder wenn Phillip aufwachte?

»Tempe«, sagte er schwer atmend. »So habe ich noch nie geküsst.« Nach mehreren weiteren tiefen Küssen fügte er hinzu: »Ich kann einfach nicht aufhören.«

Sie drängte ihre Hand in seine Gesäßtasche, als könnte sie damit verhindern, dass er je von ihr abrückte. Sein sinnlicher Blick versengte sie. Nur mühsam und mit ganzer Konzentration gelang es ihr, die Worte hervorzustoßen, die wie ein Mantra durch ihren Kopf liefen.

»Dann mach einfach weiter.«

Sieben

Kurz nach Sonnenaufgang am Samstagmorgen hörte Tempest, wie Nash und Phillip aufstanden. Sie waren sehr leise, nur die Dielen knarrten, und hin und wieder flüsterten die beiden. Sie lauschte in der Erwartung, Phillips kleine Füße über den Boden rennen zu hören, aber anders als die meisten Kinder in seinem Alter sauste er nicht wild von einer Ecke in die andere. Er schien sich ganz an seinem Vater zu orientieren und imitierte dessen Gewohnheiten genauso wie seinen Gang. Tempest drehte sich in ihrem Bett auf die Seite und schaute hinaus zu der Bank, auf der sie und Nash sich in der vergangenen Nacht geküsst hatten. Mit den Fingerspitzen berührte sie ihre Lippen und spürte ihr Lächeln. Die Erinnerung, wie sein Mund sich auf ihren drückte, war noch frisch, und sie konnte ihn noch immer schmecken. Stundenlang hatten sie geredet und immer wieder hatten ihre Lippen zueinander gefunden, doch es fühlte sich an, als hätten sie viel mehr getan. Und tatsächlich hatte sie noch nie jemanden nach so kurzer Zeit so heiß und mit ganzem Körpereinsatz geküsst.

Sie drehte sich wieder auf den Rücken und dachte daran, wie Nash sie festgehalten hatte, als sie ihm von ihren Patienten erzählt hatte. Woher wusste er so genau, welche Art von Trost sie brauchte? Wenn sie zu Hause an einem besonders traurigen oder emotionalen Fall arbeitete, ging sie nach Feierabend oft in die Mikrobrauerei ihrer Eltern, blieb eine Weile dort und unterhielt sich mit ihnen, mit einem ihrer Brüder oder ihrer Schwester. Wer immer gerade da war und Zeit hatte. Meist verlor sich dabei ein Teil ihrer Traurigkeit und sie wusste wieder, wofür sie sich so sehr einsetzte. Doch in letzter Zeit hatte ihre Arbeit sie emotional immer stärker erschöpft. Nash lag nicht falsch, wenn er sagte, dass nicht jeder das Zeug zur Musiktherapeutin hatte. Aber die Verbindung zwischen ihnen, die mit jedem gemeinsam verbrachten Augenblick stärker wurde, beschränkte sich nicht nur darauf, dass er wusste, wie er sie festhalten musste. Und es waren auch nicht nur die versengenden Küsse, die sie so in seinen Bann zogen. Vielmehr hatte sie das Gefühl, ihn bereits besser zu kennen als jeden anderen Mann, mit dem sie je ein Date gehabt hatte. Und dabei dateten sie nicht mal. Als sie sich vom Küssen wie betrunken endlich voneinander hatten lösen können, hatte er sie bis zur Balkontür ihres Schlafzimmers gebracht, als würde er sie tatsächlich nach einem richtigen Date nach Hause bringen. Er hatte sie zu einem letzten Gutenachtkuss in die Arme genommen und das hatte sich endgültig angefühlt wie der Abschied nach einem Date. Trotz der peinlichen Momente beim Backen war der Abend einfach perfekt gewesen.

Sie schloss die Augen und atmete mit einem glücklichen Seufzen aus. Zum ersten Mal seit ihrer Ankunft in Pleasant Hill hatte sie tief und fest geschlafen, wenn auch nur für ein paar Stunden. Und sie hatte geträumt, was ebenfalls selten vorkam. Normalerweise erinnerte sie sich nicht an ihre Träume, aber, du lieber Himmel, diesmal schon! An prickelnde, erotische Träume von ihrem Vermieter. Großer Gott, so konnte sie ihn eigentlich nicht nennen. *Mitbewohner*, das klang besser. Sie stemmte sich vom Bett hoch, streckte sich und fühlte sich trotz der kurzen Nacht ausgeruht. Laut ihrem Telefondisplay war es halb acht. Auf dem Weg durchs Zimmer las sie eine Nachricht von Jillian. *Hast du die erste Nacht im Haus von Mr. Sexy gut überstanden?*

Sie öffnete die Balkontür, erschauerte in der kühlen Luft, atmete den Duft des klaren, neuen Tages ein und dachte über Jillians Frage nach. Sie hatte die Nacht nicht einfach bloß überstanden. Und mit ihrer kessen Erklärung, sie wollte Nash küssen, hatte sie sich selbst schockiert. Aber wenn sie das Jillian verriet, würde ihre Cousine sie drängen, gleich noch ein paar Schritte weiterzugehen. Sie war froh, dass Nash sie zu nichts gedrängt hatte. Offenbar war auch er sehr vorsichtig. *Seit dem Tag, an dem Alaina gegangen ist, habe ich keine Frau mehr geküsst.*

Seit drei Jahren? Das war länger als bei ihr.

Sie tippte eine Antwort an Jillian. *Überstanden, geschlafen und sogar an meinen Liedern gearbeitet. Und mit ihm und Phillip einen Kuchen gebacken. Er ist der perfekte Mitbewohner.* Sie drückte auf *Senden*, dann setzte sie sich auf die Bank, auf der sie in der vergangenen Nacht gelegen hatten. Für sie würde diese Bank nie mehr aussehen wie zuvor. *Und Nash? Wird er für mich von jetzt an ebenfalls anders aussehen?*

Ihr Telefon vibrierte mit einer weiteren Nachricht von Jillian. *PERFEKT? In welcher Hinsicht?*

Typisch. Jillian wollte immer alles ganz genau wissen. Tempest schaute in den Garten hinaus und dachte darüber nach, wie viel sie preisgeben sollte. Zweifel stahlen sich in ihren Kopf. Was, wenn er mit ganz anderen Gefühlen aufgewacht war als sie? Was, wenn er die vergangene Nacht für einen Fehler hielt?

Er hat mich nicht so geküsst, als würde er einen Fehler machen.
Sie schüttelte den Gedanken ab und beschloss, Jillian nicht zu verraten, was auf der Bank passiert war. Ihre Cousine hatte einen anderen Lebensstil als sie, vor allem einen viel schnelleren. Ganz gleich, wie geschickt sie es formulierte, es würde nur nach einer heißen Knutscherei klingen, obwohl es sich anfühlte wie viel mehr. So als hätten sie eine Tür aufgestoßen und sich einen ganz kleinen Schritt weit auf unbekanntes Terrain vorgewagt.

Können wir es gemeinsam erkunden?

Sie schnappte sich ein Handtuch und ihre Waschsachen und ging den Flur entlang zum Badezimmer, das jetzt noch mehr nach Nash roch als am Abend zuvor. Ihre Sachen stellte sie neben ein kleines Glas mit frisch gepflückten Wiesenblumen auf den Waschtisch. An dem Glas lehnte ein Umschlag, der ihren Namen trug. Mit zittrigen Fingern griff sie danach und beugte sich hinab, um an den hübschen Blumen zu schnuppern. Was für Überraschungen Mr. Ruppig doch bereithielt. Blumen bedeuteten definitiv, dass er die Küsse nicht als Fehler betrachtete. Sie zog die handgeschriebene Nachricht aus dem Umschlag und betrachtete die unordentliche Schrift. *Die Handschrift eines Künstlers.*

Guten Morgen, du Schöne. Ich hoffe, wir waren beim Aufstehen nicht zu laut. Ich bin nicht sehr gut in solchen Dingen und musste schon jahrelang keinen Morgen danach überstehen. Wenn du also so tun möchtest, als wäre nichts gewesen, trag ein knallrotes T-Shirt oder irgendwas anderes Rotes. Dann weiß ich Bescheid und lecke meine Wunden im stillen Kämmerlein. Gestern Nacht hatte ich das Gefühl, dass wir auf derselben Wellenlänge sind. Aber wie gesagt, es ist lange her, und was weiß ich schon? – Nash

Dreimal las sie die Nachricht, um nur ja keine Botschaft zu übersehen, die vielleicht zwischen den Zeilen stand. Er schrieb nichts von großen Gefühlen, aber auch von Reue war nicht die Rede. Sie duschte und zog sich an. Weil sie noch zu nervös war, um Nash gegenüberzutreten, arbeitete sie erst einmal an dem Flyer, den sie in Emmalines Café aufhängen wollte.

Nach einer Weile erinnerte ihr knurrender Magen sie daran, dass sie noch nicht gefrühstückt hatte. Sie mailte den Flyer zum Ausdrucken an einen Copyshop in der Stadt. Dann ging sie hinunter in die Küche, wo ein ordentlich mit einem Teller abgedecktes Stück Kuchen auf sie wartete. Daneben lagen eine Gabel und eine weitere Notiz. In ihrem Magen stoben Schmetterlinge auf.

Ein Frühstück für Champions. N & P

N & P. Das klang schön. Sie nahm die Abdeckung von dem Kuchen und steckte sich eine Gabel des Schokoladentraums in den Mund. Mit den Fingerspitzen pflückte sie einen Krümel von ihrem strahlend grünen Shirt. *Keine roten Linien weit und breit.* Die Vorstellung, dass sie diese Botschaft so offen übermitteln würde, ließ ihren Magen noch auf ganz andere Weise wild werden. Ausnahmsweise warf sie diesmal wirklich jede Vorsicht über Bord. *Jillian und Shannon wären stolz auf mich.*

Sie ging nach draußen, dachte an die Nachricht im Badezimmer und grinste wegen des Rotes-Shirt-Signals vor sich hin. Ihr großer, ruppiger Vermieter war unglaublich süß. Mit seinem talentierten Mund konnte er vermutlich alles Mögliche anstellen. Aber Wunden musste er keine lecken. *Es sei denn, sie stammen von meinen Zähnen.* Huch! Sie hatte sich über Nacht in Jillian verwandelt. Vielleicht hatten seine Küsse Zauberkräfte, würden sie ein wenig risikofreudiger machen und ihr helfen, nicht immer so bedachtsam zu sein. Bisher wirkten sie recht gut.

Grenzen, Tempe, denk an deine Grenzen.

Sie verdrehte die Augen über ihre innere Stimme, wünschte, dieser Teil von ihr würde seine Meinung für sich behalten, und machte sich auf den Weg den Hügel hinunter zur Scheune.

Nash stand über seine Werkbank gebeugt und pustete Sägespäne von einer Schnitzerei. Phillip pustete auf das Stück Holz auf der Miniwerkbank, die er für ihn gebaut hatte, und blinzelte zu ihm hinauf.

Jetzt nahm Nash ein Balleisen und zeigte es Phillip, der seine Plastikwerkzeuge betrachtete und eines aussuchte, das dem Balleisen sehr ähnlich sah. Nash zwinkerte ihm zu und arbeitete weiter. Zusammen summten sie ein Lied aus dem Radio mit. Phillip ahmte jede seiner Bewegungen nach. Sogar die Hände wischte er sich am Hosenboden ab wie er. Manche Blicke, die Phillip ihm zuwarf, lösten schmerzhafte Erinnerungen aus. Sein Sohn bewunderte ihn, so wie er früher PJ bewundert hatte. PJ war zwei Jahre älter und um einiges schlauer gewesen als er. Zumindest hatte Nash das immer geglaubt. Bis dieser Idiot ihm das Gegenteil bewiesen hatte.

»Hallo.«

Tempests Stimme riss ihn aus seinen Erinnerungen.

»Tempe«, sagte Phillip. Er schaute erst Nash an, dann drehte er sich zu ihr um.

Nash legte die Hand an Phillips Hinterkopf und nickte. Er versuchte, den Flashbacks zu entkommen, die seinen Beschützerinstinkt noch mehr anstachelten. Hin und wieder trafen sie ihn schwer, und er schaffte es kaum, sie abzuschütteln.

Bevor er sich zu Tempest umdrehte, atmete er tief durch und schickte ein Stoßgebet zum Himmel. *Bitte lass sie kein rotes Shirt anhaben.*

»Grün«, stieß er hervor. Sein Lächeln kam wie von selbst. *Strahlendes, verdammtes Grün. Gott sei Dank.* Doch es war das Leuchten in ihren Augen, das letztlich die düsteren Erinnerungen vertrieb. Er legte sein Werkzeug beiseite, wischte sich die Hände an den Jeans ab und wünschte, er könnte Tempe in die Arme nehmen und küssen. Doch das Augenpaar eines kleinen Mannes verfolgte jede seiner Bewegungen ganz genau.

Tempests Mundwinkel kräuselten sich nach oben. »Grün.« Sie kam näher. »Danke für die Blumen. Das war eine süße Überraschung.« Ein paar Sekunden lang schaute sie ihm in die Augen, dann richtete ihr strahlender Blick sich auf Phillip. »Und bei dir muss ich mich für den leckeren Kuchen bedanken. Danke.«

Phillip schaute Nash an und Nash nickte ihm zu.

Tempe beobachtete die beiden gebannt.

»Bitte«, sagte Phillip und wischte sich die Hände an den Jeans ab, genau wie Nash es getan hatte.

»Ich muss in die Stadt, ein paar Flyer abholen und aufhängen. Danach wollte ich einkaufen gehen, damit ich mich nicht weiterhin bei euch durchschnorren muss. Braucht ihr irgendwas?« Sie deutete auf die Werkbänke. »Sieht aus, als hättet ihr heute Morgen schon einiges geschafft.«

»Alles wie immer. Wir haben Eier eingesammelt, die Tiere gefüttert und anschließend hier gearbeitet.« Nash versuchte, jeden Tag so viel Zeit wie möglich in den Möbelbau zu investieren. Das klappte mal mehr und mal weniger gut und hing von Phillips Aufmerksamkeitsspanne ab. Manchmal konnte Nash nur eine Stunde lang konzentriert arbeiten, manchmal hatte er Glück und es wurden zwei oder drei daraus.

»Offenbar hast du einen eifrigen Lehrling.« Sie betrachtete die Plastikwerkzeuge auf Phillips Werkbank. »Was wird das denn?«

Phillip schaute wieder zu Nash und Nash zeigte ihm nickend seine Zustimmung.

Der Kleine nahm sie an der Hand und führte sie an den Werkbänken vorbei in eine Ecke der Scheune, wo ein fast fertiger Schrank auf seine Türen wartete. Daneben standen einige andere Stücke in ununterscheidbaren Stadien der Vollendung. »Hat Daddy gemachtet.«

»*Gemacht*, Kumpel.« Nash trat zu ihnen und schaute zu, wie Tempest mit den Fingerspitzen über die detailreichen Schnitzereien strich, an denen er wochenlang gearbeitet hatte.

»Die sind umwerfend.« Dicht gefolgt von Phillip ging sie von einem Möbelstück zum anderen. Jedes Mal, wenn sie die Erhebungen und Vertiefungen einer Schnitzerei berührte, hoben sich ihre Mundwinkel voller Bewunderung.

Nash war stolz auf seine Arbeit, dabei konnte er noch ganz andere Dinge schaffen. Er unterdrückte den Wunsch, ihr das zu sagen.

Sie ließ den Blick durch die Scheune schweifen. In einer Ecke stand ein Kindertisch mit einem Stuhl für Phillip. Er war mit Zeichnungen bedeckt und in der Mitte lag ein kleiner Berg Buntstifte. Mit Nägeln hatte Nash einige von Phillips Werken aufgehängt. Auch leere Nägel waren in die Wand geschlagen und warteten auf weitere Gemälde. Lächelnd betrachtete sie ein Regal mit einer geschnitzten Wildnisszene an der Seite. Auf jedem Brett lagen Spielsachen. An derselben Wand stand ein selbstgebautes Futonbett. Der Hemingway-Klassiker *Der alte Mann und das Meer* lag aufgeschlagen mit dem Buchrücken nach oben auf einem Kissen neben einer Kinderdecke. Eine sanfte Brise bewegte die Vorhänge, die das Bett an drei Seiten umschlossen. Sie verdeckten einen Teil des mit geschnitzten Hunde- und Katzendarstellungen verzierten Bettgestells. Überall in der Scheune standen alte Beistelltischchen, an denen Phillip arbeiten oder malen konnte. Sie waren hergerichtet und im Used-Look angestrichen worden. Auf zwei von ihnen lagen von Nash geschnitzte Tierfiguren. In einem der Katzenkörbchen unter den Tischen schliefen zwei kleine Kätzchen.

Tempest betrachtete einen Leuchter in Form eines Bootes aus Holz und Metall, der von der Mitte der Scheunendecke hing. Die Lichter waren in die Reling des Bootes eingelassen. Das kunstvolle Gebilde stammte aus der Zeit vor Phillips Geburt.

»Das Licht lässt sich dimmen«, erklärte Nash. »Manchmal macht Phillip seinen Mittagsschlaf lieber hier als in seinem Zimmer.«

»Sind alle diese Sachen von dir?« Tempes ausholende Geste schloss die ganze Scheune mit ein. Sie nahm eine der geschnitzten Tierfiguren in die Hand.

»Außer den Tischen ist fast alles von mir.«

»Die hier?« Mit dem Zeigefinger strich sie über den langen Hals einer hölzernen Giraffe, die er im vergangenen Winter geschnitzt hatte.

»Ja. Phillip und ich haben ein Buch über Afrika gelesen und die Tiere haben ihn fasziniert.« Er zuckte die Achseln. »Also habe ich ein paar geschnitzt. Nichts Besonderes.«

»Er hat einen Löwen gemachtet«, erklärte Phillip. »Und einen Leopard und eine Schlange und eine Hyäne.«

»Wie bitte? Das ist sehr wohl etwas Besonderes! Wann kommst du denn überhaupt zum Arbeiten, wenn du für deinen

Sohn eine so großartige Welt erschaffst?«

»Irgendwie kriegen wir es immer hin.« Er wünschte sich von ganzem Herzen, ihr den Teil von sich zeigen zu können, den er vor langer Zeit aus seinem Leben verbannt hatte.

»Sieht ganz so aus.« Sie legte die Giraffe zurück auf den Tisch. »Im Netz habe ich ein paar deiner Skulpturen gesehen, von Möbeln war nicht die Rede.«

Er nahm seine Mütze ab und fuhr sich durchs Haar. »Möbel verkaufe ich erst, seit Phillip auf der Welt ist, und auch nur hier in der Gegend. Irgendwie muss man ja über die Runden kommen. Als ich hergezogen bin, wollte die Lokalzeitung einen Artikel über meine Skulpturen bringen. Aber ich schätze mein Privatleben. Gut, dass ich damals abgelehnt habe, nach all den Veränderungen, die es seither gegeben hat.«

Tempe schaute sich noch einmal um. »Fertigst du immer noch Skulpturen?«

»Nein.« Er schaute zu der Tür, die zu seiner Metall- und Holzkunstwerkstatt führte, und überlegte, ob er ihr seine unvollendeten Stücke zeigen sollte.

Phillip kauerte sich neben die Kätzchen und streichelte sie.

»Und wer sind diese beiden Kerlchen?«

»Moby und Manolin«, antwortete Phillip. »Willst du sie mal streicheln?«

»Ja, sehr gerne.« Sie setzte sich zu ihm auf den Betonfußboden. »Manolin ist ein interessanter Name.«

»Der ist von dem Alten-Mann-Buch. Daddy liest es mich vor«, erklärte Phillip. »Manolin hilft dem alten Mann.«

»*Der alte Mann und das Meer*«, fügte Nash erklärend hinzu.

Tempest nahm eines der Kätzchen aus dem Korb und strich mit dem Kinn über das seidige Fell des kleinen Tierchens. »Das ist eine Geschichte für ziemlich große Jungs. Gefällt sie dir?«

Phillip nickte eifrig. Er wollte sie immer wieder hören. Die Stellen, die für seinen Kleinen zu verstörend gewesen wären, ließ Nash allerdings aus.

Jetzt hörte er zu, wie Tempest Phillip fragte, was für andere Geschichten ihm noch gefielen und welche Tiere er am liebsten mochte. Phillip dachte so angestrengt über jede Frage nach, dass er dabei kleine Grimassen zog. Er streichelte das Kätzchen und schaute oft erst fragend zu Nash, bevor er eine kurze Antwort gab. Aber Tempest hatte viel Geduld. Sie erzählte ihm, wo sie aufgewachsen war und wie ihr Vater ihr früher am Lagerfeuer hinter dem Haus Geschichten erzählt hatte. Phillip hörte gebannt zu. Er rückte so nahe an sie heran, dass er beinahe auf ihrem Schoß saß. Sie schenkte ihm ihre volle Aufmerksamkeit und nutzte seine Antworten für weitere Fragen. Irgendwann legte sie das Kätzchen in Phillips Schoß, dann strich sie Phillip über die Wange. Die Wärme, die dabei in ihrem Blick lag, spülte eine Glückswelle in Nashs Herz. Ihr folgte die Sehnsucht nach dem harmonischen Familienleben, das er einmal gehabt hatte.

»Daddy hat auch gebootet, aber er hat keine großen Fische gefangen«, erklärte Phillip. Er schob das Kätzchen von seinem Schoß und stand auf, um mit seinen Holztieren zu spielen.

Tempest nahm das kleine Fellknäuel, drückte es kurz an ihr Gesicht und setzte es dann zu seinem Geschwisterchen zurück in den Katzenkorb. Noch immer in das Gespräch mit Phillip vertieft stand sie auf. Dabei warf sie Nash ein Lächeln zu. »Ich wette, den einen oder anderen Fisch hat er doch erwischt.« Noch einmal schaute sie zu der Lampe hinauf. »Stellst du immer noch solche Stücke her?«

»Nein. Wie gesagt, für die Arbeit mit Metall brauche ich eine Esse oder ich muss schweißen. Das ist nicht ohne. Und auch die Werkzeuge, die ich dafür brauche, könnten für Phillip gefährlich sein.« Er schaute zu seinem Sohn, der zufrieden mit seinen Holztieren spielte. Wieder regte sich der Wunsch, Tempest zu zeigen, was er an Kunstwerken schaffen konnte. Diesmal gab er ihm nach. Mit dem Kopf deutete er auf die Verbindungstür zur anderen Werkstatt. »Komm. Ich zeige dir, was ich meine.«

»Kann ich hierbleiben?« Phillip ließ die Spielzeuggiraffe über ein Tischchen laufen.

»Klar, geh nur nicht alleine nach draußen.«

Phillip nickte.

Nash schloss die Tür auf und Tempest folgte ihm in den angrenzenden Teil der Scheune. Eine andere Person mit in diesen Raum zu nehmen, war ein seltsames Gefühl. Seit er nicht mehr mit Metall arbeitete, war er nur selten hier drin gewesen, und dann meist wie mit Scheuklappen und mit der einzigen Absicht, dort etwas zu verstauen, was Phillip nicht in die Finger bekommen sollte. Jetzt, wo er Tempests Nähe so deutlich spürte, brauchte er eine andere Art von Scheuklappen. Das tiefe Bedürfnis, ihr seine Arbeiten zu zeigen, wich dem unbändigen Verlangen, sie zu spüren. Er zog sie aus Phillips Blickfeld hinter die offene Tür und drückte sie an sich.

»Hey, meine Schöne.« Er streifte ihre Lippen mit seinen und sorgte dafür, dass die Hitze, die er spürte, nicht nur ihn allein versengte. »Du riechst einfach wunderbar.«

»Du auch. Ich hoffe, es ist in Ordnung, dass ich hier reinplatze, während ihr arbeitet. Ich wollte nicht stören, sondern wirklich nur fragen, ob ich euch etwas vom Einkaufen mitbringen kann.«

»Ich brauche tatsächlich etwas, aber das kann man nicht kaufen.« Es war, als hätte sie den Geist der Leidenschaft aus einer Flasche befreit.

Sie atmete schwerer, ein rosiger Hauch überzog ihre Wangen.

»Bedeutet das grüne Shirt das, was ich denke?«

Sie schlang die Arme um seine Taille. »Es bedeutet, du sollst mich küssen, bevor Phillip sich draußen langweilt.«

Er küsste sie sanft, strich ihr dabei über den Rücken und hielt sie ganz fest. Ihre weichen Kurven zu spüren, war berauschend. Und als sein Kuss drängender wurde, erwiderte sie ihn mit derselben Leidenschaft. Sie taumelten gegen die Wand, und er kämpfte gegen die Stimme in seinem Kopf an, die ihm sagte, er solle es ruhiger angehen lassen. Aber das war das Letzte, was er jetzt wollte. Tempests Hände waren wie Flammen auf seinem Körper und dann an seinem Hals. Er presste sie an sich und küsste sie wild. Sie antwortete mit dem süßen Stöhnen, das er in der vergangenen Nacht in seinen Träumen gehört hatte.

»Ich habe die ganze Nacht an dich gedacht«, raunte er zwischen zwei Küssen.

»Und ich an dich«, antwortete sie atemlos.

Er bekam einfach nicht genug von ihr, verschlang ihren Mund und ihren Hals und wäre gerne noch viel weitergegangen. Sie zusammen mit Phillip zu sehen, hatte einen Schalter in ihm umgelegt. In seinen Küssen lag jetzt nicht nur Lust, sondern auch tiefe Dankbarkeit. Doch er musste sich im Griff behalten und zwang sich, die Zügel anzuziehen.

»Sorry«, sagte er. Dass er sie geküsst hatte, tat ihm nicht leid. Nur, dass er es so heftig getan hatte. So wollte er nicht mit ihr umgehen, aber sie hatte das Tier in ihm befreit, das viel zu lange an der Kette gelegen hatte. Und jetzt, wo er von ihr gekostet hatte, steigerte jede Berührung ihrer Lippen seinen Appetit. Er rückte ein wenig von ihr ab und legte die Hände an ihre Hüften.

»Sorry«, sagte er noch einmal. »Eigentlich sollte das nur ein kurzer Gutenmorgenkuss werden. Ich wollte nicht über dich herfallen.«

Sie legte die Hände fest auf seine Unterarme. »Und ich nicht über dich.«

Er nahm ihre Hand und spähte um die offene Tür herum zu Phillip, der noch immer seelenruhig spielte. Dann zog er sie noch einmal an sich und spürte ihren jagenden Atem an seiner Wange.

»Eigentlich bin ich gar nicht so«, murmelte er.

Sie lachte leise und klang dabei so süß und so nervös. So ganz und gar nach Tempest.

»Sollte ich mir Sorgen machen?«, fragte sie.

»Nein. Ich will damit nur sagen, dass ich viele Jahre ohne einen einzigen Kuss klargekommen bin. Und jetzt kann ich plötzlich die Lippen nicht von dir lassen.«

»Ich mag deine Lippen«, sagte sie schüchtern.

Er küsste sie gleich noch einmal und genoss jede Sekunde dieser innigen Nähe. »Tempe«, sagte er an ihrem Mund. »Ich bin kein Kerl, der sich einfach nimmt, was er will. So einer war ich nie, und mit Phillip in meinem Leben kann ich so einer auch nicht sein. Aber du hast etwas an dir, das mir Vertrauen gibt. Und mein Verlangen weckt ...« Er machte schnell den Mund zu, damit er sich nicht anhörte wie ein Idiot.

»Ich bin froh, dass es nicht nur mir so geht.«

»Dir geht es auch so?«

»Ja«, flüsterte sie. »Normalerweise bin ich unglaublich vorsichtig, aber irgendetwas an dir verwandelt mich in eine der Frauen, die ihren Körper anbieten wie andere Leute Süßigkeiten. So eine war ich nie.« Sie senkte den Blick und strich über seinen Arm. »Aber mit dir möchte ich wie Schokolade sein, wie Lollis und Gummibärchen, alles zusammen …«

Sein Mund legte sich auf ihren und hielt sie gefangen. Er konnte einfach nicht anders. Er musste sie besitzen und die süßesten, schmutzigen Gedanken schmecken, die je einer Frau über die Lippen gekommen waren. Gegen dieses Verlangen kam er nicht an. Sie klammerte sich an ihn und nährte damit seinen Hunger. Sinnliche kleine Laute wie in der vergangenen Nacht stiegen aus ihrer Kehle und brachten ihn um den Verstand. Doch irgendwo im hintersten Winkel seines Kopfes regten sich plötzlich Gedanken an Phillip, und er zwang sich, Tempest ein kleines Stück von sich wegzuschieben. Atemlos ließen sie voneinander ab.

»Ich muss nach Phillip sehen.« Er ging Richtung Tür. Phillip saß an seinem Maltisch und spielte unbekümmert. Nash drehte sich wieder zu Tempest um. Erst versicherte er ihr, er wäre nicht der Typ, der sich einfach nahm, was er wollte, nur um sich im nächsten Augenblick alles zu nehmen, was er kriegen konnte. *So viel zum Thema Widersprüche.*

Nachdenklich, aber auch nervös musterte sie ihn. Schließlich legte sie einen Finger an seine Lippen. »Du musst nichts sagen. Ich sehe es in deinen Augen, und ich weiß, du siehst es in meinen. Wir müssen das unter Kontrolle bekommen, bevor irgendwer dabei Schaden nimmt.«

Er küsste ihre Hand und flocht dann die Finger zwischen ihre. Er hatte viel zu verlieren. Nicht nur das gut eingespielte, geruhsame Leben, das für seinen Sohn so wichtig war, sondern auch den ersten Menschen, den er seit Jahren in seine Welt lassen wollte. »Wir sollten darüber reden.«

»Lieber nicht.« Ihre Worte überraschten ihn, und ihr

Gesichtsausdruck verriet, dass sie auch sich selbst überrascht hatte. »Ich neige dazu, die Dinge zu Tode zu reden. Dieses eine Mal würde ich gern herausfinden, was werden kann, ohne erst alles genau zu analysieren. Ich bin von Peaceful Harbor nach Pleasant Hill gezogen, um neu anzufangen. Und ich finde, das ist eine gute Gelegenheit, meine Vorsätze in die Tat umzusetzen. Lass uns nicht zu viel nachdenken. Wie wäre es, wenn wir einfach vorsichtig weitermachen und sehen, wohin uns das führt? Kleine Schritte.«

»Ich gebe mir alle Mühe, aber vorsichtige *kleine* Schritte wollen mir in deiner Gegenwart einfach nicht gelingen.«

Wieder legte sie den Finger an seinen Mund. »Nicht analysieren. Vor dir steht die neue, risikofreudige Tempest.«

Acht

Die neue, risikofreudige Tempest? Wer war diese fremde Frau, die ungeniert mit ihrer Stimme sprach? Schockiert von ihrer plötzlichen Unerschrockenheit rätselte sie, was in sie gefahren war. Sie wollte *was* tun? *Vorsichtig weitermachen?* Was war aus ihrem Vorsatz geworden, ihre Übervorsichtigkeit abzulegen? Aber vielleicht war das gar nicht so widersprüchlich, denn *vorsichtig weitermachen* bedeutete auch, den Dingen ihren Lauf zu lassen. Und das wollte sie tatsächlich. Ihrem Kopf fiel es schwer, nicht wie gewohnt sofort in den Analysemodus zu verfallen. Er wollte ergründen, weshalb sich ihr Herz wie wild gebärdete, sobald sie Nash nur sah. Er wollte wissen, weshalb ihre Brust sich so voll anfühlte, wenn sie zuschaute, wie Nash und Phillip Seite an Seite arbeiteten. Und auch Phillips Verhalten wollte ihr Kopf zu gern genau unter die Lupe nehmen, wenn der süße Knirps zum Beispiel die Bewegungen seines Vaters nachahmte oder sich wegen jeder Kleinigkeit bei ihm Bestätigung holte. War Phillip einfach nur schüchtern oder steckte noch etwas anderes hinter seiner stillen Art?

Energisch schob sie die Gedanken beiseite, denn eigentlich war sie im Nebenraum der Scheune, um Nashs Skulpturen zu bewundern. Weil er sie so schnell in seine Arme gerissen hatte,

hatte sie sich noch nicht mal richtig umschauen können. Dabei waren die großformatigen Kunstwerke aus Holz und Metall nicht zu übersehen.

»Nash«, hauchte sie geradezu ehrfürchtig, während sie jetzt eine Holzskulptur betrachtete. Die Brust und die Arme der männlichen Figur waren erst grob herausgearbeitet. Deutlich sichtbar war bereits, dass die Gestalt die Arme hinter sich streckte. Auch das Haar, das der Wind nach hinten wehte, war bereits zu erkennen. Das unfertige Gesicht hatte der junge Mann nach oben gewandt, als wollte er gleich in den Himmel fliegen. Die untere Hälfte der Figur verbarg sich noch in einem Holzblock. Tempest ging weiter zu einer etwa zwei Meter breiten Arbeit. Metallstreben und poliertes Holz bildeten eine Form, die an einen Baseballhandschuh erinnerte. In der Handfläche kauerten zwei nur halb fertiggeschnitzte Kinder. Einer der Jungen hatte ein Knie aufgestellt und das andere Bein unter sich gezogen. Das zweite Kind, offenbar ebenfalls ein Junge, saß auf einer Art Baumstumpf.

»Wow.« Tempest blieb vor der letzten Skulptur stehen. Drei große Gestalten aus Metall, die Arme und Beine so dünn wie Zweige und mit nur angedeuteten Gesichtern, waren in rostige Metallstücke gehüllt wie in Decken oder Badetücher. Ihre missgestalteten Mienen strahlten Traurigkeit aus.

Tempest wandte sich zu Nash um. Sein gequälter Gesichtsausdruck überraschte sie. Er hatte die Arme verschränkt, seine Muskeln zuckten und seine Augen erinnerten an ein verletztes Tier. Sie folgte seinem Blick, sah die vielen Maschinen und Werkzeuge auf der hölzernen Werkbank. Ein Stück entfernt stand eine große, aus Backsteinen gemauerte Esse. Sie war schwarz vom Ruß vergangener Tage. Daneben verstaubte eine alte Holztruhe. An einer Wand lag neben einem Holzstapel auch unverarbeitetes Metall.

»Nash?« Sie berührte ihn am Arm.

Er zuckte zusammen, als wäre er in einer Erinnerung verloren gewesen.

»Diese Stücke sind umwerfend. Ich verstehe nicht, weshalb du sie nicht fertigstellst.«

»Wegen Phillip, wie schon gesagt. In der Nähe von Schmiedefeuern und Kettensägen will ich meinen Kleinen nicht sehen. Glaub mir, wenn es möglich wäre, hätte ich mit der Kunst gar nicht aufgehört. Erst gestern Morgen hat der Galerist angerufen, der mir vor vielen Jahren zum Durchbruch verholfen hat. Er eröffnet eine weitere Galerie in Virginia und möchte dort meine Arbeiten zeigen.«

»Das ist großartig. Du könntest diese Skulpturen vollenden, sie ihm bringen und ...«

»Nein, Tempest. Das geht nicht. Weite Reisen sind mit Phillip nicht drin. Er braucht Beständigkeit, sein Zimmer, sein Bett. Außerdem müssen die Tiere gefüttert, das Haus und die Ställe instandgehalten werden. Das ist ziemlich aufwendig. Und dann gibt es auch noch meine Arbeit, die Arbeit, mit der ich unseren Lebensunterhalt bestreite. Allein dafür benötige ich schon viel mehr Zeit, als mir zur Verfügung steht.«

»Kannst du nicht arbeiten, während Phillip im Kindergarten ist?«

Er schnaubte. »Er geht in keinen Kindergarten. So weit ist er noch nicht.«

Sie warf einen Blick durch die Tür zu Phillip hinaus und senkte die Stimme. »Fast alle Dreijährigen gehen in den Kindergarten. Willst du ihn nicht anmelden?«

Nash nahm seine Mütze ab, fuhr sich durchs Haar und drückte sich die Mütze dann wieder auf den Kopf. »Nein. Das ist nicht nötig.«

Tempe fing an, Phillips stille Welt ein wenig besser zu verstehen. »Nötig vielleicht nicht. Aber er ist ein kleiner Junge. Im Kindergarten lernt er, mit anderen Kindern zusammen zu sein, und wird langsam auf die Schule vorbereitet.«

Nashs Augen verengten sich, und ihr war klar, dass sie gerade eine rote Linie überschritten hatte.

»Er ist noch zu jung, und ich möchte nicht, dass er sich von anderen Kindern Dinge abgeschaut, die nicht gut für ihn sind.«

Sie folgte Nash aus der Künstlerwerkstatt, blieb neben ihm stehen, während er die Tür abschloss, und ging dann hinter ihm her bis zu seiner Werkbank. Er nahm einen Stechbeitel zur Hand und wischte ihn mit einem Tuch ab.

»Wir sprechen vom Kindergarten, Nash«, sagte sie leise. »Nicht von einer Anstalt für straffällig gewordene Teenager. Was sollte er denn für Dinge lernen, die ihm schaden könnten?«

Sie wollte seine energische Weigerung gerne verstehen. Als er das Werkzeug weglegte und aus der Scheune stapfte, blieb sie an seiner Seite. Er sagte Phillip, er würde nur kurz vor die Tür gehen, aber Phillip war zu intensiv mit seinen Spielsachen beschäftigt, um auch nur aufzublicken.

»Geht er in eine Spielgruppe? Gibt es Freunde, mit denen er sich treffen kann?«

»Er hat mich.« Nash marschierte vor der Scheunentür auf und ab.

»Und du bist ein großartiger Vater, aber kein Kind aus seiner Altersgruppe. Wie schaffst du es überhaupt, an deinen Möbeln zu arbeiten?« Sie sah, wie sein Blick erst zu Phillip, dann zu den beiden Werkbänken und schließlich zurück zu ihr wanderte.

Großer Gott, Nash und sein Sohn waren wirklich Meister

der nonverbalen Kommunikation. Was er ihr sagen wollte, hörte sie auch ohne Worte laut und klar. Das hier ging sie nichts an.

Er blieb stehen und verschränkte erneut die Arme. »Ich will nicht, dass jemand unser Leben zerpflückt. Phillip ist einfach noch nicht so weit. Es ist zu früh für den Kindergarten. Vor Kurzem war er noch ein Baby. Aber keine Sorge, sobald er sechs wird, geht er in die Schule.«

Sie wusste, dass sie Nash auf die Nerven ging, aber sie konnte die Sache nicht auf sich beruhen lassen. Schon Phillip zuliebe musste sie herausfinden, was Nash davon abhielt, seinen Sohn mit anderen Kindern zusammenzubringen. Sie bemühte sich um einen weichen Ton, rückte ein wenig näher an Nash heran und spürte die Spannung zwischen ihnen wie Rasierklingen in der Luft. »Nash, wenn er nicht in den Kindergarten geht, wird er in der Schule mit den anderen nicht mithalten können. Heutzutage wissen schon Vierjährige, wie man mit Computern umgeht. Und wenn dir ein gewöhnlicher Kindergarten nicht zusagt, findest du alle möglichen Alternativen mit kleineren Gruppen, besonderen Schwerpunkten ...«

Er musterte sie düster. Mit angehaltenem Atem wartete sie darauf, dass er ihr sagte, sie solle sich um ihre eigenen Angelegenheiten scheren. Doch dann schaute er zu seinem Sohn hinüber und ließ die Schultern sinken. Langsam wich die Härte aus seinen Zügen. An ihre Stelle trat etwas anderes. *Sorge? Schuldgefühle?* Es war schwer zu sagen.

»Gab es irgendeinen Vorfall?«, fragte sie schließlich. »Ist ihm etwas zugestoßen? Oder dir? Etwas, was dich davon abhält, ihn in einen Kindergarten zu schicken?«

»Nein«, antwortete Nash knapp.

»Bist du früher selbst in einen Kindergarten gegangen?«

»Ja«, blaffte er.

»Und danach auf eine öffentliche Schule? Bis auf deine letzten zwei Highschool-Jahre, meine ich?«

Wieder verengten sich seine Augen. »Ja.«

»Dann weißt du sicher, wie wichtig das für ein Kind ist.«

Er wandte den ärgerlichen Blick von ihr ab.

Eigentlich hätte sie die Sache auf sich beruhen lassen können. Aber Phillips Wohlergehen lag ihr am Herzen. Deshalb unternahm sie einen weiteren Versuch, zu Nash durchzudringen. »Phillip ist sehr still, Nash, und mir fällt auf, dass er dich ständig anschaut und um Bestätigung oder Erlaubnis bittet. Selbst wenn es nur darum geht, eine einfache Frage zu beantworten.«

»Ich bin auch still«, konterte er. »Er ist ein guter Junge. Nur eben vorsichtig, genau wie ich.«

Trotz der Spannung, die sich zwischen ihnen aufgebaut hatte, spürte sie, dass Nashs Abwehrhaltung bröckelte. »Er ist wirklich ein guter Junge, und ja, er ist vorsichtig. Aber hast du mich nicht gefragt, ob *ich* vielleicht ein bisschen *zu* vorsichtig wäre?« Sie hielt inne, um ihm die Möglichkeit zu einer Antwort zu geben. Als er stumm blieb, setzte sie hinzu: »Sicher ist das keinesfalls, aber vielleicht trägst du ja dazu bei, dass er *zu* vorsichtig ist. Bestimmt würde es ihm nicht schaden, mit anderen Kindern seines eigenen Alters zusammenzukommen.«

Der stählerne Blick, den Nash ihr zuwarf, ließ sie fürchten, er würde sie entweder gleich stehenlassen oder sich jede Einmischung verbitten. Die Sekunden vergingen wie in Zeitlupe, während sie darauf wartete, dass die Bombe platzte. Aber er sagte kein Wort und er ließ sie auch nicht stehen. Er musterte sie nur sehr eingehend. Hatte sie ihn zum Nachdenken gebracht? Sie konnte nur raten. Vermutlich stand es ihr nicht zu, ihm ins Gewissen zu reden. Schließlich hatte sie keine eigenen Kinder. Aber irgendetwas sagte ihr, dass er ihre Meinung hatte hören müssen.

»Deine Mutter fände es doch sicher auch gut, wenn Phillip in einen Kindergarten ginge«, sagte sie noch leiser und weicher. »Besucht sie euch manchmal?«

Er knirschte mit den Zähnen. »Bislang hat sie Phillip zweimal gesehen. Sie lebt weit weg an der Westküste, in Washington State.«

Tempest blutete das Herz. Nash zog seinen Sohn tatsächlich ganz alleine auf, aber welche Großmutter bemühte sich denn nicht, ihren Enkel wenigstens ab und zu zu besuchen? »Gehst du mit ihm in Parks oder auf Spielplätze, wo er mit anderen Kindern toben kann?«

»Ein paar Mal haben wir das gemacht. Aber wir sind den ganzen Tag beschäftigt, Tempest. Du weißt nicht, wie es ist, ein Kind großzuziehen und nebenher Möbel zu bauen. Ich kümmere mich um Phillip, um die Tiere, halte das Haus instand und habe einen Gemüsegarten. Ich mache den Haushalt und arbeite. Freizeit ist für mich ein Fremdwort.«

»Das glaube ich dir. Als kinderloser Single kann ich kaum beurteilen, wie schwierig es ist, alles unter einen Hut zu bekommen. Dafür weiß ich ganz gut, wie schwer sich Kinder im Umgang mit anderen Kindern tun, wenn sie es nicht frühzeitig geübt haben. Bei der Arbeit mit meiner Musikgruppe erlebe ich das immer wieder. Manche Jungen und Mädchen werden angemeldet, weil sie unbedingt ihr Sozialverhalten trainieren und verbessern müssen. Und abgesehen davon ist es sicher sehr verwirrend, als Sechsjähriger in eine Schule geschickt zu werden, in der man niemanden kennt. Dort soll man plötzlich die

Anweisungen einer fremden erwachsenen Person befolgen, man soll stundenlang an einem Tisch sitzen und nur zu ganz bestimmten Zeiten essen.« Sie bemerkte, wie Nash erneut mit den Zähnen knirschte. Doch sein bekümmerter Blick verriet ihr, dass sie zu ihm durchdrang. »Hattest du schon mal einen Babysitter für Phillip?«

»Ich kenne hier niemanden gut genug, um ihm oder ihr meinen Sohn anzuvertrauen.«

»Oh Nash.« Sie versuchte, sich sein bisheriges Leben mit Phillip auszumalen, und ihr Mitgefühl wuchs von Minute zu Minute. »Heißt das, du hast in den vergangenen Jahren nie Freundschaft mit einer Familie mit Kindern in Phillips Alter geschlossen? Du hast nie einen Teenager dafür bezahlt, ein paar Stunden auf Phillip aufzupassen?«

»Einen Teenager? Nicht im Traum!« Nash ging wieder auf und ab. »Ich bin weder ein Partygänger noch führe ich ein ausschweifendes Sozialleben. Aber ich trage die Verantwortung für meinen Sohn. Warum sollte ich ihn abschieben?«

»Du schiebst ihn nicht ab, wenn du ihn in den Kindergarten schickst oder hin und wieder einen Babysitter herbittest, damit du arbeiten oder etwas erledigen kannst.« Tempest war zwar von Natur aus vorsichtig und zurückhaltend, aber sie war auch eine Braden. Und Bradens gaben nicht auf, wenn es schwierig wurde, ganz besonders nicht, wenn Kinder betroffen waren.

»Er hat alles, was er braucht«, beharrte Nash. »Er ist ein helles Kerlchen, er ist glücklich und er ist hier sicher.«

»Das ist er wirklich. Und es ist mir auch unangenehm, meine Nase in Dinge zu stecken, die mich im Grunde nichts angehen.« Dass er Phillips Sicherheit so sehr betonte, ließ sie rätseln, ob sich dahinter nicht doch ein tiefer liegendes Problem verbarg. War er so misstrauisch, dass er seinen Sohn nicht aus den Augen lassen konnte? Phillip zuliebe musste sie behutsam vorgehen, aber auch Nash tat ihr leid. Er hatte sein Leben in den Stand-by-Modus versetzt. Seine großartigen Skulpturen standen unvollendet in einem dunklen Schuppen. Wenn Phillip im Kindergarten wäre, hätte er viel mehr Zeit für sich und seine Arbeit. Er stand ihnen beiden im Weg und er schien es nicht einmal zu merken.

»Ich habe eine Idee, die dir vielleicht nicht gefällt. Deshalb sag mir einfach, wenn ich den Mund halten soll. Aber wir könnten einen kleinen Ausflug machen«, schlug sie vor. »Du, ich und Phillip. Direkt vor dem Gemeindezentrum, wo ich meine Kindermusikkurse gebe, gibt es einen tollen Spielplatz mit Rutschbahnen und einem Klettergerüst. Dort könnte Phillip ein bisschen mit anderen Kindern spielen.« *Und vielleicht kriegen wir nebenher raus, was wirklich mit euch los ist.*

Nash rieb sich den Nacken, doch schließlich huschte ein kleines Lächeln um seine Lippen. »Du gibst nicht auf, nicht wahr? Du willst unbedingt dafür sorgen, dass er mit anderen Kindern zusammenkommt.«

»Ich kann einfach nicht anders«, gab sie zu. »In meine Kurse kommen häufig Jungen und Mädchen mit Verhaltensauffälligkeiten. Den Umgang mit ihren Altersgenossen müssen sie oft erst mühsam lernen. Das ist hart für sie. Und ich will nicht, dass Phillip irgendwann Schwierigkeiten bekommt, die leicht zu vermeiden wären, indem er ab und zu Kontakt zu anderen Kindern hat. Auf dem Spielplatz hätte er dazu die Gelegenheit.«

Wieder wurden Nashs Augen hart. »Jedem anderen würde ich sagen, er solle sich, verdammt noch mal, aus unserem Leben raushalten.« Er rückte so nahe an sie heran, dass ihre Nasenspitzen sich fast berührten. Dann tastete er nach den Fingern ihrer Hand, die von Phillip abgewandt war.

Er atmete schwer, sein bohrender Blick beschleunigte ihren Puls. Doch trotz aller Düsternis sah sie, wie sehr ihn beschäftigte, was sie gesagt hatte. Das machte ihn für sie noch liebenswerter.

»Und warum tust du es nicht?«, fragte sie vorsichtig.

»Ich dachte, wir wollten nichts analysieren.« Er drückte ihre Hand. Sein finsterer Blick wurde weicher.

»Das tun wir auch nicht. Zumindest gebe ich mir alle Mühe. Aber verrate mir bitte eins: Muss ich Angst haben, dass du ein dunkles Geheimnis hütest? Dass du dich vielleicht vor der Polizei versteckst? Oder, ich weiß nicht, dass Phillip in irgendeiner Gefahr schwebt und du ihn vor der Öffentlichkeit verborgen halten musst?«

Sorgenfalten krochen über seine Stirn. »Keine dunklen Geheimnisse, die Phillip in Gefahr bringen würden. Keine versteckten Misshandlungen, kein Missbrauch, falls du das denkst. So etwas musste zum Glück keiner von uns beiden je erleben. Und auch sonst niemand in meiner Familie. Er hat nur einen Vater mit einem überentwickelten Beschützerinstinkt, dem nicht klar war, dass sein dreijähriger Sohn in den Kindergarten gehört.« Er schaute beiseite und sagte eher zu sich als zu ihr: »Und der sich Sorgen macht, dass sein Sohn dort draußen schädlichen Einflüssen ausgesetzt sein könnte.«

Sie atmete erleichtert auf. »Du weißt schon, dass ihr in Pleasant Hill lebt, oder? Einer absoluten Kleinstadtidylle.«

Wieder trat ein gequälter Ausdruck in seine Augen. Sie hörten Phillip kommen und drehten sich gleichzeitig zu ihm um. Nash ließ Tempests Hand los und nahm Phillip auf den Arm. Der gequälte Ausdruck verflog. Er küsste seinen Sohn auf die Wange und Phillip schlang die Arme um seinen Hals. Alles, was an Nash gerade noch hart und kantig gewirkt hatte, wurde plötzlich weich.

»Hey, Kumpel, wie wärs? Hättest du Lust, mit mir und Tempe auf den Spielplatz zu gehen?«

Phillip nickte und strampelte sich frei. Er rannte zurück in die Scheune und schnappte sich seinen Plastikhammer.

»Ich hatte fast ein bisschen Angst, dass er gar nicht weiß, was ein Spielplatz ist«, räumte Tempest ein.

»Ich bin ein vielbeschäftigter Mann, aber kein Unmensch. Zumindest nicht absichtlich. Ich mag ein Einzelgänger sein, halte Phillip aber nicht aus finsteren Gründen von aller Welt fern. Und auf keinen Fall möchte ich irgendetwas tun, was ihm das Leben schwer macht.«

»Wusstest du, dass dieser Spielplatz von Leuten aus der Nachbarschaft gebaut wurde?«, fragte Tempest, als sie über den Rasen auf die Spielgeräte zusteuerten. »Örtliche Geschäftsleute haben die Materialien zur Verfügung gestellt und viele Bewohner des Viertels haben hier unentgeltlich gesägt und gehämmert. Ich finde, das macht diesen Platz zu etwas ganz Besonderem.«

»Das wusste ich nicht. Aber ja, du hast recht.« Nicht nur dieser Spielplatz war etwas Besonderes, sondern auch Tempest. Das wurde Nash immer klarer.

Lachende Kinder rannten von den Rutschbahnen zum hölzernen Klettergerüst, während ihre Eltern sich in der Nähe unterhielten. Eine junge Mutter schubste ihre Tochter auf der Schaukel an, ein Vater, so vermutete Nash, ging neben dem Klettergerüst mit dem Handy am Ohr auf und ab. Für die meisten Familien war es offenbar selbstverständlich, einen Teil des Nachmittags auf dem Spielplatz zu verbringen. Wie anders sein Alltag mit Phillip verlief, wurde ihm in diesem Augenblick sehr bewusst.

Er versuchte abzuschätzen, was in Phillip vorging. Der Kleine blinzelte gegen die helle Sonne zu ihm auf, hielt mit einer Hand seinen Hammer fest und klammerte sich mit der anderen an seine Finger. »Was möchtest du denn als Erstes machen?«

Phillip musterte die Spielgeräte skeptisch.

»Du könntest auf das coole Fort dort drüben steigen.« Tempest zeigte auf das hölzerne Bauwerk mit Rutschen, einer Rampe und einer Feuerwehrstange in der Mitte.

Phillip zuckte die Achseln.

Zwei kleine Jungen rannten johlend und lachend an ihnen vorbei. Phillip schlang die Arme um Nashs Oberschenkel und drückte sich an ihn.

Mit besorgter Miene ging Nash neben ihm in die Hocke und schaute in das verwirrte Gesicht seines Sohnes. »Hey, Kumpel, das macht sicher Spaß. Und ich bleibe in deiner Nähe.«

Tempest schob sich an Phillips andere Seite und griff nach seiner Hand. »Sollen wir zusammen gehen?«

Sie lächelte Nash an, und er war erleichtert, dass nicht der Hauch eines Vorwurfs in ihren Augen lag. Vorwürfe machte er sich selbst schon genug.

Sie stiegen in das Fort, wo ein kleines Mädchen mit blonden Zöpfen an einem Steuerrad drehte, als würde es das hölzerne Bauwerk fahren. Ein Junge, der etwa in Phillips Alter war, schaute aus dem Fenster und redete mit einem anderen Jungen, der unten auf dem Boden stand. Phillip hielt sich dicht an

Nashs Seite.

»Willst du auch mal?«, fragte das blonde Mädchen.

Phillip versteckte sich hinter Nashs Bein. Während er versuchte, seinen Sohn von seinem Oberschenkel zu lösen, wurde ihm bewusst, dass er dieses Verhalten vor Tempests hartnäckigen Fragen nur als ganz normale Schüchternheit abgetan hätte. Vielleicht war es auch nichts anderes, aber Tempests Worte hallten noch immer durch seinen Kopf. *Ich will nicht, dass Phillip irgendwann Schwierigkeiten bekommt, die leicht zu vermeiden wären, indem er ab und zu Kontakt zu anderen Kindern hat.* Dass er jetzt Phillips Verhalten hinterfragte, tat fast weh. Sein Sohn war perfekt, so wie er war. Nash schaute zu Tempest, die gerade einem kleinen Mädchen die Hand hinstreckte, um ihm über die Rampe ins Fort zu helfen.

Ihrem Beispiel folgend sagte er zu Phillip: »Komm, Kumpel. Wir machen das zusammen.« Nash lächelte dem blonden Mädchen zu, das an ihnen vorbei zur Rutsche marschierte. Er stellte sich hinter Phillip, legte die Hände seines Sohnes an das Steuer und begann es zu drehen. »Du bist jetzt der Käpt'n unseres Schiffs, Kumpel. Wo segeln wir denn hin? Soll ich so lange deinen Hammer für dich halten?«

Phillip schüttelte den Kopf. Er hielt den Hammer und das Steuer gleichzeitig fest. »Zum Fischen!« Er drehte das Steuer und sagte: »Steck mal deine Hand ins Wasser.«

Lächelnd tat Nash, als würde er seine Hand über den Rand eines Bootes hängen lassen. »Brrrr. Ganz schön kalt.«

Als Phillip begann, den Kurs auszurufen und sein Schiff durch einen unsichtbaren Sturm zu steuern, lösten sich nach und nach die Knoten in Nashs Brust. Sein Junge machte das gut. Sein Junge war völlig okay. Nash ging ein paar Schritte von

Phillip weg und stellte sich zu Tempest ans Fenster des Forts.

»Glaubst du mir jetzt?«, fragte er. »Er ist total normal.«

»Etwas anderes habe ich nie behauptet«, sagte sie leise. »Ich finde es nur gut, wenn er ab und zu ein bisschen mit anderen zusammenkommt.«

»Achtung! Eine Welle!«, rief Phillip.

Das Mädchen, das vor ihm mit dem Steuer gespielt hatte, sauste die Treppe herauf und landete mit einem lauten »Hi!« neben ihm.

Mit einem Satz war Phillip bei Nash und klammerte sich an sein Bein.

Vielleicht hatte er sich zu früh gefreut. Nash schaute Tempest an. Das Herz schlug ihm bis zum Hals, doch sie war ganz auf seinen Sohn konzentriert und beugte sich zu ihm.

»Es ist lieb von dir, dass du das Mädchen wieder ans Steuer lässt«, lobte sie. »Willst du ihr deinen Namen sagen? Dann könnt ihr vielleicht zusammen spielen.«

Phillip schaute Nash an.

Nash nickte zustimmend und spürte dabei ein bleiernes Gewicht auf den Schultern. Phillip rührte sich nicht von der Stelle. Nash legte ihm eine Hand auf den Rücken und schob ihn behutsam ein wenig nach vorn. »Alles in Ordnung, Kumpel.« Phillip musterte das kleine Mädchen und presste den Rücken gegen Nashs Hand.

Nash griff nach der Hand seines Sohnes und machte einen Schritt auf das Mädchen zu, aber Phillip stemmte die Beine in den Boden und schüttelte den Kopf. Nashs Beschützerinstinkt gewann die Oberhand. Er nahm Phillip auf den Arm und kletterte mit ihm aus dem Fort.

»Nash?«, rief Tempest hinter ihm her. Unten auf dem Rasen holte sie die beiden ein und legte eine Hand auf Nashs Arm.

»Wo wollt ihr denn hin?«

»Er hatte Angst. Hast du das nicht gesehen? Er kann das noch nicht. Es ist zu früh für ihn.« Nash wagte nicht, sie anzusehen. Er ärgerte sich, dass er seinen Sohn in eine so belastende Situation gebracht hatte. Aber vor allem war er wütend auf sich selbst. Ihm hätte klar sein müssen, dass so etwas passieren konnte. Das schlechte Gewissen war wie ein Stachel. Er war so verdammt damit beschäftigt gewesen, den Alltag zu meistern, dass er die einfachsten Dinge vernachlässigt hatte. Und damit womöglich die wichtigsten.

»Nash.« Tempe blieb stehen. »Natürlich ist das am Anfang ein bisschen viel für ihn. Aber er wird bald erste Kontakte knüpfen, wenn du ihm die Chance dazu gibst.«

Nash schnaubte frustriert und wandte sich zu ihr um. Ihr weicher Blick zeigte ihm erneut, dass sie ihm keinen Vorwurf machte. Sie sah noch genauso freundlich und geduldig aus wie an dem Tag, an dem er sie kennengelernt hatte. Und zu wissen, dass sie seinem Sohn helfen wollte, machte sie nur noch schöner. Er drückte Phillip einen Kuss auf die Stirn, zwang seinen Beschützerinstinkt, eine Pause zu machen, und fand seine heftige Reaktion auf Phillips Angst plötzlich ein wenig albern.

Tempest strich beruhigend über Phillips Rücken. »Das ist kein Rennen und kein Wettkampf«, sagte sie lächelnd. »Für dich ist die Situation genauso neu wie für ihn. Ihr müsst euch erst daran gewöhnen. Sollen wir einen kleinen Spaziergang machen?«

Nash war hin- und hergerissen. Einerseits wollte er seinen Sohn nicht in Bedrängnis bringen, andererseits wollte er ihm die Möglichkeit geben, seine Hemmungen abzulegen. Eine Gebrauchsanweisung für den perfekten Vater gab es leider nicht. *Sonst wäre PJ vielleicht noch am Leben.*

Tempests Hand wanderte von Phillips Rücken zu Nashs Arm und holte ihn aus seinen dunklen Gedanken. »Das Wetter ist so schön«, fügte sie lächelnd hinzu.

Da konnte er ihr nicht widersprechen, trotz aller Verwirrung und aller Schuldgefühle, die ihm zu schaffen machten. Er drückte Phillip einen Kuss auf die Wange. »Sollen wir spazieren gehen, Kumpel?«

Phillip vergrub das Gesicht an Nashs Shirt und nickte. Nashs Herz quoll über vor Liebe für seinen Sohn, und bei dem Gedanken, dass er ihm das Leben vielleicht unnötig schwer gemacht hatte, wollte sich ihm der Magen umdrehen. Er stellte Phillip auf den Boden, dann folgten sie gemeinsam dem Spazierweg rund um den Spielplatz. Nash zwang sich zur Zurückhaltung. Gleichzeitig beobachtete er Phillip mit Adleraugen, um sicher sein zu können, dass sich sein Sohn nicht überfordert fühlte.

Ein Stück vor ihnen ging eine junge Mutter in einigem Abstand hinter zwei kleinen Kindern her. Eine Familie hatte sich zu einem Picknick auf dem Rasen niedergelassen. Beim Vorbeigehen klammerte Phillip sich noch fester an Nashs Hand. Doch während er zuschaute, wie ein kleiner Junge mit einem Welpen spielte, lockerte sich sein Griff. Kurz darauf kamen sie an einer weiteren Familie auf einer Picknickdecke vorbei. Neben einer schwangeren Frau schlief ein Baby, während ein Kleinkind etwas aus einer Plastikschale aß.

»Meine Eltern haben gerne Picknicks gemacht«, sagte Nash unvermittelt. »Das ist lange her, und es kommt mir beinahe vor, als hätte nicht meine Familie im Gras gesessen, sondern eine, die ich irgendwann mal flüchtig gekannt habe. Dabei haben wir, als ich noch klein war, in den Sommermonaten häufig

Picknicks gemacht. Seltsam, dass Phillip und ich das nicht tun.«

»Aber ihr esst oft draußen an eurem Tisch hinter dem Haus. Das ist beinahe dasselbe. Nur, dass keine anderen Leute in der Nähe sitzen.« Tempest schaute ihn nachdenklich an. Ihre Botschaft war deutlich. Er machte seine Sache gut, doch es gab noch Luft nach oben. »Wir sind quasi am Strand aufgewachsen, aber meine Eltern sind regelmäßig mit uns in die Stadt gegangen, zu Festen oder Veranstaltungen. Ach, da fällt mir ein, ich habe einen Flyer für ein Herbstkonzert gesehen. Es ist in zwei Wochen und an dem Wochenende muss ich nach Peaceful Harbor. Aber vielleicht kannst du ja mit Phillip hingehen.«

»Ein Konzert ist womöglich ein bisschen viel für ihn, meinst du nicht?«

»Es findet am Sonntagnachmittag im Stadtpark statt. Da kommen sicher viele Kinder. Ich wünschte, ich könnte dabei sein. Solche Veranstaltungen sind eine prima Möglichkeit, Leute aus der Umgebung kennenzulernen. Jetzt freue ich mich schon fast selbst darauf.« Sie lachte. »Aber am selben Tag veranstaltet mein Bruder Cole das alljährliche Praxisfest für seine Patienten. Da habe ich noch nie gefehlt. Und am späten Nachmittag muss ich selbst zu einer Patientin. Aber bitte sag mir, dass du mit Phillip hingehst. Es wäre ganz bestimmt gut für ihn.« Mit einem verschmitzten Lächeln fügte sie hinzu: »Oder wird das vielleicht ein bisschen viel für seinen Daddy?«

Er knuffte sie mit dem Ellbogen in die Seite. Ihr glockenhelles Lachen vertrieb den letzten Rest der Spannung, die noch in der Luft gehangen hatte. Wie verkrampft er innerlich seit Langem war, war ihm nicht bewusst gewesen. Aber in Tempests Gegenwart wurde ihm gleich viel leichter ums Herz.

»Okay. Ich gehe mit ihm hin. Aber wie lange wir durchhalten, ist offen. Wenn er sich nicht wohlfühlt und du nicht dabei bist und dafür sorgst, dass wir bleiben, ergreifen wir vielleicht gleich wieder die Flucht.«

Phillip ließ seine Hand los. Das war nichts Neues, es passierte mehrmals am Tag. Aber jetzt achtete er viel aufmerksamer auf solche kleinen Signale wachsender Selbstständigkeit. Nash war fest entschlossen, dieses Verhalten zu fördern.

Phillip blinzelte zu ihm hinauf und zeigte ihm wieder einmal, wie recht Tempest hatte. Sein Sohn suchte immer wieder Bestätigung oder bat ihn wortlos um Erlaubnis. An sich war das nicht schlecht, aber es passierte nun einmal auffallend oft. Er fürchtete, dass er Phillips Entwicklung gehemmt hatte, ohne es zu wollen. In Zukunft würde er besser auf solche Dinge achten.

Er nickte und Phillip ging ein paar Schritte voraus. Der Kopf des Kleinen drehte sich unablässig hin und her. Er schaute sich alles ganz genau an. Nash versuchte, sich zu erinnern, wann sie zum letzten Mal auf einem Spielplatz oder im Park gewesen waren. Das musste Monate her sein.

»Ich glaube, du würdest alles für Phillip tun. Falls du also Fluchtgedanken hegst, mach dir einfach bewusst, was für riesige Fortschritte er in der kurzen Zeit, in der wir jetzt hier sind, schon gemacht hat.«

Phillip kauerte sich vor einen Felsbrocken und begann, ihn mit seinem Hammer zu bearbeiten. Er blinzelte zu Nash und aus purer Gewohnheit nickte er ihm ermutigend zu. Phillip hämmerte weiter auf den Felsbrocken ein, dann inspizierte er ihn genau.

»Manchmal schaue ich ihn an«, sagte Nash, »und kann kaum fassen, dass er derselbe kleine Mensch ist, den ich kurz nach seiner Geburt in den Armen gehalten habe. Man spricht immer davon, wie schnell die Zeit vergeht. Aber solange man Windeln wechselt oder darauf achtet, dass ein Kind sich bei den ersten Stehübungen nicht den Kopf blutig schlägt, wenn man voller Sorge die Nächte durchwacht, weil es Fieber hat, dann scheint es, als hätte jeder Tag hundert Stunden. Doch hin und wieder wird mir schlagartig klar, wie groß Phillip schon ist und wie sehr er sich verändert hat – wie sehr *ich* mich verändert habe. In solchen Momenten kann ich mir kaum vorstellen, dass wir nicht schon immer so waren wie jetzt.«

»Du machst deine Sache prima, Nash. Ich weiß, mein Vorschlag, Phillip in den Kindergarten zu schicken, hat dich ziemlich aus dem Gleichgewicht gebracht. Aber du kannst stolz auf dich sein, denn dank dir ist er ein unfassbar süßes, sehr glückliches Kind.«

»Er ist noch so klein. Der Gedanke, ihn in den Kindergarten zu schicken, ist mir fast unheimlich. Ich meine, schau ihn dir doch an.« Phillip stand auf und ging weiter den Pfad entlang.

»Das fällt vielen Eltern schwer«, antwortete Tempest. »Meine Mom sagt, sie hätte sich jedes Mal riesige Sorgen gemacht, wenn sie eins ihrer Kinder ein Stück weit in die Welt hinausziehen lassen musste. Egal, ob wir nun in den Kindergarten, in die Grundschule oder eine weiterführende Schule gingen. Obwohl wir die meisten anderen Kinder bereits aus der Nachbarschaft kannten, hat sie sich immer einen Kopf gemacht, wie wir mit der neuen Umgebung, dem neuen Zeitplan und allen möglichen anderen Anforderungen klarkommen würden. Am schlimmsten muss es gewesen sein, als wir in anderen Städten studiert haben. Sie wusste, dass sie uns gut vorbereitet und das nötige Rüstzeug mitgegeben hatte, und sie war zuversichtlich, dass wir unseren Weg finden würden. Aber im tiefsten Inneren war *sie* nicht darauf vorbereitet, uns loszulassen. Mutter oder Vater zu sein, ist sicher das Schwierigste, was ein Mensch sich zumuten kann.«

Seinen Eltern war es nie vergönnt gewesen, einen ihrer Söhne ans College zu verabschieden. Und er hatte keine Ahnung, wie seine Mutter damit zurechtgekommen war, als er in den Kindergarten oder in die Schule gegangen war. Als Kind hatte er nie darüber nachgedacht. Doch als sie PJ verloren hatten, war seine Mutter monatelang untröstlich gewesen. Und er hatte PJ überall gesehen, bis sie schließlich ihre Sachen gepackt und die Stadt verlassen hatten. Selbst auf dem Boot hatte PJs Schatten ihn verfolgt. Ihm zu entkommen, war ganz sicher einer der Gründe für ihren Aufbruch aus Oak Rivers gewesen. Die zwei Jahre auf See hatten für sie alle ausgereicht, um ihre Gefühle so tief zu vergraben, dass sie schon eine gottverdammte Schaufel hätten haben müssen, um wieder an sie heranzukommen. Seine Eltern hatten die Zeit gebraucht, um wieder halbwegs funktionieren zu können und nicht wie Zombies durch den Tag zu taumeln. Doch auch für den Krebs, der seinen Vater zerfressen hatte, hatten die zwei Jahre ausgereicht, um sich in ihm festzusetzen.

»Du kannst ja fürs Erste einen Probetag im Kindergarten vereinbaren und sehen, wie es läuft. Diese Möglichkeit gibt es. Bei seinem ersten Versuch kannst du Phillip sogar beobachten.«

»Danke. Ich denke darüber nach.«

Tempest senkte die Stimme. »Darf ich dich fragen, wie es ganz zu Anfang für dich gewesen ist, als du mit Phillip allein warst? Dich um ein kleines Kind zu kümmern, muss dein Leben doch total auf den Kopf gestellt haben.«

Nash hatte ihre Frage gehört, aber eigentlich wollte er ihr lieber von PJ erzählen. Er wollte sich endlich jemandem öffnen, dem er vertraute. Nur wie konnte er nach so kurzer Zeit bereits so viel Vertrauen zu ihr empfinden? Ein Blick in ihre aufrichtigen Augen und er hatte seine Antwort. *Wie könnte ich das nicht?*

Allerdings genügte auch ein einziger Blick auf seinen Sohn, um ihn weiterhin schweigen zu lassen. Dies war weder der richtige Zeitpunkt noch der richtige Ort, um über seinen Verlust zu sprechen. Im Augenblick war viel wichtiger, dass Phillip lernte, mit anderen Kindern zusammen zu sein.

»Ehrlich gesagt«, antwortete er schließlich, »glaube ich, Phillip hat mein Leben ins Lot gebracht. Ich hatte so lange in meinem Auto und in Zelten gelebt, dass ich kaum noch wusste, wie es sich anfühlt, mehr als ein paar Wochen lang am selben Ort zu sein. Vor Phillips Geburt war ich niemandem Rechenschaft schuldig und habe mich nie um jemanden kümmern müssen.«

»Und es hat sich auch niemand um dich gekümmert«, fügte Tempest hinzu.

Aus diesem Blickwinkel hatte er die Sache noch nie betrachtet. Doch während er noch gegen den Drang ankämpfte, nach ihrer Hand zu greifen, wurde ihm bewusst, wie recht sie hatte.

»Ja, das ist wahr. Aber so habe ich das nie gesehen. Ich war gerne allein.« *Die einzige Person, die mir gefehlt hat, war PJ, und dass er nicht da war, war die Hölle.* »Ich habe oft mit anderen Künstlern zusammengesessen, mein Werkzeug und eine kleine Esse habe ich in meinem Truck durchs Land gefahren. Mein bester Freund war meine Gitarre.«

»Du spielst Gitarre?« Überrascht schaute sie ihn an.

»Das ist Geschichte. Als Phillips Mutter gegangen war, war ich zu zornig zum Spielen, und dann hatte ich einfach keine

Zeit mehr. Hast du dich je um ein Baby kümmern müssen? Wenn es nicht gerade isst, in die Windeln macht oder weint, dann schläft es. Und wenn Phillip geschlafen hat, habe ich die Wäsche gewaschen und den Haushalt gemacht. Trotz Babyfon habe ich mich kaum getraut, das Haus zu verlassen und in die Werkstatt zu gehen. Und wenn ich ihn abends endlich im Bett hatte, war ich selbst meist fix und fertig.«

Er tippte an seine Brust. »Wenn er krank war, hat er hier geschlafen. Ich kann dir gar nicht sagen, wie viele Nächte ich halb sitzend, halb liegend auf der Couch verbracht habe, während er auf meiner Brust lag.«

»Das ist unglaublich süß. Ich wünschte, es gäbe Fotos davon.«

»Glaub mir, das war keine Zeit, von der ich gerne Bilder hätte.« Er lachte. »Ich habe so wenig geschlafen, dass ich aussah wie ein Gespenst. Ich habe nicht gewagt, den Kleinen allein zu lassen. Deshalb habe ich nur geduscht, wenn er geschlafen hat, und mir selbst dabei noch Sorgen gemacht, dass ich ihn nicht hören könnte, wenn er schreit.«

»Ich glaube, du hast viel heißer ausgesehen, als du denkst. Aber eigentlich wollte ich auf den Fotos die Liebe in deinen Augen sehen und nicht die Ringe darunter.«

Großer Gott, diese Frau verblüffte ihn immer wieder. Wie kam er zu dem unverschämten Glück, dass ausgerechnet sie sich auf der Zimmersuche zu ihm heraus verirrt hatte? *Dass wir zueinandergefunden haben, hat einen Grund. Zwischen uns gibt es eine tiefe Verbindung. Hör auf, alles zu analysieren.*

»Erzähl weiter«, sagte sie. »Plötzlich hast du ein Haus, bist alleinerziehender Vater und hängst die Kunst, die dich so erfüllt, an den Nagel. Wie ist es dir mit diesen gigantischen Veränderungen ergangen? Du hast gesagt, du warst nicht in

Phillips Mutter verliebt. Aber sicher hat sie dir doch irgendwie gefehlt. Das muss alles noch schwerer gemacht haben. Ich kenne etliche Leute, deren Eltern sich haben scheiden lassen. Das ist bei dir zwar nicht der Fall, aber deine Situation ist vergleichbar. Viele Eltern sehen in ihren Kindern ein Stück von ihrem Ex-Partner oder ihrer Ex-Partnerin und tun sich damit schwer. Wenn du Phillip anschaust, siehst du dann auch seine Mutter?«

Phillip stand auf und marschierte weiter. Sie folgten ihm mit etwas Abstand.

»Wenn ich Phillip anschaue, sehe ich nur ihn. Okay, seine Haut ist dunkler als meine, und die Locken hat er auch von seiner Mutter. Aber für mich gehören sie zu ihm und nicht zu ihr. Bei der Geburt war seine Haut noch viel heller. Ich fand, dass er aussah wie …« – *PJ* – »… wie ich, als ich jünger war. Aber wie gesagt, zwischen seiner Mutter und mir war es nicht so, wie du denkst. Wir haben uns bei einem Kunstfestival in North Carolina kennengelernt. Wir Künstler hatten dort ein Camp aufgeschlagen, saßen abends zusammen, tranken Bier und haben geredet. Sie und ich mochten uns auf Anhieb. Wir haben festgestellt, dass wir in den folgenden Wochen unsere Arbeiten auf denselben Festivals ausstellen würden, und sind uns immer wieder über den Weg gelaufen. Dabei hat jeder von uns weiterhin sein eigenes Ding gemacht. Ein paarmal die Woche haben wir uns gesehen, wirklich zusammengelebt haben wir nie. Streng genommen waren wir nicht mal ein Paar. Wir hingen einfach nur gemeinsam ab.« Verdammt, er hoffte, er klang nicht wie ein Scheißkerl. Aber so war es nun mal gewesen.

»Dann kann ich mir vorstellen, dass du nicht sie siehst, wenn du Phillip anschaust. Vielleicht macht das die Sache ein winziges bisschen leichter.«

Eine Weile spazierten sie in einträchtigem Schweigen

nebeneinander her. Nash schaute zu, wie ein junger Typ seinem Hund das Apportieren beibrachte. Als er weitergehen wollte, hielt Tempest ihn am Arm fest. Sie zeigte auf Phillip, der gerade beobachtete, wie ein paar Kinder sich mit ausgebreiteten Armen im Kreis drehten. Sie purzelten lachend ins Gras und auch Phillip musste lachen.

Tempest flüsterte: »Hat er das auch schon mal gemacht?«

Nash schüttelte den Kopf. Drehten sich denn alle Dreijährigen ausgelassen im Kreis?

»Vielleicht probiert er es gleich aus«, sagte sie.

Phillip schaute ihn an und Nash nickte. Er gab ihm die Erlaubnis zu tun, was er wollte. Er durfte andere Kinder beobachten, durch den Park spazieren oder sich im Kreis drehen …

Einen Augenblick lang sah Phillip den Kindern noch zu. Dann ging er weiter.

Tempest legte die Hände um Nashs Bizeps und flüsterte: »Das war ein riesiger Schritt. Er hat gesehen, was die anderen Kinder machen, und hat sich für sie gefreut. Für ihn war das ein gewaltiger Sprung nach vorn.«

Nash fand es schön, wie sie ihn festhielt. Ihre Hände fachten das Feuer in ihm wieder an, das während der letzten Minuten nur ganz sanft geglüht hatte. Doch ein öffentlicher Park und ein Spielplatz waren nicht der richtige Ort für heiße Gedanken. Deshalb versuchte er, nicht allzu sehr auf Tempests zarte, weiche Hände auf seiner Haut zu achten, und auch nicht auf den betörenden Blick in ihren blauen Augen. Lieber konzentrierte er sich auf das, was sie sagte.

»Ich hatte keinen Schimmer, was er alles verpasst.«

Sie schaute ihn an, als hätte er etwas völlig Abwegiges gesagt. »Woher auch? Du bist ein alleinerziehender Vater, der für den Lebensunterhalt sorgen muss und seinem Sohn

Geborgenheit und ein schönes Zuhause bieten will. Du hast unheimlich viel um die Ohren.« Sie schaute Phillip an und fuhr fort: »Aber du kannst nun mal nicht alles für ihn sein. Das schafft kein Vater und keine Mutter.«

»Ich gebe mir die größte Mühe«, entgegnete er ehrlich.

Beim Weitergehen lehnte sie sich an ihn. »Die Welt eines Dreijährigen ist ganz anders als die Erwachsenenwelt, deshalb ist es so wichtig für ihn, mit anderen Kindern zu spielen. Er muss albern sein dürfen, sich im Kreis drehen, fangen spielen oder Frösche aufstöbern. Das gehört zum Kindsein einfach dazu.« Sie knuffte ihn in die Seite und fügte hinzu: »Und du brauchst Zeit, um deine Kunstwerke zu vollenden.«

Er schüttelte den Kopf über ihre Hartnäckigkeit, doch die Knoten, die ihn so lange zusammengehalten hatten, lösten sich auf und wurden zu Bändern aus Glück. Sie war so verständnisvoll, man konnte so gut mit ihr reden. Ihr wollte er mehr erzählen als je einem Menschen zuvor. Die Worte *Du hättest meinen Bruder bestimmt gemocht* lagen ihm auf der Zunge.

Er sah Phillip den Plastikhammer zwischen den Händen drehen, während er zwei Teenager beobachtete, die sich einen Football zuwarfen. Nash beschloss, von jetzt an öfter mit seinem Sohn Ball zu spielen und sich mit ihm im Kreis zu drehen, bis sie ins Gras plumpsten. Oder was immer Dreijährige so machten. Sie mussten aus dem Alltagstrott ausbrechen und ein bisschen mehr leben.

Tempest ließ seinen Arm los und er griff nach ihrer Hand. Als er seine Finger zwischen ihre flocht, huschte ihr Blick zu Phillip. Zu wissen, dass ihr Phillips Wohlergehen so ungeheuer wichtig war, wärmte sein Herz und machte es ihm noch schwerer, sie nicht einfach an sich zu ziehen und zu küssen.

Das haben wir gebraucht. Wir haben dich gebraucht.

Neun

Nash und Tempest hatten sich den ganzen Vormittag über fast ununterbrochen an den Händen gehalten und geredet. Er hatte ihr von sich erzählt, dabei viele mysteriöse Schleier gelüftet und ihr die zartere Seite des Mannes gezeigt, der ihr Herz höherschlagen ließ. Sie wollte ihn für ihr Leben gern küssen, doch sie durften Phillip nicht durcheinanderbringen. Während Nash sich jetzt in den Pick-up beugte, um seinen Sohn anzuschnallen, gönnte sie sich einen langen Blick auf seinen knackigen Hintern in den derben Jeans. Sie saugte ihre Unterlippe zwischen die Zähne und wünschte sich, sie könnte sich in den verwaschenen Baumwollstoff verwandeln und jeden Quadratzentimeter seiner appetitlichen unteren Hälfte umschließen.

Als Nash mit Phillip fertig war, zog er Tempest an der Hand hinter den Wagen. Sein Blick huschte zum Heckfenster. Offenbar wollte er sichergehen, dass der Kleine sie nicht sehen konnte. Nashs Augen wurden dunkel wie die Nacht, und als er eine Hand in ihren Nacken legte, versengte die Hitze ihre Haut.

»Danke.« Beim rauen Klang seiner Stimme gingen ihre Brustwarzen in Habachtstellung. »Ohne dich wäre ich nie auf den Gedanken gekommen, dass Phillip längst im Kindergarten sein müsste oder Vormittage wie diesen braucht.«

»Oh doch, ganz sicher«, widersprach sie. In Gedanken maß sie den Abstand zwischen ihrem Mund und seinem. Wenn sie sich nur ein kleines bisschen streckte, würde sie ihn wieder schmecken können. Sie hatten sich zwar erst vor ein paar Stunden geküsst, doch das war eine gefühlte Ewigkeit her.

»Ja, eines Tages vielleicht, aber ganz sicher nicht früh genug.« Er trat vor, seine Oberschenkel drückten sich an sie und der Rest seines unvorstellbar harten Körpers berührte sie ebenfalls. In seinen Augen glühte das wilde Feuer, das ihr Herz zum Rasen brachte.

Er beugte sich zu ihr, bis sein Mund fast an ihrem lag. »Ich muss dich küssen. Ich kann keine Sekunde länger warten.«

»Dann schnell. Lass uns keine Zeit verschwenden.«

Sie stellte sich auf die Zehenspitzen, er riss sie an sich. Sein harter, fordernder Kuss jagte Lustwellen durch ihren Körper. Der Kuss war fieberhaft, wild und viel zu schnell vorbei. Ein gestohlener Augenblick. Sie wussten beide nur zu gut, dass im Wagen ein kleiner Junge darauf wartete, dass sie endlich einstiegen. Trotzdem gab Tempest jede Hoffnung auf Zurückhaltung auf, als Nash sie gegen das Heck des Pick-ups drückte und sich von der Brust bis zum Becken an sie drängte. Ihr Körper hatte seinen eigenen Willen und wölbte sich ihm entgegen, ohne dass ihr Kopf sie davon abhalten konnte. Ihr Gehirn war dahin. *Erledigt. Mus.* Eine Feuersbrunst, wie sie noch nie zuvor ein Mann ausgelöst hatte, überrollte sie. Sie überließ sich der Hitze und wünschte sich, der Augenblick würde niemals enden. Selbst als Nashs Kuss zarter wurde, presste sein Körper sich weiterhin an sie. Jeder sanften Berührung seiner Lippen folgte eine harte Bewegung seines Beckens, halb reibend, halb stoßend.

Mehr. Mehr. Mehr.

Ein paar zärtliche Küsse später richtete er sich auf, ließ die Hände aber weiterhin an ihrem Halsansatz liegen und atmete so schwer, dass ihre Oberkörper sich bei jedem Atemzug berührten. Er lehnte die Stirn an ihre und flüsterte: »Phillip.«

Sie konnte nur schweigend nicken.

Nash nahm ihre Wangen zwischen die Hände und schaute ihr tief in die Augen. »Ich versuche wirklich, mich zu beherrschen. Aber ich will dir ganz nahe sein.« Wieder warf er einen Blick zum Heckfenster und sie fand endlich ihre Stimme wieder.

»Später.« *Grundgütiger! Habe ich das jetzt wirklich gesagt?*
Er verschlang sie mit einem Raubtierblick.

Sie schluckte. *Jap.* Sie hatte es tatsächlich laut ausgesprochen.

Aber das konnte unmöglich sie sein. Normalerweise nahm sie sich Zeit, einen Mann erst eingehend kennenzulernen, bevor sie sich prickelnde Fantasien gestattete. Von den Gedanken an all die schlimmen Dinge, die sie mit Nash zusammen tun und die sie mit ihm anstellen wollte, ganz zu schweigen. Bislang hatte sie lediglich mit drei Männern geschlafen. *Drei.* Und immer erst nach monatelanger Bekanntschaft und vielen Verabredungen.

Noch einmal drückte Nash die Lippen auf ihre, seine Stoppeln streiften ihre Wange. Er flüsterte: »Kein Druck. Schon dich zu küssen, ist himmlisch. Ich will einfach nur mehr davon.«

Erleichterung durchflutete sie, dann waren seine Hände in ihrem Haar, er richtete sich zu seiner vollen Größe auf und drückte sie an sich.

»Tempe«, flüsterte er.

Sie hatte ihren Namen schon unzählige Male gehört, aber nie von so vielen Gefühlen durchtränkt. Nash nahm ihre Hand und ging mit ihr zur Beifahrertür. »Flyer abholen, verteilen und dann Lebensmittel kaufen?«, fragte er so, als würden sie das jeden Samstagmorgen tun und sich zwischendurch auf einem Parkplatz heimlich küssen.

»Musst du nicht arbeiten?«

Er schüttelte den Kopf und öffnete ihr die Tür. »Arbeiten oder meine Zeit mit dir und Phillip verbringen?« Seine Lippen kräuselten sich zu einem sexy Lächeln. »Mir einen Tag mit zwei der coolsten Leute dieser Gegend entgehen zu lassen, wäre ganz schön bescheuert.«

»Allzu viele Leute kennst du hier wohl tatsächlich nicht«, scherzte sie.

»Jedenfalls nicht solche wie dich. Das steht fest.«

Sein offener, warmer Blick verriet ihr, dass das nicht nur ein lockerer Spruch war. Sie stieg in den Pick-up.

»Was meinst du, Phillip? Flyer verteilen und dann beim Einkaufen ein paar leckere Sachen aussuchen?«, sagte sie.

Phillip nickte mit großen Augen. »Spaghetti und Scholadeeis?«

Geht es noch süßer? »Prima Idee.«

Eine halbe Stunde später standen sie mit einem Flyer für die Pinnwand in Emmalines Café.

Emmaline kam so schnell aus der Küche geflitzt, dass sie beinahe mit Nash zusammenstieß.

»Hoppla!« Ihr Blick streifte erst Nash, dann Phillip und landete schließlich auf Tempest. »Hey, Tempe! Du hast also Mr. Mysteriös kennengelernt.«

»Nash«, sagte Tempest lachend. »Das ist Emmaline, die Cafébesitzerin und Jillians beste Freundin. Emmaline, Nash und Phillip Morgan, meine neuen Mitbewohner.«

Nach einem langen begehrlichen Blick auf Nash ging Emmaline neben Phillip in die Hocke. Phillip versteckte sich hinter den Beinen seines Vaters. »Hallo Knuddelbärchen! Ich habe gerade Kekse gebacken. Möchtest du einen probieren?«

Nash nahm Phillip mit ernster Miene auf den Arm.

Emmaline richtete sich auf und schaute verdutzt zu Tempe. »Ich hätte wohl erst Daddy fragen sollen. Sorry. Ist es okay, wenn ich ihm einen Keks gebe?«

Mit hoffnungsvollem Blick drehte Phillip sich zu Nash, der nur kurz nickte. »Klar. Danke.«

»Ein Keks für den jungen Mann. Kommt sofort.« Emmaline eilte zur Kuchentheke.

»Nash«, flüsterte Tempest. »Das war beinahe ein bisschen einschüchternd.«

»Hm? Wovon sprichst du?« Er gab Phillip einen Kuss.

»Auweia.« Lächelnd schüttelte sie Phillips Fuß. »Ich glaube, dein Daddy muss auch öfter mal unter die Leute.«

Phillip vergrub das Gesicht an Nashs Hals.

»War ich wirklich so unfreundlich?«

Emmaline steuerte bereits wieder auf sie zu. »Ein Lächeln kann Wunder wirken«, antwortete Tempest.

»Bitteschön.« Emmaline reichte Phillip den in eine Serviette gewickelten versprochenen Keks. »Einen für das Knuddelbärchen und einen für seinen furchtbar ernsten Daddy.« Sie gab Nash auch einen Keks und zwinkerte Tempest zu. »Wenn du den Flyer aufgehängt hast, kannst du dir bei mir deinen Lieblingsmuffin abholen.«

Nash setzte ein sichtbar bemühtes Lächeln auf. »Vielen Dank, Emmaline. Sieht sehr lecker aus.«

Tempest unterdrückte ein Lachen. »Danke, Em.«

»Danke.« Phillip hatte Kekskrümel um den Mund.

Auf dem Weg aus dem Café raunte Nash: »Ich habe gelächelt.«

»Ja, das hast du. Und ist dir aufgefallen, dass Phillip danach auch gelächelt hat?«

Auf ihrem Weg durchs Stadtzentrum schien Nash darüber nachzudenken. Sie legten einen kleinen Stapel Flyer bei »Mommy and Me«, einer Kinderboutique, aus, dann weitere in der Eisdiele und auf dem Postamt. Jedes Mal registrierte Tempest, dass Nash sich bemühte, die Leute anzulächeln, die beim Betreten oder Verlassen der Geschäfte mit einem »Hallo« an ihnen vorbeigingen.

Im Supermarkt half Phillip Tempest, den Einkaufswagen in den Gang mit der Eiscreme zu schieben. So hatte Nash die Hände frei und konnte Tempest bei jeder Gelegenheit berühren. Während Phillip Zuckerstreusel aussuchte, streckte sie sich nach dem Eis, und Nashs Hand streifte sie am Kreuz. Als sie sich hinter Phillip stellte und ihm half, den Wagen weiterzuschieben, nutzte Nash diese Chance, ihr verstohlene Küsse auf den Nacken zu drücken und ihr besitzergreifend den Arm um die Taille zu legen. Mit jedem heimlichen Blick und jeder unauffälligen Berührung wurde ihr heißer und ihr Verlangen wuchs. Als sie schließlich die Einkäufe hinten auf dem Pick-up verstauten, rechnete sie nicht nur fest mit Nashs Berührungen, sie sehnte sich danach.

Zu Hause angekommen räumte Tempest die Lebensmittel weg, während Nash seinem Sohn ein Mittagessen machte. Er griff nach einer Tasse und streifte dabei ihren Rücken. Sie brachte die Milch zum Kühlschrank und er stand neben ihr. Der Milchkanister traf ihn in den Magen. Wann war die Küche so klein geworden?

Nashs Mundwinkel verzogen sich zu einem diebischen Grinsen, seine Hand schob sich über ihre und nahm ihr die Milch ab. »Hast du auch Hunger auf eine Kleinigkeit?«

Im Kopf hörte sie ihn sagen: *Hast du auch Hunger auf mich?* Sie war eindeutig dabei, den Verstand zu verlieren, und er merkte es ihr an. Denn während er die Milch an ihren Platz im Kühlschrank stellte, lachte er leise vor sich hin.

»Hast du Hunger?«, wiederholte er. »Ich kann dir ein Sandwich machen.«

Phillip wedelte mit einem Karottenstick. »Oder willst du eine Rotte?«

Tempe blinzelte Nash an, Nash grinste amüsiert zurück. »Ähm, ja, danke.« Sie brauchte dringend frische Luft und mehr Platz. Und zwar sofort, bevor sie direkt hier in der Küche über ihn herfiel. Sie schnappte sich die Einkaufstüte mit ihrem Shampoo und der Spülung und machte sich auf den Weg zur Treppe. »Ich bringe das nur kurz in mein Zimmer. Bin gleich wieder da.«

Seit er sie auf dem Parkplatz geküsst hatte, war sie völlig von der Rolle. Vermutlich erging es so einer Nymphomanin, die dringend einen Kerl brauchte. Schnell legte sie ihre Einkäufe aufs Bett und eilte hinaus auf den Balkon. Dort stützte sie die Hände aufs Geländer, schloss die Augen und atmete tief ein. Die frische Luft hatte einen reinigenden Effekt. Sie würde das schon in den Griff …

Zwei starke Arme umschlossen ihre Taille. Nashs Becken presste sich an sie, seine Hände wanderten über ihren Körper und drückten sie an seine Brust. *Gütiger Himmel.* Er fühlte sich so gut an. Und er roch so sexy.

»Alles in Ordnung?« Selbst sein Ton triefte vor Sinnlichkeit.

Sie war sicher, dass er durch ihren Rücken hindurch ihr wild schlagendes Herz spürte. Sie drehte sich in seinen Armen. Unter der Hitze seines durchdringenden Blicks zog sich ihr Magen zusammen.

»Ja«, hauchte sie.

Er küsste ihren Hals. »Sicher?«

»Ja. Ich brauche bloß ein bisschen frische Luft. Das war ein …« Sie versuchte, die Augen von ihm loszureißen, aber sie stand unter seinem Bann. »… hektischer Morgen. Ich glaube, ich muss eine Weile Gitarre spielen. Oder so.«

»Du zitterst ja. Ist wirklich alles okay?« Er hielt sie noch ein wenig fester und rieb langsam und verführerisch seine Härte an ihren Bauch.

»Ja. Alles bestens. Es ist nur …«

Sein Zeigefinger wanderte an ihrem Kieferknochen entlang und machte ihr das Denken unmöglich. Sprechen konnte sie sowieso nicht mehr. Atmete sie überhaupt noch?

»Nur was, Tempest?« Zärtlich hob er ihr Kinn an, und sie spürte, wie ihre Eingeweide schmolzen.

»Nur … nur …« Unwirsch schnappte sie nach Luft. Wenn sie nicht völlig die Kontrolle verlieren wollte, gab es nur eine Möglichkeit: Sie musste von ihm weg. Dabei wollte sie im Grunde genau da bleiben, wo sie war. *Und wenn ich mir einfach nehme, was ich will?* Diese Art von Verlangen war ihr völlig fremd. Ratlosigkeit machte sich in ihr breit. Sie brauchte Hilfe. Eine Gebrauchsanweisung. Und sie musste sehr schnell dazulernen, sonst würde sie in der ganzen Zeit, in der sie hier unter Nashs Dach lebte, ein willenloses, lustgeplagtes Etwas sein.

»Küss mich einfach.« Die Worte platzten wie von selbst aus ihr heraus, und die nächsten folgten, ohne dass sie es verhindern konnte. »Mein Herz spielt verrückt, mein Körper steht in Flammen. Und wenn ich dich nicht bald küssen kann, verbrenne ich.«

Er nahm ihr Kinn zwischen die Hände. Sein lächelnder Mund kam ihrem so nahe, dass sie seinen Atem schmecken konnte. Nashs Lippen schwebten über ihren wie eine unerreichbare Leckerei.

»Dass du verbrennst, müssen wir unbedingt verhindern.« Seine Zähne knabberten an ihrer Unterlippe.

Tempest vergaß zu atmen, ihr Pulsschlag beschleunigte sich in Erwartung noch aufregenderer Genüsse. Doch seine perfekten Lippen schenkte er ihr nicht. Er vergrub sein Gesicht an ihrem Hals und hauchte dort einen Kuss hin.

»Bist du sicher, Tempest?« Seine Zunge streichelte ihren Halsansatz, dann legte er den Mund an ihr Ohr und flüsterte: »Du weißt doch, wie schwer es uns fällt, mit dem Küssen wieder aufzuhören.«

Sein Flüstern war wie flüssiger Sex, und sie spürte, wie sie feucht wurde. Sie hörte sich aufseufzen und packte ihn an der Taille. Ihre Finger gruben sich in seine Haut. »Phillip?«

»Sitzt unten und malt.« Nash schob die Hände unter ihr Haar und neigte ihren Kopf in den perfekten Winkel zum Küssen.

Gott, sie liebte es, wenn er das tat.

»Ich muss dich küssen«, beharrte sie. »Wie wir es schaffen, damit wieder aufzuhören, weiß ich nicht. Wir müssen es einfach versuchen.«

»Ja, das müssen wir wohl«, stimmte er zu. Dabei rieb er sein Becken so sündig an ihr, dass sie jeden Zentimeter seiner Erregung spürte.

Ihr Körper bebte in Erwartung seiner Küsse. Wie konnte sie sich so verzweifelt nach dem Mund eines Mannes sehnen? Noch nie hatte sie derart die Kontrolle über sich verloren. Sie wölbte sich ihm entgegen, wollte seine Hitze fühlen, brauchte seinen Kuss. Sie verzehrte sich nach seinen Berührungen. Seine Zunge huschte über ihre Unterlippe. Zittrig atmete sie ein und leckte sich die Lippen, als könnte sie ihn auf diese Art schmecken.

»Ein Kuss. Nur einer.« Langsam und zärtlich legte er den Mund auf ihren. Schlagartig überkamen sie eine große Wärme und Ruhe.

Gut so. Damit konnte sie umgehen.

Später machte Phillip einen Mittagsschlaf, Tempe tüftelte an ihren Plänen für die Girl-Power-Gruppe und Nash arbeitete an einem Schrank für Country Charm. Während er eine Tür mit Schmirgelpapier bearbeitete, dachte er über Tempests Reaktion auf seine Skulpturen nach. Früher war ihm die Bewunderung in den Augen der Kunstfans, die sich in seine Stücke verliebten, Ansporn und Inspiration gewesen. Diesen Ausdruck jetzt in Tempests Augen zu sehen, hatte ihn fast von den Füßen gerissen. Er fischte den Schlüssel aus seiner Tasche und schloss seine Künstlerwerkstatt auf. Die Scheunen waren der Hauptgrund gewesen, weshalb er sich gerade für diese kleine Farm und nicht für irgendein anderes, ruhig gelegenes Haus entschieden hatte. Früher hatte er davon geträumt, die kleinere Scheune neben dem Teich in eine Galerie zu verwandeln. Nichts hatte damals nähergelegen. Jetzt verstaute er dort das Metall, mit dem er nicht mehr arbeiten konnte, und ein paar Schachteln mit Weihnachtsdekoration, die seine Mutter nach dem Tod seines Vaters hatte wegwerfen wollen.

Nachdenklich strich er mit der Hand über die Skulptur des jungen Mannes, der hinauf in den Himmel schaute. Er hatte sie gleich nach dem Einzug hier begonnen, zwei Monate vor Phillips Geburt. Dass er bald Vater eines Sohnes werden würde, hatte den Fluss seiner Kreativität zu einem mächtigen Strom anschwellen lassen, der sich mit den verästelten Zuflüssen aus seiner Vergangenheit vereinen wollte. Wochenlang war er von Sonnenaufgang bis nach Mitternacht in die Scheune abgetaucht und hatte all seine Gefühle in seine Arbeit fließen lassen. Er hatte versucht, die Dämonen der Vergangenheit zu vertreiben und sich den Weg für seine Zukunft als Vater zu ebnen. Seine Kunst hatte ihm dabei geholfen, aber genügt hatte das nicht. Er und Alaina hatten nie über seine Familie gesprochen, und seine Emotionen in seinen Kunstwerken auszuleben, hatte ihn an die Anfangszeit auf dem Boot erinnert, als er sie in seinen Liedern ausgedrückt hatte. Die Skulpturen und die Lieder waren ein Ventil gewesen, aber nicht das Ventil, das er brauchte. Dann war Phillip zur Welt gekommen und die Zeit für die Werkstatt war immer knapper geworden. Am Ende hatte Nash seine Vergangenheit weggeschlossen, um an seiner Zukunft bauen zu können. Er hatte gehofft, alle Leichen würden friedlich im Keller liegenbleiben und sich niemals ans Licht wagen.

»Klopf, klopf.« Ein Notizbuch an die Brust gedrückt, steckte Tempest den Kopf durch die Tür. Sie sah genauso umwerfend aus wie immer und nie hatte die Farbe Grün ihm besser gefallen. »Störe ich?«

»Nein. Komm rein.« Er streckte ihr die Hand hin und sie legte ihre lächelnd hinein. Der Kuss vorhin auf dem Balkon war vermutlich der intensivste gewesen, den er je erlebt hatte. Gleichzeitig schien es ihm, als wäre jeder Kuss noch überwältigender als der vorige. »Ich dachte, du bist mit deinem

Mädchenprojekt beschäftigt.«

»Bin ich auch. Aber ich stehe nicht unter Zeitdruck. Das Treffen findet erst kommendes Wochenende statt.«

»Aber morgen fährst du nach Peaceful Harbor, nicht wahr?«

»Ja. Ich arbeite dort mit einer meiner Patientinnen. Sie hatte einen Schlaganfall und leidet unter Aphasie. Das heißt, sie weiß, was sie sagen will, kann es aber nicht in Sätze kleiden und aussprechen. Zudem versucht sie, die Beweglichkeit ihrer rechten Seite wiederzuerlangen. Sie ist eine unglaublich nette Person und ihr Ehemann unterstützt sie nach Kräften. Wir sehen Fortschritte, aber der Weg ist steinig.«

»Aphasie. Davon habe ich mal gehört. Es muss unglaublich frustrierend sein, sich nicht ausdrücken zu können.«

»Ganz bestimmt. Zum Glück kann sie auch ohne Worte recht gut kommunizieren. Wenn auch nicht so meisterhaft wie du und Phillip«, scherzte sie. »Im März feiern die beiden Goldene Hochzeit, und als kürzlich ihr Mann mal nicht im Zimmer war, hat sie mir einen Zettel zugesteckt. Sie hatte ihn mit der linken Hand geschrieben und die Worte waren kaum lesbar. *Ich möchte mein Eheversprechen erneuern und es auch sagen können*, hatte sie mühsam aufs Papier gekrakelt.«

»Das ist traurig, aber gleichzeitig wunderschön.«

»Ja. Und wir kriegen das irgendwie hin. Wir müssen es einfach schaffen.« Tempest atmete laut aus. »Aber mal was ganz anderes: Darf ich dir und Phillip heute Abend mit den Tieren helfen? Mit Hühnern und Ziegen hatte ich noch nie etwas zu tun, würde aber gerne lernen, wie man sie versorgt. Das macht sicher Spaß.«

»Im Ernst?«

»Ja, im Ernst. Ich liebe Tiere.«

»Du wirst schmutzig werden, hinterher nicht unbedingt

nach Blumen duften, und die Ziegen versuchen möglicherweise, an deinen Kleidern zu knabbern.« Er streckte die Hand aus und schob ihr die freche Haarsträhne hinters Ohr, die wie ein rebellisches Kind sofort wieder an ihren alten Platz zurücksprang.

»Dreck und Gerüche machen mir nichts aus.«

»Dann herzlich gerne.«

»Danke. Aber ich reserviere mir schon mal die Badewanne, wenn Phillip sein Abendbad hinter sich hat.«

Um sich von der Vorstellung abzulenken, wie sie nackt in der Wanne saß, lachte Nash auf. »Geht in Ordnung.« Er musste sich unbedingt die Badewanne in ihrem Zimmer vornehmen. Vielleicht konnte er sie ja reparieren. *Na prima.* Jetzt stellte er sich Tempest nackt in einer klauenfüßigen Wanne vor, nur wenige Schritte von ihrem Bett entfernt. Was sofort weitere schmutzige Gedanken nach sich zog.

»Willst du an denen weiterarbeiten?« Sie zeigte auf die Skulpturen.

»Ähm ...« Er räusperte sich und versuchte noch einmal angestrengt, die prickelnden Fantasien loszuwerden. »Nein. Aber du hast mich wieder an sie erinnert.«

Sie ging um das Werk mit den beiden Jungen in dem Baseballhandschuh herum und seine Brust zog sich zusammen. Ihre Fingerspitzen wanderten über das polierte Holz des Handschuhs, ihr hübscher Rock umspielte ihre Knöchel. Sie hatte nicht die blasseste Ahnung, wie sehr sie sein Herz füllte und wie weh es ihm gleichzeitig tat.

»Ich glaube, das hier gefällt mir am besten.« Sie tippte an das Holz. »Du hast immer die rote Baseballmütze auf. Deshalb nehme ich an, du bist ein Fan.«

»Das war ich mal«, sagte er ehrlich. Erinnerungen an den

Tag, an dem PJ ihm die Mütze geschenkt hatte, überfielen ihn wie aus dem Nichts. Er nahm die Mütze ab.

»Glaubst du, du wirst diese Stücke je vollenden?«

Lange betrachtete er die Skulptur. Der Wunsch, ihr von PJ zu erzählen, wurde so übermächtig, dass er kaum noch dagegen ankam. »Was siehst du, wenn du dir dieses hier anschaust?«

Die Hand ans Kinn gelegt umkreiste sie noch einmal die Handschuhskulptur. Ihr Blick wurde nachdenklich.

»Das ist ein sehr emotionales Stück, obwohl es noch unfertig ist. Die beiden Kinder sitzen in dem Handschuh wie in einem gemütlichen Nest. Sie sind sicher und geborgen. Mir gefällt, wie der eine Junge etwas höher sitzt. Er ist der ältere von beiden. Der andere schaut zu ihm auf. Das hat große Symbolkraft. Ich habe zwei ältere Brüder und drei jüngere Geschwister, und diese Skulptur erinnert mich an das Gefühl, mit dem ich zu Cole, meinem ältesten Bruder, aufblicke, oder zu Sam. Und als ältere Schwester sehe ich mich an der Stelle des größeren Jungen.« Sie berührte den Kopf der Figur auf dem Baumstumpf. »Ich empfinde die Verantwortung, aber auch den Stolz, die damit verbunden sind, wenn jemand zu einem aufschaut. Du bist ein Einzelkind, deshalb kommt dir das, was ich dir jetzt sage, vielleicht merkwürdig vor. Aber wenn Shannon, meine Schwester, zu mir kommt und mich um einen Rat bittet, dann fühle ich mich dabei auf unvergleichliche Art wichtig und gebraucht.«

Dass sie so offen über ihre Gefühle sprach, stärkte seinen Wunsch, ebenfalls offen zu sein. Vor PJs Tod war auch er zur Offenheit erzogen worden. Doch in den zwei Jahren auf See hatte sich das gründlich geändert.

»Eigentlich ist diese Skulptur bereits fertig«, presste er hervor.

Sie legte verwirrt die Stirn in Falten. »Dann verstehe ich nicht …«

Er setzte die Mütze wieder auf und zog sie sich tief ins Gesicht. Das Atmen fiel ihm schwer, sein Brustkorb war plötzlich viel zu eng. »Sie heißt ›Ein unvollendetes Leben‹.«

»Oh.« Tempest legte verwirrt die Stirn in Falten. »Das ist ziemlich traurig. Offenbar bin ich keine begnadete Kunstkritikerin, denn ich hatte das Gefühl, ein glückliches Werk vor mir zu haben. Zwei Jungs, die die Liebe zum Baseball teilen.«

»So ist es auch.« Er war fast sicher, dass er ihr von PJ erzählen konnte. Die Worte würden schon kommen, wenn er nur erst angefangen hatte. Aber noch saßen sie unter dem Schmerz und unter der Last von Jahren der Verdrängung fest und wollten sich nicht zu Sätzen verbinden lassen. Die Erinnerung an die Nacht des Unfalls kam hoch. *Der Polizist an der Tür. Die Ungläubigkeit. »Lügner! Verdammter Lügner!« Seine Mutter, die auf die Knie fiel. Sein Vater, aus dessen Gesicht die Farbe wich, bevor er neben ihr zusammenbrach. Und die Wut. Die alles verschlingende, rasende Wut, die Nash dazu brachte, sich auf den Polizisten zu stürzen. Fäuste und Flüche, die mit fast tödlicher Kraft trafen. Noch immer konnte er die starken Hände zweier Männer spüren, die ihn von dem Uniformierten weggerissen.*

»Aber ›Ein unvollendetes Leben‹?«, fragte sie. »Das klingt nicht glücklich.«

Weil es verdammt noch mal auch nicht glücklich ist. Glückliche Zeiten gab es mal, aber die sind vorbei. Schon sehr lange und das ist einfach zum Kotzen. Er wandte sich ab. »Das war ein Fehler.« Er stelzte aus der Werkstatt. »Lass uns gehen.«

Sie eilte hinter ihm her. »Was war ein Fehler?«

Der Versuch, mich dir zu öffnen. Zähneknirschend schloss er die Tür ab, die er nie hätte aufschließen sollen.

Zehn

Nach der Flucht aus dem normalerweise abgeschlossenen Teil der Scheune hatte Nash an dem Schrank weitergearbeitet und Tempe mit der Planung des Girl-Power-Treffens weitergemacht. Am Telefon hatte sie mit Leesa eine Idee für eine Teamübung ausgebrütet. Die Mädchen sollten einen Parcours aus Seilen überwinden, den sie nur zusammen schaffen konnten. Tempests Bruder Sam hatte sich sofort bereit erklärt, den Parcours bei Rough Riders, seinem Outdoor-Abenteuer-Unternehmen, zu konstruieren. Tempe hatte zudem versucht, die pädagogischen Zielsetzungen für die Trainingseinheit schriftlich festzuhalten, konnte sich aber nicht konzentrieren. Deshalb beschloss sie, eine Weile an ihren Liedern zu arbeiten.

Sie setzte sich auf die Veranda hinter dem Haus, aber jede Tonfolge erschien ihr irgendwie falsch. Dass sie morgen wegmusste, während hier so manches in der Luft hing, war ihr zuwider. Warum hatte sie keinen Job, bei dem man sich bei Bedarf eine Auszeit für die Seele nehmen konnte?

Irgendwann war Nash ins Haus gegangen, um Phillip nach seinem Mittagsschlaf aus dem Bett zu holen. Im Vorbeigehen hatte er ihr ein bemühtes Lächeln zugeworfen. Was immer ihn so wütend gemacht hatte, hing eindeutig noch in der Luft. Zu gerne hätte sie nachgehakt. Sie wollte analysieren, was in der Scheune passiert war, so wie sie immer alles in ihrem Leben analysierte – außer dem, was zwischen ihnen beiden geschah. Und trotz der augenblicklichen Missstimmung war da eindeutig etwas im Gang. Sie brachte die Gitarre und das Notizbuch in ihr Zimmer und beschloss, einen Spaziergang zu machen, um den Kopf freizubekommen.

Als sie aus der Haustür trat, spielten Nash und Phillip auf der Veranda mit einem Dutzend kleiner Holztiere. Nash sah unglaublich groß und stark und unfassbar sexy aus, wie er Phillip so gegenübersaß. Ein Knie hatte er angewinkelt, das andere Bein bildete eine Barriere für die Tiere.

»Hey«, sagte er mit zerknirschter Miene.

Sein gequälter Blick gab ihr einen Stich ins Herz. Er musste sich nicht entschuldigen, weil er gegen irgendwelche Dämonen ankämpfte, die sie aus ihrem Versteck gelockt hatte. Allerdings hätte sie zu gern gewusst, wie diese Dämonen aussahen, damit sie ihm vielleicht helfen konnte, sich mit ihnen auseinanderzusetzen. Oder damit sie sie in Zukunft nicht ungewollt immer wieder heraufbeschwor.

»Hi«, sagte sie ein wenig verlegen. »Ihr beide habt ja einen ganzen Zoo aufgebaut.«

Phillip hielt einen Holzlöwen in die Höhe. »Ja. Alle Tiere spielen zusammen und sagen viele Sachen.«

Nash hob eine Braue, als wollte er sagen, er gäbe sich alle Mühe. Wollte er Phillip mit Hilfe der Tiere beibringen, wie man Freundschaften schloss? *Du lieber Himmel.* Wie süß und rührend war das denn?

»Musst du weg?«, fragte er.

»Ich mache bloß einen Spaziergang.«

Er nickte. »Möchtest du mit uns zu Abend essen?«

Zu gerne hätte sie die Einladung angenommen. Aber sie hatte Angst, noch einmal ähnliche Gefühlsbeben auszulösen wie vorhin in der Scheune. Außerdem wollte sie ihm seine Zeit mit Phillip nicht stehlen. »Ich bin immer noch pappsatt vom Mittagessen. Aber vielen Dank.«

Als sie an ihm vorbeiging, hob er die Hand und berührte sie am Bein. Mit einem entschuldigenden Blick schaute er zu ihr auf. Sie wollte ihm sagen, es sei alles in Ordnung und sie könnten später darüber reden. Sie wollte ihn fragen, was vorhin mit ihm passiert war. Doch dies war ein Augenblick der Sprachlosigkeit und der stummen Botschaften.

Phillip schob einen Tiger zu einer Giraffe und ließ die beiden Tiere summend miteinander sprechen.

Ein Lächeln umspielte Nashs Lippen und er zuckte die Achseln. Als seine Hand von ihrem Bein glitt, vermisste sie sie sofort.

»Das ist eine prima Idee.« Sie zeigte auf die Tiere, dann machte sie sich auf den Weg in den Garten, um wenigstens einen Ansatz von Kontrolle zurückzuerlangen. Aber worüber überhaupt? *Über die Situation? Meine Gefühle? Meine plötzliche Unfähigkeit, Empfindungen in verständliche Worte zu fassen?* Auf keine dieser Fragen hatte sie eine Antwort, und zwei Stunden später, nach einem langen Spaziergang um den Teich und einer gründlichen Inspektion des Gemüsegartens, verstand sie noch immer nicht, was in der Scheune schiefgelaufen war. Sie umkreiste den abgeschlossenen Schuppen, den sie noch nie von innen gesehen hatte, doch die Fenster waren durch dunkle Vorhänge verdeckt. Ihre Neugier, was sich dahinter verbarg, aber auch ihre Neugier auf Nash wurden dadurch nur noch größer.

Bei ihrer Rückkehr kamen Phillip und Nash gerade mit

Eimern in den Händen aus der Haustür.

»Perfektes Timing«, sagte Nash mit neuer Gelassenheit. »Wir füttern jetzt die Tiere. Möchtest du immer noch dabei sein?«

»Wenn es euch nichts ausmacht.«

Er musterte ihr Outfit. »Hast du Stiefel? Deine Sandalen und den hübschen Rock möchtest du sicher nicht ruinieren.«

»Klar. Gebt mir eine Minute.« Sie eilte die Treppe hinauf, schlüpfte in Jeansshorts, Cowgirlstiefel und ihr pinkfarbenes Lieblingskapuzenshirt. Sie freute sich auf die Tiere und darüber, dass Nash offenbar wieder entspannter war.

Als sie aus dem Haus trat, wanderte Nashs Blick über jeden Quadratzentimeter ihres Körpers, vom Scheitel bis zu den Stiefelspitzen. Seine Lippen kräuselten sich zu einem Lächeln voll purer männlicher Bewunderung. Langsam arbeitete sich sein Blick wieder an ihr nach oben und legte dabei eine Hitzespur auf ihre Haut.

Gestärkt durch das stumme Kompliment hüpfte sie voraus wie ein Schulmädchen und warf Nash über die Schulter ein Lächeln zu. »Seid ihr so weit, Jungs?«

Phillip wuselte hinter ihr her, sein Vater folgte. Sie nahm Phillips Hand. Nash schob sich an ihre andere Seite, beugte sich ganz nahe zu ihr und raunte: »Du bringst mich um mit diesen Stiefeln. Und mit den süßen Shorts.«

»Danke.« *Vielleicht sollte ich öfter Shorts tragen.*

»Hör mal«, sagte er leise. »Das vorhin tut mir leid. Ich hätte nicht so barsch sein dürfen.«

»Schon in Ordnung.« Sie hatten den Fuß des Hügels erreicht.

»Das war es definitiv nicht«, flüsterte er.

Vor dem Hühnergehege hob Phillip die Hände und Nash

nahm ihn auf den Arm.

»Die Hühner werden manchmal ein bisschen wild, wenn wir reingehen. Soll ich dich auch tragen?« Er ließ die Augenbrauen tanzen.

»Ich glaube, ich halte das aus. Danke.« Sie folgte ihm durch das Tor in den Auslauf um den Hühnerstall. Die Bewohnerinnen gackerten, schlugen mit den Flügeln und stoben aufgeregt durcheinander.

Nash sicherte das Tor mit einem weit oben angebrachten Riegel. »Eine Vorsichtsmaßnahme falls Phillip plötzlich findet, es sei genug. Die Hühner sind nämlich schneller weg, als man ›Spiegelei‹ sagen kann.«

»Ich dachte immer, Hühner, die man nur zum Spaß hält, dürften frei im Garten umherlaufen.«

»Einige schon. Aber die ganze Truppe abends von draußen in den Stall zu scheuchen, ist gar nicht so leicht. In der Anfangszeit habe ich immer alle im Garten umherspazieren lassen, aber die Waschbären und Füchse haben sich zu viele geholt. Hier im Auslauf ist es sicherer für sie. Und nachts schließe ich sie im Stall ein, für den Fall, dass ein Räuber sich ins Gehege verirrt.«

Der Hühnerstall war etwa zwei Meter fünfzig hoch und vier Meter lang. Er hatte ein Schindeldach und Holzwände. Nash stellte Phillip auf den Boden. Sofort fasste der Kleine Tempe an der Hand und zog sie zur Stalltür.

»Phillip.« Nash legte eine Hand auf die Schulter seines Sohnes und bremste seinen Eifer. »Möchtest du Tempe nicht erst mal erklären, was du ihr zeigen willst?«

Phillip nickte und wandte Tempe seine ernsten dunklen Augen zu. »Ich zeig dich, wie man Eier holt.« Er zog sie in den Stall und fügte hinzu: »Ich muss kein Hühner-Kaka wegmachen. Das macht Dad.«

Tempest lachte. »Klingt nach einem echten Daddy-Job.« Sie hörte Nash leise lachen.

Sie hatte sich auf einen stinkenden Verschlag gefasst gemacht. Aber der Stall roch vor allem nach Holz und nach dem frischen Stroh, mit dem der Boden ausgelegt war. Unter dem Dach befanden sich Lüftungsschlitze und zwei kleine, halb geöffnete Fenster sorgten zusätzlich für Frischluft. An der hinteren Wand waren acht Abteile mit Legeboxen aus Kunststoff angebracht. Nash gab sich offenbar große Mühe, den Hühnerstall sauber zu halten.

Phillip angelte ein Ei aus einer Box und legte es vorsichtig in seinen Eimer. »Hm-hm«, brummte er. Er nahm ein zweites und legte es dazu. »Hm-hm.« Der Vorgang wiederholte sich bei vier weiteren Eiern.

»Kann ich auch ein paar einsammeln?«, fragte Tempest.

Als Phillip nickte, nahm sie ein Ei, tat, als würde sie es genau inspizieren und sagte: »Eins.« Sie legte es in den Eimer, den Nash ihr überlassen hatte, griff nach einem weiteren Ei und schaute es sich ebenfalls genau an. »Zwei.« Sie nahm das nächste. »Drei.«

Phillip beobachtete sie aufmerksam.

»Sollen wir deine auch zählen?«

Er nickte eifrig und griff in seinen Eimer. Vorsichtig nahm er ein Ei zwischen die Hände und betrachtete es so eingehend, wie sie es zuvor getan hatte.

»Eins«, sagte Tempest.

»Eins.« Phillip legte das Ei zurück in den Eimer und nahm ein anderes.

»Zwei.« Lächelnd schaute sie zu, wie sanft er das Ei behandelte. Als er das dritte in die Höhe hielt, sagte sie: »Drei.«

Bei den nächsten Eiern, die Phillip aus den Nestern holte, zählte er konzentriert. »Eins. Zwei. Dei.« Er hielt ein weiteres Ei in die Höhe. »Und jetzt, Tempe?«

»Vier«, antwortete sie, erfreut über seine Begeisterung. Sie wünschte, sie könnte Nash hereinrufen, fürchtete aber, dass sie damit die Magie dieses Augenblicks durchbrechen würde.

»Vier«, wiederholte Phillip bedächtig. Gemeinsam zählten sie die Eier aus jedem Nest, und als sie beim letzten ankamen, zählte Phillip schon ohne jede Hilfe.

»Eins.« Er legte das Ei in den Eimer und lächelte Tempe dabei an. »Zwei«, sagte er lauter. »Dei!« Er warf sich in Tempests Arme.

»Jippie!« Überrascht blinzelte sie gegen die Freudentränen an, die ihr plötzlich in die Augen traten. Phillip wand sich aus ihren Armen und rannte um sie herum. Sie drehte sich gerade rechtzeitig um, um mitansehen zu können, wie er in Nashs Arme sprang. Entschlossen, ihre Gefühle im Zaum zu halten, schlug sie eine Hand vor den Mund. Eine glückliche Träne kullerte trotzdem über ihre Wange. Tempest wandte sich ab, wischte die Träne weg und griff nach den Eimern.

»Das war große Klasse, Kumpel.« Nash küsste Phillip auf die Wange und stellte ihn vor dem Stall auf den Boden. Er wartete auf Tempest. »Du hast meinem Kleinen das Zählen beigebracht?«

»War das okay?« Hatte sie etwas getan, was ihr nicht zustand? Wollte er Phillip solche Dinge lieber selbst beibringen?

Ein warmes Lächeln breitete sich auf Nashs Zügen aus und erreichte schnell seine Augenwinkel. »Du machst mir deutlich, was für ein miserabler Vater ich bin.«

Tempest sank das Herz. »Nein, nein. Das ist nicht …«

»Das war ein Scherz.« Er legte die Hände an ihre Taille. »Ich muss noch viel lernen, aber jetzt, wo mir eine ganz bestimmte, umwerfende Blondine den Kopf zurechtrückt, bin ich bestimmt bald ein Musterschüler.«

Jetzt schlug ihr Herz wie wild. Ganz sicher aus Freude über Phillips Zählkünste, aber vielleicht auch wegen des heftigen Knisterns zwischen Nash und ihr. »Er war so stolz auf sich. Hast du das gesehen?«

»Ich habe alles mitbekommen und war ein bisschen neidisch auf die dicke Umarmung, mit der mein kleiner Kumpel belohnt worden ist.«

Sie machte einen Schritt auf ihn zu, um ihn ebenfalls zu drücken. Doch er hielt sie an den Handgelenken fest und sorgte für ein klein wenig Abstand.

»Tempe, dass ich vorhin in der Scheune so seltsam reagiert habe, tut mir leid. Und sag nicht, es sei in Ordnung, denn das war es nicht. Du sollst nicht darunter leiden müssen, dass ich irgendwelchen Ballast mit mir herumschleppe.«

»Es ist …«

Er legte den Kopf schief und schaute sie aus den Augenwinkeln an.

»Ich glaube, du bist der unangefochtene Meister der nonverbalen Kommunikation. Das war der eindeutigste Lass-es-einfach-Blick, den ich je gesehen habe.« Ihr Lachen brachte ihr ein weiteres sexy Grinsen ein. »Schön. Du hast recht. Das war nicht in Ordnung und ich nehme deine Entschuldigung an. Aber falls du je darüber reden willst, was dich so aufgewühlt hat – ich bin eine recht gute Zuhörerin.«

»Eins!« Phillips fröhliches Lachen unterbrach sie. Ein Huhn lief vorbei und Phillip jagte ihm hinterher. Dabei schrie er: »Zwei!«

»Ich glaube, du hast ein kleines Monster geschaffen.« Nash

tätschelte kurz ihren Hintern, dann setzte er hinter Phillip her, packte ihn und hob ihn hoch über seinen Kopf. Phillip zappelte und kreischte vor Lachen. »Wie lautet die Regel? Darf man die Hühner jagen?«

»Ich hab sie gezählt! Runter, Dad. Lass mich runter!« Phillip strampelte und Nash hielt ihn so, dass sie sich direkt in die Augen schauen konnten.

»Damit du die Hühner jagen kannst?«

Phillip nickte und lachte sich halb kaputt. Nash warf ihn sich über die Schulter und brachte ihn damit noch mehr zum Lachen. »Komm, Tempe, bevor mein Kumpel die armen Hühner zu Tode erschreckt. In den Stall kann ich sie auch später noch sperren.«

Beim Anblick von Nash, der seinen zappelnden, lachenden kleinen Jungen vom Hühnerstall wegtrug, merkte sie, dass sie keine Auszeit für die Seele mehr brauchte. Am liebsten wäre sie hiergeblieben und hätte sich einen Herzensglück-Tag mit Nash und Phillip gegönnt, anstatt morgen in ihre alte Heimat Peaceful Harbor zu fahren.

Am Sonntagabend stand Nash mit dem Babyfon in der Hand an der Tür zu seiner Künstlerwerkstatt. Sein Herz fühlte sich an wie in einen Schraubstock gespannt. Woher dieses beklemmende Gefühl kam, wusste er nicht genau. War es Tempests Abwesenheit, die ihm ein Gefühl bescherte, als fehlte ihm ein Arm oder ein Bein? Lag es an den unvollendeten Skulpturen, die wie Gespenster aus einer anderen Zeit vor ihm standen? Oder lag es an der verschlossenen Holztruhe, die er wie ein vergessenes Relikt beiseitegeschoben hatte, obwohl ihr Inhalt alles andere als vergessen war?

Beim Betreten der Werkstatt packte ihn das schlechte Gewissen, weil er die gemeinsamen Minuten mit Tempe hier drin so abrupt und so barsch beendet hatte. Tempests Stimme lief als Endlosschleife durch seinen Kopf. *Falls du je darüber reden willst, was dich so aufgewühlt hat – ich bin eine recht gute Zuhörerin.* Darüber reden? Er schaffte es ja kaum, daran zu denken. Und trotz seines bescheuerten Verhaltens war sie die süße, aufmerksame Tempest geblieben. Sie hatte etwas Besseres verdient als einen Kerl, der mit den Leichen in seinem Keller nicht klarkam. *Oder mit denen in meiner Werkstatt.*

Er marschierte auf und ab und verwünschte seine Eltern dafür, dass sie ihn gezwungen hatten, alles zurückzulassen, was er kannte, und so zu tun, als hätte sein Bruder nie existiert. So konnte er nicht weiterleben. Wenn er den Kreislauf der Verdrängung nicht durchbrach, den seine Mom und sein Dad unbewusst an ihn weitergegeben hatten, würde er nie ein Leben als gefestigter Mensch führen können und niemals wirklich frei für Neues sein. Er musste sich dem ganzen Mist aus der Vergangenheit stellen und sich mit ihr aussöhnen.

Sein Blick fiel auf die Truhe, die seit dem Tag, an dem seine Eltern sie gepackt und das Haus in Oak Rivers verkauft hatten, nicht mehr geöffnet worden war. Als er sich diesem schweren hölzernen Sarg näherte, bildeten sich Schweißperlen auf seiner Stirn. Er pirschte sich an wie ein Löwe an seine Beute. Das Herz hämmerte in seiner Brust. *Verdammt. Verdammt. Verdammt. Verdammt.* Er fiel auf die Knie, dann ging er in die Hocke und kämpfte gegen das beklemmende Gefühl an, die Wände würden um ihn zusammenrücken. Wie war er bloß hier hereingeraten? Allein und wütend kauerte er auf dem kalten Scheunenboden, war umzingelt von den Dämonen, die er liebte *und* hasste.

Zum Teufel, PJ! Du hattest alles. Du warst auf dem Weg in die Profiliga. Alle Türen standen dir offen. Warum bist du nicht hier? Warum warst du nicht der, für den ich dich gehalten habe? Wie soll ich bloß mit dieser Scheiße klarkommen?

Tränen stiegen ihm in die Augen und er drückte sie zu. Er verfluchte seine Eltern, die ganze verdammte Baseballmannschaft und die Polizisten, die den Wagen seines Bruders verfolgt hatten. Heftig nach Luft schnappend riss er sich die Mütze vom Kopf. Sie war ausgefranst und fleckig. Kein Wunder, denn er trug sie täglich und das seit vielen, vielen Jahren. Und trotzdem sah er jedes Mal, wenn er das verdammte Ding anschaute, PJs Gesicht nach seinem letzten Spiel vor sich. *Trag sie mit Stolz, kleiner Bruder. Ich bin auf dem Weg zu größeren, besseren Dingen.*

Tränen rannen über Nashs Wangen, die Wut brannte in seinem Bauch. Er hielt die Mütze so fest, dass seine Finger sich weiß gegen den roten Stoff abhoben.

»Größer und besser? Du Arschloch. Du verdammtes Arschloch.« Er warf die Mütze auf den Boden, stieß den Schlüssel ins Schloss der Truhe und atmete dabei so schwer wie nach einem Ringkampf. Sein Blick flog zu der Mütze. Er sah das Strahlen und die Freude in den Augen seines Bruders und spürte frische Tränen in seinen. *Verdammte Scheiße. Verdammt noch mal.* Er drückte sich die Mütze wieder auf den Kopf, presste die Handflächen auf die Oberschenkel und sog mühsam Luft in seine Lunge. Dann ließ er den Kopf zwischen die Schultern sinken und sah nicht hin, während er den schweren Deckel öffnete.

Ein abgestandener Geruch schlug ihm entgegen. Er ballte die Hände auf den Oberschenkeln zu Fäusten, hob den Blick und schaute den Gespenstern seiner Vergangenheit direkt ins

Gesicht. Während er nacheinander die Mienen aller Familienmitglieder auf dem alten gerahmten Foto betrachtete, hallte Phillips Stimme durch seinen Kopf. *Eins, zwei, dei, vier.* Lange starrte er auf das Gesicht seines Vaters. Gott, er vermisste ihn so sehr. Es hatte eine Zeit gegeben, in der er mit etwas Mühe die Hand seines Dads in seiner hatte fühlen können. Oft hatte er auch ihr Gewicht auf seiner Schulter gespürt. Doch nach und nach waren diese Erinnerungen im Dunkel verschwunden, so wie die Nacht das Meer verschluckte. Schwer atmend betrachtete er PJs Preise und Trophäen und sein Siegertrikot. Dann das Foto von ihnen beiden, Arm in Arm nach diesem letzten gewonnenen Spiel. Mit zitternden Händen nahm er das Trikot aus der Truhe. Darunter kamen PJs Lieblingsbaseballhandschuh und sein Lieblingsball zum Vorschein. Die Erinnerungen schlugen ein wie Kugeln und brachten Nash vollends aus dem Gleichgewicht. Er stopfte das Shirt in die Truhe zurück und sank zu Boden. Er war zu überwältigt, um klar denken, geschweige denn etwas verarbeiten zu können.

Unsicher stand er schließlich auf und stolperte von den unerträglichen Erinnerungsstücken weg, nur um sich sofort weiteren Gespenstern aus seiner Vergangenheit gegenüber wiederzufinden.

Nash starrte auf die fertige Skulptur mit dem Titel »Ein unvollendetes Leben«. Wieder ballten seine Hände sich zu Fäusten. Er wollte großartige Stücke schaffen, die direkt aus seiner Seele kamen. Das war fast noch wichtiger als die Luft zum Atmen. Er konnte die Vibration der Kettensäge in seinen Händen spüren, das Adrenalin in seinen Adern, wenn er Schicht um Schicht weiter vordrang, um das Herz des Holzes freizulegen. Er hatte den herrlichen Duft frischer Späne in der

Nase und spürte den Staub, wenn er die Oberfläche einer Skulptur mit Schmirgelpapier bis zur Perfektion bearbeitete. Sein Blick fiel auf die Esse, die er seit Jahren nicht angefasst hatte. Sofort füllte der Geruch von Metall all seine Sinne, und das Dröhnen des Hammers, mit dem er das Material nach seinem Willen formte, hallte in seinen Ohren. Er wollte diesen Teil seines Lebens zurück: die aufregenden Vernissagen, die Zusammenarbeit mit Galerien und die Sicherheit seiner Verkaufserfolge. Er wollte Werke schaffen, auf die er stolz sein konnte. Und er wollte, dass Phillip stolz auf ihn war. Und Tempest. *Verdammt, ja, Tempest will ich auch.*

Sie war in ihr Leben gekommen wie ein Baumstamm, der sich nach und nach zum Kunstwerk wandelte. Mit jedem gefühlsbeladenen Augenblick, den sie gemeinsam erlebten, zeigte sie mehr von ihrem wahren Ich und fand Löcher und Risse in den Mauern, hinter denen er sein Herz so lange verborgen hatte. Und Phillip hatte sie innerhalb weniger Tage ungeheuer viel gegeben, darunter Dinge, von denen er nicht einmal geahnt hatte, wie wichtig sie für seinen Kleinen waren.

Und mir hat sie diesen Augenblick der Klarheit verschafft.

Mit zitternden Händen senkte er den Deckel der Truhe und schloss sie ab. Dann verließ er mit bleiernen Beinen die Werkstatt und schloss die Tür hinter sich zu. Seine Brust schmerzte noch mehr als zuvor. Er zählte die Stufen zur hinteren Veranda und dachte an Tempests Freude an dem Abend, an dem ihre Schwester sie gefragt hatte, ob sie ihre Trauzeugin sein wollte. Danach hatte er sie zum ersten Mal in den Armen gehalten. Damit hatte alles begonnen.

Er vertraute ihr schon jetzt in so vielem. Vielleicht war es Zeit, ihr sein ganzes Vertrauen zu schenken.

Elf

So oft wie in der vergangenen Woche hatte Nash noch nie im Leben die Zahlen Eins, Zwei, Drei gehört. Phillip zählte die Hühner, jeden Becher Ziegenfutter, morgens die Stufen hinunter zur Küche und abends die Stufen hinauf zum Bett. Dass Tempe ihm das Zählen beigebracht hatte, war inzwischen neun Tage her. Vor acht Tagen hatte Nash die Truhe geöffnet und genauso lange sammelte er jetzt schon Mut, um Tempe irgendwann von PJ erzählen zu können. Sie war bereits ein Teil ihres Lebens geworden, las Phillip vor und schleppte sie beide zu Spaziergängen in den Park, wo Phillip inzwischen die Umgebung schon viel selbstständiger erkundete. Einmal hatte sie mit ihnen eine Fahrt unternommen, und sie waren bei einem Kindergarten gelandet, wo Phillip fröhlich auf dem Spielplatz herumgeturnt war. Gestern war sie wieder in Peaceful Harbor gewesen, und Nash hatte sich überwunden, sich den Inhalt der Truhe noch einmal vorzunehmen. Das zweite Mal war zwar weniger traumatisch gewesen, aber leichtgefallen war es ihm nicht. Immerhin hatte er nicht mehr das Gefühl gehabt, ersticken zu müssen, sondern eher, als hätte ihm jemand ein paarmal kräftig in die Magengrube geschlagen. Bei Tempests Rückkehr am gestrigen Abend war er bereit gewesen, ihr von PJ zu erzählen, aber sie hatte ein Bad genommen und war danach sofort ins Bett gegangen.

Jetzt, am Montagabend, zählte Phillip Gutenachtküsse. Nash strich ihm die Locken aus der Stirn und gab ihm noch einen letzten Schmatz. »Danke für die vielen Küsse, Kumpel.«

»Noch einen?« Phillips treuherziger Blick berührte Nashs Herz. Sein Sohn schloss flatternd die schweren Lider und Nash drückte ihm einen weiteren Kuss auf jede Wange.

Dann verließ er Phillips Zimmer, schloss die Tür hinter sich und hörte gleich darauf Tempest im Badezimmer singen. Sie nahm fast jeden Abend ein Bad. Danach spielte sie meist draußen auf dem Balkon Gitarre. An Abenden, an denen die Hitze zwischen ihnen so versengend war, dass er sich nicht zutraute, sich im Griff zu behalten, hörte er von seinem Schlafzimmer aus zu. An Abenden, an denen er ziemlich sicher war, dass er sich nicht mehr nehmen würde als leidenschaftliche Küsse, ging er hinaus zu ihr. Früher oder später saßen sie dann eng aneinandergeschmiegt da, redeten über Phillip und seine Fortschritte, oder Tempe erzählte ihm von den Kindern, mit denen sie arbeitete, und wie viel Freude ihr das machte. Auch über ihre Familie sprach sie oft. Inzwischen hatte er schon fast das Gefühl, alle ihre Angehörigen persönlich zu kennen. Es war schön, immer wieder eine Weile in ihrer Welt zu leben und von ihrer großen, glücklichen Sippe zu erfahren. Das brachte sie nicht nur näher zusammen, es half ihm auch, offener zu werden, und stärkte seinen Wunsch, seine geheimsten Empfindungen und Gedanken mit ihr zu teilen. Tempe an solchen Abenden fest in seinen Armen zu halten, seine Finger zwischen ihre zu flechten und ihre Hüften zwischen seinen Beinen zu fühlen, während sie den Rücken an seine Brust schmiegte, war Himmel und Hölle zugleich.

Jetzt lehnte er an der Wand neben dem Badezimmer und lauschte mit geschlossenen Augen ihrer süßen, melodischen Stimme. Unfassbar, dass sie seit weniger als einem Monat bei ihnen lebte, denn es war längst, als gehörte sie zur Familie. Seit dem Tag, an dem er aus der Scheune geflüchtet war, hatte es nur ein paar wenige heiße Küsse gegeben, und es fiel ihm höllisch schwer, nicht gleich mehrere Schritte weiterzugehen. Doch bevor er das tun konnte, musste er sich um seine inneren Dämonen kümmern.

Er hörte zu, wie Tempest davon sang, wie es wäre, niemals erwachsen zu werden, und sagte sich, heute Abend würde er ihr endlich von PJ erzählen. Sie sang leise und gefühlvoll von den Lieblingsliedern eines kleinen Bruders und von einer neuen Wohnung in einer großen Stadt. Das Lied handelte von Eltern und Kindern, die er nicht kannte, doch er dachte nur intensiv an PJ. Federleicht driftete Tempes Stimme über seine Haut, jedes ihrer Worte weckte glückliche Erinnerungen.

Nash sank zu Boden und schlang die Arme um die Knie. Er lehnte den Kopf an die Wand und schloss die Augen. Dann beschwor er das Bild seines Bruders herauf und sah ihn bald ganz deutlich vor sich. Er wollte PJs nie erlöschendes Lächeln und sein kantiges Kinn in sein Gedächtnis brennen, um sich das geliebte Gesicht leichter vorstellen zu können, wenn Schmerz seine Gedanken umwölkte und PJs Züge im Nebel versanken.

Begleitet von Tempests Gesang grub er tiefer. Er dachte an den Klang von PJs Lachen, damals, als sein großer Bruder ihn in der Woche nach der bestandenen Führerscheinprüfung durch die Stadt chauffiert hatte. Seine Hand erinnerte sich mit schmerzhaftem Kribbeln an den Aufprall von PJs Würfen beim Ballspielen draußen im Garten. Tränen brannten in seinen Augen, während Tempest davon sang, wie schön es gewesen wäre, für immer ein Kind zu bleiben und ein unbeschwertes Leben zu führen. Wie oft hatte Nash sich gewünscht, er könnte die Uhr zurückdrehen und Phillip mitnehmen, um mehr gemeinsame Zeit mit seinem Bruder zu haben? Er dachte an den Stolz in PJs Augen nach einem gewonnenen Spiel. Weitere Kindheitserinnerungen kamen wie von selbst. Jede reichte tiefer in seine Vergangenheit. PJ, der über seine Kunstwerke witzelte und dann doch bei jeder Schulausstellung auftauchte. Er war Nashs größter Fan gewesen, genau wie Nash seiner.

»Nash?« Tempest berührte ihn am Arm. »Was ist mit dir?«

Er hatte sie nicht aus dem Badezimmer kommen gehört. Seine Finger wurden zu Fäusten, während er versuchte, sich vom Gewicht der Vergangenheit zu befreien. Doch es ließ sich nicht abschütteln. Noch immer brannten Tränen in seinen Augen, noch immer war seine Kehle viel zu eng zum Schlucken. Die Tür, die er geöffnet hatte, ließ sich nicht mehr schließen. Er hob den Kopf und schaute in Tempests besorgte, schöne Augen. Neue Gefühle wallten in ihm auf. Sie kämpften mit PJs Geist um Raum, und er wusste, dass die Zeit gekommen war, sich seiner Vergangenheit zu stellen.

Unter Tempests fragendem Blick rappelte er sich hoch. Es war, als wollte sie seine Gedanken lesen. Er stellte sich vor, wie sie sie aus ihm herauslockte. Viele Male war ihr das bereits gelungen. Etwas in ihm wurde plötzlich ganz weich, ließ den Stachel der Angst aus den noch unausgesprochenen Worten weichen und setzte Vertrauen an seine Stelle.

»Du hast gesagt, wir könnten darüber sprechen, was in der Scheune passiert ist. Gilt dieses Angebot noch?«

Überrascht schaute sie ihn an. »Selbstverständlich.« Sie lächelte warm. »Lass mich nur kurz die Sachen in mein Zimmer bringen.«

Sein Blick fiel auf die Toilettentasche in ihren Armen. »Ich habe letztes Wochenende eine Schublade in der Spiegelkommode für dich freigemacht und nur vergessen, es dir zu sagen.«

»Wirklich? Danke! Gib mir eine Minute.«

Sie verschwand im Badezimmer, und er hörte, wie sie ihre Sachen verstaute. Er wollte gerne viel mehr mit ihr teilen als ein bisschen Platz in seinem Badezimmer. Er wollte ihr seine Seele zeigen, aber auch sein Verlangen. Vielleicht würde es heute Abend ja so weit sein.

Mit beschwingten Schritten kam Tempest aus dem Bad. »So ist es viel einfacher, als alles immer hin- und herzuschleppen. Wenn ich nächstes Wochenende nach Hause fahre, muss ich daran denken, noch ein paar von meinen Sachen mitzubringen.«

Dass sie am kommenden Wochenende wieder nicht hier bei ihnen sein würde, schmerzte ihn. Doch das betörende Wippen ihrer BH-losen Brüste und der atemberaubende Anblick ihrer Brustwarzen, die sich unter dem weichen, ärmellosen weißen Top abzeichneten, lenkten ihn davon ab. Wo ihre von dem Bad noch feuchten Haarspitzen ihre süßen Rundungen berührten, war der Stoff fast durchsichtig geworden. Er senkte den Blick, bemühte sich, seinen Pulsschlag unter Kontrolle zu bekommen, blieb aber mit den Augen an der glatten Haut zwischen ihrem Top und ihrer Flanellpyjamahose hängen. In der Hoffnung, das wäre sicherer, richtete er den Blick wieder auf ihr Gesicht. Ihr Haar war so sexy zerzaust, als hätte sie sich gerade lustvoll auf der Matratze geräkelt. *Verdammt.* Wie sollte er sich bei so viel unschuldiger Sinnlichkeit konzentrieren?

Wie so oft schob sie sich die freche Haarsträhne hinters Ohr, wieder wippten ihre Brüste. »Sollen wir rausgehen?«, fragte sie. Offenbar ahnte sie nicht einmal, was sie mit ihm anstellte.

Ich würde lieber ins Schlafzimmer gehen. »Gern. Aber vielleicht ziehst du dir ein Sweatshirt über.«

»Weshalb denn? Wir hatten einen so schönen, warmen Tag. Ist es inzwischen kühl geworden?«

»Nicht kühl genug«, murmelte er. Wenn es doch nur Winter gewesen wäre, dann hätte er vielleicht draußen stehen und diese verdammte Hitze loswerden können. Sein Blick fand zu ihren Brüsten wie Metall zu einem Magneten, und er spürte, wie er hart wurde.

Tempe bemerkte, wohin er schaute, und ein rosiger Hauch überzog ihre Wangen.

»Sorry.« Sie eilte in ihr Zimmer und er folgte ihr. Ganz sicher würde sie jetzt, wie fast jeden Abend, ihren pinkfarbenen Lieblings-Hoodie mit dem weißen Streifen an den Ärmeln überziehen.

Überrascht stellte er fest, dass er bereits ihre Lieblingssachen kannte, darunter auch die ledernen Riemchensandalen und die erfreulich kurzen abgeschnittenen Jeans, die sie gern abends trug, wenn sie die Tiere füttern gingen. Es war eine langsame Folter, aber was für ein unglaublich schöner Tod.

»Ich hatte nicht mehr daran gedacht, dass du das ganze Wochenende über weg sein wirst. Wie lange musst du denn weiterhin nach Peaceful Harbor fahren? Du hast doch auch hier schon ziemlich viele Patienten und kleine Musikschüler.« Im Lauf der vergangenen Woche hatten sich drei weitere Kinder zu ihrer Musikgruppe angemeldet.

Mit dem Rücken zu ihm zog sie sich ihr Kapuzenshirt über und machte den Reißverschluss zu. »Noch sind es nicht genug, um meinen Lebensunterhalt zu bestreiten. Solange sich das nicht ändert, mache ich mit meinen Patienten in Peaceful

Harbor weiter und begleite sie. Außerdem brauchen sie mich ja noch. Und selbst wenn ich hier irgendwann ausgelastet bin, werde ich noch zu den Girl-Power-Treffen fahren. Das nächste ist kommenden Samstag. Am Sonntag veranstaltet Cole sein Patienten-Picknick und nachmittags habe ich einen Termin mit einer Musiktherapiepatientin. Das wird ein prallgefülltes Wochenende.«

Sie wandte sich zu ihm um. Das lebhafte Glitzern in ihren Augen ließ ihn beinahe alles andere vergessen. Übrig blieb nur der Wunsch, sie in seine Arme zu reißen und zu verschlingen.

»Besser?«

»Ein bisschen.« Er marschierte durch ihr Zimmer und öffnete die Balkontür. Beim Hinausgehen sagte er: »Erinnere mich daran, dir einen großen, dicken XXL-Pulli zu kaufen.«

Sie lachte und gemeinsam setzten sie sich auf die Bank. Ihre Oberschenkel rieben aneinander. Mit einem leisen Fluch rückte Nash ein kleines Stück von ihr ab.

»Was ist denn? Wir sitzen doch immer ganz nahe beieinander.«

Der leicht schmollende Unterton in ihrer Stimme ließ ihn wieder ein wenig näher rücken. Er legte den Arm um sie, zog sie an seine Seite und versuchte, das Verlangen zu ignorieren, das tief in seinem Inneren immer stärker wurde. Es gelang ihm nicht.

»Ja, ich weiß. Aber … Vielleicht liegt es daran, dass du schon so viel für Phillip getan hast, oder daran, dass du in mir Gefühle weckst, die ich längst vergessen hatte. Oder an dem Glück, das du in unser Leben bringst. Auch das, worüber ich reden möchte, könnte ein Grund sein. Oder wie unfassbar heiß und sexy du in jeder Minute des Tages und der Nacht aussiehst. Ich kann es nicht sagen. Aber meine Gefühle im Zaum zu halten, fällt mir immer schwerer. Zu nahe bei dir zu sitzen, macht meinen Wunsch nach mehr nur noch größer. Aber mehr kann ich dir nicht geben, solange mir diese Sache auf dem Herzen liegt.«

»Okay«, sagte sie leise, wand sich aus seinen Armen und rückte ein Stückchen von ihm ab. »Dann lass uns der Sache auf den Grund gehen. Worüber möchtest du denn reden?«

»Du bist immer bereit, den Stier bei den Hörnern zu packen. Wie schaffst du das bloß?«

Sie spielte mit dem Saum ihres Shirts, schaute ihm dabei aber weiterhin fest in die Augen. »Vor dir sitzt die neue, risikofreudige Tempest. Vergiss das nicht.«

»Schön gesagt, aber das kaufe ich dir nicht ab, mein Engel.« Er nahm ihre Hand, strich mit dem Daumen über ihre Fingerknöchel und fragte sich, woher dieser Kosename plötzlich kam. Ihr überraschter Blick verriet ihm, dass sie sich dieselbe Frage stellte. Er lachte und sie stimmte mit ein. »Du bist wie vom Himmel geschickt in unser Leben gekommen und hast uns die Augen geöffnet. Du zeigst uns, wie unsere Tage erfüllter und glücklicher sein können. Dabei haben wir nicht einmal geahnt, was uns alles fehlt.«

Sie schlug die Augen nieder. Ein scheues Lächeln spielte um ihre Lippen.

»Du bist nicht risikofreudig, Tempe. Du bist vorsichtig und fürsorglich. Und du weckst in mir den Wunsch, mich dir zu öffnen. Zudem ist deine Unschuld einfach betörend. Ich muss mich ständig zur Zurückhaltung zwingen.«

»Du musst dich nicht zurückhalten.« Der Blick, den sie ihm zuwarf, war geradezu verrucht. »So unschuldig bin ich eigentlich gar nicht.« Ihr Ton strafte ihre Worte lügen.

»Mit *unschuldig* meine ich nicht naiv oder unerfahren. Was

ich sagen will, ist, du hast so viel Güte in dir. Du schenkst Vertrauen, als wäre das so normal wie ein- und auszuatmen. Und du verdienst es, mit jemandem zusammen zu sein, der das ebenfalls kann.«

Er drückte einen Kuss auf die Rückseite ihrer Finger und ihre Augen verdunkelten sich. Der Anblick war so unwiderstehlich, dass er sich vorbeugte und sie zärtlich küsste. Ihre Lippen waren feucht und warm, und als er den Kuss vertiefte, schmiegte sie sich an ihn. Tempests Hände legten sich an seinen Hals. Sie küsste ihn hungrig, ihre Zunge umspielte seine. Bald schob er die Finger unter ihr Haar und drehte ihr Gesicht so, dass er sie noch tiefer küssen konnte. Sie war süß und heiß, und sie schmeckte so verdammt gut. Er hatte nicht die geringste Chance, die Finger von ihr zu lassen. Und als sie an seinem Mund aufstöhnte, jagte sein Blut in südliche Regionen und machte vernünftige Gedanken schlichtweg unmöglich. Er legte die Hände um ihre Brüste, was ihm einen weiteren süßen und drängenden Laut einbrachte. Lust durchjagte ihn und spornte ihn an, sich noch mehr zu nehmen. Doch irgendwo in seinem Hinterkopf klangen die Worte nach, die er gerade ausgesprochen hatte. Sie erinnerten ihn daran, was sie *verdiente* und was er ihr geben musste. Sie war gut, sie war offen und ehrlich. Und dasselbe stand auch ihr zu.

Stumm verfluchte er sein Gewissen und zwang sich, von ihr abzulassen. »Tut mir leid.«

Er zog ihr Kapuzenshirt zurecht, bemerkte die Röte auf ihren Wangen, ihre rosafarbenen geschwollenen Lippen und die kristallblauen Seen voller Leidenschaft um ihre Pupillen. Die Verlockung war einfach zu groß. Wie ein Süchtiger, der den kalten Entzug nicht aushielt, hatte er den unauslöschlichen Drang, sie noch einmal zu küssen. Er zog sie an sich, drückte die Lippen auf ihre und sagte sich doch, er müsse das lassen. Doch ihr Mund war flüssige Hitze, und es gelang ihm nicht, sich von ihr zu lösen. *Nur noch einen einzigen Kuss.*

Doch dabei blieb es nicht. Ihre Küsse wurden fieberhaft und wild, dann süß und sündig.

Nur einen noch.

Sie verloren sich in der heißen Gier, als wären diese Küsse die letzten ihres Lebens.

Als Nash endlich die Kraft fand, den Bann zu durchbrechen, waren sie beide außer Atem.

»Küss mich weiter, Nash«, bat sie. »Ich liege jede Nacht in meinem Bett und träume von deinen Lippen. Ich kann nicht mehr warten. Wir können später reden. Bitte. Küss mich noch einmal. *Jetzt.*«

Als ihre Lippen aufeinanderprallten, überschlugen sich seine Gefühle. Tempe stieß einen tiefen, sinnlichen Laut aus, der in ihm nachvibrierte und Urinstinkte weckte. In diesem Augenblick war es um ihn geschehen. Er war erledigt. Zu sehr von ihr hingerissen, um überhaupt noch denken zu können. Er zog sie rittlings auf seinen Schoß und küsste sie tiefer. Nash öffnete den Reißverschluss ihres Hoodies, legte die Hände an ihre Brüste und stieß dabei ein hungriges Stöhnen aus.

»Ich brauche mehr.« Schnell und heiß brachen die Worte aus ihm heraus. Er erkannte seine eigene Stimme nicht wieder. Hastig zog er ihr Shirt hoch und legte die herrlichsten Brüste frei, die er je gesehen hatte. Als er die Spitzen nacheinander in den Mund nahm, wurden ihre Nippel noch härter. Eine seiner Hände umfasste eine Brust, die andere Hand tastete sich über Tempests Taille, ihre Rippen, ihre Hüfte und ihren Hintern. Ganz gleich, wie viel er nahm, es war nicht genug, er wollte mehr.

Tempe klammerte sich an ihm fest und wölbte sich ihm entgegen. »Das ist himmlisch«, seufzte sie und lenkte seinen Mund zu ihrer anderen Brust. »Ich brauche dich so sehr, Nash.«

Er hob den Kopf, schaute ihr fragend in die Augen und wusste, dass er eigentlich aufhören sollte. Doch das heiße Verlangen, das ihm entgegenblickte, brachte ihn dazu, sie auf die Bank zu legen. Wieder nahm er ihren Mund, diesmal härter und tiefer. Er verlor sich so sehr in ihr, dass er nicht wusste, ob er je den Rückweg würde finden können.

»Ich will dich anfassen«, sagte er zwischen zwei Küssen.

»Ja«, drängte sie. »Ja.«

Beim nächsten sinnlichen Kuss schob er seine Hand unter ihr Shirt und über ihren Bauch. Sie bebte unter seiner Berührung. Dass er eine Frau so gestreichelt hatte, war ewig her. Auch er zitterte ein bisschen. Mit der Zunge strich er über ihre Unterlippe. Er hielt sie hin, bis sie sich vor Verlangen wand. Sie war so verdammt sexy und seine Härte pochte hinter seinem Reißverschluss. Erneut schob er ihr Shirt hoch, nahm eine ihrer Brustwarzen in den Mund und sog so fest daran, dass Tempe aufschrie. Er hob den Kopf, legte die Hand an ihr Kinn und strich mit dem Daumen über ihre Lippen. Ihre Zunge huschte über seine Daumenspitze und weckte in ihm den Wunsch zu sehen, wie ihr Mund sich um seine Härte schloss.

»Sag mir, dass du bei mir bist, Tempe, oder sag mir, ich soll dich in Ruhe lassen. Ich muss es hören.«

Nashs leidenschaftlicher Blick, das atemlose Drängen in seiner Stimme und seine mühsam gezügelte Sinnlichkeit setzten sie unter Strom. Sie küsste seinen Daumen und wünschte, sie wäre unerschrocken genug, um daran zu saugen und ihm damit grünes Licht zu geben. Andere Frauen sendeten solche Signale so leicht wie ein Lächeln. Doch für etwas derart Verruchtes reichte ihre Kühnheit nicht aus. Stattdessen nahm sie ihren ganzen Mut zusammen, griff nach seiner Hand und führte sie unter den Bund ihrer Pyjamahose.

»Ich bin ganz bei dir«, versicherte sie ihm.

Während seine kräftigen Finger sich über ihren Bauchnabel hinweg zum Bund ihrer Panties tasteten, wurde ihr Atem flacher. Die Hitze seiner Hand war berauschend. Wie von selbst reckte ihr Becken sich ihm entgegen und lenkte ihn tiefer, damit er sie endlich dort anfasste, wo sie ihn voller Sehnsucht erwartete. Seine Hand bewegte sich nach Süden, seine Augen glühten, sein Mund legte sich auf ihren. Er küsste sie langsam und süß. Dabei bewegte er die Finger an ihrer Leistenbeuge auf und ab, berührte wie zufällig die Seite ihrer pulsierenden Mitte und ließ sie noch feuchter werden. Sie verlor sich in dem Gefühl seiner Lippen an ihren und darin, wie seine Zunge noch tiefer in ihren Mund eintauchte, als seine Hand sich in ihre Panties schob. Der gleichmäßige Takt seiner streichelnden Finger raubte ihr den Verstand, sein Mund wollte ihren verschlingen. Dann stieß er die Finger in sie hinein. Seine Lippen fingen ihr Stöhnen auf, seine Zunge und seine Finger drangen tiefer in sie, bewegten sich schneller und fanden versteckte, magische Stellen.

»Ja, oh Gott, ja«, seufzte sie und spürte, wie er an ihren Lippen lächelte.

Jedes Mal, wenn seine Finger sich zurückzogen und wieder in sie glitten, durchjagte sie ein kleiner Stromschlag. Gleichzeitig küsste er sie härter, nahm jeden Teil von ihr in Besitz. Seine Liebkosungen hatten ihren ganz eigenen, sinnlichen Rhythmus. Gedanken stoben unkontrolliert durch ihren Kopf, unaufhaltsam kamen geseufzte kleine Bitten über ihre Lippen. »Mehr. So schön. Ja.«

Als seine Stoppeln an ihrer Wange rieben und er raunte: »Ich will spüren, wie du kommst«, stahlen der verheißungsvolle Klang seiner tiefen Stimme und die prickelnden Worte ihr den letzten Rest Selbstkontrolle. Sie packte seinen Kopf und presste den Mund an seinen. Bebend vor Lust ließ sie sich von ihm um den Verstand bringen. Seine Härte rieb an ihrem Oberschenkel, während seine Finger sich weiter in ihr auf- und abbewegten. Heiße Schauer durchjagten ihre zitternden Oberschenkel, wurden stärker und kamen in immer kürzeren Abständen. Fieberhaft drängte ihr Körper dem Höhepunkt entgegen. Ihre Sinne waren hellwach und zugleich wie benommen von Nashs prickelnden Zärtlichkeiten, seinem Geruch und seinem Geschmack. Sie überließ sich dem Inferno, das sich seit Tagen aufgebaut hatte. Hitze strömte durch ihre Glieder und fraß sich in ihre Brust. Selbst als Lustschreie aus ihrer Kehle stiegen, machte er einfach weiter. Sein Mund liebte ihren, seine drängenden Finger nahmen sie in Besitz. Er hielt sie so lange auf dem Gipfel, bis sie glaubte, vor Lust vergehen zu müssen. Mit jedem Pulsieren ihrer Mitte jagten glühende Wellen unter ihrer Haut dahin. Willenlos und bebend ließ sie sich von ihren Empfindungen mitreißen, bis sie schließlich langsam verebbten. Hinterher küsste er sie zarter, drückte die Lippen auf ihre Mundwinkel und ihre Unterlippe. Unter seinen sanft streichelnden Fingern schwebte sie aus den Wolken zur Erde zurück. Glück und Wärme hüllten sie ein. Als er die Finger wegnahm, hörte sie sich leise wimmern.

Er hob die Finger an den Mund und leckte sie mit einem verführerischen Lächeln ab. Noch nie zuvor hatte sie jemanden das tun sehen. Sofort stand sie wieder unter Strom, doch das hier war viel mehr als Lust und Leidenschaft. Was immer es sein mochte, sie wollte es haben. *Dunkle Genüsse? Erotische Erkundungen?* Sie wusste es nicht. Sie wusste nur, dass es verrucht war und sexy und so aufregend, dass sie es kaum erwarten konnte, ihn noch einmal tun zu sehen, was er gerade getan hatte.

»Oh mein Gott.« Die Worte kamen ganz von selbst über ihre Lippen.

Er lachte leise auf. »Zu schmutzig?«

»Nein. Das ist schön. Ich habe das nur … Ich habe so was noch nie gesehen.« Sie schluckte. »Ich mag das«, flüsterte sie.

Er küsste sie lange, ohne Hast und unfassbar zärtlich.

»Mein süßer Engel. Du hast meine Lust von der Leine gelassen. Nach vielen, vielen Jahren. Vielleicht musst du mich erst wieder zähmen.«

Gewärmt von seinen Koseworten antwortete sie: »Nein. Nicht zähmen, bitte.« Mutig griff sie zwischen seine Beine und schlang die Finger um ihn. »Was ich da festhalte, ist groß genug, um es zu teilen. Aber ich teile nicht gern.«

Wieder lachte er auf, legte ihre Hand an seine Hüfte und küsste sie noch einmal. Sie konnte sich auf seiner Zunge schmecken, und als sein Kuss tiefer wurde und seine Stoppeln an ihren Wangen rieben, stoben neue Funken in ihr auf. Sie drückte das Becken an seine Erregung und er flocht seine Finger zwischen ihre.

»Bald«, versprach er und drückte sie fest an sich. »Eigentlich wollte ich mit dir reden, bevor wir überhaupt so weit gehen wie gerade eben. Ich wollte dir die Tür zu meiner Welt öffnen. Aber deine Küsse haben mich auf ganz andere Gedanken gebracht.«

»Wie könnte ich noch mehr in deiner Welt sein? Ich wohne

hier«, entgegnete sie.

Ein weiterer betörender Kuss, bei dem sie vielleicht sogar verträumt aufseufzte. »Das ist richtig«, antwortete er. »Aber was vor ein paar Tagen in der Scheune passiert ist, war nicht okay.«

Plötzlich lag Trauer in seinen Zügen, und sie dachte daran, wie bedrückt er vorhin im Flur gewirkt hatte.

»Dafür hast du dich bereits entschuldigt«, erinnerte sie ihn.

»Ja, ich weiß.« Er strich ihr das Haar von der Schulter und küsste sie dort. »Aber ich habe dir nicht erklärt, was mich so aus dem Gleichgewicht gebracht hat. Und ich glaube, dafür sollten wir uns hinsetzen.« Er richtete sich auf.

Sie setzte sich so, dass sie ihm ins Gesicht sehen konnte. Aus seinen Augen sprach so viel Kummer, dass sie ihm tröstend über den Arm strich.

»Was immer es ist«, sagte sie, »ich hoffe, ich kann dir helfen.«

»Das hast du bereits getan.« Seine Lippen zuckten, als wollte er lächeln. Doch das Lächeln blieb aus. Er griff nach ihrer Hand und streichelte nachdenklich ihre Finger.

»Was ich dir sagen will, ist nicht so leicht auszurücken, aber ich will nicht lange drum herumreden.« Er schaute in den Garten hinaus, sein Kiefer spannte sich. Die Sekunden verstrichen, dann atmete er tief aus und schaute ihr in die Augen. »Dass meine Eltern mich aus der Schule genommen und wir zwei Jahre lang auf See gelebt haben, hatte einen Grund ...« Seine Stimme brach, sein Blick huschte von ihr weg. Er blinzelte ein paar Mal. »Ich hatte einen Bruder. Er ist kurz vor seinem Highschool-Abschluss gestorben.«

»Oh Nash.« Sie rückte ein wenig näher zu ihm und dachte daran, was er über seine Kindheit gesagt hatte. *Nur ich und meine Eltern ... Wir standen uns sehr nahe.* »Das tut mir so leid.«

Er schaute hinaus in die Nacht und blinzelte gegen die Tränen an. »Er war mein Vorbild, mein bester Freund.« Der Anflug eines Lächelns huschte über sein Gesicht. »Und manchmal auch mein schlimmster Feind.« Er stieß ein Lachen aus, das mehr nach einem Husten klang, musste aber noch immer blinzeln. »Er ist … ähm … Es war nach dem letzten Baseballspiel der Saison. Er war der Star der Mannschaft. Sie hatten gewonnen.«

Tempest schob sich so nahe an ihn heran, dass sie beinahe auf seinem Schoß saß. Jetzt musste auch sie gegen Tränen kämpfen.

»PJ war alles, was ich nicht war. Er war beliebt, sportlich und selbstbewusst. Und er war auf dem besten Weg in die Profiliga.«

»Deine Mütze«, sagte sie leise.

Er nickte. »*Seine* Mütze. Die Scouts hatten ihn bereits im Visier. Wir wussten alle, dass er für Höheres bestimmt war. Nach dem Spiel hat er mir die Mütze geschenkt, die er acht Jahre lang täglich getragen hatte. Und noch am selben Abend hat das Arschloch es geschafft, sich umzubringen.« Eine einzelne Träne glitt über Nashs Wange. Unwirsch wischte er sie weg. Tempest berührte seine Hand, nahm sie sanft von seinem Gesicht und küsste die Feuchtigkeit von seinen Fingern.

»Weinen ist okay.« Sie wischte sich die eigenen Tränen ab und wünschte, sie könnte ihm seinen Kummer abnehmen.

Er nahm ihre Hände zwischen seine und hielt sie fest. »Oh, ich habe geweint. Aus Verzweiflung und aus Wut. Denn er war nicht der, für den ich ihn gehalten hatte. Er ist mit einem Freund aus seiner Mannschaft und zwei Cousins dieses Kerls, die gerade zu Besuch waren, losgezogen, um den Sieg zu feiern. Und dann haben sie ein paar Ortschaften weiter einen kleinen

Laden ausgeraubt. Mein Bruder hatte so viel zu verlieren und mit dieser Schwachsinnsaktion absolut nichts zu gewinnen. Unsere Familie war nicht reich, aber das Geld hat immer gereicht. Er hatte eine *Zukunft*. Doch er war nicht derjenige, als den ich ihn immer gesehen hatte. Es war alles eine verdammte Lüge.« Er ließ sie los und ballte die Hände zu Fäusten.

»Hast du nie geahnt, dass er mit den falschen Leuten abhängt?«, fragte sie.

Sein eisiger Blick ließ ihr fast das Herz gefrieren.

»Abhängt?« Er schnaubte. »Er hat den verdammten Fluchtwagen gefahren. Die Polizei hat sie sieben Meilen weit verfolgt, dann hat er eine Kurve zu schnell genommen und die Karre hat sich überschlagen. Er war sofort tot. Die anderen drei Typen waren schwer verletzt. Fünfzehn Jahre lang habe ich zu meinem Bruder aufgeblickt. Wie zum Teufel konnte mir entgehen, dass er ein Krimineller war?«

»Nash.« Sie wusste nicht, was sie sagen wollte, spürte aber den Drang, ihm etwas zu entgegnen. Er sah so wütend aus, so traurig. So *zerbrochen*.

Er schüttelte den Kopf. »Nicht. Bitte sag nicht, ich soll ihn nicht verurteilen. Du kannst dir nicht vorstellen, was in mir zerbrochen ist.«

»Ja, das ist wahr.«

»Und wir konnten es damals nicht fassen«, sagte er bitter. »Nach der Unfallnacht war nichts mehr wie zuvor. Die Polizei stand vor der Tür und ich bin völlig ausgetickt. Ich habe denen nicht geglaubt. Rückblickend weiß ich, dass ich mich wie ein Wahnsinniger benommen habe. Aber in jener Nacht?« Er wandte sich ab. »Ich wollte den Scheißkerl umbringen, der da vor mir stand. Dass er nur der Überbringer der schlimmsten Nachrichten war, die ich je gehört hatte, hat mich nicht interessiert. Für mich war nur wichtig, was er sagte. Und ich habe den Polizisten fast so sehr gehasst wie meinen Bruder.«

»Nein, Nash.« Tränen des Mitgefühls für den Schmerz, den Verlust und die Wut, für all die schlimmen Gefühle, die er noch immer mit sich herumschleppte, rannen über Tempests Wangen. »Du kannst nicht eure vielen gemeinsamen Jahre und die vielen guten Dinge, die ihn zu deinem Vorbild gemacht haben, wegwerfen, als hätte es sie nie gegeben. Du musst dir den Menschen bewahren, den du gekannt hast. Für dich war er kein Krimineller. Das hast du selbst gesagt.«

Nash sprang auf und begann, hin und her zu gehen. »Er war nicht derjenige, für den ich ihn gehalten hatte, Tempe. Ich hatte mich schwer getäuscht. Und es ging nicht nur mir so. Wir sind von einer vierköpfigen Familie zu einer dreiköpfigen mit einem Gespenst geworden. PJ war *überall.* Jeden Tag stürzten die Erinnerungen auf mich ein, und ich habe jede gottverdammte einzelne davon immer wieder analysiert und nach Hinweisen gesucht, dass er ein Verbrecher war. Für meine Eltern muss es noch schwerer gewesen sein. In den Tagen nach seinem Tod haben sie Mauern um sich errichtet, die so dick waren, dass nicht mal ihre besten Freunde zu ihnen durchdringen konnten. Sie sind nicht ans Telefon gegangen und nicht an die Tür. Sie haben ihren toten Sohn verbrennen lassen und seine Asche begraben. Nur wir drei waren dabei. Dann haben wir unsere Sachen gepackt, das Haus verkauft und sind mit dem Boot aufs Meer rausgefahren.«

»Deine Familie ist geflüchtet«, sagte Tempest leise. »Es muss schwer gewesen sein, all die Erinnerungen hinter sich zu lassen.«

»Du meinst all die *Lügen.* Ich weiß nicht, wie ich dir das beschreiben soll. Deine Brüder rufen an und fragen, wie es dir geht. Sie gehen zur Arbeit und lieben ihre besseren Hälften. Sie leben ihre *Wahrheit.* PJs Leben war eine *Lüge,* Tempest. Meine Eltern haben sich die größte Mühe gegeben, dieser Lüge zu entkommen. Und weißt du, was das Schlimmste war? Sie haben so getan, als hätte es ihn nie gegeben. Anfangs war mir das gar nicht bewusst, denn … Ach, verdammt.« Er schüttelte den Kopf und hob die Fäuste. »Ich *wollte* über ihn reden. Ja, ich *musste* es tun. Aber sie konnten es nicht. *Wollten* es nicht. Wenn ich es versucht habe, hat mein Vater gesagt, ich würde den Schmerz meiner Mutter damit noch größer machen. Manchmal hat sie tagelang geweint. Meine Familie ist in der Nacht damals mit ihm gestorben, und ich musste lernen, mit einem Gespenst an meiner Seite zu leben. Bis heute erträgt meine Mutter es nicht, wenn ich seinen Namen erwähne.«

Er schaute sie an. Die Lippen hatte er zu einem grimmigen Strich zusammengepresst. »Vermutlich möchte sie Phillip deshalb nicht sehen. Das würde zu viele schmerzhafte Erinnerungen in ihr aufbrechen lassen. PJs Name war Phillip John.« Neue Tränen stiegen ihm in die Augen. »Ich wollte sein Andenken ehren. Trotz allem.« Er atmete schwer. »Ich habe ihn so sehr geliebt.«

»Oh Nash.« Er war noch weiter von ihr abgerückt, doch sie ertrug nicht, dass er sich zurückzog, stand auf und umarmte ihn. Er war so angespannt, seine Arme hingen steif an seinen Seiten. Aber sie hielt ihn fest und drückte die Wange an seine Brust. »Es tut mir so leid.«

»Und mir tut es leid, dass ich dich belogen habe«, entgegnete er scharf. »Ich bin kein bisschen besser als er.«

Sie lehnte sich zurück. Die Wut in seinen Augen machte sie traurig. »Nash, ich verstehe, weshalb du mir nicht die Wahrheit sagen konntest. Du kanntest mich doch kaum.«

»Nein.« Er wand sich aus ihren Armen und schüttelte den

Kopf. »So geht das nicht. Ich schaffe es ja nicht mal, meinem Sohn von meinem Bruder zu erzählen. Wie kaputt ist das denn?« Er sank auf die Bank.

Sie setzte sich neben ihn und suchte nach den passenden Worten. »Du hast das all die Jahre mit dir herumgeschleppt? Haben deine Eltern nie versucht, dir zu helfen? Haben sie nie daran gedacht, nach eurer Rückkehr mit dir zu einem Therapeuten zu gehen?«

Er lehnte sich zurück, stützte den Kopf ans Geländer und starrte lange hinauf in den dunklen Himmel. Dann atmete er tief aus, setzte sich auf und straffte die Schultern, als hätte er es schon tausendmal so gemacht.

»Wir sind nie nach Oak Rivers zurückgekehrt. Nach der Reise haben meine Eltern ein Haus in Charlottesville gemietet. Eingezogen sind drei Menschen, die einmal eine Familie, nun aber Fremde waren und durch quälend stille Räume irrten. Das habe ich nicht ausgehalten. Ich habe meine Sachen gepackt, meine Gitarre geschnappt und bin losgezogen. Ich wusste nicht mal, wohin ich wollte. Dann habe ich in Pennsylvania einen Künstler getroffen, der einen Assistenten für die groben Arbeiten brauchte. Innerhalb weniger Wochen habe ich gelernt, wie man Kettensägenskulpturen macht. Schon nach einem halben Jahr haben wir mehr von meinen Sachen verkauft als von seinen.« Er betrachtete seine Finger. »Es war, als wären meine Hände für diese Arbeit geschaffen worden. Nach ein paar Monaten bei ihm bin ich weitergezogen. Alle paar Wochen habe ich zu Hause angerufen und meine Eltern und ich haben ein paar Minuten miteinander gesprochen. Mein Vater hat an der Uni gelehrt, doch mit seiner Gesundheit ging es damals bereits steil bergab.«

»Es muss furchtbar gewesen sein, erst deine Heimat und

dann so schnell den Vater zu verlieren.« Nashs Verlusterfahrungen machten sie tief betroffen.

»Selbst als ich noch zu Hause gewohnt habe, haben wir manchmal tage- oder sogar wochenlang kaum kommuniziert. Mein Vater hat sich in seinen Büchern vergraben, meine Mutter hat gemalt.«

»Und du?« Sie streckte sich nach seiner Hand, und als er nicht nach ihrer griff, flocht sie die Finger zwischen seine und hielt ihn fest.

»Ich habe Lieder geschrieben, Gitarre gespielt und gelernt. Und ich habe mit aller Kraft versucht, diesem unsäglichen Zustand zu entkommen. Dem Schmerz und den Erinnerungen.« Er schaute ihr ins Gesicht, seine Augen waren feucht. »Wir haben meinen Bruder begraben, und danach musste ich lernen, auch alles andere so tief zu begraben, dass es irgendwie weitergehen konnte.«

»Das heißt, du hast mit dem Erlebten nie richtig abgeschlossen?«

Er zuckte die Achseln, als wäre das nicht weiter wichtig.

»Nash, wie kann das Leben für dich weitergehen, wenn du nie die Möglichkeit hattest, um deinen Bruder zu trauern? Habt ihr wirklich niemals über ihn gesprochen? Seid ihr nie zu seinem Grab gegangen und habt versucht, euren Frieden mit diesem Verlust zu machen? Ganz gleich, welche Geheimnisse PJ hatte, eure gemeinsamen Jahre sind wichtig. Sie haben dich geprägt. Sie haben dich zu dem gemacht, der du bist. Und du bist ein wunderbarer Mann.«

Nash schüttelte den Kopf, als könnte er das nicht glauben. »Ich habe zwei Jahre lang um ihn getrauert«, sagte er halbherzig.

»Für mich klingt das nicht so. Es klingt mehr, als hättest du zwei Jahre lang mit aller Macht deine Gefühle für ihn unterdrückt.« Erneut schlang sie die Arme um ihn, schmiegte die Wange an seine Brust und spürte seinen panischen Herzschlag. Sie hielt ihn fest, bis seine Muskeln sich lockerten und sein Atem sich beruhigte. »Wie konntest du um einen Bruder trauern, über den du nicht sprechen durftest?«

Seine Arme legten sich um sie und er sagte: »Heute habe ich das Schweigen gebrochen.«

Zwölf

Tempest konnte geradezu hören, wie die Rädchen in Nashs Kopf ineinandergriffen, so angestrengt dachte er über ihr Angebot nach, seinen Sohn mit zu ihrem Kindermusikkurs im Gemeindezentrum zu nehmen. Sie redeten in der Scheune, Phillip war draußen im Gras mit seinen Spielsachen beschäftigt. Es war Donnerstagnachmittag und vor drei Tagen hatte Nash ihr zum ersten Mal von PJ erzählt. Seither erfuhr sie jeden Tag ein wenig mehr über seine Familie und seine Gefühle, und das brachte sie noch näher zusammen. Sie glaubte, sich einmal ein paar Stunden lang nicht um Phillip kümmern zu müssen und ein wenig Zeit für sich zu haben, würde ihm guttun.

»Er war noch nie ohne mich weg«, sagte Nash schließlich.

Das wusste sie längst. Die beiden waren wie siamesische Zwillinge. »Aber du siehst ja, wie gut wir miteinander klarkommen. Er vertraut mir, Nash.« Am Morgen, während Nash in der Dusche gewesen war, hatten sie und Phillip Silverdollar-Pfannkuchen gebacken – und dabei jeden einzelnen gezählt. Mit den kleinen Pfannkuchen hatten sie Nash zum Frühstück überrascht. Phillip traute sich jeden Tag ein Stückchen weiter aus seinem Schneckenhaus. »Mit anderen Kindern zusammen zu sein, ist gut für ihn. Vor allem, falls du wirklich daran denkst, ihn zu einem Probetag im Kindergarten anzumelden. Er könnte heute schon mal ein bisschen üben, und du könntest ein paar Stunden arbeiten, ohne dabei ständig über einen Dreijährigen zu stolpern.«

Nash rieb sich den Nacken. »Im Kindergarten habe ich schon angerufen und für nächste Woche einen Probetag vereinbart.«

»Wow, das ist prima!« Dass seine Entscheidung schon so weit gediehen war, überraschte Tempest. Trotzdem fiel es ihm offenbar ungeheuer schwer, Phillip jetzt mit ihr losziehen zu lassen. Sie schlang die Arme um Nashs Hals und küsste ihn auf den Mund.

Seit neulich nachts auf dem Balkon waren sie noch nicht weitergegangen, obwohl sie es sehr gerne wollte. Jeder magische Kuss nährte ihren Wunsch nach mehr. Gleichzeitig teilten sie so viele ihrer intimsten Gedanken miteinander, dass das Tempo, in dem ihre Beziehung sich entwickelte, sich genau richtig anfühlte. Jede Nacht küssten sie einander und redeten stundenlang. Nash vertraute ihr Geheimnisse an, die er jahrzehntelang tief in sich vergraben hatte. Je mehr er über sein Leben mit seinem Bruder und sein Leben nach dessen Tod erzählte, desto mehr wollte er auch über Tempests Familie erfahren. Sie sprachen über private Augenblicke und Erinnerungen, die wie Mosaiksteine ihre Persönlichkeit und ihren Charakter geformt hatten. Und sie erzählten einander Geschichten über die Menschen, die ihnen am nächsten standen. Jede Nacht ging Tempest atemlos ins Bett und sehnte sich nach dem Mann, der ebenso vorsichtig war wie sie. Doch sie waren dabei, ein festes Fundament zu errichten, und so etwas brauchte Zeit.

»Phillip um mich zu haben, macht mir nichts aus«,

entgegnete er.

»Ich weiß. Du bist ein wunderbarer Daddy, aber du bist auch ein alleinerziehender Vater, der Geld verdienen muss. Du brauchst deine Freiräume genauso wie er. Vielleicht kannst du ja ein bisschen an den Skulpturen arbeiten, die hinter den verschlossenen Türen warten.« Sie lächelte und die Spannung um seinen Mund ließ ein wenig nach. »Phillip mit mir zu anderen Kindern gehen zu lassen, bedeutet nicht, dass du egoistisch bist oder ihn im Stich lässt. Du gibst ihm damit die Chance, sich auszuprobieren. Und ich verspreche dir, ich gebe gut auf ihn acht. Ich würde nie zulassen, dass ihm etwas passiert.«

»Ich vertraue dir, mein Engel. Das weißt du.«

Nash legte die Arme um ihre Taille und seine Augen wanderten über ihre Schulter zu Phillip. »Es ist nur … Was, wenn er mit der Situation nicht klarkommt?«

»Für so was gibt es Telefone. Und ich bin bei ihm und unterstütze ihn. Dein Kleiner und ich sind inzwischen schon ein prima Team, und eigentlich vertraust du mir doch, nicht wahr?«

Er nickte. Seine widerstreitenden Gefühle waren ihm allerdings deutlich anzusehen.

»Komm, lass es uns versuchen«, drängte sie. »Für euch beide. Überleg doch mal, Nash. Es wird ein Vorgeschmack darauf sein, wie es ist, wenn er in den Kindergarten geht. Schnapp dir die Kettensäge und finde raus, ob du dich mit dem Ding immer noch so gut verstehst wie früher.«

Wieder warf er einen Blick über ihre Schulter. »Warum ist das so schwierig, obwohl ich weiß, dass ich mich absolut auf dich verlassen kann?«

»Das liegt an der tiefen Liebe zu deinem Kind.« Für den Fall, dass Phillip hereinkam, wich sie einen Schritt zurück.

»Und aus lauter Liebe möchtest du ihm keine Schwierigkeiten zumuten. Aber Kinder müssen lernen, mit Herausforderungen umzugehen und auf eigenen Füßen zu stehen. Das kann dein Süßer nur, wenn du ihm auch die Chance dazu gibst. Gleichzeitig ist Phillip auch für dich immer so was wie ein Ankerpunkt. Ihn ein kleines Stück loszulassen, ist ein großer Schritt für euch beide.«

Nashs Mundwinkel kräuselten sich nach oben. Er zog sie noch einmal an sich und gab ihr einen braven Kuss. »In einem deiner früheren Leben musst du Mutter gewesen sein.«

»Ich habe jüngere Geschwister, und meinen Eltern war es immer wichtig, uns zur Selbstständigkeit zu erziehen.«

»Lass uns Phillip fragen, okay?« Er nahm ihre Hand und sie gingen zusammen nach draußen. Phillip blickte auf. Nash ging vor ihm in die Hocke und zog Tempest mit sich nach unten.

»Hey, Kumpel, hast du Lust mit Tempe in die Stadt zu fahren? Willst du mit ihr und ein paar anderen Kindern Musik machen?«

Phillip legte die Stirn in Falten. Sein Blick ging zwischen den beiden Erwachsenen hin und her und blieb schließlich an Nash hängen. Die zwei tauschten eine stumme Botschaft aus, die Tempest nicht lesen konnte.

»Nur du und Tempe«, erklärte Nash. »Ich bleibe hier und arbeite. Wenn du wiederkommst, bin ich da.« An der Art, wie Nash dabei ihre Hand umklammerte, konnte Tempest ablesen, wie hart er darum kämpfte, seine Besorgnis im Zaum zu halten und so positiv und gut gelaunt zu klingen. Dafür schloss sie ihn noch fester in ihr Herz.

Phillips Blick sprang zu ihren ineinander verschlungenen Händen und von dort zu Tempests Gesicht. Dann lächelte er. Sie hatte das Gefühl, beim Warten auf seine Antwort den Atem angehalten zu haben. Als der Kleine jetzt nach ihrer freien Hand griff, war es, als wollte ihr Herz vor Freude platzen.

Nash brachte sie zum Wagen und befestigte Phillips Kindersitz auf dem Rücksitz. Er schnallte seinen Sohn an und gab ihm unzählige Küsse. Dann nahm er Tempests Hände. Der Blick, den er ihr zuwarf, war liebevoll und gleichzeitig ein wenig besorgt. »Ich danke dir«, sagte er. »Und ich denke, du hast recht. Das wird gut für uns sein. Für uns drei.«

In ihrem Bauch flog ein ganzer Schwarm Schmetterlinge auf. »Das hoffe ich. Ich passe auf ihn auf. Falls etwas ist, schreibe ich dir eine Nachricht. Und falls du hier halbwegs klarkommst«, fügte sie leichthin hinzu, »bleiben wir vielleicht ein bisschen länger weg, und du hast ein bisschen mehr Zeit zum Arbeiten. Versuch, dich an Nash Morgan, den Mann, den Künstler, das kreative Genie, zu erinnern, und gönn Nash Morgan, dem Daddy, eine wohlverdiente Pause.«

Eine Sekunde lang senkte sich sein Kinn, dann spielte ein kleines Lächeln um seine Lippen. Unter dem Schild seiner Mütze hervor warf er ihr einen warmen Blick zu. »Ich werde jeden Tag ein bisschen mehr so, wie ich früher war. Nur besser. Das verdanke ich dir.«

Die ersten Minuten in der Skulpturenwerkstatt waren die schwersten. Aufregung und Vorfreude schwappten wie eine Welle über Nash hinweg, doch schon einen Augenblick später drohte er, in Schuldgefühlen unterzugehen. War es falsch, sich so sehr auf die Arbeit an den Skulpturen zu freuen, wenn das auf Kosten der Zeit ging, die er mit seinem Sohn verbringen konnte? Was, wenn Phillip der Ausflug nicht gefiel? Wenn er sich an Tempest klammerte und Tempe ihren Kurs nicht wie gewohnt durchführen konnte? Der Gedanke traf ihn wie ein Blitzschlag, sein Blick flog zur Tür. Vor lauter Sorge um seinen Sohn hatte er überhaupt nicht erwogen, was Tempests Angebot für sie bedeutete. Er tastete nach dem Telefon in seiner Tasche. Doch sie hatte versprochen, sich zu melden, falls es Probleme gab. *Du vertraust mir doch, nicht wahr?* Ja, das tat er aus ganzem Herzen.

Dass ihn ein Mensch außerhalb seiner Familie interessiert hatte, lag lange zurück. Und noch viel länger war es her, dass er sich gewünscht hatte, jemand möge sich für ihn interessieren. Seit Tempest bei ihnen eingezogen war, hatte er ihre Nähe in sich aufgesogen. Gierig wie ein Schwamm. Er wollte mit ihr in den Armen morgens die Sonne aufgehen sehen, konnte aber nicht riskieren, dass Phillip sie beide so fand. Sie in der Nacht, in der er ihr zum ersten Mal von PJ erzählt hatte, allein in ihr Zimmer gehen zu lassen, war ihm unsagbar schwergefallen. Und doch hatte er besser geschlafen als seit Jahren, weil die erdrückende Last des Familiengeheimnisses leichter geworden war. Tempest tat ihnen beiden so unglaublich gut.

Er schob die Hintertüren der Scheune auf. Sein Blick fiel auf den schweren ledernen Werkzeuggürtel, der neben der Werkbank hing. Früher war das Leder vom vielen Tragen weich und geschmeidig gewesen. Jetzt war es hart und steif. Bei der Arbeit an den Möbeln benutzte er den Gürtel nicht. Aber wenn die groben Formen größerer Skulpturen bereits zurechtgesägt waren und es an die Feinheiten ging, hatte der Gürtel ihm immer gute Dienste geleistet. Sein Blick suchte die halbfertige Skulptur des Jungen, der in den Himmel schaute.

Hoffnung flatterte in seiner Brust. Würde er dieses Werk

tatsächlich noch vollenden? *Werde ich eines Tages vielleicht sogar noch weitere Kunstwerke schaffen?* Schon hockte das schlechte Gewissen wieder auf seinen Schultern. Tempest und Phillip waren seit zwanzig Minuten unterwegs und vermutlich inzwischen im Gemeindezentrum. War mit Phillip alles in Ordnung? Bereute Tempest, ihn mitgenommen zu haben? Nash zog sein Telefon aus der Tasche und betrachtete das Display. Einigermaßen erleichtert stellte er fest, dass keine Nachricht eingegangen war.

Werde ich mich nun ununterbrochen um euch beide sorgen?

Entschlossen wandte er sich wieder dem Grund zu, weshalb Tempest angeboten hatte, Phillip mitzunehmen, hob den hölzernen Jungen, der in den Himmel sah, auf den Rollwagen und schob ihn nach draußen. Dieser Ortswechsel genügte, um seinen Pulsschlag zu beschleunigen. Kurze Zeit später trug er Handschuhe, den Gehörschutz und eine Schutzbrille. Sein Körper vibrierte von der Kraft der Kettensäge und im Nu war er ganz in sein Projekt vertieft. Muskeln, die er ewig nicht benutzt hatte, zuckten und brannten, während er mit der Kante des Sägeschwerts seine Schnitzarbeit an dem noch groben Block weiterführte. Viel schneller als erhofft setzte sein Muskelgedächtnis ein, und er fand zu der Leichtigkeit zurück, die er sich im Lauf vieler Jahre erarbeitet hatte. Fachmännisch führte er die Säge und fand für jeden Schnitt die passende Tiefe, während er die Ellbogen, Knie, Hüften und Füße des Kindes herausarbeitete. Holzspäne flogen umher wie Konfetti, bedeckten seine Kleidung und sammelten sich um seine Füße. In der Luft hing der Geruch von Benzin und frisch gesägtem Holz. *Himmlisch.*

Die Adern voller Adrenalin sah er die Skulptur immer deutlichere Konturen annehmen. Bald legte er die Säge beiseite und griff zu feineren Werkzeugen, um die Falten der Hose an den Knien des Jungen, an seinen Knöcheln und in der Leistenbeuge entstehen zu lassen. Er nahm die Mütze ab und schüttelte sie aus, trat einen Schritt zurück und betrachtete seine Arbeit. Während er über das staunte, was er geschaffen hatte, kam sein breites Grinsen wie von selbst. Es gab immer noch viel zu tun, aber verdammt, genau so hatte er sich die Figur von Anfang an vorgestellt. *Zum Henker, ich hab's noch drauf.*

»Daddy!« Phillip rannte durch die Scheune und preschte mit einer Handvoll bunter Pfeifenreiniger durch die Hintertür auf Nash zu.

Überrascht, dass die beiden schon zurück waren, schnappte Nash seinen Sohn und hob ihn hoch, bevor er seinen Werkzeugen zu nahe kommen konnte. »Das ging aber schnell. War es schön?« Er streckte die Hand nach Tempe aus und sie legte ihre in seine. Kribbelig vor Glück zog er sie näher zu sich und schlang einen Arm um ihre Taille.

»Wir waren drei Stunden unterwegs. Ich habe dir geschrieben, dass wir noch ein Eis essen gehen. Danach sind wir ein bisschen durch die Läden gebummelt. Hast du meine Nachricht nicht bekommen?«

Drei Stunden? So lange war er seit Phillips ersten Lebenswochen nicht von ihm getrennt gewesen. Offenbar war er so tief in seine Arbeit abgetaucht, dass er nicht an seinen Kleinen gedacht hatte. Er wusste nicht, was er davon halten sollte. Für eine Antwort auf Tempests Frage hatte er keine Zeit, denn Phillip redete wie ein kleiner Wasserfall.

»Wir haben Musik gemacht mit Xylodingers und Tambins und Rasselstöcken. Und wir haben Eis gegessen. Und ich hab jetzt Freunde. Und weißt du, was noch? Dad? Dad!«

Nash blieb der Mund offen stehen. In den letzten sechzig Sekunden hatte sein kleiner Mann mehr gesagt als in den vergangenen zwei Tagen zusammen. »Was denn, Kumpel? Erzähl's mir.«

»Guck, was Miss Hattie mich gegeben hat!« Phillip hielt Nash die Pfeifenreiniger unter die Nase. »Tempe und ich machen Tiere aus denen.« Er wand sich aus Nashs Armen und zeigte auf die Skulptur. »Wer ist das?«

»Bleib von den Werkzeugen weg, Kumpel.« Phillip blieb stehen und Nash legte ihm eine Hand auf die Schulter. »Ein Junge. Er ist aus Holz geschnitzt. Gefällt er dir?« Er küsste Tempest auf die Wange und senkte die Stimme. »Wer ist Miss Hattie?«

»Ihr gehört die Kunstboutique, in der ich am Freitagnachmittag spiele. Ich wollte mich dort mal umschauen. Sie hat einen tollen Kinderbereich. Phillip war ganz aus dem Häuschen.« Tempest trat näher an die Skulptur heran und betrachtete sie staunend. »Du kannst nicht immer nur Möbel bauen, wenn so etwas in dir steckt.«

»Was steckt in dir?«, fragte Phillip.

Nash lachte, küsste Tempest gleich noch einmal auf die Wange, beugte sich dann zu seinem Sohn und gab auch ihm einen Kuss. »Ganz viel Liebe, Kumpel, und wahrscheinlich jede Menge Sägespäne.«

Nachdem sie die Tiere gefüttert hatten, stieg Nash unter die Dusche und zog sich um. Hinterher bastelten sie aus den Pfeifenreinigern einen kleinen Zoo. Streng genommen bastelte vor allem Tempe, denn Nash war mit den feinen Drähten lange nicht so geschickt wie mit einer Kettensäge. Während des Abendessens erzählte Phillip noch einmal begeistert von seinem Ausflug in die Stadt. An einem einzigen Nachmittag hatte Tempest ihnen gezeigt, wie unglaublich weit sie mit ein bisschen Vertrauen kommen konnten.

Später saßen sie draußen am Feuer und sangen das Lied von den fünf kleinen Äffchen. Noch nie hatte Nash seinen Sohn so kichern sehen, wie als eines der Äffchen in einer Strophe aus dem Bett fiel. Sicher trug auch Nash dazu bei, indem er vorgab, jedes Mal wenn die Textstelle auftauchte, von dem Baumstamm zu purzeln, der ihnen als Bank diente. Er tat es, weil Phillip so großen Spaß daran hatte, aber auch, weil er von Tempests hellem Lachen nicht genug bekommen konnte.

An Nashs Schulter gelehnt hörte Phillip zu, wie Tempest ein Stück von dem Lied sang, das sie für ihren Patienten geschrieben hatte. »Die Hand auf dem Herzen und bei allen Sternen haben sie geschworen, versprochen, auf dich zu achten, dich zu lieben und aufzufangen ...« Sie summte noch ein paar Takte, dann hörte sie auf und winkte Phillip zu sich. »Jetzt kann dein Daddy uns was vorspielen.«

Sie hielt Nash ihre Gitarre hin und Phillip kletterte auf ihren Schoß. »Daddy kann nicht Gitarre.«

Sie legte die Arme um den Kleinen und flüsterte: »Daddy ist sehr begabt. Es gibt kaum etwas, was er nicht kann.«

Ihre Blicke trafen sich, und Nash spürte, wie all die Gefühle, die er zurückgehalten hatte, sich Bahn brachen. Aus Sorge um Phillip hatte er es langsam angehen wollen. Und wenn er ehrlich war, hatte er auch ein wenig Fracksausen. Jetzt konnte er wieder einmal mitansehen, wie liebevoll Tempest mit seinem Sohn umging, und prompt stellten sich noch ganz andere Empfindungen ein. Er war heute so in seiner Arbeit aufgegangen, dass er stundenlang nicht an Phillip gedacht hatte. Wie hatte das geschehen können?

»Mach Musik, Dad.« Phillip holte ihn in die Gegenwart zurück.

»Das habe ich jahrelang nicht mehr getan.«

»An deinen Skulpturen hast du auch jahrelang nicht gearbeitet, und jetzt schau, was du in ein paar Stunden geschafft hast. Es ist wie Fahrradfahren. Man verlernt es nicht.« Sie küsste Phillip auf die Wange. »Stimmt's, Phillip? Du würdest Daddy doch auch gern spielen hören, oder?«

Phillip nickte und gähnte. Er kuschelte sich an Tempest und Nashs Finger fanden wie von selbst zu den Saiten. Eines seiner Lieblingslieder, das ihn in den Wanderjahren begleitet hatte, erklang. Vielleicht war es wirklich wie Fahrradfahren. Der Text von »Something« von George Harrison kam ihm über die Lippen, als würde er ihn jeden Tag singen. Während das Lied erzählte, dass er etwas in ihren Augen und in ihrem Lächeln sah, fielen ihm die Worte seines Bruders ein. *Wenn du ein Mädchen kennenlernst, das deine Welt rockt, ist das der passende Song.*

Verdammt, Bruder, du hattest recht.

Er spielte das ganze Lied, dann noch eines und noch eines. Ihm war leichter ums Herz als seit Jahren. Doch als sein Blick auf Tempest und seinen kleinen Jungen fiel, der in ihren Armen eingeschlafen war, fand er keine Worte für das, was er fühlte. Er stellte die Gitarre weg und streckte die Hände nach Phillip aus. Aber Tempest schüttelte den Kopf.

»Ist es okay, wenn ich ihn ins Haus trage?«

Nie im Leben und nicht in seinen kühnsten Träumen hätte er geglaubt, dass er je fühlen könnte, was er in diesem Moment empfand. »Ja. Klar.«

Mit seiner Hand an ihrem Rücken stiegen sie die Treppe

hinauf.

»Es war wunderschön, dich singen zu hören«, sagte sie, während er dem schlafenden Phillip den Pyjama anzog.

»Dann muss ich wohl öfter für dich singen.« Er deckte seinen Sohn zu und drückte ihm einen Kuss auf die Stirn.

»Darf ich?« Sie deutete auf den Kleinen.

Gerade, als Nash glaubte, sein Herz könnte nicht mehr voller werden, flüsterte sie: »Gute Nacht, mein Süßer. Ich war heute unglaublich stolz auf dich.« Dann küsste sie seinen Jungen auf die Stirn und zeigte ihm, dass er sich getäuscht hatte.

Dreizehn

Nash schloss die Tür zu Phillips Zimmer und ging mit Tempest den Flur entlang. Nur sein Gefühlstumult hinderte ihn daran, sie einfach in die Arme zu nehmen und ihr endlich zu zeigen, wie viel sie ihm tatsächlich bedeutete. Doch in diese Sehnsucht mischte sich etwas, was ihn schon den ganzen Abend beschäftigte.

»Tempe, wegen heute Nachmittag.«

»Danke, dass ich Phillip mitnehmen durfte.« Sie blieb stehen und lächelte ihn an. »Er hatte unheimlich viel Spaß und ist prima mit den anderen Kindern zurechtgekommen.«

»Du kannst dir nicht vorstellen, wie froh mich das macht. Aber ich muss dir etwas sagen. Seit Phillips Babytagen waren wir keine Stunde voneinander getrennt. Und heute war ich so in meine Arbeit vertieft, dass ich gar nicht an ihn gedacht habe.« Er schaute beiseite. Die Schuldgefühle stachen ihm wie ein Messer in die Brust. »Anfangs schon noch, aber ich weiß nicht, was dann passiert ist. Ich war … ich war einfach zu abgelenkt. Was sagt das über mich als Vater aus?«

Sie berührte seine Hand. »Es sagt aus, dass du mir vertraust. Dass du Phillip vertraust. Du hast dich darauf verlassen, dass ich mich melde, falls es Probleme gibt. Und wenn du nicht ans

Telefon gegangen wärst, hätte ich deinen Sohn nach Hause gebracht. Aber das war nicht nötig. Wir hatten beide einen tollen Nachmittag. Und du anscheinend auch. Du hast diese Zeit gebraucht, Nash. Du bist ein anderer Mann als zuvor. Das sehe ich in deinen Augen und ich spüre es in deinen Berührungen. Sogar Phillip siehst du jetzt anders an. Er ist dein Baby – aber er ist kein Baby mehr. Er ist ein schlauer, freundlicher, neugieriger kleiner Junge, der unendlich viel Liebe bekommt. Du bist ein großartiger Dad, Nash. Gesteh dir zu, auch ein großartiger Mann zu sein.«

Sie packte ihn am Shirt und zog ihn zu sich. Im Nu stand sein Körper in Flammen. »Was heute passiert ist, ist völlig in Ordnung. Verdreh es nicht in etwas, was es nicht war.«

Sie legte die Hände flach an seine Brust und küsste die Stelle dazwischen. Doch er bog ihren Kopf so, dass sie ihn anschauen musste. Er wollte ihr in die Augen sehen und die tiefe Verbindung zwischen ihnen spüren. Stumme Botschaften flogen zwischen ihnen hin und her. *Ich will dich. Ich bin da. Ich bin so nervös. Ich halte dich.* Sie berührte seine Wange und streichelte seinen Kiefer. In ihren Augen fand er eine Sehnsucht, die so groß war wie seine, und ihm verging jede Lust, weiter gegen sein wachsendes Verlangen anzukämpfen.

»Tempest«, flüsterte er und legte den Mund auf ihren. Er hatte sie zärtlich küssen und es ganz langsam angehen wollen. Doch sie schmeckte so süß und so heiß, dass seine lange aufgestauten Gefühle sich Bahn brachen und sein inneres Tier von der Kette ließen.

Sein Mund wurde fordernder, seine Zunge stieß tiefer. Mit einer Hand packte er Tempests Hintern, die andere vergrub er wie ein Raubtier in ihrem Haar und bog ihren Kopf zurück, sodass er ihren sinnlichen Hals in Besitz nehmen konnte. Er drängte das Becken an sie. Ihre lustvollen kleinen Laute fachten seine Leidenschaft weiter an, ihr Knie schob sich an seinem Schenkel nach oben. Er packte es und rieb sich an ihr, während er gierig ihren Mund verschlang. Als das nicht mehr reichte, hob er sie hoch. Tempests Beine legten sich um seine Taille. Unter der Wucht des heißen Kusses stolperte er einen Schritt vorwärts. Tempests Rücken schlug mit einem dumpfen Geräusch gegen die Wand. Schwer atmend hielten sie inne und lauschten mit erschrockenem Blick auf ein Geräusch von Phillip.

Nach unendlich scheinenden Sekunden trafen ihre Münder erneut aufeinander. Ihre Zähne prallten zusammen, ihre Zungen vollführten einen leidenschaftlichen Tanz. Diese wilden, nassen Küsse raubten Nash den Verstand und noch einmal schlug Tempests Rücken gegen die Wand. Widerstrebend löste er den Mund von ihrem. Ihre Augen weiteten sich, doch von ihren geschwollenen Lippen stieg ein leises Lachen, das ihm die letzten Bedenken nahm. Er trug sie in ihr Zimmer. Mit Armen und Beinen hielt sie ihn dabei umklammert, ihre wunderschönen Augen leuchteten in dem halbdunklen Raum geradezu elektrisch. Erneut ergriff sein Mund von ihr Besitz. Zusammen fielen sie aufs Bett und sanken stöhnend tiefer in die Matratze. Tempests Hände krallten sich in seinen Nacken und jagten ihm damit wohlige Schauer über den Rücken. Er küsste sie tiefer und öffnete die Augen, denn er wollte unbedingt sehen, wie sie sich unter ihm wand. Ihr Haar floss über das Kissen, ihre Lieder flatterten auf. Er hob den Kopf und schaute ihr tief in die Augen.

»Tempe«, flüsterte er und hätte gern noch viel mehr gesagt. Doch tief verstrickt in eine Welt voller Lust und Verlangen brachte er kein weiteres Wort heraus.

Sie krallte die Finger in sein Haar und zog seinen Mund zu ihrem. Dabei hob sie das Becken und rieb sich in einem langsamen, sinnlichen Rhythmus an ihm. Ein heiseres Stöhnen stieg aus seiner Brust. Sein Becken antwortete ihrem wie von selbst mit einer ungeduldig stoßenden Bewegung. In ihm stritten sich sinnliche Wünsche. Er wollte bleiben, wo er war, in ihrem Geschmack ertrinken, sich in ihrem hungrigen Mund verlieren. Gleichzeitig wollte er ihr die Kleider vom Leib reißen und sich so tief und hart in ihr vergraben, dass ihnen beiden die Sinne schwanden. Ein langes, tiefes Stöhnen vibrierte durch ihre Brust in den Kuss und riss ihn tiefer in den Strudel der Leidenschaft. Doch plötzlich durchzuckte ihn ein ganz anderer Gedanke. *Phillip.*

Verdammt.

Er musste unbedingt die Tür zumachen. Warum hatte er daran nicht gleich gedacht? Sich von Tempe zu lösen, war eine Qual, und sein Mund wollte ihm nicht gehorchen. Immer wieder fand er zu ihrem zurück und holte sich mehr, bis er endlich die Kraft fand, den Kopf zu heben.

»Phillip«, raunte er hastig und stieß sich vom Bett ab. Seine Erektion stemmte sich gegen die Jeans. Eilig schloss er die Tür ihres Zimmers.

Dann zerrte er sich das Shirt vom Leib und strich sich nervös mit der Hand über die Brust, bevor er zu Tempest zurückkam und sich über sie beugte. Die Erregung zauberte ein sanftes Rot auf ihre Wangen. Ihre Lippen waren feucht vom Küssen. Sie sah so zart und weiblich aus und so exquisit verführerisch. Er stützte sich auf den Unterarmen ab. Sein Herz schlug so schnell, dass er sicher war, sie müsste spüren, wie die Luft zwischen ihnen pulsierte.

»Hey, meine Schöne.«

Mit zitternden Fingern strich sie über seine Arme. »Hey«, flüsterte sie. »Du hast mir gefehlt.«

Er legte die Lippen an ihre. »Ich bin hier bei dir und ich gehe nicht weg.«

Diesmal küsste er sie mit der ganzen Zärtlichkeit, mit der er sie vorhin hatte küssen wollen. Er verlagerte sein Gewicht auf einen Arm, damit er mit der freien Hand ihr Gesicht berühren, ihre Wange liebkosen und mit den Fingern durch ihr Haar streichen konnte. Sie war so weich und ihre Haut war so warm. Er wollte sie ganz und gar spüren und seinen Atem mit ihr teilen.

»Dich zu küssen, ist der Himmel auf Erden«, flüsterte er. Dabei drückte er die Lippen auf die empfindliche Stelle neben ihrem Ohr.

Ihre Finger gruben sich in seine Arme und er legte erneut den Mund auf ihren. Er tat es drängend und besitzergreifend, konnte es kaum erwarten, dass sie ihm ganz gehörte. Ihre Körper bewegten sich in perfektem Einklang, rieben und pressten sich aneinander, bis er sich langsam ein wenig an ihr nach unten schob. Mit der Zunge erspürte er den wild schlagenden Puls an ihrem Halsansatz. Mit jedem erwartungsvollen Atemzug drückten sich ihre Brüste an ihn. Er küsste sich tiefer und spürte, wie ihr Atem stockte, als er den Ausschnitt ihres Kleides nach unten zog und mit der Zunge über die Oberseite einer wunderschönen Brust strich.

Er schaute sie an, doch ihre Augen waren geschlossen, ihre Unterlippe zwischen ihren Zähnen gefangen. Tempests Fingernägel gruben sich tiefer in seine Haut. »Soll ich aufhören, mein Engel?«

»Nein«, flüsterte sie. »Großer Gott, nein.«

Grinsend vor Glück dankte er den hohen Mächten und

senkte seinen Mund wieder auf ihren. *Herr im Himmel,* er konnte sie küssen, bis die Sonne aufging, ohne auch nur eine Sekunde lang das Gefühl zu haben, dass er irgendetwas verpasste. Sie war Stärke und Zerbrechlichkeit, Vertrauen und Glück, und das alles in einer einzigen atemberaubend süßen Frau. Seine Hand bewegte sich über ihre Seite, ihre Taille und ihre Hüfte bis zu ihrem Oberschenkel. Er wollte jeden Teil von ihr besitzen. Als er den Saum ihres Kleides erreichte, spürte er, wie ihre Muskeln sich spannten. Er verharrte unbeweglich und überließ ihr die Führung.

Sie küsste ihn langsam und beinahe nachdenklich. Dann hob sie ihre Hüfte und veränderte fast unmerklich ihre Position. Anschließend legte sie die Hand auf seine und drückte seine Finger an ihre Haut. Das war das stille Einverständnis, das er gebraucht hatte. Grünes Licht. Unwillkürlich begannen seine Lippen beim Küssen zu lächeln.

Auch sie musste lächeln und dann lachten sie zusammen. Er schlang die Arme um sie, drehte sich mit ihr auf die Seite, umfasste mit beiden Händen ihren Hintern und presste ihre Körper aneinander.

»Drei Jahre sind eine verdammt lange Zeit«, gab er zu. »Ich bin ein bisschen aus der Übung.«

Sie schlängelte das Becken gegen seine Erektion. »Das fühlt sich aber gar nicht so an.«

Gott, sie war unfassbar sexy. »Ich habe Angst, dass ich vielleicht zu schnell bin oder irgendein Signal falsch deute. Ich möchte es auf keinen Fall vermasseln.«

»Falls du irgendetwas falsch deutest«, flüsterte sie, »sage ich es dir. Versprochen. Ich bin hier bei dir und ich gehe nicht weg.«

Sein Herz machte einen Sprung. Er legte die Lippen wieder

an ihre, und ihre Münder verschmolzen zu einem versengenden Kuss, in dem die letzten noch verbliebenen Ängste untergingen. Sie machten Platz für noch mehr glühend heißes Verlangen. Er bat nicht um Erlaubnis und drosselte auch nicht sein Tempo, als seine Hände nun gierig ihren Hintern, ihre Beine und ihren Rücken rieben, bis sie sich in ihrem Kleid verfingen. Gemeinsam richteten sie sich auf. Er zog ihr das Kleid über den Kopf und warf es zur anderen Seite des Bettes. Mit dem nächsten Atemzug weidete er die Augen an ihren perfekten, von hübscher pinkfarbener Spitze umschlossenen Kurven und an der Lust in ihrem verführerischen Blick. Ein weiterer fordernder Kuss und Adrenalin flutete seine Adern. Seine Hände glitten über ihre Haut wie Wasser, das sich neues Terrain erschloss. Am liebsten hätte er sie überall gleichzeitig berührt. Erst am Verschluss ihres BHs kamen seine kräftigen Finger ins Stocken. Sie griff hinter sich und half ihm. Danach wurden sie beide ein bisschen wild, küssten, tasteten und verschlangen sich mit lauten, gierigen Geräuschen ineinander.

»Mehr. Ich brauche mehr von dir«, keuchte er atemlos, kostete von ihrem Fleisch und schob sich an ihr nach unten.

»Ja …«

Er legt die Lippen auf ihre Brust und umspielte die rosige Spitze mit der Zunge. Tempe wölbte sich ihm entgegen und er setzte das betörende Spiel fort. Er hatte so verdammt lange gewartet und würde jede Minute auskosten. Drei Jahre waren gar nichts im Vergleich zu den letzten paar Wochen der selbst auferlegten Zurückhaltung.

»Bitte …«, hauchte sie.

Gierig saugte er weiter. Bei jedem ihrer sinnlichen kleinen Laute durchpulsten ihn Lustwellen. Er verwöhnte die andere Brust in derselben Weise, bis Tempe sich unter ihm aufbäumte und nach mehr verlangte. Den Mund auf ihre sexy Rundung gedrückt saugte er so heftig, dass sie aufschrie. Er wollte den Kopf heben, doch sie hielt ihn fest und ließ nicht zu, dass er zurückwich. *Großer Gott, ja.*

Tempest war in einer Welt aus sinnlichen Genüssen und Empfindungen verloren, für die sie keinen Namen fand. *Außer Übung?* Das sollte sie ihm glauben? Jede Berührung seiner Zunge setzte ihre Nervenenden unter Strom.

»Oh mein Gott«, hauchte sie atemlos. »Ich möchte in deinem Mund wohnen.«

Dieser große, starke Mann berührte sie mit sanfter Kraft. Als seine Zähne sich um eine ihrer Brustwarzen schlossen, spürte sie die Wirkung wie einen Blitzschlag zwischen den Beinen und schnappte nach Luft. Zärtlich und kräftig zugleich saugte er an ihrer Brust. Er machte weiter, bis ihr Höhepunkt zum Greifen nahe war. Sie hörte sich wimmern. Nash hob den Kopf und legte den Mund wieder auf ihren, doch einen Herzschlag später arbeitete er sich bereits mit heißen, feuchten Liebkosungen an ihr nach unten. Mit beiden Händen hielt er sie an der Taille fest, während er ihr mit jedem Kuss mehr von ihren Gedanken stahl. Sie hob sich ihm entgegen, wollte ganz schnell mehr und dabei doch in jedem sündigen Augenblick ewig weiter schwelgen. Die Flut der Leidenschaft riss sie mit sich fort. Während Nash ihre Haut leckte, driftete sie hinaus auf ein Meer aus Lust. Er legte die Hände auf ihre Hüften, drückte die Finger in ihr Fleisch und seinen Mund an die Innenseite ihres Oberschenkels. *Grundgütiger.* Sie krallte die Hände in das

Laken, während er so heftig an der empfindlichen Stelle saugte, dass ein exquisiter Schmerz sie durchzuckte. Sie bäumte sich auf, doch er presste sie mit einem hungrigen Blick aufs Bett. Dieser Mann wusste, wie man die Kontrolle übernahm. Nie hätte sie gedacht, dass ihr das gefallen könnte. Aber es erregte sie so sehr, dass ihr ganzer Körper bebte.

Sie wusste, dass er auf ein Signal wartete. Deshalb drehte sie leicht die Hüften. Seine Mundwinkel kräuselten sich nach oben. Mit einem geradezu teuflischen Blick, der ihren Pulsschlag weiter in die Höhe jagte, hakte er die Finger in die Seiten ihrer Panties und riss sie herunter. *Riss. Sie. Herunter.* Zwei Fetzen aus Spitze und Seide flatterten links und rechts vom Bett. Er verlor keine Zeit – *Gott sei Dank* – und strich endlich mit der Zunge über ihre sehnsüchtig wartende Mitte. Unwillkürlich drückte sie die Augen zu und hörte unkontrollierbare Laute aus ihrer Kehle steigen. Er war ganz und gar bei ihr, leckte, küsste und liebkoste ihre zartesten Stellen. Dabei drückte er sie mit einer Hand ans Bett, die andere spielte in vollendeter Manier mit ihrer Klit. Tempest spürte tief in ihrem Inneren den Orgasmus aufwallen. Dann hob Nash den Kopf, ließ seine Finger in sie gleiten und legte den Mund an ihr überempfindliches Bündel aus Nerven. Hinter ihren geschlossenen Lidern brannten Feuerwerke ab.

»Nash …«

Sie grub die Fersen in die Matratze, doch er trieb sie gnadenlos höher, höher und höher hinauf. Sie konnte nicht atmen, nicht denken. Sie konnte sich nur dem wilden Strudel aus Lust und Ekstase überlassen. Worte quollen unkontrolliert aus ihrem Mund. »Oh Gott, oh Gott, oh Gott. Ja! Ja, genau da!«

Er hörte auf.

Ihr Kopf schnellte vom Kissen. Sie schaute zu ihm hinunter. Frustration wollte sich in ihr breitmachen.

Mit einem kecken Lächeln blinzelte Nash zu ihr hinauf. Der feuchte Schimmer auf seinen Lippen zeugte von ihrer Erregung. Er legte einen Finger an seinen Mund und zeigte zur Tür. Peinlich berührt schlug sie eine Hand vor den Mund und fiel zurück aufs Bett. Dann war sein Mund wieder bei ihr und bescherte ihr einen himmlischen Orgasmus nach dem anderen, während sie sich in einem Nebel aus Leidenschaft wand und Mühe hatte zu atmen. Später spürte sie am Absinken der Matratze, dass Nash sich neben sie schob. Seine Jeans streiften ihre Beine. Sie hatte vergessen, dass er immer noch halb angezogen war. Verlegenheit stellte sich ein. Sie war gerade unzählige Male gekommen und er war noch nicht einmal ausgezogen!

Sie öffnete die Augen und sah den liebevollen Blick, mit dem er sie betrachtete. Für Verlegenheit ließ er ihr keinen Raum. Er drückte ihr zittrige Küsse auf den Mund, seine Hände wanderten über ihre Haut und seine Brust war hart und heiß. Dieser Mann fühlte sich einfach traumhaft an. Als sie ihn zum ersten Mal ohne Shirt gesehen hatte, war sie wie gebannt gewesen. Er hatte nicht die künstlich aufgepumpten Muskeln der Models in den Fitnesszeitschriften. Er war hundertprozentig echt samt dem Hauch von Brusthaar, das sich von dort als schmaler Pfad der Sehnsucht über seinen Bauch bis hinunter zum Bund seiner Jeans zog. Sein Körper war von harter Arbeit gestählt, nicht von Eisenstemmen in einem Studio. Anscheinend wirkte sich Arbeit anders aus, denn die Fitnessmodels hätte sie jederzeit von der Bettkante stoßen können. Nashs Anblick hatte dagegen schon bei ihrer ersten Begegnung beinahe die Nähte ihrer Panties schmelzen lassen.

Er zog Tempe an sich und küsste sie tief. Sie spürte sein jagendes Herz an ihrem.

»Du hast noch deine Jeans an«, murmelte sie schließlich. Sie tastete nach dem Knopf. »Runter damit.«

Er machte ein betretenes Gesicht. »Verdammt. Ich habe kein Kondom. Ich habe nicht damit gerechnet, dass wir …«

»Ich nehme die Pille. Du bist doch in Ordnung? Bitte sag mir, dass alles in Ordnung ist.«

Sein Gesichtsausdruck änderte sich nicht. Er schlang die Finger um ihr Handgelenk und zog ihre freche Hand auf seine Hüfte. »Ich bin fit und gesund, Tempe, aber …«

Sein Blick driftete erneut zur Tür, und endlich verstand ihr lustbenebeltes Hirn, weshalb er zögerte. Sein bittender Blick ließ sie wünschen, sie hätte ihn früher verstanden. »Aber du möchtest kein Risiko eingehen«, antwortete sie an seiner Stelle. »Hat Phillips Mutter auch die Pille genommen? Sie schützt zu neunundneunzig Prozent.«

Er schüttelte den Kopf. »Das Kondom ist gerissen. Großer Gott, Tempe. Sie soll nicht hier mit uns in diesem Zimmer sein. Was wir beide haben, ist schon jetzt hundertmal mehr als das, was je zwischen ihr und mir passiert ist. Ich bin froh, dass ich mein Leben mit Phillip halbwegs auf die Reihe bekomme und …« Ein hoffnungsvolles Lächeln huschte über seine Lippen und er strich mit den Fingerknöcheln über ihre Wange. »Und ich bin so vernarrt in dich, ich will unbedingt vermeiden, dass irgendwas schiefgeht. Denn das mit uns zweien fängt gerade erst an.«

Ihr Herz war zum Bersten gefüllt. Sie legte die Lippen an seine und er schob die Hand in ihren Nacken. Dann zog er sie fester an sich, küsste sie tiefer und verwandelte die Wärme in ihr in lodernde Flammen. *Wie schafft er das, nur indem er mich küsst?* Sie drückte ihn auf den Rücken und ihre Augen weiteten sich, während sie sich erneut am Knopf seiner Jeans zu schaffen machte.

»Im Ernst, Tempe. Ich möchte nichts riskieren. Du bist gerade dabei, dein Geschäft hier aufzubauen, und in Phillips Leben wird es durch den Kindergarten sowieso bald große Veränderungen geben.«

Sie begann, ihn zu küssen, so wie er sie vorhin geküsst hatte, und bald waren seine Hände wieder überall. Stöhnend rieb er seine gewaltige Erektion an ihr.

Ihre gewohnte Schüchternheit war verflogen. Sie wollte ihn, und diese Nacht würde erst zu Ende sein, wenn er das auch wusste. »Zieh die Jeans aus.« Sie ruckte an seinem Reißverschluss.

Wieder packte er ihr Handgelenk. »Ich kann nicht, mein Engel.«

Sie legte die Hand auf die Beule unter dem Stoff. »Oh doch, du kannst. Aber wir werden es nicht tun. Ich respektiere deine Bedenken, Nash. Und bei etwas so Wichtigem möchte ich dich zu nichts überreden. Nur, wenn du glaubst, dass du aus diesem Zimmer spazieren kannst, ohne dich so gut zu fühlen, wie ich mich jetzt dank dir fühle, dann täuschst du dich.«

Seine Brauen zogen sich fragend zusammen. Doch sie senkte den Kopf und leckte sich über seinen Bauch zum Bund seiner Jeans. »Ich denke nicht, dass ich auf diese Art schwanger werden kann. Wir dürften also recht sicher sein.«

Binnen drei Sekunden war er aus den Jeans und der Anblick seines langen, dicken und perfekt geformten Zauberstabs nahm ihr den Atem. Nash schlang die Arme um sie und zwang sie damit, ihm in die Augen zu sehen.

»Zurücklegen.« Sie drückte ihn auf den Rücken, was ihr das

sinnlichste Lächeln aller Zeiten einbrachte. Doch sie sah es nur kurz, denn sie war bereits unterwegs Richtung Süden, und ihr Blick flog zu der Stelle, wo seine muskulösen Oberschenkel zusammentrafen.

Tempest schlang die Finger um seine schwere, lange Härte und strich mit der Zunge über die breite Spitze. Nash sog zwischen seinen zusammengebissenen Zähnen die Luft ein. Um den betörenden Laut noch einmal hören zu können, wiederholte sie die sinnliche Liebkosung. Diesmal stöhnte er – *genauso sexy*. Als Nächstes leckte sie ihn vom Ansatz bis zu der glänzenden Spitze, der sie ihre ganz besondere Aufmerksamkeit widmete. Sein Geschmack erfüllte ihren Mund. Als sie seinen Schaft tief in sich einsog, bäumten sich seine Hüften auf. Seine Hand fand zu ihrem Haar und streichelte es, während sie ihn abwechselnd tief in ihren Mund gleiten ließ und ihn dann mit fester Hand rieb. Er nahm ihren Rhythmus auf und ergriff mit harten schnellen Stößen Besitz von ihrem Mund.

»Mein Engel, ich brauche dich.« Er packte ihr Fußgelenk und drehte sie auf dem Bett in eine Position, in der sie einander gegenseitig lecken konnten. Seine gewaltige Erektion reichte bis über seinen Bauchnabel hinaus. Er vergrub das Gesicht zwischen ihren Beinen.

»Oh mein Gott.«

Eine Sekunde lang verharrte Tempe bewegungslos. Sie war zu überwältigt vom Gefühl seines Mundes, um noch daran zu denken, dass sie eigentlich ihm Vergnügen bereiten wollte. Sie zog ein Bein an und öffnete sich noch weiter für ihn. Er drückte ihr Bein an seine Schulter und stieß die Zunge in sie hinein.

Bei allen himmlischen Mächten. *Dieser Mann ...*

Seine Hüften bäumten sich auf. Gierig griff sie wieder nach seiner Härte, nahm sie tief in den Mund und saugte und rieb ihn im selben Takt, in dem seine Zunge sich in sie bohrte. Ihr Inneres schlang sich zu einem festen Knoten, und sie konnte kaum glauben, dass er in ihrer Hand noch dicker wurde.

»Komm mit mir«, stieß sie atemlos hervor.

Sie versuchte, sich auf sein Vergnügen zu konzentrieren, und streichelte mit einer Hand seine Hoden, während ihr Mund ihn verwöhnte. Aber was er tat, tat er meisterhaft. Deshalb musste sie immer wieder innehalten und die exquisiten Empfindungen genießen, die er ihr bescherte. Mit prickelnder Hitze kündigte sich ihr Höhepunkt an. Diese Hitze durchrieselte ihre Glieder und brannte tief in ihrem Bauch. Stöhnend rieb sie ihn schneller, nahm in tiefer in den Mund. Gerade als sie dachte, sie müsste den Verstand verlieren, riss ihr Orgasmus sie mit und das erste Pulsieren seines Höhepunktes schoss in ihren Rachen. Sie schluckte, was er ihr gab. Gleichzeitig zogen sich die Muskeln in ihrem Inneren unter seinen magischen Liebkosungen rhythmisch zusammen. Sie kam, kam, kam und kam.

Atemlos und satt sanken sie schließlich auf die Matratze. Nash legte die Finger um ihr Fußgelenk und drückte zärtliche Küsse auf ihre Wade. Sie schmiegte die Wange an sein Bein und versuchte, sich zu erinnern, wie man atmete. Eigentlich hätte diese Position ein wenig seltsam sein können. Doch sie fühlte sich sehr intim und sehr sinnlich an.

Als sie schließlich den Weg zum selben Ende des Bettes fanden, presste er ihren nackten Körper an seinen. Von hinten schmiegte er sich an sie und umfasste mit einer Hand ihre Brust, als wäre sie allein für ihn gemacht.

»Ich bin so froh, dass du bei mir bist, mein Engel«, flüsterte er.

Engel. Zum ersten Mal im Leben wusste sie, dass sie genau da war, wo sie hingehörte.

Vierzehn

Nash fand es fast merkwürdig, in die Stadt zu fahren, ohne Möbel ausliefern oder Material kaufen zu müssen. Doch wie Tempe ihm so freundlich erklärt hatte, war es wichtig, dass er und Phillip hin und wieder ein bisschen unter die Leute kamen. Und dafür gab es kaum einen besseren Zeitpunkt, als wenn Tempest in der Downtown Art Boutique Gitarre spielte. In dem hübschen Geschäft wartete eine bunte Mischung von Kunstgegenständen und Kunsthandwerk aus den unterschiedlichsten Materialien auf Liebhaber. Selbst das handgemachte Inventar konnte man kaufen – die stylischen Stühle, auf denen die Kunden gerade saßen, die Lampen und sogar die Batikvorhänge links und rechts an den Schaufenstern. An der Decke hingen Friedensfahnen und Windspiele, dazu mindestens ein Dutzend unterschiedlicher Leuchter, von denen einige sogar mit echten Kerzen bestückt waren. Selbst Gemälde waren dort oben angebracht. Nash erledigte in der Stadt immer nur das Nötigste, sodass er von dieser ungewöhnlichen Boutique erst durch Tempests und Phillips Einkaufsbummel erfahren hatte. Jetzt, am Freitagabend, streifte er zum ersten Mal durch das Geschäft, stieß auf zauberhafte Ohrringe mit kleinen Engelsfiguren, die er Tempest schenken wollte, und ein handgefertigtes Tamburin, an dem Phillip sicher Spaß haben würde. Unwillkürlich fragte er sich, welche unentdeckten Schätze die quirlige kleine Stadt noch zu bieten hatte.

Die Kinderabteilung befand sich im hinteren Teil der Boutique. Hier war anstelle von Holzdielen ein weicher Teppich mit pastellfarbenen Tierfellmustern verlegt. Nash stand am Übergang der beiden Bereiche und hörte bewundernd zu, wie Tempest für eine Gruppe von Kindern spielte, die um sie herum auf dem Teppich saß. Er hatte keine Ahnung, wie er ein ganzes Wochenende ohne sie überstehen sollte. Morgen würde sie zu dem Girl-Power-Treffen nach Peaceful Harbor fahren. Am Sonntag ging sie erst zu Coles Picknick und später musste sie zu einer Patientin. Er war froh und dankbar, dass sie trotz ihres prallvollen Terminplans Zeit für ihn und Phillip fand. Lächelnd schaute er ihr zu. Ihr Haar wurde im Nacken von einer hübschen blauen Spange zusammengehalten, die ihre Augenfarbe unterstrich. Einzelne blonde Strähnen umrahmten ihr Gesicht. Ein paar hatten sich aus der Spange gelöst und lagen auf ihrer Schulter. Er hatte diese Frau schon in so vielen Stimmungslagen erlebt – glücklich, traurig, besorgt, müde, entspannt und zufrieden. Doch wie sie so auf dem lilafarbenen Hocker saß und lustige Mitmachlieder sang, während mindestens ein Dutzend Kindergesichter lächelnd zu ihr aufblickten, sah sie aus, als hätte sie ihre Berufung gefunden. Sie zog die Kinder in ihren Bann und mitten unter ihnen saß Phillip. Er gab sich alle Mühe, den Text mitzusingen, und lachte mit dem rothaarigen Jungen neben ihm um die Wette. Nash fragte sich, wohin sein stiller kleiner Sohn verschwunden war. Als Tempest den Kopf hob und ihm in die Augen schaute, war seine Frage beantwortet.

Er hauchte ihr einen Kuss zu, und die süße Röte, die häufig

ihre Gefühle verriet, huschte über ihre Wangen. Genau wie in der letzten Nacht. Nie würde er ihren Blick vergessen, als sie ihn auf den Rücken gedrückt und mit ihrem Mund geliebt hatte. Auch die niedlichen Seufzer, mit denen sie in seinen Armen eingeschlafen war, hatten sich in sein Gedächtnis gebrannt. Er war bis kurz vor Sonnenaufgang bei ihr geblieben. Und bevor sie am Morgen zur Boutique aufgebrochen war, hatten sie einander bei jeder Gelegenheit zarte Küsse gestohlen. Er und Phillip waren kurz nach ihr in die Stadt gefahren. Während Tempest sich auf ihren Auftritt vorbereitet hatte, hatte er noch ein paar Dinge besorgt. Sein wichtigster Einkauf war eine Großpackung Kondome gewesen. Zum Glück konnte Phillip noch nicht lesen.

Eine hübsche Blondine, die etwa in seinem Alter sein musste, schob sich neben ihn und schaute Tempest zu. »Sie ist wunderbar, nicht wahr?«

»Oh ja. Das ist sie«, antwortete er.

»Die Kinder lieben sie. Ich überlege gerade, ob ich sie bitte, zweimal im Monat hier zu spielen. Ein regelmäßiger Familiennachmittag wäre eine schöne Sache.« Die Frau hielt inne und streckte ihm die Hand hin. »Ich bin Hattie Rivers. Ich glaube, wir kennen uns noch nicht.«

Er schaute in die strahlend grünen Augen, registrierte die vielen bunten Halsketten und Armbänder, wie sie auch hier im Geschäft in den Schaukästen lagen, und sah das breite, freundliche Lächeln. Er schüttelte Hattie die Hand.

»Stimmt. Ich bin Nash Morgan, Tempests Freund.« Diese Worte auszusprechen, war ein gutes Gefühl. »Danke, dass du kürzlich so nett zu meinem Kleinen warst.«

»Ach, Phillip ist dein Sohn? Er ist ein süßer Junge. Er ist still, aber sehr eifrig und aufgeschlossen, sobald er sich wohlfühlt. Wenn er erst ein Teenager ist, wirst du mit ihm allerhand erleben.« Sie kniff die Augen zusammen. »Augenblick mal. *Nash Morgan?* Bist du …? Nash Morgan, der Künstler?«

»Im Moment macht die Kunst eine Pause und ich baue vor allem Möbel. Aber ja, der bin ich. Es sei denn, es gibt hier noch weitere Nash Morgans.«

Hattie nahm ihn am Arm und zog ihn zu einer Tür. »Regieraum« stand auf dem Schild darüber. Sie riss die Tür weit auf und ihm stockte der Atem. In einer Ecke des Büros, das genauso bunt und interessant war wie der Rest der Boutique, stand eine seiner Skulpturen.

»Das ist meine«, murmelte er wie in Trance.

»Oh nein.« Hattie lachte. »Diese Schönheit gehört mir. Ich habe sie vor fünf Jahren in einer Galerie in Roanoke gekauft.« Sie knuffte ihn in die Seite. »Du kannst ruhig reingehen. Du machst ein Gesicht, als hätte die Kleine dir gefehlt. Das kann ich gut verstehen. Mir geht es mit meinen Sachen auch oft so.«

Ja, an dieses liebevoll gestaltete Wesen hatte er tatsächlich oft wehmütig gedacht. Eigentlich glaubte er nicht an Zeichen. Doch erst das Lied, das er vor ein paar Nächten spontan gespielt hatte, und jetzt die Skulptur in diesem Büro – er war ziemlich sicher, dass das Universum ihm etwas mitteilen wollte.

»An diesem Stück habe ich auf einem Campingplatz gearbeitet. Meine Nachbarn waren anfangs gar nicht begeistert.« Sie hatten sich über den Lärm beklagt, doch als klar geworden war, was er machte, hatten sie sich mit seiner geräuschvollen Arbeit abgefunden, ihm täglich Kaffee vorbeigebracht und über die Fortschritte gestaunt.

Die kleine Elfe mit den großen Engelsflügeln war aus Holz geschnitzt. Wochenlang hatte er geschuftet, bis die Flügel seinen Vorstellungen ganz und gar entsprochen hatten. Wie Schuppen lagen die Federn übereinander, und viele hatten die Form kleiner Schmetterlinge. Er strich über die aufwendig geschnitzten Blumen, aus denen das Haar der Elfe bestand. Ein Bein hatte sie unter sich gezogen, dass andere lehnte an einer Gitarre aus Holz und Metall. Die Augen hatte sie geschlossen, ihre Züge wirkten verträumt. Ihr zartes Kinn ruhte auf ihren Handrücken, die am Gitarrenhals übereinander lagen. Das untere Drittel des Baumstammes hatte er in einen kräftigen Schemel verwandelt. Um jedes der Beine wanden sich hölzerne Ranken. Eigentlich hatte er das Stück nie verkaufen wollen. Aber auf seine Reisen hätte er es nicht mitnehmen können und es hatte ihm mehr als zweieinhalbtausend Dollar eingebracht.

»*Das Wesen der Liebe*«, sagte er. »So habe ich sie damals genannt.«

»Ich weiß. Und ich liebe sie sehr. Sie ist mein Glücksbringer.« Hattie nahm die Karte, die zu dem Kunstwerk gehörte, von einem Regalbrett.

Das Wesen der Liebe. Sie ist die Verkörperung alles Guten im Menschen. Viel Freude mit ihr. — Nash Morgan

Lächelnd gab er ihr die Karte zurück. »Ich bin froh, dass sie ein Zuhause gefunden hat, in dem sie geschätzt wird.«

Hattie nickte und lächelte versonnen. »Das ist ganz bestimmt ein Zeichen«, sagte sie auf dem Weg aus ihrem Büro. »Tempest hat dich zu mir geführt.«

Ein Schauer rieselte ihm über den Rücken.

»Ja, vielleicht.« Er schaute hinüber in den Kinderbereich, wo Tempest mit Phillip an der Hand mitten in einer Kinderschar stand. Sie hob den Kopf. Ihre Blicke trafen sich. Wie erwartet stoben sofort Funken zwischen ihnen, doch im Hintergrund spürte er etwas noch viel Stärkeres.

»Du sagst, die Kunst hätte gerade Pause«, hakte Hattie nach.

»Schade. Deine Sachen würden gut in meine Boutique passen.«

Er musste den Kopf schütteln, um sich wieder auf das Gespräch konzentrieren zu können. »Solange Phillip um mich herum ist, kann ich nicht an Skulpturen arbeiten. Das wäre zu gefährlich für meinen Kleinen.« Er holte tief Luft und dachte an all die Dinge, auf die Tempest ihn in letzter Zeit aufmerksam gemacht hatte. »Aber vielleicht geht er bald in den Kindergarten. Dann können wir uns gern noch mal unterhalten.« Mit dem Geld für eine einzige Skulptur konnte er die Kindergartengebühren für ein ganzes Jahr bezahlen.

Je länger sie redeten, desto größer wurde Nashs Vorfreude darauf, irgendwann wieder Kunstwerke schaffen und sie auch verkaufen zu können.

Jillian und Nick kamen vorbei, um Tempest spielen zu hören. Sie blieben und plauderten mit Nash. Tempest sprühte vor Wärme. Sie lachte mit den Kindern und war freundlich zu den Eltern. Am Ende des Nachmittags war Phillip hundemüde, Tempest hatte sieben Neuanmeldungen für ihre Musikkurse und Nash war bis über beide Ohren in die Frau verliebt, die sein Leben und das Leben seines Sohnes jeden Tag ein bisschen mehr veränderte.

Später am Abend, nachdem Phillip noch eine Weile mit seinem neuen Tamburin – *Tambin* – gespielt hatte und im Bett lag, bestaunte Tempest mit vielen Ahs und Ohs ihre neuen Ohrringe. Nash duschte, und während Tempe ein langes, warmes Bad nahm, bereitete er eine Überraschung vor. Er verteilte die Kerzen, die er ebenfalls bei Hattie gekauft hatte, in ihrem Zimmer. Bald brannten sie auf den Fensterbänken, neben dem Bett, auf dem Schreibtisch und auf der Kommode und füllten den Raum mit Fliederduft. Die Kondome legte er in Tempests Nachttischschublade, denn Phillip würde eher in seinen Sachen stöbern als in ihren. Er hoffte, dass er nicht zu voreilig handelte. Doch er hatte seine Gefühle fünfzehn Jahre lang unterdrückt, und, voreilig oder nicht, er wollte endlich zulassen, was er empfand.

Sein Magen fühlte sich an wie ein Wespennest, aber er nahm auch das als gutes Zeichen. Endlich löste sich seine innere Erstarrung, er spürte wieder etwas. Beim Entzünden der letzten Kerze zitterten seine Finger ein wenig und eine sanfte Hand berührte seine Schulter.

»Nash …?«

Er legte das Feuerzeug auf den Tisch und wandte sich um. Tempest trug nur ein Badetuch und ein verführerisches Lächeln. Sofort stand sein Körper in Flammen. Eine tiefe Röte breitete sich von Tempests Brust über ihren Hals und von dort bis zu ihren Wangen aus. Ihre Haut war noch feucht von dem Bad. Die Tür des Zimmers hatte sie bereits geschlossen.

»Mein Engel.« Er nahm ihr Gesicht zwischen seine Hände. »Glaubst du an Zeichen?«

Tempest schaute tief in Nashs Augen. Sie hörte das Blut in ihren Ohren pulsieren. Es jagte alle Gedanken aus ihrem Kopf. Ihr Körper bebte vor Verlangen. In der Boutique hatte sie ununterbrochen seine Blicke gespürt, während hübsche Frauen ihn von Weitem angeschmachtet und Männer ihn kritisch abgecheckt hatten. Sie hatte vor aller Welt verkünden wollen, er gehöre ihr. Jawohl, ihr. Dabei hatte sie im ganzen Leben noch nie Besitzansprüche auf einen anderen Menschen erhoben. Die bewundernden Blicke der anderen Frauen hatte er offenbar gar nicht bemerkt. Er war viel zu sehr damit beschäftigt gewesen, sie, Tempe, mit den Augen auszuziehen. Mehr als einmal hatte sie sich gefragt, ob er sich ebenfalls wünschte, sie könnten sich eine lauschige Ecke suchen und zu Ende bringen, was sie in der vergangenen Nacht begonnen hatten.

»Du meinst kosmische Zeichen? Fingerzeige des Schicksals?«, fragte sie hoffnungsvoll. Sein Mund war ihr so nahe, dass sie den Minzeduft seiner Zahnpasta roch. Beim Anblick der Kerzen hatte sie geglaubt, sie wäre mitten in einen romantischen Liebesfilm spaziert. Doch seine Frage und der Blick in seinen Augen machten deutlich: Das hier war *ihre* Romanze, und die war so real wie der Dielenboden, auf dem sie standen.

»So könnte man es nennen.«

»Ja. Schon immer.«

»Ich eigentlich weniger«, gab er zu. »Aber seit ein paar Tagen sehe ich sie überall. Ich nenne dich *Engel*, weil du wie aus dem Nichts zu mir gekommen bist und sich das so richtig anfühlt. Und heute in der Boutique habe ich eine meiner Skulpturen wiedergesehen. Hattie hat sie vor einigen Jahren gekauft. Sie heißt *Das Wesen der Liebe* und verkörpert alles, was gut ist. Und genau das sehe ich in dir.«

Tempe hatte die Elfe mit den Engelsflügeln ebenfalls gesehen, nachdem sie die Gitarre weggepackt hatte. Die Skulptur war einfach bezaubernd und überwältigend schön.

»Ein Zeichen«, flüsterte sie. In ihrer Kehle bildete sich ein Klumpen. Daran waren seine Worte, seine Augen und die Kerzen schuld. Und er.

Er küsste sie. Ihr Gesicht behielt er dabei zwischen den Händen, als wollte er ganz sicher gehen, dass sie jedes Wort hörte, das er gleich sagen würde. Und sie wollte keines davon verpassen.

»Neulich abends, als ich dir vorgesungen habe … Das Lied hatte ich jahrelang nicht gespielt.« Er nahm die Hände von ihren Wangen und betrachtete seine Finger. »Aber sobald ich in die Saiten gegriffen habe, kam es wie von selbst aus mir heraus.«

Wieder schaute er ihr in die Augen, und sie spürte, wie sie sich in seinem Blick verlor.

»Den Song hat PJ mir beigebracht. Damals meinte er, ich würde ihn eines Tages jemand ganz Besonderem vorsingen.« Seine Mundwinkel kräuselten sich nach oben, sein Blick senkte sich zärtlich in ihren.

Der Klumpen in ihrer Kehle wurde noch größer. Nicht wegen dem, was er sagte, sondern wegen der guten Gedanken an seinen Bruder. Gute Gedanken an PJ wünschte sie ihm nämlich so sehr, dass es fast wehtat.

»So viele Zeichen«, hauchte sie atemlos. »Dich und Phillip neulich abends beim Eisessen zu treffen, war mein erstes. Ich hatte mir gerade einen Fingerzeig gewünscht, der mir helfen sollte, zu entscheiden, ob ich bei euch einziehen soll. Und plötzlich wart ihr da. Und die Kerzen jetzt, die sind auch ein Zeichen. In meiner Wohnung habe ich abends oft welche angezündet, weil sie mir helfen, mich zu entspannen.«

Heute hatten sie allerdings den gegenteiligen Effekt. Nashs sinnlich männlicher Geruch überlagerte den frischen Blumenduft, den sie verströmten, und lockte ihre Gedanken an dunkle, sündige Orte. Sie wusste, wie großartig sich sein nackter Körper anfühlte und welche Genüsse er ihr mit jeder Berührung und jedem Kuss bereiten konnte. Als er sie jetzt mit seinen Armen umfing, jagte ihr seine Zärtlichkeit knisternde kleine Stromstöße unter die Haut.

Ohne den Blickkontakt zu unterbrechen, ließ sie das Badetuch fallen. »Für dich.«

Er wich einen Schritt zurück, sein Blick flog an ihr nach unten, und sie hätte schwören können, dass er knurrte. *Knurrte!* In kürzester Zeit hatte er sich aus seinen Kleidern geschält und riss sie an sich. Worte waren überflüssig, seine Finger gruben sich in ihr Fleisch, sein Mund verschlang ihren und seine Härte drängte sich an ihren Bauch. Versengende Leidenschaft packte sie, während ihre Hände sich gierig über seinen Hintern, seine Schultern und seinen Rücken tasteten und sich nahmen, was immer sie zu fassen bekamen. Gemeinsam stolperten sie zum Bett und fielen auf die Matratze.

Sein kräftiger Körper war ihre Decke. Ihre Hüften drückten sich an seine, seine Härte rieb sich an ihrer Mitte und seine Küsse wurden tiefer. Er drückte ihre Brüste und ihren Hintern. Seine Bewegungen waren so hungrig wie ihre. Sie grub die Finger in seinen Rücken, schlang ein Bein um seine Taille und wollte ihn endlich ganz und gar.

»Baby, wenn du so weitermachst, fällt das Vorspiel heute aus.«

Mit heißen Lippen küsste er sie um den Verstand und nur mit Mühe gelangen ihr ein paar zusammenhängende Gedanken. Ein Vorspiel war schön. Sie liebte das Vorspiel. Und er beherrschte es meisterlich. Aber sie musste ihn unbedingt tief in sich spüren.

Sie riss sich von seinem Kuss los. »Kondom. Hast du Kondome gekauft?«

Sein Grinsen war die Antwort, die sie sich wünschte. Er beugte sich zu ihrem Nachttisch und fischte die Schachtel aus der Schublade, zog ein paar Kondome heraus und warf sie aufs Bett.

»Schnell.« Sie hob ihm das Becken entgegen und drückte ihm eines der kleinen, eckigen Päckchen in die Hand.

Mit den Zähnen riss er es auf und setzte sich auf seine Fersen. Sein durchdringender Blick hielt sie fest, während er sich den Schutz überstreifte. Seine Augen waren dunkel, seine Bauchmuskeln zuckten bei jedem Atemzug. Zu gerne wollte sie sie anfassen oder spüren, wie sie sich an ihr rieben. Nash war fleischgewordene Sünde und Güte zugleich, und sie konnte kaum glauben, dass dieser atemberaubende Mann mit dem goldenen Herzen ihr gehörte.

Nach einem weiteren brandheißen Kuss drückte er sie sanft aufs Bett und küsste sie noch einmal langsam und tief. Jeder seiner Zungenschläge war eine Verheißung kommender Genüsse. Sie drehte ihre Hüfte so, dass seine breite Spitze an ihrer pulsierenden Mitte lag. Nash streichelte ihre Wange und lächelte sie an. Sie wollte vergehen vor Verlangen.

»Küss mich, Nash.« *Bevor ich den Verstand verliere.*

Seine Lippen berührten sie nur ganz leicht, dann hob er die Hüfte und drang langsam in sie ein. Sie spürte, wie er Stück für Stück in sie glitt, bis er tief in ihr vergraben war.

»Tempe«, raunte er mit einem tiefen Atemzug.

Pure Lust und glühende Leidenschaft blickten ihr aus seinem Gesicht entgegen. Die Hitze seines Körpers sprang auf sie über. Dann begannen sie, sich zu bewegen.

»Tempe. Großer Gott, Tempe.«

Ihn ihren Namen mit dieser lusterstickten Stimme sagen zu hören, riss sie tiefer in den Strudel ekstatischer Leidenschaft. Sie fanden ihren Rhythmus und sie reckte sich ihm entgegen. Doch er war so groß, so kräftig, so schwer – und er stieß so hart. Deshalb sank sie auf die Matratze. Mit einem Kuss nahm Nash auch ihren Mund in Besitz. Dann schob er die Hände unter ihren Hintern und hob ihn an, während er langsam und sinnlich die Hüften kreisen ließ. Lustwellen pulsierten von ihrer

Mitte aus durch ihren Körper. Hatte er das tatsächlich jahrelang nicht mehr gemacht? Er war ein meisterhafter Liebhaber, ein Sexgott. Ein Traum. Er war … *Heiliger Bimbam.* Er stieß tiefer und schneller in sie hinein und ihre Gedanken zerstoben. Nash bereitete ihr Genüsse, von denen sie bisher nicht einmal geträumt hatte. Als seine Zähne zu ihrem Hals fanden, jagte sie bereits ihrem Höhepunkt entgegen.

»Härter«, forderte sie atemlos.

Er legte den Mund auf ihren, küsste und stieß, küsste und stieß. Dieser berauschende Takt trieb sie unaufhaltsam weiter dem Gipfel entgegen.

»Nash!«, schrie sie im selben Moment, in dem er ihren Namen stöhnte und sich so tief in ihr vergrub, dass er einen magischen Punkt berührte, von dem sie nie etwas geahnt hatte. Er katapultierte sie in immer neue Höhen. Lange schwebte sie dort, atemlos und zitternd. Ein weiterer Kuss löste ein Beben zwischen ihren Schenkeln aus und ließ den Orgasmus über ihr zusammenschlagen wie Wellen, die die Brandung an den Strand warf.

Auch als ihr Atem sich längst beruhigt hatte, lagen sie noch satt und erschöpft nebeneinander. Dann rollte Nash sich zur Seite, setzte sich auf die Bettkante und zog das Kondom ab. Er band es zu, wickelte es in Papiertücher und warf es in den Mülleimer. Hinterher nahm er Tempe wie in der Nacht zuvor von hinten in die Arme und küsste ihre Schulter.

»Um das Ding kümmere ich mich später«, flüsterte er mit belegter, rauer Stimme. »Jetzt will ich dich festhalten.«

Sie kuschelte sich an ihn, sein warmer Atem strich über ihre Haut. Tempe schloss die Augen und spürte sein Herz an ihrem Rücken schlagen.

»Ich möchte dich die ganze Nacht lang in den Armen

halten.« Er küsste sie auf die Schulter und sie schmolz noch ein wenig mehr dahin.

Sie klammerte sich an seine Arme und wünschte, er könnte wirklich bis zum Morgen bei ihr bleiben. »Ich habe so wenig Lust, morgen früh nach Peaceful Harbor zu fahren.«

»Die Mädchen brauchen dich.« Er drückte die Nase an ihren Nacken, und sie schloss die Augen und schmiegte sich an ihn, als wäre sein Körper allein dafür gemacht, sie festzuhalten. Er küsste noch einmal ihre Schulter, dann ihren Hals und ihre Wange, und einen Moment lang erlaubte sie sich, davon zu träumen, dass sie jede Nacht so mit ihm einschlafen könnte. »Aber ich werde die Minuten zählen, bis du wieder zu Hause bist.«

Bei ihrem Aufbruch aus ihrem geruhsamen kleinen Heimatort Peaceful Harbor hatte sie nicht geglaubt, dass sie je einen anderen Ort als ihr Zuhause bezeichnen oder dass sie bei dem Wort *Familie* nicht allein an ihre Angehörigen denken würde. Doch jetzt, wo sie geborgen in Nashs Armen lag und beim Einschlafen an ein Zuhause dachte, begleiteten die Gesichter von Nash und Phillip sie in ihre Träume.

Fünfzehn

Der Samstagmorgen war bittersüß. Nash und Tempest hatten sich noch zweimal geliebt und er war bis kurz vor vier Uhr morgens bei ihr geblieben. Vor ein paar Stunden war sie müde, aber immer noch lächelnd weggefahren. Nash arbeitete am Küchentisch an der Zeichnung für einen Schrank, den ein Kunde bei ihm bestellt hatte. Neben ihm verzog Phillip das Gesicht beim Malen zu einer konzentrierten Grimasse. Tempests Abwesenheit legte sich als schwere Stille auf Nashs Schultern. Er schaltete das Radio an und fragte sich, weshalb ihm diese Stille bislang nie aufgefallen war.

Er hatte immer geglaubt, er täte seinem Sohn einen Gefallen, indem er rund um die Uhr für ihn da war. Doch inzwischen fürchtete er, dass er den Jungen mit diesem Leben fernab von anderen Menschen erdrückte. Sie mussten nicht nur mehr reden, sondern auch mehr unternehmen. Er selbst hatte in seiner Kindheit viel Spaß und Abwechslung gehabt, die Erinnerungen daran jedoch so weit weggeschoben, dass er vergessen hatte, wie wichtig diese Erfahrungen waren.

Er legte den Arm um Phillips Stuhllehne. »Was malst du denn, Kumpel?«

»Uns.« Phillips Oberkörper verdeckte einen Teil seines

Kunstwerks.

Nash konnte zwei nicht ganz runde Kreise erkennen, von denen strahlenförmig ein paar Striche ausgingen. »Schau mich an, Kumpel.«

Phillip hob den Blick und Nash wurde warm ums Herz.

»Wenn jemand mit dir redet, musst du ihn ansehen. Okay?«

Phillip nickte.

»Und als Antwort musst du was sagen.«

»Du sagst auch nicht immer was.«

Kluges Kind. »Das stimmt. Aber ich gebe mir Mühe, das zu ändern.«

Phillip nickte und Nash zog eine Braue hoch.

»Okay«, sagte Phillip und zeichnete weiter.

Nash schaute zu, wie sein Sohn einen dritten, fast runden Kreis hinzufügte und am unteren Rand des Gemäldes ein paar Krakeleien unterbrachte.

»Was ist denn noch alles auf deinem Bild?«

Phillip tippte auf die Krakeleien. »Big und Little und die Hühner.« Dann zeigte er auf den dritten unrunden Kreis. »Tempe.«

Sogar seinem Sohn ging sie im Kopf herum. Vielleicht würde ihnen ein kleiner Ausflug guttun.

Er stand auf und streckte Phillip die Hand hin. »Komm, junger Mann, lass uns etwas unternehmen.«

Phillip nahm seine Hand und rutschte vom Stuhl. »Gehen wir zur Keksfrau?«

Nash musste kurz nachdenken, bevor ihm klarwurde, dass sein Kleiner von Emmaline sprach. Dass er so schroff zu ihr gewesen war, tat ihm immer noch leid. »Wie wär's mit dem Park?«

Phillip schnappte sich seine hölzerne Giraffe von der

Küchentheke, Nash schaltete das Radio aus.

»In den Park und dann zu der Keksfrau«, schlug Phillip auf dem Weg zur Haustür vor.

»Okay. Klingt gut. Und auf dem Rückweg halten wir beim Baustoffhandel. Ich brauche ein paar Sachen.«

Kurze Zeit später hob Nash Phillip aus dem Kindersitz und stellte ihn auf den Gehweg. Vor ihnen ging eine Familie und Nash verglich unwillkürlich die Verständigung zwischen Eltern und Kindern mit der Verständigung zwischen ihm und Phillip.

»Das lustigste Tier in dem Film war der Affe, nicht wahr, Mom?«, fragte eines der Mädchen.

Die Frau legte der Kleinen eine Hand auf die Schulter und redete weiter mit dem Mann. Das zweite Mädchen beschrieb nun ebenfalls seine Lieblingsszene aus dem Film, aber weder die Frau noch der Mann reagierten darauf. Nash schaute seinen Sohn an und war stolz. Ihre wortlose Kommunikation war immer noch tausendmal besser als gar keine Antwort.

Im selben Moment, in dem Nash die Tür zu Emmalines Café öffnete, spazierte Jillian heraus. Dicht gefolgt von Emmaline persönlich. Er hatte gehofft, sie wäre vielleicht nicht da, und mit Jillian hatte er überhaupt nicht gerechnet. Emmaline riss überrascht die Augen auf.

Ein Lächeln kann Wunder wirken. In der Hoffnung, dass man ihm seine Nervosität nicht ansah, setzte er sein bestes Lächeln auf. »Hi.«

»Hi«, sagte auch Phillip und schon war Nashs Lächeln hundertprozentig echt.

»Da ist ja der Süße!«, rief Emmaline. »Der Süße mit seinem Dad. Wie geht's euch, Jungs?«

Nash lachte. »Uns geht's gut, danke. Und selbst?«

»Ihr kennt euch?«, fragte Jillian. Sie war gekleidet wie für den Laufsteg, trug himmelhohe Absätze und ein eng anliegendes Kleid aus einem schimmernden silbernen Stoff.

Nash fragte sich, wo sie um diese Tageszeit in diesem Outfit hinwollte. »Ja, seit dem letzten Wochenende«, antwortete er. »Findet irgendwo eine Gala statt, von der ich nichts weiß?« Mit dem Kinn deutete er auf das Kleid.

»Dad.« Phillip ruckte an seiner Hand.

»Ja, Kumpel?«

»Du musst was sagen«, flüsterte Phillip.

Jillian und Emmaline tauschten ein zustimmendes Lächeln.

»Von dir kann ich noch was lernen. Danke.« Er wuschelte Phillip durchs Haar. Zu den Frauen sagte er: »Wir arbeiten gerade an unserer Kommunikation. Jillian, das Kleid ist fantastisch. Hast du heute etwas Besonderes vor?«

Jillian beugte sich zu Phillip und sagte: »Das hat dein Daddy gut gemacht.«

»Jilly zieht sich oft so schick an«, erklärte Emmaline. »Das gehört zu ihrem Job.«

»Ich trage meine eigenen Entwürfe. Das ist gutes Marketing«, ergänzte Jillian. »Und wo wir gerade davon sprechen, ich muss zurück ins Geschäft. Es war schön, euch zu sehen, Jungs. Richtet ihr Tempe bitte aus, sie soll mich anrufen? Sie fehlt mir.«

Mir fehlt sie auch, dabei ist sie erst seit ein paar Stunden weg. »Klar«, antwortete Nash. Das war ein prima Vorwand, ihr eine Textnachricht zu schicken. »Sie ist übers Wochenende in Peaceful Harbor.«

Jillian hatte sich bereits zum Gehen gewandt und drehte sich noch einmal um. »Ist alles in Ordnung bei euch dort draußen?«

»Ja, alles in Ordnung.« *Viel mehr als das.*

»Sie hat mich zählen beigebracht«, verkündete Phillip.

»Im Zählen ist Tempe einsame Spitze.« Jillian warf Nash ein Lächeln zu.

Er schloss daraus, dass sie ihm wohlgesonnen war. »Sie leitet heute ein Girl-Power-Treffen«, erklärte er.

»Ach ja, richtig. Wenn sie wieder hier ist, müssen wir unbedingt mal was zusammen machen.« Jillian winkte und ging davon.

»Ich habe gerade frischen Apfelstrudel gemacht«, sagte Emmaline. »Darf der Süße ein Stück haben?«

Phillip schaute Nash hoffnungsvoll an. Bevor Nash eine Antwort geben konnte, sagte sein Sohn: »Kann ich bitte Studel haben?«

War es albern, wegen dieser Kleinigkeit so ungeheuer stolz zu sein? Wenn ja, dann war ihm das total egal. Er freute sich, dass sein Kleiner so schnell lernte. In den letzten Minuten hatten sie sich beide große Mühe gegeben, nicht so einsilbig zu sein wie sonst. »Sehr gerne.«

Gemeinsam setzten Nash und Phillip sich an einen Tisch in dem gut besuchten Café und Nash schrieb an Tempest. *Ist es verrückt, dass ich dich jetzt schon vermisse? P und ich essen bei Emmaline Apfelstrudel. Das verdanken wir dir. Es ist schön, das Leben wieder zu genießen, anstatt nur irgendwie die Tage zu bewältigen. Kannst du das Wochenende bitte ein bisschen schneller vorbeigehen lassen? Kann es kaum erwarten, dich wiederzusehen.* Bevor er auf *Senden* drückte, änderte er mit einem Blick auf Phillip den letzten Satz noch einmal ab. *Wir können es kaum erwarten, dich wiederzusehen.* Dann schickte er die Nachricht los und schenkte Phillip, der jeden Bissen seines Strudels zählte, wieder seine volle Aufmerksamkeit.

Tempest schnippelte in der Küche ihrer Eltern das Gemüse für den Salat und hörte mit einem Ohr zu, wie Sam von dem Seilparcours schwärmte, den er für die Teamübungen beim Girl-Power-Treffen gebaut hatte. Doch eigentlich war sie in Gedanken bei Nash. Vor ein paar Stunden hatte er ihr geschrieben, dass er sie vermisste. Sie hatte ihm nach dem Treffen geantwortet und seither schickten sie süße und sexy Nachrichten hin und her.

»Ich sage euch, falls das Überwinden eines Seilparcours irgendwann olympische Disziplin wird, bin ich derjenige, der ihn baut.« Sam stibitzte ein Stück rote Paprika vom Schneidebrett und Tempest schlug spielerisch nach seiner Hand.

»Dein Parcours war wirklich große Klasse«, bestätigte Faith, Sams Verlobte.

Sam strich ihr das dunkle Haar von der Schulter und küsste ihren Hals. »Danke, Babe.«

Coles Frau Leesa drehte sich in Coles Armen um und sagte: »Die Mädels haben das prima gemacht. Sie haben einander angefeuert und sich gegenseitig geholfen. Manchmal hätte ich vor Rührung fast geweint.«

Cole küsste sie auf die Wange. »Ihr habt ihnen gezeigt, wie man einander beisteht.«

Ihre Mutter holte den Braten aus dem Ofen und stellte ihn oben auf den Herd.

»Duftet himmlisch, Mom.« Nate und seine Frau Jewel kamen in die Küche. »Hey, Tempe.« Nate nahm sich eine Handvoll Gemüse.

»Wie ist das Leben in Pleasant Hill? Ich habe gehört, du wohnst auf einer Farm.«

»Auf einer ganz kleinen.« Tempe legte das Messer weg und umarmte Jewel. »Ihr habt mir gefehlt.« War sie wirklich erst ein paar Wochen weg? Es kam ihr viel länger vor. Doch so sehr sie sich freute, bei ihrer Familie zu sein, heute Abend war sie ziemlich hin- und hergerissen, denn sie wäre auch gern bei Nash und Phillip in Pleasant Hill gewesen.

»Ich habe mit Nick gesprochen«, sagte Cole zu Nate. »Er hat sich über den Kerl erkundigt, bei dem sie wohnt. Er ist wohl ganz in Ordnung.«

»Das habe ich auch getan«, erklärte Sam.

»Ihr habt was?« Tempe zeigte mit dem Messer auf ihn. »Sag jetzt nicht, du hast ebenfalls Nachforschungen angestellt.«

»Okay.« Sam schnappte sich ein weiteres Stück Paprika. »Dann behalte ich das für mich.«

Kopfschüttelnd wandte sie sich wieder dem Gemüse zu.

Ihre Mutter Maisy schob sich neben Tempest. Dicke blonde Locken umrahmten ihr lächelndes Gesicht. Sie nahm sich ein Stück Gurke. »Die Jungs machen deinem Vater und mir das Leben ein bisschen leichter.«

»Indem sie für euch spionieren?«, scherzte Tempest. Sie wusste, dass ihre Familie sie nur beschützen wollte, und liebte sie dafür. Gleichzeitig fand sie es ein wenig albern. Schließlich war sie keine fünfzehn mehr.

Ihre Mutter lachte. »Na klar. Du weißt, dass dein Vater sonst die Wände hochgehen würde. Ohne deine Brüder und Cousins wäre er sicher selbst nach Pleasant Hill gefahren und hätte sich den Mann sehr genau angesehen. Und zwar vor deinem Einzug auf seiner kleinen Farm.«

»So schlimm ist Dad doch gar nicht«, entgegnete Tempest.

»Wollen wir wetten?«, fragte Cole.

»Wo ist er eigentlich?«, fragte sie. »Ich dachte, er wäre auch hier.«

Sie hörte die Haustür und dann die charakteristischen ungleichen Schritte ihres Vaters. *Wenn man vom Teufel spricht.* Auf ihren Dad war Verlass. Nach einigen Jahren beim Militär hatte ein Unfall Thomas »Ace« Braden den linken Unterschenkel gekostet. »Tut mir leid, dass ich so spät komme.« Er stellte einen Kuchen auf die Arbeitsplatte und begrüßte die Frauen mit Umarmungen und die Männer mit einem Schulterklopfen. Als er bei Tempest ankam, hielt er sie einen Augenblick an den Schultern fest und musterte sie. Dann drückte er sie herzhaft an seine Brust. »Wie geht's meinem Mädchen?«

»Deinem Mädchen geht's gut, Dad.« Die Umarmungen ihres Vaters hatten immer etwas sehr Beruhigendes und Tröstliches. Doch heute war sie trotz all der Geborgenheit, die sie sonst dabei empfand, ein wenig aus dem Gleichgewicht. So als fehlte ein Stück von ihr oder als hätte sie irgendetwas nicht zu Ende gebracht.

»Du siehst ein bisschen müde aus. Schläfst du auch genug?« Er nahm ein Stück Karotte, hielt es hoch und wartete auf ihre Zustimmung.

Sie nickte und fragte sich, ob Nash und Phillip denselben Kommunikationstrainer hatten wie ihr Vater. »Mir geht's prima, allerdings habe ich wirklich einige Wochen Schlafmangel aufzuholen.« *Weil ich nächtelang mit Nash auf dem Balkon herumgeknutscht habe und jetzt…* »Jillian ist eine absolute Nachteule.«

»Das war sie schon immer«, antwortete Ace. »Ich habe Schokoladenkuchen mitgebracht. Nur für den Fall, dass du

Trost brauchst, weil du so weit von der Familie weg bist.« Er küsste sie aufs Haar, dann schlang er von hinten die Arme um ihre Mutter und küsste sie auf die Wange. »Und wie geht's meiner schönen Frau heute Abend?«

»Seit du hier bist, blendend. Möchtest du den Braten tranchieren?«

Das Abendessen war köstlich, und es war schön, von so vielen vertrauten Menschen umgeben zu sein. Ihre Brüder zogen einander gnadenlos auf und verwöhnten ihre besseren Hälften mit Aufmerksamkeit. Unwillkürlich dachte Tempe an Nash und seine Familie. Es musste unglaublich schmerzhaft sein, erst seinen Bruder und bald darauf ein Elternteil zu verlieren, nur um dann, ein paar Jahre später, vom verbliebenen Elternteil quasi verstoßen zu werden.

»Wie läuft es denn mit der Arbeit, Liebes?«, fragte ihre Mutter, während sie gemeinsam den Tisch abräumten.

»Es wird langsam. Ich habe in der ganzen Stadt Werbezettel für meine Kurse ausgelegt und ein paar Eltern haben ihre Kinder angemeldet. Aber im Gemeindezentrum komme ich nur an zwei Nachmittagen unter, und eigene Räume anmieten kann ich mir erst leisten, wenn meine Kurse für ein ganzes Jahr ausgebucht sind.«

»Und wie geht es im Krankenhaus?«, fragte ihre Mutter.

»Recht gut. Bei meiner kleinen Patientin schlägt die Chemotherapie an. Und der kleine Junge, mit dem ich arbeite, liegt zwar noch im Koma, aber die Ärzte haben Hoffnung, dass sich das bald ändert.« Sie stellte einen Stapel Teller auf die Arbeitsplatte. »Am liebsten würde ich nur noch Musikkurse für Kinder geben. Ist das schlimm? Dass ich lieber mehr mit Kindern außerhalb des Krankenhauses arbeiten möchte als mit kleinen Patienten, die in der Klinik liegen?«

»Schlimm? Aber woher denn, Liebes? Wie kommst du darauf?« Ihre Mutter fing an, das Geschirr vorzuspülen, doch Tempest schob sie sanft zur Seite.

»Lass mich das machen. Ich weiß sonst nicht, wohin mit meinen Händen.«

Cole brachte die Salatschüssel und stellte sie neben die Spüle. »Kann ich irgendwie helfen?«

»Cole, mein Schatz, möchtest du mit Dad und den Jungs nicht eine Weile rausgehen?«, schlug ihre Mutter vor.

Cole kniff skeptisch die Augen zusammen. »Was ist los? Tempe? Ist da, wo du wohnst, wirklich alles in Ordnung?«

Sie seufzte. »Ja. Im Moment ist das der beste Teil meines Lebens.«

»Gibt's Probleme im Krankenhaus? Ich kann gerne mal mit den Ärzten sprechen, die ich dort kenne«, bot Cole an.

»Nein. In der Klinik sind alle wirklich freundlich und hilfsbereit.« Sie drehte den Wasserhahn zu und trocknete sich die Hände an einem Geschirrtuch ab. »Trotzdem möchte ich beruflich noch ein paar Dinge ändern. Ich dachte, der Umzug in eine neue Gegend würde mir genügen. Aber die Musiktherapie mit den Klinikpatienten geht mir einfach zu sehr zu Herzen. Das klingt ein bisschen feige und so, als wollte ich mich drücken, denn schließlich wird meine Hilfe dort gebraucht. Aber ...«

»Das ist nicht feige, Liebes«, widersprach ihre Mutter.

»So was nennt man: sich spezialisieren«, fügte Cole hinzu. »Ich bin aus gutem Grund kein Onkologe geworden. Manche Fachbereiche sind emotional nun mal viel belastender als andere. Es ist nicht verkehrt, wenn man weiß, wo man am nützlichsten sein kann. Selbst wenn das bedeutet, dass man eben nicht mit Menschen arbeitet, die sich auf der schmalen Linie zwischen Leben und Tod bewegen.«

»Da ist was dran«, sagte Tempest nachdenklich. Wie sehr sie ihre berufliche Zukunft beschäftigte, wurde ihr erst jetzt richtig bewusst, und sie war froh, dass sie die Sache angesprochen hatte.

»Verpasse ich hier gerade den Kriegsrat?«, fragte Jewel. Leesa und Faith kamen ebenfalls in die Küche, dicht gefolgt von ihrem Vater.

Ihr Vater stellte die Gläser, die er mitgebracht hatte, zum anderen benutzten Geschirr. »Kriegsrat? Will ich da dabei sein?«

»Wir reden nur über die Arbeit, Dad. Nichts Weltbewegendes«, versicherte Tempest. »Ich kümmere mich um das Geschirr und ihr macht es euch bequem.«

»Ich helfe«, bot Leesa an.

»Ich auch«, sagten Jewel und Faith wie aus einem Mund.

»Warum macht ihr Männer es euch nicht ein bisschen gemütlich, während wir Frauen das hier erledigen?«, schlug ihre Mutter noch einmal vor.

»Mom, du hast gekocht. Und jetzt geh und ruh dich aus.« Tempest wandte sich wieder den Tellern zu.

»Kommt gar nicht in Frage«, raunte ihre Mutter verschwörerisch und scheuchte die Männer aus der Küche.

Als sie weg waren, erzählte Tempest den Frauen noch einmal ausführlich, wie es bei der Arbeit lief.

»Ich glaube, Cole hat recht«, sagte Leesa. »Du solltest dir überlegen, was dich am glücklichsten macht, und dich darauf konzentrieren. So wie wir mir der Girl-Power-Gruppe.«

»Die Arbeit mit den Mädchen macht mir riesigen Spaß.« Tempest nickte.

»Wie kommt es, dass du gerade jetzt so intensiv über diese Dinge nachdenkst?« Ihre Mutter nahm den Teller, den Tempest gerade zweimal hintereinander abgewaschen hatte, und stellte ihn in den Geschirrspüler.

Tempest zuckte die Achseln. »Keine Ahnung. Bislang hatte ich immer das Gefühl, ich müsste alles geben und unbedingt jedem helfen, dem ich helfen kann. So als hätte ich eine unerschöpfliche Quelle an Fürsorge in mir. Aber dann habe ich Nash kennengelernt und sehe, wie er seine ganze Liebe und Energie in seinen wunderbaren kleinen Sohn investiert.« Die vielsagenden Blicke, die zwischen ihrer Mutter und den anderen Frauen hin- und herflogen, entgingen ihr nicht. »Seither frage ich mich, wie viel von mir eigentlich übrigbleibt, wenn ich versuche, mein berufliches Engagement in alle Richtungen aus- zuweiten. Ihr wisst ja, wie es war, als ich noch hier in Peaceful Harbor gewohnt habe. Selbst an den Wochenenden und an den Abenden habe ich gearbeitet. Freie Tage gab's nur hin und wieder mal.«

Faith verfrachtete den restlichen Braten in den Kühlschrank. »Übrig? Wofür?«

»Ach, komm schon, Faith«, sagte Jewel. »Für sie selbst. Für eine Beziehung. Ich verstehe das, Tempe. Ich habe mich jahrelang um meinen Bruder und meine Schwestern gekümmert. Heute frage ich mich manchmal, wie ich überhaupt Zeit zum Atmen gefunden habe. Dem Himmel sei Dank für Nate. Er hat dafür gesorgt, dass ich eingehend über mein Leben nachgedacht habe.«

»Und über die Liebe, Honey«, fügte ihre Mutter hinzu. »Erzähl uns mehr über Nash und Phillip, Tempe.«

So als hätten sie Angst, ein Wort zu verpassen, rückten die Frauen näher an Tempest heran. Beim Gedanken daran, gleich ihre Gefühle mit ihnen zu teilen, beschleunigte sich Tempests Puls. Über Liebesdinge hatte sie nie viel geredet, vor allem nicht mit ihrer Mutter. Aber bei Nash und Phillip war das anders. Sie musste sich nur genau überlegen, wie viel sie preisgeben wollte.

»Sie sind … kompliziert«, sagte sie ehrlich. »In Nashs Welt dreht sich alles um Phillip. Der Kleine ist sein ganzes Universum.«

»Was ist mit Phillips Mutter? Kümmert sie sich denn gar nicht um ihren Sohn?«, fragte Leesa.

»Nein. Sie ist gegangen, als er drei Monate alt war. Seither gab es keinerlei Kontakt zu ihr. Das ist sehr traurig für Phillip und natürlich auch für sie. Für Nash ebenfalls, aber mir scheint, er ist vor allem wütend, dass sie Phillip verlassen hat.«

»Ach, der arme kleine Junge«, sagte ihre Mutter.

»Nash versucht, ihm Vater und Mutter zugleich zu sein. Er ist aber auch ein sehr talentierter Künstler. Seine Skulpturen sind einfach fantastisch. Doch wenn Phillip bei ihm ist, ist ihm die Arbeit daran zu gefährlich, und Phillip ist eigentlich immer da. Im Moment baut Nash vorwiegend Möbel und verkauft sie in Pleasant Hill. Alles wunderschöne Einzelanfertigungen, aber kein Vergleich zu seinen Kunstwerken.« Beim Gedanken an Nashs Skulpturen wurde ihr warm ums Herz. Und gleichzeitig wurde sie traurig, weil er so vieles verloren hatte und auf so vieles verzichtete. »Sie haben eine unglaubliche Strahlkraft.«

Ihre Mutter zog den Schokoladenkuchen zu sich und schnitt ihn in Scheiben.

»Mom? Wir haben gerade erst zu Abend gegessen.«

»Du brauchst das jetzt, Liebes. Eine Mutter spürt so etwas.« Sie schob einen Teller mit Kuchen vor Tempest hin und teilte dann auch an die anderen Frauen welchen aus. Faith reichte die Gabeln herum, dann setzten sie sich an den Küchentisch. »So. Und jetzt erzähl uns noch ein bisschen mehr über Nash.«

»Was möchtet ihr denn wissen? Er ist liebenswert und kreativ. Und wenn er gerade mal nicht super ernst ist, kann er sehr lustig sein. Er hat einen ausgeprägten Beschützerinstinkt und ist irgendwie auch ein Einzelgänger. Dass er so zurückgezogen lebt, liegt vermutlich daran, dass er so viel zu tun hat. Er ist ein alleinerziehender Vater. Ein sehr beschäftigter alleinerziehender Vater. Manches bekommt er deshalb einfach nicht mit.«

»Und das heißt was?«, fragte Jewel.

»Na ja, Phillip ist drei und geht nicht in den Kindergarten. Nash hatte keinen Schimmer, wie wichtig das für ein Kind sein kann. Und ihr habt alle schon erlebt, wie Dad komplett wortlos und nur mit Blicken kommuniziert, man ihn aber dennoch bestens versteht.«

»Davon kann ich ein Lied singen«, bestätigte ihre Mutter.

»Nash und Phillip machen das ununterbrochen. Zumindest war das wohl bis zu meinem Einzug so. Vorher haben sie anscheinend nur das Nötigste miteinander gesprochen. Trotzdem klappt die Verständigung zwischen ihnen hervorragend. Es ist, als würde einer im Kopf des andern leben. Wir sind mit Phillip in den Park gegangen, und anfangs fiel es ihm unglaublich schwer, Kontakt zu anderen Kindern aufzunehmen. Er war ja immer nur mit Nash zusammen. Ich bringe ihm gerade das Zählen bei und er lernt sehr fix. Findet ihr es daneben, dass ich einfach in das Leben der beiden platze, vorschlage, Phillip in den Kindergarten zu schicken, ihm zählen beibringe und die beiden dränge, mehr unter die Leute zu gehen? Macht mich das zu einer dieser penetranten Frauen, die wir alle so nervig finden?«

Leesa lachte. »Wir finden penetrante Frauen nervig?«

»Shannon kann manchmal so sein«, sagte ihre Mutter.

Tempe wiegte den Kopf hin und her. »Aber nicht auf die Art, von der ich spreche. Ich meine die Frauen, die irgendwo auftauchen, alles an sich reißen und versuchen, jeden nach ihren Vorstellungen zu ändern.«

»Ach, Tempe, so bist du nicht«, beschwichtigte ihre Mutter. »Obwohl du durchaus sagst, was du denkst. Hast du das Gefühl, dass du die beiden ändern willst?«

»Nein, ich glaube nicht. Ich mag sie, so wie sie sind. Sehr sogar. Wirklich. Ich möchte nur verhindern, dass ein aufgeweckter kleiner Junge in seiner Entwicklung gebremst wird. Ja, und Nash … er liebt seinen Sohn von ganzem Herzen …« Sie seufzte und suchte nach Worten.

»Und du bist dabei, dein Herz an die beiden zu verlieren?«, fragte ihre Mutter zögernd.

»Was? Nein. I wo. Überhaupt nicht.« Tempe steckte sich eine große Gabel Schokoladenkuchen in den Mund.

Die anderen Frauen musterten sie amüsiert.

»Klar. Und die Erde ist eine Scheibe. Nur gut, dass gerade keine Pfirsichsaison ist, sonst müssten wir dir eine ganze Plantage kaufen«, stellte Leesa trocken fest.

Tempest verschluckte sich an ihrem Kuchen, was alle zum Lachen brachte.

Ihre Mutter stellte ihr ein Glas Wasser hin und klopfte ihr auf den Rücken. »Siehst du, was passiert, wenn man seine Mom anflunkert? Schön austrinken, meine Kleine.«

Damit sorgte sie für noch mehr Heiterkeit.

»Ich kann mich gut erinnern, wie ich damals behauptet habe, ich würde mich nicht in Nate verlieben«, kicherte Jewel. Sie schob sich das blonde Haar hinters Ohr und beugte sich näher zu Tempest. »Ich habe mich wirklich dagegen gewehrt, aber schon nach dem ersten Kuss war mir klar, dass er der Einzige und der Richtige für mich ist. Hast du Nash eigentlich schon geküsst?«

Tempest spürte, wie ihre Wangen heiß wurden. »So was fragt man eine Frau nicht vor der eigenen Mutter.«

»Glaubst du, ich bin von vorgestern?« Ihre Mutter setzte sich, verschränkte die Arme und musterte Tempest kopfschüttelnd. »Ich habe vier sehr umtriebige Jungs und zwei Mädchen großgezogen. Schön, du bist ein wenig zurückhaltender als die anderen, aber denkst du wirklich, dass ich von dem Kuss hinter der Eiche mit diesem Billy Wie-war-noch-gleich-sein-Name nichts mitbekommen habe? Das war beim Herbstfest und du warst fünfzehn. Und nach dem Schulball in der Zehnten gab's ein wildes Geknutsche mit Tommy Argway.«

Tempest schaufelte sich ein großes Stück Kuchen in den Mund und schaute zutiefst verlegen beiseite. Ihre Mutter beugte sich zu ihr und drehte mit sanftem Griff ihr Gesicht zu sich. »Küssen und sich verlieben gehört zum Leben, Tempest. Und du hast lange auf jemanden gewartet, den du in dein Leben lassen willst.«

Ihr Herz wollte überfließen, weil ihre Mutter sich so gut in sie hineinversetzen konnte.

»Was macht dir denn mehr Angst, Liebes? Dass du dich in etwas einmischst, was dich nichts angeht? Oder dass deine Gefühle sich nicht kontrollieren lassen?«

»Ein bisschen was von beidem, nehme ich an«, gab sie zu.

»Weil du nicht Phillips Mutter bist?«, fragte Jewel.

»Ja, vielleicht.« Tempest staunte über ihre eigene Offenheit. »Aber wenn ich es mir genau überlege, würde ich jedem, dessen Kind keinen Kontakt mit anderen Kindern hat, denselben Rat geben.« Tempe seufzte. »Vermutlich liegst du mit dem zweiten Teil deiner Frage ziemlich richtig, Mom.«

Ihre Mutter musterte sie lange. »Ich höre heraus, dass es den ersten Kuss schon gegeben hat und du mehr willst. All die anderen Dinge spielen auch eine Rolle und beschäftigen dich. Aber Angst machen dir vor allem deine Gefühle. Sie sind neu und aufregend und das ist für mein vorsichtiges, zurückhaltendes Mädchen nicht leicht.« Ein Grinsen spielte um die Lippen ihrer Mutter und erreichte schnell ihre Augen.

»Oh mein Gott. Okay, ja, wir haben uns geküsst.« Tempest stand auf und ging in der Küche hin und her. Durchs Fenster sah sie ihren Vater und ihre Brüder unten am Strand. »Wir mussten uns einfach küssen, es war wie ein Zwang. Und glaubt mir, wir haben dagegen angekämpft. Ich zumindest, denke ich. Ganz sicher kann ich das nicht sagen, denn der Teil meines Gehirns, in dem normalerweise die Vernunft sitzt, verwandelt sich zu Mus, sobald sein Mund in meiner Nähe ist. Und wenn wir uns küssen …« Sie schaute in die Ferne, sah Nashs Gesicht vor sich, spürte seinen Atem an ihrer Haut und schmeckte seine Küsse. »Dann ist es, als gäbe es nur uns beide.«

Faith sprang auf und umarmte sie. »Das ist das schönste Gefühl der Welt!«

Oh ja, allerdings.

»Wo ist dann das Problem?«, fragte Leesa. »Ach ja, du wohnst bei ihm. Das könnte schwierig werden, falls noch mehr passiert und ihr dann feststellt, dass es ein Fehler war.«

»Dann zieht sie eben wieder aus«, erklärte ihre Mutter viel zu unbekümmert.

»Willst du damit sagen, ich soll aufs Ganze gehen, Mom? Irgendwie merkwürdig, wenn eine Mutter ihrer Tochter diesen Rat gibt.« *Aber genau das will ich hören – merkwürdig hin oder her.*

Ihre Mutter schaute sie nachdenklich an. Doch Tempest fühlte sich weder analysiert noch beurteilt. Sie las nur unendlich viel Liebe und Verständnis in diesem Blick.

»Liebes, ich habe immer darauf vertraut, dass du weißt, was gut für dich ist. Du glaubst an kosmische Zeichen und dass das Schicksal zwei Menschen füreinander bestimmt. Nur wenn es um dich selbst geht, scheinst du dem Schicksal nicht recht zu trauen. Du suchst nach Antworten, aber ob er der Richtige für dich ist, weißt nur du ganz allein. Er könnte der Richtige für immer sein oder nur der Richtige für jetzt. Das findest du allerdings nur heraus, wenn du deine Gefühle auch zulässt.«

Sie war vom ersten Tag an bereit gewesen, herauszufinden, was aus ihr und Nash werden konnte. Doch er war sehr zurückhaltend gewesen. Nach allem, was sie inzwischen über Nash wusste, war sie froh darüber, denn das hatte ihren Respekt für ihn nur noch größer gemacht.

»Jetzt verstehe ich auch deine Überlegungen wegen der Arbeit besser«, fügte Leesa hinzu. »Zwischen dir und Nash entwickelt sich gerade etwas, deshalb denkst du über die Zukunft nach. Weißt du noch damals, als Cole und ich zusammengekommen sind? Uns beiden zuliebe hat er sich entschlossen, die Überstunden einzuschränken und die Praxis nicht zu vergrößern. Und du träumst, seit ich dich kenne, von einer eigenen Familie. Es ist also nur schlau, deine beruflichen Weichen schon jetzt zu stellen, damit du nicht in ein paar Monaten wieder komplett umsteuern musst.«

Tempests Telefon vibrierte. Sie zog es aus der Tasche ihres Kleides und warf einen verstohlenen Blick auf das Display. *Nash.* Sie spürte das Lächeln, das um ihre Lippen zuckte.

»Die Nachricht ist von ihm«, erklärte Jewel, als käme nichts anderes in Frage. Sofort scharten sich alle um Tempest.

»Herrje, Mädels!« Mit klopfendem Herzen tippte Tempest die Nachricht an, und alle Frauen seufzten gleichzeitig:

»Ohhhh!«, als ein Selfie von Nash und Phillip erschien. *Wünschte, du wärst hier* stand unter dem Foto. Nash hatte den Arm um Phillip gelegt, der zwei Finger in die Höhe hielt, als würde er zählen, wie viele Leute auf dem Foto waren. Die beiden standen im Garten. Sie hatten ein Feuer gemacht und hinter ihnen auf der Bank lag eine Tüte Marshmallows.

Die Frauen betrachteten das Foto.

»Er ist super heiß«, erklärte Faith. »Aber verrate Sam nicht, dass ich das gesagt habe.«

»Und sag Cole nicht, dass ich derselben Meinung bin«, lachte Leesa.

»Dito mit Nate«, kicherte Jewel.

»Euer Vater kann es ruhig erfahren. Er weiß, dass er meine Nummer eins ist. Aber, wow, Liebes. Dein Nash ist wirklich ein sehr gut aussehender Mann mit gütigen Augen und einem unglaublich süßen kleinen Jungen. Bei diesem runden Engelsgesichtchen bekomme ich fast auch noch mal Lust auf ein Baby.«

»Ähm ...« Leesas Wangen färbten sich rot. Sie legte die Hand auf ihren Bauch. »Wir wollten es euch eigentlich später zusammen sagen, aber wie kann ich das jetzt noch für mich behalten?«

Ihre Mutter schnappte nach Luft. Tränen stiegen ihr in die Augen. »Du bist schwanger?«

Leesa nickte. »In der zehnten Woche.«

»Mein erstes Enkelkind!« Lachend und weinend zugleich warf ihre Mutter die Arme um Leesa.

Was folgte, waren jede Menge Begeisterungsschreie, Gratulationen und Umarmungen. Anscheinend waren sie ziemlich laut, denn die Männer stürzten in die Küche.

Cole warf einen kurzen Blick auf seine Frau und lachte. »Ich hab's gewusst.«

»Mein Kleiner hat bald selbst ein Baby.« Ihre Mutter umarmte ihn.

»Ein Baby? Komm her, Schatz.« Ihr Vater umarmte Leesa.

»Du wirst Vater, Kumpel, und du hast mir nichts verraten?« Sam drückte Cole herzhaft an seine Brust. »Wartet bloß, bis ich mit meinem Neffen losziehe. Er wird das coolste Kerlchen in der ganzen Gegend.«

»Es könnte ein Mädchen werden«, gab Faith zu bedenken, schob sich zwischen die Männer und umarmte Cole.

Tempest nutzte das allgemeine Durcheinander für eine Antwort an Nash. Die Frauen redeten von einer Babyparty, die Männer vertilgten den Rest des Kuchens.

Eine Stunde später hatten auch Shannon, Steve und Ty, der gerade für ein Shooting im Ausland war, die guten Neuigkeiten gehört, und draußen auf der Veranda wurde lebhaft diskutiert, wie es sein würde, wenn das Baby erst da war. Tempest hörte nur mit einem Ohr zu. Ihre Gedanken waren in Pleasant Hill. Über das Leben mit einem Baby konnte sie nur spekulieren. Doch wie gern sie Phillip um sich hatte, wusste sie schon jetzt genau.

Sie wünschte, er und Nash wären gerade hier bei ihr. Sich vorzustellen, wie Nash mit seiner Gitarre bei ihnen saß und Phillip sich auf ihren Schoß kuschelte, fiel ihr nicht schwer. Ihr Blick wanderte von einem zum anderen. Nate und Jewel hatten sich unter einer Decke aneinandergeschmiegt. Sam und Faith saßen gemeinsam auf der breiten Verandaschaukel. Ihre Eltern hatten es sich im Doppelliegestuhl bequem gemacht und sie saß neben Cole und Leesa auf der Treppe. Umfangen von so viel Liebe und Geborgenheit wurde ihr klar, dass Nash recht gehabt hatte. Sie war nicht die risikofreudige Tempe, sondern einfach nur sie selbst, und das war auch gut so. Sie war echt, vorsichtig und zurückhaltend. Und sie folgte immer ihrem Herzen. Im Augenblick drängte es sie, nach Pleasant Hill zu fahren, anstatt in ihrer Wohnung in Peaceful Harbor zu schlafen. Sie würde ziemlich spät auf der kleinen Farm ankommen, konnte dann aber immerhin ein paar Stunden mit Nash und Phillip verbringen, bevor sie morgen zu Coles Picknick wieder herfuhr.

»Ich freue mich unheimlich für euch«, sagte Tempest zu Cole, um sich davon abzulenken, wie sehr sie Nash vermisste. »Werdet ihr es beim Picknick morgen öffentlich verkünden?«

Cole zog Leesa noch ein wenig dichter an seine Seite und prompt vermisste Tempest Nash noch mehr. »Eigentlich hatten wir das nicht vor, aber nach heute Abend wird es mir wohl kaum gelingen, meine Frau davon abzuhalten.«

»Ich konnte nicht anders. Wir haben über Phillip geredet und dann hat deine Mom plötzlich gesagt, sie wünscht sich ein Baby …« Leesas Augen strahlten.

»Es ist alles gut, wie es ist, Süße. Ich bin froh, dass die Neuigkeit raus ist«, sagte Cole. »Und apropos Phillip – Leesa sagt, du hättest ein Foto von ihm und Nash. Darf ich es mal sehen?«

Sie zog das Telefon aus der Tasche, öffnete die Nachricht und gab Cole den Apparat.

Mit Augen, in denen noch immer die Freude über die frohe Nachricht tanzte, betrachtete er das Bild. »Er sieht aus, als wäre er ein netter Kerl. Und sein Kleiner ist wirklich verdammt süß.«

»Hm-hm.« Im Kopf hörte Tempe Nash *Flip* sagen.

Ihr Telefon vibrierte erneut und wieder kam eine Nachricht von Nash. *Fahr morgen Abend vorsichtig. Schreib mir, wenn du losfährst, damit ich weiß, ab wann ich mir Sorgen machen muss, falls du nicht da bist.*

Cole lachte. »Er ist mir jetzt schon sympathisch.«

Sie griff nach dem Telefon, doch er schaute noch immer aufs Display.

»Ich wollte nicht schnüffeln, aber ist das wahr? Geht es dir tatsächlich so?« Er deutete auf ihre Antwort auf das Foto, unter das Nash geschrieben hatte, er wünschte, sie wäre bei ihnen.

Mir geht's genauso.

Von all ihren Brüdern stand Cole ihr vermutlich am nächsten, denn auch er war eher zurückhaltend und dachte erst gründlich nach, bevor er handelte. Ganz ähnlich wie sie. Mit ihm konnte sie völlig offen sein. »Ehrlich gesagt, ja.«

»Du musst ihn wirklich sehr mögen.«

Sie nickte und spürte, wie sie lächelte. »Morgen geht er zum ersten Mal mit Phillip zu einem Konzert und ich wäre gern dabei gewesen. Aber ich wollte dein Picknick nicht verpassen.«

Cole gab ihr das Telefon zurück und nahm ihre Hand. »Tempe«, sagte er leise. »Ich weiß noch, wie ich ununterbrochen an Leesa denken musste, als es mit uns damals angefangen hat. Wenn du gerne bei ihm wärst, dann fahr hin.«

»Aber ich habe dein Picknick noch nie verpasst.« *Obwohl diesmal die Versuchung groß ist.*

»Genau. Du warst immer da. Es wird Zeit, dass du mal an dich denkst. Also mach dich auf den Weg, Tempe. Sei glücklich.«

Ihr war, als müsste sie gleich in Tränen ausbrechen. Beim Aufstehen wurde ihr ein wenig schwindelig – teils aus Vorfreude auf Nash und Phillip, teils aus Freude über das liebevolle Verständnis ihres Bruders. Die anderen hatten von ihrem leisen Gespräch offenbar mehr mitbekommen als gedacht. Denn alle Frauen sprangen auf, nahmen sie in die Arme, schoben sie Richtung Verandatür und drängten lachend: »Worauf wartest du, Tempe? Fahr zu ihm!«

Sechzehn

Nash schraubte den letzten Haken in die Decke und befestigte die Vorhangstange daran. Dann stieg er von der Leiter, streifte sein Shirt ab und warf es beiseite. Während er den Duschvorhang auspackte und ausschüttelte, sang er ein Lied im Radio mit. Er und Phillip hatten beinahe eine Stunde damit verbracht, den passenden Vorhang auszusuchen. Phillip hatte einer mit Blumenmuster gefallen, Nash einer mit kleinen Musiknoten darauf. Als sie bereits eine Münze hatten werfen wollen, war die Verkäuferin mit einer Schachtel voller neuer Ware aufgetaucht. Ein Blick hinein und sie hatten das perfekte Dekor gefunden.

Nash stieg noch einmal auf die Leiter und hängte den Vorhang in die Ringe an der Stange ein. Als er wieder auf dem Boden stand, machte er ein paar Schritte zurück und betrachtete die Silhouette einer zarten Frau mit rosa Engelsflügeln. Noch ein Zeichen. Doch nicht allein die engelhafte Figur hatte es ihm angetan. Neben dem zauberhaften Motiv fühlte sich der Vorhang aus dem weichen weißen Stoff auch noch gut an. Das Engelwesen darauf pustete in seine Handfläche und wirbelte damit Schmetterlinge, Blumen und Musiknoten auf, die hinauf zum oberen Rand des Vorhangs stoben und sich wie ein

Heiligenschein um diese fast unirdisch wirkende Schöne gruppierten, die ihn so sehr an Tempest erinnerte. Er verliebte sich jeden Tag noch ein bisschen mehr in sie, und wenn sie zusammen waren, öffnete sich seine Seele. Tempest füllte Teile von ihm aus, die viel zu lange leer gewesen waren.

Er zog den Vorhang zurecht und hoffte, dass er ihr gefallen würde.

Ein Geräusch riss ihn aus seinen Gedanken. Die Haustür wurde geöffnet und wieder geschlossen. Alarmiert spannten sich seine Muskeln. Doch beim vertrauten Klang von Tempests Schritten auf der Treppe wurde ihm ganz leicht ums Herz. In dem sexy, bis zur Mitte ihrer Oberschenkel reichenden Kleid im Hippielook, in dem er sie am Morgen verabschiedet hatte, stand sie in der Tür. Süße Wildlederstiefeletten ließen ihre Beine endlos lang erscheinen. Sein Körper heizte sich auf, als würde er sie zum ersten Mal sehen. Sie war sündige Nächte und himmlische Tage in einem. Ihr Mund dehnte sich zu dem umwerfenden Lächeln, das ihn von Anfang an in seinen Bann gezogen hatte. Als ihr Blick auf seine nackte Brust fiel, öffnete sie die Lippen. Sie schluckte. Ihre Augen richteten sich auf seine Bauchmuskeln und schürten das Feuer, das sie in ihm entfacht hatte. Sie ließ ihre Taschen fallen und atmete tief aus. Nash spürte, wie er steinhart wurde. Atemlos stand sie vor ihm, betrachtete hungrig seinen Körper und spielte mit dem Saum des Kleides, das er am liebsten schmelzen sehen wollte. Verdammt, diese Frau war unfassbar sexy, ohne es auch nur zu ahnen.

»Du bist nach Hause gekommen.« *Großer Gott.* Er klang genauso überwältigt, wie er sich fühlte. Stundenlang hatte Nash mühsam versucht, sich davon abzulenken, wie sehr sie ihm fehlte. Und jetzt konnte er kaum glauben, dass sie vor ihm stand.

Ihr Blick flog zu dem Duschvorhang und dann sofort zurück zu seiner Brust. Ein paarmal huschte er noch hin und her, als wüsste sie nicht, was sie zuerst anschauen sollte. Sie ging auf ihn zu. »Du … Das hast du für mich gemacht?« Mit einer Hand berührte sie ihren Mund, die andere streckte sie nach dem Vorhang aus. »Der ist wunderschön, aber ich dachte, die Badewanne ist nicht benutzbar.«

Er trat zur Seite und zeigte auf den neuen Hahn, den er installiert hatte. Von den leckenden Leitungen, die er hatte austauschen müssen, brauchte sie nichts zu wissen. Und auch nicht, dass er und Phillip noch zweimal zum Baustoffhandel gefahren waren, um die passenden Teile zu finden. Für das fassungslos selige Strahlen auf Tempes Gesicht hatte sich die Mühe mehr als gelohnt.

»Du hast sie repariert«, hauchte sie atemlos.

Er nahm ihre Hand und zog sie zu sich. »Ich dachte, du bleibst heute in Peaceful Harbor. Du wolltest doch morgen zu Coles Picknick und danach hast du den Termin mit der Patientin.«

»So war es geplant.« Sie legte eine Hand auf seine Brust und ließ seinen Puls damit noch weiter in die Höhe schnellen. »Aber ihr beide habt mir so gefehlt. Ich fahre morgen zu Coles Picknick wieder zurück.«

Wir haben dir gefehlt. Seine Gedanken verhedderten sich. Sie hatte nicht nur ihn vermisst, sondern auch Phillip. Jahrelang hatte er seinen Sohn vor allem und jedem beschützt. Nicht ein einziges Mal hatte er daran gedacht, wie es sich wohl anfühlen würde, wenn Phillip außer ihm noch jemand anderem wichtig war. Er riss sie an sich, vielleicht ein wenig zu heftig. Aber die Gefühle, die ihn übermannten, waren einfach zu stark.

»Du hast uns auch gefehlt.« Er vergrub das Gesicht an ihrem Hals, nahm ihr Haar mit einer Hand zusammen und sog den salzigen Meeresduft und das Gefühl von Freiheit in sich auf, den er mit sich brachte. »So unheimlich gefehlt«, flüsterte er ihr ins Ohr. »Aber ich möchte auf keinen Fall zwischen dir und deiner Familie stehen.«

»Cole meint, er würde es verkraften, wenn ich morgen ausnahmsweise mal nicht zu seinem Picknick komme. Aber ich fände es schön, wenn du mit Phillip auch dort wärst«, sagte sie. »Ich hatte Angst, dich zu fragen, weil wir uns erst ein paar Wochen kennen und ich dich zu nichts drängen wollte. Aber ich wünsche mir so sehr, dass du meine Familie kennenlernst. Ich weiß, für Phillip wäre das eine lange Fahrt und ihr wollt eigentlich zu dem Konzert …«

»Ja«, sagte er, ohne zu zögern.

»Ja?« Sie stellte sich auf die Zehenspitzen. »Ihr kommt mit? Trotz der langen Fahrt und …«

»Mein Engel, wo du hingehst, wollen wir auch gerne sein.«

»Oh Nash. Danke!« Sie schlang die Arme um seinen Hals. »Wir müssen uns überlegen, wie wir das machen. Ich muss um fünf zu meiner Patientin und bleibe etwa eine Stunde lang dort.«

Nichts konnte ihn davon abhalten, mit ihr zu fahren. »Dann gehe ich so lange mit Phillip zum Strand. Mach dir keine Gedanken. Ich kann es kaum erwarten, die Leute zu treffen, denen ich diese süße …« Er küsste ihren Mund. »Kluge …« Er küsste ihre Stirn. »Sündige …«, flüsterte er ihr ins Ohr. Dann schaute er ihr tief in die Augen und fuhr fort: »Schöne, einfühlsame Frau verdanke.« Er lehnte die Stirn an ihre. »Ich bin so froh, dass du nach Hause gekommen bist«, flüsterte er. Dann vergrub er die Nase an ihrem Hals, spürte, wie sie ihre weichen Kurven an ihn schmiegte, und griff nach dem Saum ihres Kleides. »Sollen wir die Badewanne ausprobieren? Ich will dir gerne zeigen, *wie* froh ich bin.«

»Oh ja.« Sie zog sich das Kleid über den Kopf und es schwebte zu Boden.

»Und das Bett.« Er hakte den Vorderverschluss ihres BHs auf und senkte den Mund zu ihrer Brust.

»Ja …«

Er streifte ihr die Panties ab und drückte Tempe – diesmal viel sanfter – gegen die Wand. Sie schaute ihm kühn in die Augen und sagte: »Und den Schreibtisch? Ich habe noch nie Sex auf einem Schreibtisch gehabt und …«

Er legte den Mund auf ihren. Sein Kuss war das Versprechen, alle ihre Fantasien Wirklichkeit werden zu lassen. Und er fing sofort damit an.

Siebzehn

Das Picknick einer Arztpraxis hatte Nash sich anderes vorgestellt: steife Doktoren mit aufgeblasenen Egos, schickes Catering und jede Menge aufdringliche Eigenwerbung. Doch auf Coles Picknick in einem Park in der Nähe seines Hauses tummelten sich vor allem Familien und es erinnerte eher an ein Nachbarschaftsfest. Eine Band spielte Countrymusik, die Bühne war mit herbstlichen Girlanden, Kürbissen und Strohballen dekoriert. An Tischen in bunten Pavillons malten und bastelten Kinder aller Altersgruppen. Der örtliche Landjugendclub hatte ein Strohballenlabyrinth und einen Strohballenberg zum Klettern für die Kinder aufgebaut. Auf dem Rasen wurde beim Sackhüpfen und beim Apfelschnappen gelacht.

»Du siehst sehr nachdenklich aus.« Der Wind wehte Tempest das Haar ins Gesicht. Sie drehte sich so, dass es ihr über die Schultern fiel. Ihre Wangen waren von der kühlen Nachmittagsluft gerötet, doch in ihren Augen schimmerte tiefes Glück. Sie trug Skinny-Jeans, dieselben Stiefeletten wie am Vortag und ein schlichtes pfirsichfarbenes Sweatshirt. Nie war sie schöner gewesen.

»Wie das Picknick einer Arztpraxis fühlt sich das hier gar nicht an. Ich dachte, wir gehen zu einer Art Werbeveranstaltung. Aber das alles hier erinnert mich ein bisschen an die Festivals aus meinen Reisejahren«, stellte Nash verwundert fest. »Nur der Biergarten und die Künstler fehlen.« Sie waren erst ein paar Minuten hier, und Tempest war direkt zum Snacktisch marschiert, was er verdammt süß fand. Sie war eine vernünftige, erwachsene Person, die die kleinen Freuden des Lebens zu schätzen wusste. Für Nash eine unwiderstehliche Kombination. Es gab so vieles, was ihm an ihr gefiel, und er konnte es kaum erwarten, ihre Familie kennenzulernen.

»Cole veranstaltet diese Feste nicht zu Marketingzwecken. Er möchte mit seinen Patienten feiern, dass sie schwere Zeiten gut überstanden haben. Es geht um Gemeinschaft, um Familie und darum, den Leuten zu zeigen, dass er für sie da ist und sich für sie als Menschen interessiert und nicht in erster Linie fürs Geldverdienen.« Fragend neigte sie den Kopf. »Wünschst du dir manchmal, du könntest wieder auf Reisen gehen?«

Er legte eine Hand auf Phillips Locken und schaute ihr in die Augen, denn sie sollte sehen, wie ernst es ihm war. »Hin und wieder hat mir das Nomadendasein ein bisschen gefehlt. Zumindest dachte ich das eine Weile. Aber mein derzeitiges Leben würde ich für nichts in der Welt eintauschen.«

Ihr Blick ging zwischen ihm und Phillip hin und her. Dabei griff sie zum dritten Mal in die Schale mit dem Candy Corn. »Das ist gut, Nash. Das ist richtig, richtig gut.«

Phillip nahm sich ebenfalls eine Handvoll Candy Corn, und zwar ohne zuvor Nash mit den Augen um Erlaubnis zu bitten. *Ein Fortschritt.* Schon am Morgen hatte er gezeigt, dass er selbstständiger wurde, indem er nicht an Nashs Fersen geheftet mit ihm zusammen Big und Little gefüttert, sondern Tempest an der Hand in den Hühnerstall gezogen hatte, damit sie zusammen lustige Eierzähllieder singen konnten.

»Ich mag Coles Picknicks, weil sich dabei so viele Leute aus der Umgebung treffen. Und dass wir zusammen hier sind, ist einfach wunderbar.« Tempest machte eine ausholende Geste. »Die Blätter werden schon bunt und man spürt den Herbst in der Luft. Ist das nicht eine herrliche Jahreszeit?« Sie steckte sich von den Bonbons in Maiskornform in den Mund und redete weiter, bevor er antworten konnte. »Seltsamerweise haben die meisten Leute keine Ahnung, was bei diesen Festen wirklich wichtig ist. Sie lassen sich von den Kürbissen, den Äpfeln und allem möglichen zimtigen Gebäck vom Wesentlichen ablenken. Alles Amateure. Ich gehe immer sofort zum Candy Corn. Merkwürdig, dass man diese Bonbons nur im Herbst isst, aber wenn die Blätter fallen und es immer kühler wird, verpasse ich keine Gelegenheit, mir mit den süßen Dingern die Zähne zu ruinieren.«

Er konnte nicht anders, er musste sie an sich ziehen. »Du bist selbst einfach umwerfend süß. Weißt du das eigentlich?«

Sie klimperte verführerisch unschuldig mit den Wimpern.

Phillip hielt Nash eins der Bonbons hin. Seine kleinen Backen waren prall gefüllt wie bei einem Eichhörnchen, das emsig Vorräte für den Winter sammelte.

Nash beugte sich zu ihm und ließ sich das Bonbon in den Mund stecken. »Danke, Kumpel. Aber ich glaube, jetzt haben wir genug Süßes gegessen. Ich möchte nicht, dass du Bauchschmerzen kriegst.«

»Krieg keine Bauchschmerzen«, erklärte Phillip mit vollem Mund.

»Uuuups.« Tempest verzog das Gesicht. »Sorry. Bei Candy Corn kann ich einfach nicht Nein sagen.« Sie steckte sich die letzten paar, die sie noch hatte, in den Mund und hielt dann die Hände in die Höhe. »Fertig. Das war's. Versprochen.«

Nash zog sie noch ein wenig fester an sich. »Es gibt Schlimmeres als zu viele Süßigkeiten, aber danke.«

Phillip füllte sich mit dem Rest seiner Beute die Backen und hielt die Hände hoch wie Tempest. »Fertig.« Ein Bonbon war ihm zu Boden gefallen und er wollte es aufheben. Nash kam ihm zuvor und gab ihm ein frisches aus der Schüssel. »Das ist das letzte, Kumpel, okay?«

»Vielleicht sollten wir lieber weg von dem Tisch mit dem Zeug. Komm, wir machen uns auf die Suche nach meiner Familie.« Tempest streckte die Hand aus, doch diesmal war Phillip schneller als sein Vater und griff danach. Überrascht flog ihr Blick zu Nash. Tiefe Zuneigung sprach aus ihren Zügen.

Nachdem sie sich in der vergangenen Nacht geliebt hatten, hatte sie ihm ein weiteres großes Stück seines Herzens gestohlen. Als er gegangen war, damit Phillip sie nicht gemeinsam in einem Bett vorfand, hatte sie ihm einen liebevoll schläfrigen Blick zugeworfen und gesagt: *Ich habe schon viel mehr Zeit mit dir verbracht, als ich mir je hätte träumen lassen. Du bist an erster Stelle Daddy und an zweiter Stelle mein Freund. Das ist einer der Gründe, weshalb ich dich so mag.* Doch was das stetig wachsende Vertrauen seines Sohnes zu Tempest in ihm bewirkte, war mit nichts zu vergleichen.

Als sie an der Bühne vorbeikamen, legte er ihr seinen Arm um die Schultern. »Sollen wir vorher noch eine Runde tanzen?«

Phillip nickte, Nash hob ihn hoch und zog mit seinem freien Arm Tempest an sich. Sie schlang die Arme um Vater und Sohn und strahlte, als hätte er ihr die Welt zu Füßen gelegt.

»Das macht mehr Spaß als unser Küchen-Rock-n-Roll. Nicht wahr, Kumpel?«

»Mehr Spaß«, antwortete Phillip nickend.

»Es macht mehr Spaß als jeder andere Tanz der Welt.«

Tempest strich mit den Fingerspitzen über Nashs Hals. Ihr verschwörerisches Lächeln war nur für ihn bestimmt. Sie drehten sich im Kreis und machten dabei Witze über zu viele linke Füße, und Nash konnte sich nicht erinnern, sich je so ganz und so vollständig gefühlt zu haben.

Am Ende des Liedes stieß Tempest einen der glücklichen Seufzer aus, die er so gerne hörte. Er stellte Phillip auf den Boden und nahm ihn an der Hand.

»Tempe!« Ein hochgewachsener, dunkelhaariger Mann kam über den Rasen auf sie zu. Er hielt die Hand einer zierlichen Brünetten.

Tempest winkte. »Das sind mein Bruder Sam und seine Verlobte Faith.«

Nash straffte unwillkürlich die Schultern und hielt Phillips Hand ein wenig fester.

Die beiden Neuankömmlinge umarmten Tempe, dann streckte Sam Nash die Hand hin. »Hi, ich bin Sam, und das ist Faith.«

»Schön, euch kennenzulernen.«

Sam ging vor Phillip in die Hocke und hielt ihm ebenfalls die Hand hin, was ihn Nash gleich noch sympathischer machte. »Du musst Phillip sein. Schön, dich kennenzulernen.«

Phillip schaute Nash an. Auf der Fahrt hatten sie ihm erklärt, dass er heute einige von Tempests Angehörigen treffen würde. Sie hatte ihm ein wenig über sie erzählt und ihm gesagt, wie nett sie waren. Sie fand immer die richtigen Worte, um ihm seine Befangenheit zu nehmen. Doch die Begegnung mit den fremden Menschen war ein großer Schritt für seinen kleinen Mann.

»Alles in Ordnung, Kumpel«, sagte Nash. »Das sind Tempes Bruder Sam und seine Freundin Faith. Sag Hallo zu ihnen.«

Phillip hatte sicher keine Ahnung, was eine Verlobte war, und er wollte ihn nicht noch mehr verwirren.

»Hi«, sagte Phillip schüchtern und schüttelte Sams Hand, wie Nash es getan hatte.

»Er ist unglaublich süß.« Faith beugte sich zu dem Kleinen und flüsterte: »Hat Tempe mit dir zusammen Candy Corn gefuttert? Sie liebt das süße Zeug.«

Phillip nickte grinsend und alle lachten.

»Schön, dass ihr hier seid«, sagte Sam. »Habt ihr Mom und Dad schon gesehen?«

»Nein. Ich wollte den beiden nicht gleich alle Bradens auf einmal zumuten«, lachte Tempe.

»Es gibt Unmengen von Bradens«, scherzte Faith. »Aber keine Sorge, Nash. Soweit ich gehört habe, bist du mit Nick, Jax und Jilly gut klargekommen.«

Nash zog eine Braue hoch. Er fragte sich, woher sie das wusste.

»Die Braden-Buschtrommeln«, erklärte Tempest. »Ich habe dir ja gesagt, meine Familie kann ein bisschen extrem sein. Sollen wir erst noch zu den Mal- und Basteltischen gehen?«

Nashs Telefon vibrierte. Er zog es aus der Tasche und sah Larrys Namen auf dem Display. Die Anrufe des Galeristen ignorierte er schon viel zu lange. »Tut mir leid, aber den sollte ich annehmen. Es geht ganz schnell.« Er sprach auf dem Weg zu den Tischen mit Larry. Ihm eine Absage zu erteilen, fiel Nash nicht leicht, doch er redete nicht lange drumherum und ließ sich auf keine Diskussion ein. Larry gab sich verständnisvoll, und Nash sagte ihm, vielleicht könnten sie sich in ein paar Jahren, wenn Phillip ein bisschen älter war, noch einmal unterhalten.

»Ich wollte nicht lauschen«, sagte Tempest nach dem Anruf.

»Aber ich könnte auf Phillip aufpassen, während du die Skulpturen fertig machst«, sagte sie. »Dass du dir diese Gelegenheit entgehen lässt, finde ich sehr schade.«

Nash steckte das Telefon weg. Die Endgültigkeit seiner Absage machte ihm mehr zu schaffen, als er sich eingestehen wollte. »Das ist ein sehr liebes Angebot. Aber du hast selbst viel zu tun und ich kann nicht einfach übers Wochenende zu Vernissagen und Eröffnungsfeiern reisen. Die Fahrten wären zu lang für Phillip und wir müssten in Hotels übernachten. Das möchte ich meinem Kleinen nicht antun. Vielleicht melde ich mich irgendwann wieder bei Larry, aber noch ist es dafür zu früh.«

»Hast du dir schon überlegt, ob du etwas für Hattie machen willst?«, fragte Tempest. »Dann müsstest du nicht weit fahren.«

»Mal sehen. Warten wir ab, wie der Probetag im Kindergarten läuft. Aber danke für deine Unterstützung. Sie bedeutet mir ungeheuer viel.«

»Ich habe ein paar von deinen Sachen im Internet gesehen«, sagte Sam. »Wenn du irgendwann wieder loslegst, hätte ich gern ein Stück von dir.«

Nash konnte schlecht einschätzen, ob Sam nur nett sein wollte oder sich tatsächlich für seine Kunstwerke interessierte. Aber wie dem auch sein mochte, der Zuspruch tat ihm gut. »Du gehörst zu Tempes Familie, da musst du nichts kaufen. Sag mir einfach, was du willst, und falls es mit Phillip im Kindergarten klappt, versuche ich, es hinzubekommen.«

»Wir wollen auf jeden Fall eine Skulptur von dir«, versicherte ihm Faith. »Aber das soll nicht auf Kosten deiner Arbeitszeit für eine Galerie gehen. So was ist eine Riesenchance, und die solltest du nutzen.«

Mit Tempe und ihrer Familie an seiner Seite konnte er

vielleicht tatsächlich bald wieder daran denken, Kunstwerke an eine Galerie abzugeben.

Phillip zeigte auf einen Stand, an dem Kinder Kürbisbilder ausmalten.

»Oh! Kürbisse!«, sagte Tempest. »Möchtest du zusammen mit mir ein bisschen malen?«

Phillip nickte, doch während Nash ihm einen Stuhl zurechtrückte, setzte er sich bereits auf Tempests Schoß. Das Grinsen, das daraufhin über ihre Lippen huschte, war absolut unbezahlbar. Nash setzte sich zu ihnen und konnte einfach nicht anders. Er musste mit seinem Telefon ein Foto von den beiden machen.

Phillip griff nach einem dicken orangefarbenen Stift und fing an, die vorgezeichneten Konturen eines Kürbisses auszumalen.

»Kommt, ich mache eins von euch dreien«, bot Faith an.

Nash rückte nahe an Tempest heran und legte ihr für das Foto seinen Arm um die Schultern.

»Schickst du mir das bitte?«, bat Tempest.

»Ich hätte es auch gern«, sagte Faith.

Nash sendete das Foto an Tempest und schrieb eine Nachricht dazu. *Die erste Frau, an die mein Sohn sein Herz verloren hat.* Faith gab ihm ihre Nummer und er schickte das Foto auch an sie. Er freute sich, dass sie es wollte, denn damit gab sie ihm das Gefühl, bereits ein wenig zur Familie zu gehören.

»Hey«, sagte Sam. »Habt ihr schon Pläne für später, wenn Tempe zu ihrer Patientin muss?«

»Wir haben nichts Bestimmtes vor«, antwortete Nash. »Wahrscheinlich werde ich mit Phillip ein bisschen am Strand herumstromern.«

»Mom und Dad wissen es noch nicht, aber wir treffen uns heute Abend alle bei ihnen zu Hause. Sie wohnen gleich hinter dem Strand, du musst also eure Pläne nicht ändern und könntest trotzdem kommen. Und wenn Tempe fertig ist, stößt sie einfach dazu.«

Tempest lächelte ihn hoffnungsvoll an. Ein wenig überrascht stellte er fest, dass er große Lust hatte zuzusagen. Doch gegen Abend würde Phillip hundemüde sein und einen quengelnden Dreijährigen wollte er Tempests Familie beim allerersten Besuch nicht zumuten.

»Danke, aber das wird ein langer Tag für meinen kleinen Mann, und sehr umgänglich wird er dann nicht mehr sein. Ich möchte euch nicht mit einem quengelnden Kleinkind den Abend verderben.«

»Ach was.« Faith nahm Sams Hand und schaute Phillip an, als wäre er das süßeste Wesen auf der Welt. »Die Bradens lieben Kinder, und Jewel, Nates Frau, hat ihre jüngeren Geschwister praktisch allein aufgezogen. Wenn er müde ist, wissen wir uns zu helfen. Wofür hat man schließlich eine Familie?«

Nash wurde von einer Welle der Sehnsucht nach seiner eigenen Familie erfasst. Er räusperte sich und kämpfte gegen den plötzlich aufkommenden Wunsch an, seine Mutter um sich zu haben. Waren Tempests Angehörige alle so offen und freundlich? Würden die anderen ihn und Phillip mit ebenso viel Wärme aufnehmen? Und würde er überhaupt damit klarkommen?

Tempest legte eine Hand an sein Bein. Ihm gefiel, dass sie ihre Zuneigung so unbefangen zeigte. Diese Frau war ihm unglaublich wichtig, und ob ihre Familie ihn nun herzlich willkommen hieß oder eher kritisch beäugte, für sie würde er sich dieser Herausforderung stellen.

»Wenn ihr meint, dass es keine zu großen Umstände macht ...«, sagte er schließlich.

Sam klopfte ihm auf den Rücken. »Ach, woher denn? Alle werden sich freuen.«

Sie unterhielten sich noch eine Weile, dann zogen Sam und Faith los, um sich etwas zu essen zu besorgen.

»Alles klar?«, fragte Tempest. »Einen Moment lang bist du ein bisschen blass geworden.«

»Ja, alles klar. Heute fehlt mir nur meine Familie mehr als sonst.«

Sie griff nach seiner Hand. »Wenn du reden willst, ich bin da.«

»Ich brauch Gün«, unterbrach Phillip. Er zeigte auf ein kleines Mädchen, das gerade mit einem grünen Stift malte.

Froh über die Ablenkung stöberte Nash in dem kleinen Berg Buntstifte, der vor ihnen auf dem Tisch lag. Alle erdenklichen Farben waren vorhanden, aber, verdammt, natürlich kein Grün. Er hielt einen blauen Stift in die Höhe. »Wie wär's mit Blau?«

Phillip schüttelte den Kopf. »Gün für die Blätter.«

Das kleine Mädchen wedelte mit dem Stift. »Ich habe Grün. Willst du auch mal?«

Phillip vergrub das Gesicht an Tempests Hals. Die Zärtlichkeit, mit der Tempest ihm die Locken aus den Augen strich, brachte Nashs Herz beinahe zum Überlaufen.

»Möchtest du den grünen Stift?«, fragte Tempest.

Phillip nickte, ohne aufzublicken.

»Dann sag doch einfach ›Ja, bitte‹ zu dem netten Mädchen«, schlug sie vor.

Immer noch an ihrem Hals versteckt, sagte Phillip: »Ja, bitte«, und das Mädchen reichte ihm den Stift.

Nash atmete aus. Erst jetzt merkte er, dass er die Luft angehalten hatte. »Sag danke, Kumpel.«

»Danke.« Diesmal schaute Phillip das Mädchen sogar an.

»Kann ich dein Rot haben?«, fragte die Kleine.

Phillip nickte und schob den roten Stift über den Tisch.

»Danke«, sagte sie und malte weiter.

»Gibst du mir das Wot?«, fragte Phillip.

Nash lachte leise auf. Jetzt, wo sein Sohn sich ein bisschen sicherer fühlte, konnte er sich gut vorstellen, wie die nächsten zehn Minuten verlaufen würden. Zum Glück schien es dem Mädchen nichts auszumachen, die Stifte mit ihm zu teilen. Und das, obwohl Phillip sie nacheinander um die nächsten drei Farben bat, die sie benutzte.

Als sie den Maltisch schließlich verließen, sagte Nash: »Vielleicht ist er tatsächlich reif für den Kindergarten.« Er zog Tempest näher zu sich und flüsterte: »Ich bin so froh, dass du in unserem Leben aufgetaucht bist.«

Sie legte ihren Arm um seine Taille und lächelte vielsagend. »Vielleicht kannst du mir ja heute Nacht zeigen, *wie* froh du bist.«

Am Abend saß Tempest zusammen mit Jewel auf der Steinmauer im Garten ihrer Eltern und schaute hinunter zum Wellensaum. Dort stand ihr Vater mit Phillip auf den Schultern und zeigte erst zur goldenen Mondscheibe und dann hinaus aufs Wasser. Sie fragte sich, ob er Phillip die Geschichte von der Meerjungfrau erzählte, die er ihr als kleinem Mädchen erzählt hatte. Sie hoffte es, denn sie liebte die Geschichten ihres Vaters, und sicher würden sie auch Phillip gefallen. Ein Stück weiter den Strand entlang standen Nash, Nate, Cole und Sam um ein niedriges Feuer, dessen Flammen in der Brise tanzten. Jeder von ihnen hatte die Arme vor der breiten Brust verschränkt, und sie diskutierten angeregt, wie sich Nashs Skulpturen am besten vermarkten ließen. Nash schaute zwischendurch immer wieder verstohlen zu ihr und zu Phillip. Den Nachmittag hatten sie beim Picknick verbracht und sich mit ihrer Familie unterhalten. Hin und wieder, wenn Phillip ganz ins Spielen vertieft gewesen war, hatten Tempe und Nash einander heimlich Küsse gestohlen und hätten zu gerne noch viel mehr getan.

Dass Nash sich zwischen ihren Brüdern unwohl fühlen könnte, befürchtete sie nicht. Doch sie empfand tiefes Mitgefühl, weil ihm gerade heute seine Familie so sehr fehlte. So innig sie die ihre liebte, sie konnte es kaum erwarten, ein paar Minuten mit Nash allein zu sein, um ihn ein bisschen aufbauen zu können.

Faith und Leesa kamen mit einer Tüte Marshmallows und angespitzten Stöcken zum Rösten der Süßigkeiten aus dem Haus und setzten sich ebenfalls auf die Mauer.

»Machst du dir Gedanken, ob alle deinen Nash ausreichend sympathisch finden?«, fragte Leesa.

Tempest lachte. »Überhaupt nicht. Man muss ihn einfach mögen. Er ist ein toller Vater, ein kluger Kopf und sehr, sehr lieb.«

»Und hungrig«, fügte Jewel hinzu.

»Was? Warum? Wir haben doch eben erst zu Abend gegessen.« Tempest schaute zu Nash hinüber und ihr Herz bekam Flügel. Er stand mit dem Rücken zum Mond und sein Gesicht lag im Schatten, trotzdem spürte sie die Hitze seines Blicks.

»Er schaut dich an, als wäre er kurz vorm Verhungern und du wärst ein saftiges Steak«, kicherte Jewel.

»Wirklich? Das siehst du ihm an?«, flüsterte Tempest. »Bitte sag mir, dass meine Brüder das nicht auch sehen können.«

»So was sehen nur wir Mädels«, versicherte Faith. »Die Jungs sind zu sehr in die Diskussion über Marketingstrategien für seine Skulpturen vertieft. Hast du das vorhin gehört? Nate meinte, er könnte Nash mit der Galerie unten am Hafen zusammenbringen, und Sam hat angeboten, in seinem Newsletter für Rough Riders etwas über Nashs Arbeit zu schreiben.«

»Ich hoffe, sie bedrängen ihn nicht zu sehr. Er und Phillip müssen derzeit mit so vielen Veränderungen klarkommen.« Sie sah, wie ihre Eltern langsam Richtung Feuer spazierten. Ihr Vater übergab Phillip an ihre Mutter, die ihm die Locken aus dem Gesicht strich und ihn auf die Stirn küsste. »Ich glaube, Mom hat sich in Phillip verliebt. Aber meint ihr, Nash fühlt sich durch die Jungs abgeschreckt?«

»Ich bitte dich. Wenn du das Steak bist, sind deine Brüder die Barbecuesauce«, erklärte Jewel. »Sie unterstützen dich. Die schrecken niemanden ab.«

»Genau«, pflichtete Leesa bei. »Als ich mich damals in Cole verliebt habe, habe ich mich in den Braden-Clan gleich mitverliebt.«

»Ich bin auch gerade dabei, mein Herz zu verlieren«, gab Tempest zu. »An alle beide.«

Die Männer verließen das Feuer und spazierten zurück zum Haus.

»So viel Schönheit auf einer einzigen kleinen Mauer«, sagte Nate.

Die Braden-Brüder griffen nach den Händen ihrer besseren Hälften. Nash kam zu Tempest, stellte sich zwischen ihre Knie und legte seine Handflächen an ihre Hüften.

»Wie geht's meinem Lieblingsmädchen?«, raunte er dicht an ihrer Wange.

Eine wohlige Gänsehaut lief ihr über den Rücken. »Jetzt ganz großartig. Und dir?« Ihn zusammen mit ihrer Familie zu sehen, löste etwas in ihr aus. Einerseits wollte sie ihn vor der Neugier und Direktheit ihrer Sippe bewahren, andererseits wünschte sie sich, dass er ihre Eltern und Geschwister genauso sehr ins Herz schloss, wie die Partnerinnen ihrer Brüder es getan hatten.

»Wir sehen uns gleich unten am Feuer«, sagte Jewel. Mit einer Handbewegung forderte sie die anderen auf, ihr zu folgen.

»Ich komme ganz gut klar. Deine Familie erinnert mich daran, wie meine war, bevor …« Er legte die Arme um ihre Taille. »Das ist bitter, aber auch süß.«

Die unterschiedlichsten Gefühle stritten sich in ihr. »Dass Wunden in dir aufgerissen werden, tut mir leid, aber ich freue mich, dass du meine Angehörigen magst.«

»Tempe«, flüsterte er und schaute hinunter zum Strand, wo Phillip sich in die Arme ihrer Mutter schmiegte. »Ich kann kaum in Worte fassen, was ich für dich empfinde. Du hast uns schon so viel gegeben und jetzt teilst du sogar deine Familie mit uns. Manchmal bin ich regelrecht überwältigt. Aber auf eine gute Art.«

»Mir geht es mit dir genauso«, gab sie zu. »Dass dein Vertrauen in mich groß genug ist, um Phillip mit mir zu teilen, ist ein riesiges Geschenk.«

»Jahrelang war es so leicht, die Welt von uns fernzuhalten. Nachdem wir PJ verloren hatten, war nichts mehr wichtig genug, als dass wir es hätten festhalten wollen. Dann kam Phillip, und ich habe noch nie irgendjemanden oder irgendetwas so geliebt, wie ich ihn liebe.« Nashs Blick wurde weicher und plötzlich lag so etwas wie Angst darin. »Und dann bist du aufgetaucht und meine Gefühle für dich werden jeden Tag stärker, mein Engel. Ich fürchte, auch deine Familie könnte sich in mein Herz stehlen. Aber ich habe PJ verloren und meinen Vater. Und meine Mutter tut inzwischen so, als hätte es die Familie, die ich kannte, nie gegeben. Und Phillips Mutter hat ihren kleinen Sohn verlassen. Vielleicht ist jetzt nicht der richtige Augenblick, all das anzusprechen. Aber ich kann nicht abstreiten, dass das, was gerade zwischen dir, mir und Phillip passiert, mir eine Heidenangst macht.«

Tränen stiegen ihr in die Augen. »Du befürchtest, dass ich mich davonmache?«

Er hob eine Schulter. »Wenn ich den Kopf einschalte, dann nicht. Der Mann in mir weiß, dass unsere Beziehung zwar noch jung, aber stark ist. Die Zeit wird zeigen, was aus uns werden kann. Doch der besorgte Vater und das verlassene Kind in mir? Ja, diese verletzlichen Teile fürchten sich tatsächlich.«

Eine Träne glitt über ihre Wange und er wischte sie weg. »Ich möchte dich nicht traurig machen. Ich möchte nur ehrlich zu dir sein.«

»Ich bin nicht traurig.« Sie lachte leise auf und wischte sich weitere Tränen aus den Augen. »Ich bin unfassbar glücklich. Herrje, das klingt verkehrt. Natürlich bin ich nicht glücklich über deine Angst. Ich bin glücklich, dass ich dir genauso viel bedeute, wie du mir bedeutest.«

Ein Lächeln spielte um seine Mundwinkel. »Und was machen wir jetzt?«

»Ähm … uns küssen?«

Er nahm ihr Gesicht zwischen die Hände. »Deine Angehörigen können uns sehen.«

Sie zuckte die Achseln und lächelte genauso liebeskrank, wie sie sich fühlte. »Das ist mir egal. Ich habe mein ganzes Leben lang auf dich gewartet, und noch ist mir nicht klar, wie wir mit all den Herausforderungen umgehen sollen. Nur wie wir mit unseren Gefühlen umgehen können, weiß ich genau. Küss mich, Nash. Küss mich, als wäre es dir ernst.«

Er legte seinen Mund auf ihren, und ihre Familie jubelte und applaudierte so laut, dass sie beide lachen mussten.

Nash hob Tempe von der Mauer. »Wir sollten auch ans Feuer gehen.« Hand in Hand spazierten sie zum Strand. »Deine Brüder haben mich gefragt, was für Absichten ich mit dir habe.«

»Oh Gott. Wirklich?«

Er legte den Arm um sie und zog sie näher zu sich. »Ich habe ihnen gesagt, ich hätte die Absicht, das mit uns nicht in den Sand zu setzen.«

»Du hast wohl auf jede Frage eine Antwort«, scherzte sie.

»Nein. Aber als Phillip geboren wurde, hatte ich gar keine. Keine einzige. Ich hatte nur Liebe und Hoffnung. Damit sind wir immerhin bis hierhin gekommen. Und du hilfst uns gerade, Antworten auf Fragen zu finden, von denen ich noch nicht mal was geahnt habe. Könnte doch sein, dass das für uns drei reicht.«

Er hatte tatsächlich auf alles eine Antwort. Tempest lächelte ihn an. »In einer Welt, in der die Leute von Apps verkuppelt werden, ohne einander ihren richtigen Namen nennen zu müssen, in der *Likes* und *Shares* mehr wert zu sein scheinen als ein ehrliches Wort, sind *Hoffnung* und *Liebe* mehr als genug. Sie sind alles.«

Achtzehn

Bevor Nash und Phillip zum Probetag im Kindergarten aufbrachen, riefen Tempests Eltern an, um Phillip für das große Ereignis alles Gute zu wünschen. Seit seinem Besuch in Peaceful Harbor redete Phillip ununterbrochen von ihnen. Telefoniert hatte er allerdings noch nie, und es war lustig, ihn dabei auf und ab gehen zu sehen, wie sein Vater es oft tat. Hin und wieder musste Nash ihn daran erinnern, dass Ace und Maisy am Telefon nicht sehen konnten, wie er nickte. Doch Phillip wurde jeden Tag ein wenig gesprächiger und konnte sich immer besser ausdrücken.

Eigentlich hätten ihre Eltern auch Nash alles Gute wünschen sollen. Denn es war exakt acht Minuten her, seit Miss Juliana, die demonstrativ gut gelaunte Erzieherin, Phillip dazu gebracht hatte, sich zu der Gruppe zu setzen, und noch immer hatte er Tränen in den Augen. Allerdings müsste man den Probetag in Elternfoltertag umbenennen, denn kaum etwas war schwerer zu ertragen gewesen als die Angst in Phillips Augen, als er von einer ihm völlig unbekannten Frau weggeführt worden war.

»Am Anfang ist es nicht leicht. Vielleicht weint er sogar«, hatte sie Nash gesagt. »Aber wir haben das schon unzählige

Male gemacht, und ich kann Ihnen versichern, er wird sich schneller eingewöhnen, wenn Sie sich hinter den Einwegspiegel stellen und er Sie nicht sieht.«

Nash hatte seine gesamte Willenskraft aufbieten müssen, um den Raum zu verlassen und sich hinter dem verdammten Spiegel zu verstecken. Er hatte das Gefühl, seinen Sohn im Stich zu lassen und sein Vertrauen aufs Spiel zu setzen. Warum in aller Welt sollte das hier besser sein, als wenn er mit der Kindergruppe und Phillip zusammen auf dem beschissenen Teppich saß und seinen Sohn festhielt, damit er sich sicher fühlte?

Mit einem abgrundtief schlechten Gewissen schaute er durch den Spiegel zu, wie seinem Kleinen Tränen über die Wangen liefen. Noch genau zwei Minuten, dann war Schluss. Er würde der Qual ein Ende machen und Phillip mit nach Hause nehmen.

Das kleine Mädchen neben Phillip rückte ein wenig näher an ihn heran. Er rutschte ein Stück weg und stieß prompt gegen den kleinen Jungen auf seiner anderen Seite. Das Mädchen beugte sich zu ihm und griff nach seiner Hand. Phillip starrte es an. Nash beobachtete gebannt, wie die dunkelhaarige kleine Dame jetzt etwas zu seinem Sohn sagte. Phillip nickte. Nash hielt den Atem an. Das Mädchen lächelte. Verdammt, sie war zu niedlich. Phillip lächelte scheu zurück.

Du hast gelächelt.

Heiliger Bimbam, du hast gelächelt!

Nash presste die Handflächen ans Glas. »Du schaffst das, Kumpel. Ich weiß, dass du das kannst«, flüsterte er. Das Mädchen redete weiter und Phillip beugte sich ein wenig zu ihm. *Großer Gott.* So wurden Freundschaften geboren. So einfach war das – und gleichzeitig so schwer. Für sie beide.

Nash war überwältigt, was die Kinder alles lernten. Sie sangen das Buchstabenlied, malten mit Fingerfarbe und sprachen über den geplanten Besuch eines Feuerwehrmanns. Am Ende des Vormittags hatte Nash eine ellenlange Liste von Dingen im Hinterkopf, die er mit seinem Sohn in Angriff nehmen musste.

Als Phillip ihn sah, warf er sich in seine Arme. »Ich hab Freunde.«

»Wirklich? Das ist toll, Kumpel.« Nash war unschlüssig, ob er Phillip verraten sollte, dass er ihn mit seinen neuen Freunden zusammen gesehen hatte.

»Mommy!«, rief das brünette kleine Mädchen, das sich mit Phillip unterhalten hatte.

Im Nu waren sie von Müttern umringt, die ihre Kinder abholten. Wie lange würde es dauern, bis Phillip nach seiner Mutter fragte? *Herr im Himmel,* er hatte geglaubt, er hätte das Elternproblem unter Kontrolle. Aber würde das je wirklich der Fall sein?

Phillip zog ihn zu der Wand, wo die Erzieherin die Fingerfarbe-Kunstwerke aufhängte. »Das ist meins. Es ist noch nass.«

»Das ist ein tolles Bild.«

»Weißt du, was das ist?«, fragte Phillip.

Nash betrachtete den braunlilafarbenen Klecks und hoffte auf einen schlauen Einfall. Zum Glück war Phillip viel zu aufgeregt, um lange zu warten.

»Das ist eine Meerjungfrau. Sie wohnt im Wasser und fängt Fische für die Leute.«

Danke, Ace.

»Das ist wirklich ein besonders schönes Bild«, sagte Miss Juliana. »Du hast unheimlich viel Fantasie.« Sie strich Phillip über die Locken und lächelte Nash an. »Er hat uns von Papa Ace erzählt, der ihm versprochen hat, ihn mit dem Boot mit rauszunehmen, damit sie gemeinsam nach Meerjungfrauen Ausschau halten können.«

Nash wurde warm ums Herz. *Papa Ace?* Wo kam das denn her?

»Montags, mittwochs und freitags hätten wir hier noch einen Platz frei«, erklärte Miss Juliana.

»Danke. Ich denke, das versuchen wir.«

Während die Mütter die restlichen Sachen ihrer Kinder einsammelten, rief die Erzieherin: »Liebe Eltern, denken Sie bitte daran, im November beschäftigen wir uns mit dem Thema Familie. Wir brauchen Fotos von Familienmitgliedern und Haustieren. Es wäre schön, wenn Sie welche heraussuchen könnten. Es dürfen auch Bilder von sehr entfernten Verwandten sein. Je mehr, desto besser.«

Großeltern, Tanten, Onkel. Wieder einmal war Nash zumute, als würde seine Brust in einen Schraubstock gezwängt. Phillip würde das einzige Kind sein, das keine Familienfotos mitbringen konnte. Viele Verwandte hatten sie sowieso nicht, aber verdammt, Phillip hatte immerhin eine Großmutter. Schön, sie war sehr beschäftigt, und Phillip zu sehen, würde sie vielleicht traurig machen. Na und? Musste eine Erwachsene das nicht aushalten können, um am Leben des eigenen Enkelkindes teilzuhaben? Vielleicht war es Zeit, Klüfte zu überwinden und Gräben zuzuschütten, anstatt sich weiterhin hinter Gespenstern zu verstecken.

Auf dem Heimweg fuhren sie beim Emmaline's vorbei, um Phillips ersten Vormittag im Kindergarten zu feiern, und Emmaline machte für Phillip ein ganz besonderes Sandwich in Herzform. Auf dem Nachhauseweg nickte er ein.

Tempest saß mit verquollenen Augen, geröteter Nase und Papiertaschentüchern in der Hand auf der Treppe vor dem Haus. Nash setzte sich mit dem schlafenden Phillip auf dem Arm zu ihr.

»Mein Engel, was ist los?«

Sie schniefte und wischte sich die Augen ab. »Der kleine Junge wacht einfach nicht aus dem Koma auf, und bei dem kleinen Mädchen schlägt die Chemotherapie zwar an, aber irgendeinen Bestandteil verträgt sie nicht und es geht ihr wieder schlechter.«

»Oh Baby, das tut mir sehr leid.« Nash nahm Phillip auf die andere Seite und legte den Arm um sie. »So was braucht sicher viel Zeit.«

»Ich weiß. Aber es ist so traurig und es macht mich so wütend. Diese Kinder haben es unglaublich schwer und dabei sind sie noch so jung. Das Leben ist ungerecht und manchmal zieht mir das den Boden weg.« Sie atmete tief ein und langsam wieder aus, dann wischte sie sich die Augen ab und fügte hinzu: »Das Krankenhaus hat mir einen Vollzeitjob angeboten.« Wieder liefen ihr Tränen über die Wangen. »Verdammt.« Sie fuhr sich übers Gesicht.

»Das ist gut, oder?«

Sie schüttelte den Kopf. »Ich habe so viele Neuanmeldungen für meine Kindermusikkurse, und mir geht nicht aus dem Kopf, was du über Hoffnung und Liebe gesagt hast. Ich *hoffe*, die Kurse laufen gut, und ich *liebe*, was ich tue. Deshalb habe ich das Jobangebot abgelehnt.«

»Ich fürchte, ich verstehe dich nicht ganz. Du hast einen Job abgelehnt, den du nicht haben willst. Du hast viele Neuanmeldungen für deine Kurse. Ich weiß, manchmal bin ich ein bisschen schwer von Begriff, aber sollte dich das nicht glücklich machen?«

»Doch. Schon«, antwortete sie. »Aber ich habe mir heute zwei Räume angesehen und in dieser Stadt werden irre Mieten verlangt. Im Gemeindezentrum bekomme ich keine zusätzlichen Tage und …« Sich schnäuzte sich, dann schlug sie die Hand vor den Mund. »Oh mein Gott. Entschuldige bitte. Ich blubbere hier wie eine egoistische Labertasche vor mich hin, dabei hattet ihr heute euren Probetag. Wie ist es denn gelaufen?«

»Du bist keine blubbernde egoistische Labertasche.« Er küsste sie und schmeckte ihre salzigen Tränen. »Dass du so traurig und frustriert bist, tut mir leid. Aber für dein Raumproblem fällt uns sicher irgendeine Lösung ein.«

Sie atmete tief durch und straffte die Schultern, dann nickte sie und versuchte, ihre Gefühle unter Kontrolle zu bekommen. »Entschuldige bitte. Es geht schon wieder. Was für ein Schlamassel. Sorry. Ja, irgendeine Lösung wird sich schon finden. Der heutige Tag war eine Gefühlsachterbahn und die Räume zu besichtigen ein kleiner Schock. Ich träume davon, von den Kinderkursen leben zu können. Doch anscheinend brauche ich ein Wunder, damit dieser Traum in Erfüllung gehen kann. Trotzdem hast du recht. Ich darf nicht gleich aufgeben. Irgendwas ergibt sich sicher. Und jetzt erzähl mir von Phillip. Der Vormittag im Kindergarten war wohl ziemlich anstrengend für ihn.«

»Für uns beide.« Nash berichtete von dem Probevormittag und wie es sich angefühlt hatte, Phillip zu beobachten. »Von jetzt an haben wir ein straffes Programm. Ich muss das Buchstabenlied mit ihm singen, ihm von Feuerwehrmännern und Polizisten erzählen und ihm nach und nach die ganze Welt erklären.«

»Ich bin so stolz auf dich, weil du diesen Schritt gewagt hast. Das war nicht leicht, und ich wünschte, ich hätte bei dir sein können.«

Er küsste sie. Phillip seufzte im Schlaf und sie küssten sich noch einmal.

»Ich lege ihn für seinen Mittagsschlaf ins Bett. Ich bin gleich wieder da.«

Als er die Treppe herunterkam, saß Tempest im Haus auf der Couch.

Sie klopfte einladend auf den Platz neben ihr. »Ich dachte, du willst ihn sicher hören, wenn er aufwacht.«

»Danke. Er schläft wie ein Murmeltier. Ich würde sagen, wir haben etwa eine Stunde.« Nashs Hand schob sich an ihrem Schenkel nach oben und er küsste ihren Hals. »Wir könnten ein paar Dummheiten machen.«

Sie lehnte sich zurück, damit er sich über sie beugen konnte. »Erzähl mir erst, was sonst noch im Kindergarten passiert ist. Offenbar war es dort recht interessant.«

»Es war ein guter Vormittag.« Er schob ihren Pullover nach oben und küsste ihren Bauch. »Ich denke, ich melde ihn für drei Tage die Woche an. In zwei Wochen kann es losgehen.« Er schob ihren Pullover noch etwas höher und rieb durch ihren sexy Spitzen-BH hindurch ihre Brustwarze.

»Das fühlt sich wunderbar an. Ich meine, das *hört* sich wunderbar an.«

Sie rutschte auf der Couch ein wenig tiefer und Nash zog den Spitzenstoff nach unten.

»Erzähl zu Ende, denn in ein paar Minuten kann ich nicht mehr klar denken.«

Er lachte leise. »Im November beschäftigen sie sich mit dem Thema Familie. Das heißt, ich muss mit ihm über seine Mutter sprechen.«

Tempest hob den Kopf und schaute ihm ernst ins Gesicht. »Oh Nash. Das ist keine leichte Aufgabe. Hast du seine Mutter jemals erwähnt?«

»Nein. Er hat nie nach ihr gefragt. Aber das wird er sicher bald tun. Heute haben mindestens zehn bis fünfzehn Mütter ihre Kinder abgeholt. Es ist also nur eine Frage der Zeit. Ich möchte kein großes Tamtam darum machen, aber irgendwas muss ich ihm sagen.« Er berührte Tempes Lippen mit seinen. »Möchtest du über deine Arbeit sprechen? Über Phillip können wir uns später noch unterhalten.«

»Nein. Das Familienthema ist wichtig. Sollen wir gemeinsam überlegen, wie du vorgehen könntest? Ich helfe dir, so gut ich kann. Vielleicht weiß ja auch meine Mutter einen Rat.«

»Womöglich komme ich auf dein Angebot zurück. Auf jeden Fall fahre ich noch mal nach Oak Rivers, denn du hast recht. Ich muss mich mit der Vergangenheit aussöhnen, damit ich abschließen kann.« Er schob die Hand unter ihren Rock und an der Innenseite ihres Oberschenkels nach oben. In der vergangenen Woche hatten sie sich in jeder einzelnen Nacht geliebt, doch selbst wenn er sie zehnmal am Tag liebte, würde er nicht genug von ihr bekommen.

Sie stützte sich auf die Ellbogen und richtete sich ein wenig auf. »Ich fahre mit.«

»Würdest du das wirklich tun?«

»Es gibt nichts, was ich nicht für dich tun würde.«

»Ich habe gehofft, dass du das sagst.« Nash schob ihren Rock hoch und riss ihr die Panties herunter.

Tempest kicherte. Insgeheim war sie überglücklich darüber, wie sehr er sie begehrte. »Demnächst muss ich mir neue Unterwäsche besorgen.«

»Ich weiß gar nicht, weshalb du überhaupt welche trägst. Verflixt. Kondom.« Er stand auf, hob sie hoch und machte sich mit ihr auf den Weg zur Treppe.

»Ich kann laufen!«

»So geht's schneller.« Er nahm immer zwei Stufen auf einmal, trug sie in ihr Zimmer und schloss die Tür hinter ihnen. »Eine Sekunde.«

Er verschwand und war kurz darauf mit dem Babyphon zurück. Sie fand es großartig, dass er sogar in der Hitze der Leidenschaft noch an Phillip dachte. Eilig streiften sie ihre Kleider ab, dann legte er Tempe aufs Bett.

»Baby, du bist wunderschön. Und der Mittagsschlaf ist eine großartige Erfindung.« Er schlang die Finger um seine Härte und strich einmal langsam daran auf und ab.

Sie starrte gebannt hin und riss die Augen auf.

»Gefällt es dir, wenn ich das mache?«

»Vielleicht«, sagte sie ein wenig scheu, obwohl sie sich gar nicht scheu fühlte. Im Gegenteil. In seiner Gegenwart fühlte sie sich sexy und sehr begehrt. Bisher war sie im Schlafzimmer nie übermäßig selbstbewusst gewesen, doch mit Nash war sie es immer. *Wieder ein Zeichen.*

»Gefällt es dir, wenn ich das mache?« Sie legte eine Hand zwischen ihre Beine.

»Heiliger Bimbam. Ich hoffe, Phillip schläft heute ein bisschen länger, denn, meine Süße, ich möchte jede Menge schmutzige Dinge mit dir anstellen.« Er kniete sich zwischen ihre Beine und rieb seinen harten Schaft. Als sie aufhörte, sich zu streicheln, packte er ihr Handgelenk und leckte ihre Finger ab. Dabei schaute er ihr in die Augen.

»Oh mein Gott«, sagte sie atemlos. »Du bist unglaublich ungezogen.«

»Du ahnst nicht, *wie* ungezogen ich sein kann.« Er legte ihre Finger wieder an ihre Mitte und ließ ihnen seinen Mund folgen.

Wegen des wohligen Lustgefühls, das er ihr damit bescherte, vergaß sie prompt, ihre Hand zu bewegen.

»Hör nicht auf, Baby. Ich will sehen, wie du kommst.«

Sie schloss die Augen und zwang ihre Finger, ihre Klit zu streicheln, während er sie verschlang. Dann drang er mit seinen Fingern in sie ein und sie stöhnte. Sie schlug die Hand vor den Mund und bäumte sich auf, während Nash mühelos die magische Stelle fand, deren Berührung sie in schwindelnde Höhen katapultierte. Die Muskeln in ihrem Inneren zogen sich zusammen, doch er machte weiter und liebte sie mit Mund und Fingern bis zum allerletzten wohligen Schauer.

Hinterher schnappte er sich ein Kondom und zog es sich über. Bevor er sich auf sie legte, flocht er die Finger zwischen ihre.

»Schön leise sein, süßes Mädchen«, raunte er.

Sie war nie eine lautstarke Liebhaberin gewesen, aber wie bei so vielem mit Nash war auch das jetzt anders als früher. Selbst wenn sie sich noch so sehr bemühte, wenn Nash und sie sich liebten, gelang es ihr nie, ihre Lustschreie zu unterdrücken. Mit einem harten Stoß drang er in sie ein. Jedes Mal, wenn er sich zurückzog, hob ihr Körper sich ihm entgegen und wollte ihn zurückhaben.

Bei jedem weiteren harten Stoß küsste er sie, schluckte ihre Schreie und bewegte sich in einem kraftvollen Rhythmus weiter.

Ihre Hände hielt er zu beiden Seiten ihres Kopfes fest und bescherte ihr damit ein neues, sehr aufregendes Gefühl. Sie schlang die Beine um seine Taille und ermöglichte ihm, noch tiefer in sie zu dringen. Der nächste Stoß durchjagte sie wie ein Stromschlag, und Nash stöhnte ihren Namen, während ein gemeinsamer Orgasmus sie mit sich wegriss.

Nash sank über ihr zusammen und küsste sie zärtlich.

»Lass uns duschen gehen.« Er setzte sich auf. »Baden wäre schöner, aber ich glaube, dazu fehlt uns die Zeit.«

»Was ist mit Phillip?«

»Wir nehmen unsere Kleider und das Babyphon mit und wir duschen ganz schnell.« Er schnappte sich das Gerät und fügte hinzu: »Das heißt, wenn du dich benehmen kannst.«

Sie sammelte ihre Kleider zusammen und folgte ihm durch den Flur. Dabei hing ihr Blick an seinem nackten Hintern.

Sie benahm sich nicht. Wie sollte sie das fertigbringen, wenn ein über eins neunzig großes, gutherziges, brandheißes Sahnestückchen wie Nash nackt und nass direkt vor ihr stand? Ganz abgesehen davon, dass er sofort wieder steinhart wurde, als ihre seifigen Körper sich berührten. Nur zu gerne ließ sie sich auf dem Rand der Wanne nieder und liebte ihn mit dem Mund. Doch das reichte ihrem hungrigen Mann nicht. Er hob sie hoch, senkte sie auf seinen Schaft und verschlang dabei ihre Lippen. Großer Gott, ohne Kondom fühlte er sich noch besser an. *Oh verdammt.*

»Kondom«, seufzte sie zwischen gierigen Küssen.

Er hielt inne. Ein tiefes Stöhnen stieg in seiner Brust auf.

»Nash, die Pille ist zu neunundneunzig Prozent sicher. Ich glaube, wir müssen uns keine Sorgen machen.« *Bitte hör nicht auf. Bitte hör nicht auf.*

Angst und Verlangen kämpften in seinem Blick, doch mit

dem nächsten Atemzug schob Liebe die Angst beiseite. Er küsste sie weiter. Ihr Rücken traf auf die kalten Fliesen und sie wölbte sich von ihnen weg.

»Oh Baby, mach das noch mal.«

Sie wölbte den Rücken und er bewegte sie auf seinem Schaft auf und ab. »Verdammt, so bist du noch enger.«

»Du machst mich ganz verlegen. Mach es bitte wieder gut, indem du mich zum Höhepunkt bringst.«

Und das tat er.

Zweimal.

Neunzehn

In den nächsten Wochen spielte sich ihr Zusammenleben immer mehr ein. Sie fütterten die Tiere, machten Spaziergänge und pflückten bunte Wiesenblumen, die Tempest und Phillip in Vasen stellten und in den Räumen verteilten. Es war faszinierend, wie solche kleinen Dinge das Haus noch viel mehr in ein echtes Zuhause verwandelten. Doch Nash machte sich nichts vor. Er wusste, dass das wenig mit den hübschen Blumen, aber sehr viel damit zu tun hatte, dass Tempest und sein Sohn die Zimmer gemeinsam schmückten. Phillip hing genauso an Tempest wie er. Wenn sie den Kleinen abends ins Bett gebracht hatten, fielen sie sich in die Arme. Meist liebten sie sich dann und blieben bis vier Uhr morgens zusammen. Danach ging Nash widerstrebend in sein eigenes Zimmer. Um nicht von dem kleinen Frühaufsteher gemeinsam in einem Bett ertappt zu werden, stellten sie sich inzwischen einen Wecker. Denn einmal hatten sie beide so tief geschlafen, dass sie erst in letzter Minute aufgewacht waren und Nash es nur mit knapper Not geschafft hatte, den Flur entlang zu flitzen, bevor Phillip aufgestanden war. Zum Glück ließ sein schlafbedürftiges Mädchen sich nicht stören, wenn der Wecker vor Tagesanbruch klingelte. Meist wachte Tempe nicht einmal auf. An den Abenden, an denen sie keine ungezogenen Sachen machten, sang Nash ihr manchmal etwas vor, während sie sich in der Geborgenheit seiner Arme den dringend nötigen Schlaf holte. Sich in aller Frühe aus ihrem Bett wegzustehlen, fiel ihm zunehmend schwerer.

Am heutigen Morgen war die Qual noch größer gewesen als sonst, denn es war Freitag und sie wollten nach Oak Rivers fahren. Tempests Eltern hatten angeboten, auf Phillip aufzupassen, damit Nash und Tempest den Trip an einem Tag schafften. Für Nash war es ein Riesenschritt, Phillip in die Obhut anderer Menschen zu geben, doch es wurde Zeit, dass er seinem Repertoire aus *Liebe* und *Hoffnung* auch *Vertrauen* hinzufügte.

Tempest griff nach seiner Hand. »Alles in Ordnung?«

»Ja. Ich bin bloß nervös. Unglaublich, dass fünfzehn Jahre vergangen sind, seitdem ich mit meinen Eltern dort weggegangen bin.« Er legte die Hand wieder ans Lenkrad. Mit jeder Meile, die sie zurücklegten, wurde er angespannter. »Danke, dass du mich begleitest.«

»Das ist doch selbstverständlich. Danke, dass ich Phillip diese Woche mit zu den Musikkursen nehmen durfte.«

Phillip traute sich immer mehr aus seinem Schneckenhaus, zählte alles, was ihm in die Quere kam, und kämpfte sich voller Eifer durch das Buchstabenlied. Dass er mit Tempest zu den Musikkursen wollte, hatte Nash überrascht. Dabei hätte ihn das gar nicht überraschen sollen, denn Phillip griff bei jeder Gelegenheit nach Tempests Hand und saß gerne auf ihrem Schoß. Nash konnte nicht abstreiten, dass er sich freute, Zeit für seine Kunst zu finden. In dieser Woche hatte er sogar wieder mit Metallarbeiten begonnen, dabei aber ziemlich häufig auf sein Telefon geschielt, um sich zu vergewissern, dass mit Phillip und Tempest alles in Ordnung war.

»Er hat dich lieb.« Nash griff nach ihrer Hand. Der Körperkontakt war ihm wichtiger, als beide Hände am Steuer zu haben.

»Ich habe ihn auch lieb, Nash.«

Das spürte er. Genauso wie er spürte, dass sie ihn liebte. Bislang hatten sie sich um die magischen drei Worte herumgemogelt. Er wollte sie zu gerne aussprechen, musste aber die Geister der Vergangenheit loswerden, bevor er endlich alles sagen konnte, was er sagen wollte.

»Sollen wir deine Eltern anrufen und fragen, wie es läuft?«, überlegte er laut.

Ihre Mundwinkel hoben sich zu einem verschmitzten Grinsen. »Ich habe Mom schon eine Nachricht geschrieben. Sie hat geantwortet, Dad und Phillip seien beim Angeln auf dem Steg unten am Hafen. Ich glaube, deinem Süßen geht es prächtig.«

»Das habe ich dir zu verdanken.« Er hob ihre Hand an die Lippen und küsste sie. Nash hatte ihre Eltern um Rat gebeten, was er Phillip über seine Mutter sagen sollte, und sie fanden seine ursprüngliche Idee sehr gut. Er sollte die Erklärungen einfach halten und Phillip vor allem wissen lassen, wie sehr er geliebt wurde. Inzwischen war er im Kindergarten angemeldet, und Nash hatte sich fest vorgenommen, mit ihm zu reden, bevor dort das Thema Familie behandelt wurde. *Eins nach dem anderen.*

»Jilly hat mir noch einen Tipp gegeben, wo ich meine Kurse abhalten könnte.« Zwei weitere Familien hatten sich auf die Flyer in Emmalines Café hin gemeldet und während der Woche hatte Tempe ein paar Räumlichkeiten besichtigt. Leider waren sie entweder zu teuer oder zu klein gewesen. Sie war enttäuscht, doch sie hatte gesagt, das Universum würde ihr schon ein

Zeichen geben und sie an den richtigen Platz führen, wenn die Zeit dafür reif war.

»Prima. Bist du immer noch zufrieden mit deiner Entscheidung?« Der kleine Junge war in der vergangenen Woche aus dem Koma erwacht und Tempest war außer sich gewesen vor Glück. Noch litt er unter verschiedenen Beeinträchtigungen, aber sie würde weiterhin mit ihm arbeiten und ihm helfen, sich wieder ins Leben zurückzukämpfen. Auch ihre anderen Patienten würde sie bis zum Ende ihrer Behandlungen begleiten.

»Ja«, seufzte sie erleichtert. »Ich bin reif für diese berufliche Veränderung. Jetzt müssen nur noch die Sterne günstig stehen, damit ich Räumlichkeiten finde.«

»Das tun sie sicher bald, mein Engel.« Er wünschte ihr von ganzem Herzen, dass ihre Träume sich verwirklichen ließen.

Als sie vom Highway auf eine Landstraße abbogen, die an einsam gelegenen Farmen vorbeiführte, wurde Nash immer beklommener zumute. Seine Hände fühlten sich feucht an. Er wollte Tempests Hand loslassen, doch sie hielt sie fest.

»Alles wird gut, Nash. Und wenn es dir zu viel wird, kehren wir um und fahren nach Hause. Du musst das nicht unbedingt heute durchziehen.«

Oh doch, das war nötig. Mit Phillips Eintritt in den Kindergarten begann ein neues Kapitel ihres Lebens und die Vergangenheit sollte dabei nicht wie eine Schlinge um seinen Hals liegen.

Sie fuhren an Geschäften vorbei, die er nicht kannte. »Dort drüben an der Ecke sind wir am Wochenende manchmal in ein Restaurant gegangen. Aber seither hat sich viel verändert.« Er bog ab und fuhr auf eine Bibliothek zu. Sie war das imposanteste Gebäude von Oak Rivers. Mit ihrer breiten

Freitreppe und hohen, dekorativen Marmorsäulen stand sie oben auf einem Hügel.

»Als wir noch Kinder waren, ist mein Dad mit uns samstags in die Bücherei gegangen, damit meine Mutter in Ruhe malen konnte. Er hatte immer irgendwas zu recherchieren, und wir sind im Internet gesurft oder haben draußen gespielt. PJ ist nie ohne seinen Baseball aus dem Haus gegangen.«

»Sie müssen dir beide unheimlich fehlen. Es ist schade, dass die letzten Jahre mit deinem Vater alles andere als unbeschwert waren.«

»Ja.« Nashs Kiefer spannte sich an. Noch so eine Sache, die nie geklärt worden war. »Ich habe mich oft gefragt, ob er schon vor oder zumindest während unserer Reise wusste, dass er krank war. Er ist danach so schnell gestorben. Dass er erst hinterher krank geworden sein soll, kann ich mir nur schwer vorstellen. Doch als ich ihn einmal danach gefragt habe, ist er mir ausgewichen.« Die ruhige, ausgeglichene Stimme seines Vaters flüsterte in seinem Kopf. *Im Leben ist nur eines ganz sicher, und das ist der Tod. Man kann es nur akzeptieren und irgendwie weitermachen.*

»Vermutlich wollte er dich schützen. Du weißt besser als jeder andere, wie wichtig Eltern das ist.« Sie zeigte auf einen Wegweiser zur Highschool. »Bist du dort zu Schule gegangen?«

»Ja.« Er folgte dem Schild zu einem roten Backsteingebäude. Es sah kleiner aus als in seiner Erinnerung. Er parkte direkt davor. »Ich denke, hier fangen wir an. Seit dem Unfall habe ich die Schule nicht mehr betreten.«

Sie beobachtete gespannt, wie er ausstieg, und sprang dann ebenfalls aus dem Wagen.

»Ich komme schon klar, Baby. Wirklich.« Er zog sie an sich. »Wenn es zu viel wird, fahren wir nach Hause. Aber ich denke, die ersten Minuten waren die schwersten. Jetzt geht es schon besser.«

»Wie wird es sein, wenn du Leute triffst, die wissen, was dein Bruder getan hat?«

Diese Frage stellte er sich schon seit einer Woche. »Ich muss mich meinen Dämonen stellen, und solche Leute zu sehen, ist ein wichtiger Teil davon.« Er nahm ihre Hand und ging auf die Schule zu.

»Das ist neu.« Er drückte auf einen Knopf an der Tür, ein Summen ertönte, und sie konnten eintreten. »Und das soll sicher sein? Ich könnte eine Waffe bei mir tragen.«

Tempest deutete auf das Schild, das den Weg zum Sekretariat des Direktors wies. Als Schüler hatte er diesen Flur nur mit Herzklopfen betreten, weil man dort meist nur gelandet war, wenn man etwas ausgefressen hatte. Jetzt war ihm aus anderen Gründen beklommen zumute. Er studierte die Gesichter der Frauen hinter der Empfangstheke. Zum Glück erkannte er keine von ihnen. Erleichtert atmete er auf.

Eine dunkelhaarige Frau riss den Blick von ihrem Computerbildschirm los. »Hallo. Kann ich Ihnen helfen?«

»Ja. Hallo.« Verdammt, was sollte er jetzt sagen? *Guten Tag, mein Bruder ist bei einem Unfall ums Leben gekommen, und ich wollte mal sehen, ob ich durch die Flure hier gehen kann, ohne dabei auszuticken.* »Ich war früher an dieser Schule und wollte fragen, ob ich mich mal umsehen darf ...«

»Nash?«

Nash wandte sich zu dem Mann mit der Halbglatze um, der aus einer Tür an der gegenüberliegenden Seite des Raumes getreten war. Es dauerte einen Moment, bis Nash ihn erkannte. Roy Wagner war der beste Freund seines Bruders gewesen und hatte in der Nacht des Unfalls mit im Wagen gesessen. Er hatte sich den Kiefer, beide Arme, das rechte Knie und die linke Schulter gebrochen. Als Nash und seine Eltern die Stadt verlassen hatten, hatte Roy noch mit durch Drähte fixiertem Kiefer im Krankenhaus gelegen. Zumindest hatten Nashs Eltern ihm das so gesagt.

Nash schaute dem Mann ins Gesicht und spürte, wie Wut in ihm hochkochte. »Roy«, sagte er eisig.

»Ich bin hier inzwischen der Direktor. Verrückt, nicht wahr?« Roy streckte ihm die Hand hin.

Nash gelang es nur mit Mühe, sie nicht wegzuschlagen. »Wir wollten uns nur kurz umsehen.« Schützend legte er den Arm um Tempest.

»Sollen wir vorher einen Moment in mein Büro gehen und uns unterhalten?« Roy machte eine einladende Geste. Nash folgte ihm widerwillig und schloss dann die Tür hinter ihnen.

Roy deutete auf die Stühle vor seinem Schreibtisch.

»Ich stehe lieber«, sagte Nash barsch. »Roy war in der Unfallnacht mit PJ unterwegs«, erklärte er Tempe. »Und an dem Raubüberfall beteiligt.«

Tempe rückte ein wenig näher an ihn heran. Seine Dankbarkeit dafür war größer, als sie ahnen konnte, denn ohne sie hätte er Roy vielleicht die Zähne eingeschlagen.

»Augenblick mal.« Roy kniff die Augen zusammen. »So war das nicht, Nash.«

»Ach ja?«, blaffte Nash. »Die Cops haben uns gesagt …«

Roy hob die Hand. »Nein, Nash. Ich weiß, was die Cops gesagt haben. Aber das stimmt einfach nicht.« Er lehnte sich an die Schreibtischkante und verschränkte die Arme. »Hast du in den Wochen danach keine Zeitung gelesen? Der Verkäufer hatte ein paar Dinge durcheinandergebracht. Ja, wir waren alle im Laden, deshalb hat es für ihn so ausgesehen, als wären wir auch alle an dem Überfall beteiligt. Aber PJ und ich hatten nichts damit zu tun. Diese Schnapsidee ging auf das Konto meiner idiotischen Cousins.«

Nash sah Roy vor sich wie durch einen Tunnel. Er stolperte rückwärts. »Hast du dir das ausgedacht, um deinen Arsch zu retten? Um ein Leben als unbescholtener Bürger führen und Karriere machen zu können? Hast du diese Geschichte erzählt, damit du in dieser verdammten Stadt bleiben und hoch erhobenen Hauptes hier herumstolzieren konntest?«

»Nash.« Tempest streckte die Hand nach ihm aus.

Nash wehrte sie ab. »Ich habe den Polizisten gehört. Nach dieser beschissenen Nacht waren wir noch zwei Wochen hier. Der Verkäufer hat die Anzeige zurückgezogen, aber nur wegen des Unfalls. Er meinte, die Familien wären schon genug gestraft. Also erzähl mir jetzt nicht eine solche Scheiße.«

»Und wo war ich, Nash?« Roys Stimme wurde lauter, er stieß sich von seinem Schreibtisch ab. Nash war einen halben Kopf größer als er, aber das hielt Roy nicht davon ab, sich vor ihm aufzubauen. »Mein Kopf hatte einiges abbekommen und ich lag mit verdrahtetem Kiefer in der Klinik. Zur Aufklärung konnte ich, verdammt noch mal, nichts beitragen. Aber sobald mein Hirn wieder halbwegs funktioniert hat, habe ich meinen Eltern gesagt, wie es wirklich war. Aber die Idioten, die den Verkäufer bedroht hatten, waren meine *Cousins*. Und meine Eltern wollten sie schützen.«

Nashs Anspannung brachte die Raumluft zum Knistern. Seine Halsadern traten hervor, seine Augen verengten sich. Er stieß

Roy von sich weg.

»Nash!«, japste Tempest, doch er schien sie gar nicht zu hören. Er atmete schwer und zitterte am ganzen Körper.

»Und deshalb habt ihr die ganze Welt glauben lassen, mein Bruder wäre ein Verbrecher?« Nash packte ihn am Kragen.

Tempest klammerte sich an seinen Arm, doch er schüttelte sie ab.

»Nein! Nein, das habe ich nicht zugelassen!« Roy hob beschwichtigend die Hände.

»Nash, hör ihm zu«, drängte Tempest und griff erneut nach seinem Arm. Seine Haut war fieberheiß, Wut brannte in seinen Augen. »Bitte, Nash.«

»Ich bin zur Presse gegangen«, setzte Roy hastig hinzu. »Wirklich, Mann. Das kannst du nachlesen. Ich habe denen alles erzählt. Die haben einen Artikel gebracht, aber das war ein paar Monate nach dem Unfall. Ich musste mich deswegen mit meinen Eltern anlegen und habe zuletzt gegen ihren Willen gehandelt. Bitte, Mann. Du weißt, wie gern ich PJ hatte.« Tränen schimmerten in Roys Augen. »Er war wie ein verdammter Bruder für mich.«

Nashs Atem rasselte, seine Augen füllten sich mit Tränen.

Tempest wusste, dass er zu verletzt war, um zu hören, was Roy sagte, zu wütend und zu sehr in seine Emotionen verstrickt. Sie berührte sein Gesicht und drehte sein Kinn zu sich.

»Schau mich an, Nash. Bitte, lass uns das nachlesen. Roy war noch ein Junge, als es passiert ist. Hör ihm doch bitte zu.«

Mit eckigen Bewegungen stieß er Roy von sich weg und wischte sich mit dem Unterarm über die Augen. Dann sank er auf einen Stuhl, stützte die Ellbogen auf die Knie und vergrub das Gesicht in den Händen.

Roy setzte sich neben ihn, zitternd und mit rotem Kopf.

»Ich war schwer verletzt, Nash. Und nicht nur das. Ich hatte meinen besten Freund verloren.«

Nash starrte ihn unverwandt an. Er atmete so schwer, dass Tempest ihn selbst aus zwei Schritten Entfernung noch hören konnte.

»PJ und ich waren hinten im Laden«, erklärte Roy. »Als wir an die Kasse gegangen sind, haben wir gesehen, wie meine Cousins den Verkäufer bedrohen. Dabei hatten sie nicht mal eine Waffe. Sie haben ihre Telefone von innen an ihre Jackentaschen gedrückt und der Kerl hat das vor lauter Angst für Pistolen gehalten. Verdammt, sogar PJ und ich haben das gedacht. Wir sind rausgerannt, meine Cousins sind kurz nach uns in den Wagen gesprungen und haben geschrien, wir sollen losfahren. PJ hat das Gaspedal durchgedrückt. ›Was zum Teufel war das denn?‹, hat er gebrüllt. ›Warum habt ihr das getan?‹ Dann waren die Cops hinter uns, wir sind in die Kurve gerast und plötzlich war die ganze Welt schwarz.«

Nashs Kinn fiel auf seine Brust, Tränen rannen ihm über die Wangen. »Er hat den Überfall nicht begangen«, flüsterte er rau.

Tempest schob sich neben ihn, und er zog sie auf seinen Schoß, vergrub das Gesicht an ihrem Hals und schluchzte hemmungslos. »Er hat nichts verbrochen. Er hat gar nichts verbrochen. Großer Gott, Baby. Er hat nichts verbrochen.«

Neben ihnen ließ Roy die Schultern hängen. Auch er konnte die Tränen nicht zurückhalten. Er wirkte hilflos und so, als hätte er ein furchtbar schlechtes Gewissen. Am liebsten hätte Tempest auch um ihn einen Arm gelegt. Sie wollte all die Jahre des Schmerzes und der Schuld von seinen Schultern nehmen, genau wie die Wut, die beide Männer zerfressen hatte.

Nach langen Minuten lehnte Nash sich zurück und wischte

sich ohne eine Entschuldigung das Gesicht ab. Ohne Scham, ohne Zögern streckte er den Arm nach Roy aus. Roy setzte zu einer Umarmung an. Eilig wand Tempest sich von Nashs Schoß, um den beiden Platz zu machen. Doch Nash zog sie mit in die Umarmung. Und so konnte sie hier, im Büro des besten Freundes von Nashs Bruder, mitansehen, wie die beiden gebrochenen Männer ihrer Heilung ein großes Stück näher kamen.

Zwanzig

Kurz nach ein Uhr nachts wanderte Nash mit dem Telefon am Ohr auf dem Balkon hin und her und erzählte seiner Mutter, was er bei dem Besuch in Oak Rivers erfahren hatte. An PJs Grab hatten ihn seine Gefühle noch einmal übermannt, doch sich endlich ohne eine dunkle Wolke über dem Kopf von seinem Bruder verabschieden zu können, hatte gutgetan. Er hatte seine Mutter gleich abends anrufen wollen, doch der Gedanke, dass sein Vater gestorben war, ohne die Wahrheit zu kennen, hatte ihm den Boden unter den Füßen weggezogen. Außer mit Tempest hatte er mit niemandem reden können. Selbst nachdem sie Phillip ins Bett gebracht hatten, was normalerweise so herzerwärmend war, dass auch der schlimmste Tag ein wenig besser wurde, hatte er noch immer völlig neben sich gestanden. Eine ganze Stunde lang hatten Tempest und er danach weitergeredet, dann war sie erschöpft von den vielen Eindrücken des Tages in seinen Armen eingeschlafen. Doch er war zu rastlos gewesen, um die Augen zu schließen, und hatte gespürt, dass er erst zur Ruhe kommen würde, wenn er mit seiner Mutter gesprochen hatte.

»Haben die Nachbarn dir denn nie etwas gesagt?«, fragte er.

Die Antwort war ein langes Schweigen. Er stellte sich vor,

wie die warmen Augen seiner Mutter sich verdüsterten. Besorgt, dass sie sich wie so oft zuvor zurückziehen und das Thema wechseln würde, sagte er: »Mom …«

»Wir haben alle Brücken abgebrochen, das weißt du.« Ihre Stimme zitterte, und er vermutete, dass sie weinte. »Sicher erinnerst du dich noch an die Zeit auf dem Boot. Daddy konnte nicht über das reden, was passiert war. Ich konnte nicht …«

Ihr Schluchzen drang aus dem Telefon und trieb Nash Tränen in die Augen. Er hätte zu ihr fahren sollen, anstatt sie anzurufen. Doch er hatte keinen Tag länger warten können. Nicht jetzt, wo er wusste, dass die Nachrichten ihr nach dem ersten Schock und dem unvermeidlichen Schmerz frisch aufgerissener alter Wunden ebenso viel Erleichterung bringen würden wie ihm.

»Wir haben uns so geschämt. Wir waren gebrochene Leute. Unser Baby war gerade auf schrecklichste Weise ums Leben gekommen, und den Menschen, den wir gekannt hatten, gab es nicht mehr.«

»Das haben wir damals geglaubt«, presste Nash hervor. »Aber jetzt kennen wir die Wahrheit, Mom. Jetzt brauche ich dich in meinem Leben und Phillip braucht dich in seinem. Ich kann mit diesem klaffenden Loch in meiner Seele nicht mehr weitermachen. Falls das egoistisch klingt, tut es mir leid. Ich weiß, du hast deine Gründe, dich von Phillip fernzuhalten. Aber wir brauchen dich, Mom.«

»Es tut mir so leid, Liebes. Es hat so wehgetan, den Kleinen zu sehen und zu wissen, dass du dir ein gutes Leben mit einem Sohn aufbaust, der den Namen deines Bruders trägt. Und …« Wieder schluchzte sie auf.

Nash drückte den Daumen und den Zeigefinger seiner freien Hand in die Augenwinkel, um seine Tränenflut zu drosseln. Doch es gelang ihm nicht.

»Bitte verzeih mir«, bat seine Mutter. »Es war dir und Phillip gegenüber nicht fair, doch ich konnte einfach nicht ertragen, dass PJ nicht mehr da ist und so etwas nie erleben wird.«

Nash nickte. Das klang nicht, als würde seine Mutter es fertigbringen, ihn und ihren Enkel zu treffen. »Mir tut das auch furchtbar weh«, sagte er leise. »Aber du fehlst mir. Du fehlst mir so sehr, Mom.«

»Baby, Baby, Baby«, sagte sie unter Tränen. »Du fehlst mir auch und ich denke immer an dich. Ich habe vier Bilder für Phillip gemalt und ihm neun Paar Handschuhe gestrickt. Ich wollte sie ihm schicken, doch es war einfach zu schwer.«

Lachend und weinend zugleich sank Nash auf die Bank.

»Und ich glaube, Bradley kommen die Käsenudeln, die ich dauernd koche, langsam zu den Ohren heraus.« Bradley war ihr zweiter Ehemann.

»Ach du Scheiße«, schluchzte Nash.

»Das sagt man nicht«, antwortete sie lachend, weinend und so voller Liebe, dass Nash das Herz wehtat. »Bradley und ich haben doch das kleine Wohnmobil. Vielleicht können wir die Galerie zu Thanksgiving für eine Woche zumachen und zu dir fahren. Dann könnte ich endlich mal wieder für *dich* Käsenudeln kochen.«

»Das wäre großartig. Bitte komm! Und Mom, ich muss dir noch etwas sagen. Ich habe jemanden kennengelernt …«

Nash erzählte ihr von Tempest und ihrer Familie. Dann redeten sie noch einmal über PJ. Als sie schließlich auf seinen Vater zu sprechen kamen, vertraute seine Mutter ihm an, sein Dad hätte der Polizei nie geglaubt. Vielleicht hatte das Universum ihm ja etwas anderes zugeflüstert. Bei der Vorstellung ging es Nash gleich ein wenig besser. Er wünschte, sein Vater hätte während der rastlosen Reisezeit oder danach einmal mit ihm darüber geredet. Vielleicht hätten sie ihre Sprachlosigkeit dann wenigstens ein Stück weit überwinden können. Doch er musste einsehen, dass sich manche Gespenster wohl nie ganz und gar vertreiben ließen.

Nach dem Anruf saß er noch lange draußen auf der Bank und wollte nichts anderes tun als atmen. Die langen, tiefen Atemzüge hatten eine reinigende Wirkung. Er schaute hinaus in den nächtlichen Garten und dachte an die gemeinsamen Spaziergänge mit Phillip und Tempest und an die Lieder, die sie sich dabei ausdachte. Sie handelten von der Zahl der Schritte, die sie brauchten, um den Teich zu umrunden, und von den *hübschen rosa Blumen* und *ihren kleinen Freunden mit den blauen Blütenblättern*, die sie und Phillip pflückten.

Es dauerte eine Weile, doch irgendwann war sein Kopf so klar wie seit Jahren nicht mehr. Es war Viertel nach zwei am Morgen, und dieser Moment würde für immer den Übergang zwischen seinem alten und seinem neuen Leben markieren. Er verließ das Haus und ging durch das taunasse Gras zu der abgeschlossenen Scheune am Teich.

»Mein Engel! Baby! Wach auf.«

Tempest drehte sich stöhnend auf den Bauch. »Ist es schon vier?«

»Nein, aber ich will dir etwas zeigen.«

Sie öffnete ein Auge und sah Nash auf sich herablächeln.

»Guten Morgen, meine Schöne.«

»Warum siehst du aus, als hättest du ein ganzes Fass Kaffee getrunken? Bist du nicht müde?«

»Nein.« An den Händen hievte er sie in eine sitzende Position und zog ihr eines seiner T-Shirts über den Kopf.

»Was machst du da?« Sie ließ sich seitwärts auf die Matratze fallen und schloss die Augen.

»Es geht gleich noch weiter.« Umständlich zog er ihr eine Socke über den Fuß.

»Nash …?« Bevor er nach der zweiten Socke suchen konnte, nahm sie seinen Kopf zwischen die Hände. Langsam lichteten sich die Nebel in ihrem Gehirn. »Ist dir nicht gut? Es ist …« Sie schnappte sich ihr Telefon und schaute nach der Uhrzeit. »Es ist Viertel vor vier und es ist noch dunkel.« Stöhnend sank sie wieder in die Kissen.

Er zog ihr die zweite Socke an und mühte sich damit ab, ihre Beine in eine Jogginghose zu stecken.

Sie knurrte. »Warum verkleidest du mich um vier Uhr morgens als Streunerin?«

Nash stülpte ihr die Cowgirlstiefel über die Füße und zog sie hoch. »Ich muss dir etwas zeigen, bevor die Sonne aufgeht.« Er bugsierte sie die Treppe hinunter und führte sie aus der Hintertür ins Freie. Sie schmiegte sich bibbernd an ihn.

»Brrr.«

»Sorry, Baby.« Auf dem Weg durch das Gras Richtung Teich drückte er sie zum Schutz gegen die Kälte fest an sich. »Warte hier.«

»Hast du Angst, ich könnte in diesem Aufzug zu einem nächtlichen Ball entfleuchen?«, nuschelte sie verschlafen.

Er öffnete die Türen der Scheune und verschwand im Inneren. Sie rief hinter ihm her: »Erinnerst du dich noch daran, dass ich dir gesagt habe, ich bräuchte viel Schlaf?«

In der Scheune leuchteten kleine weiße Weihnachtslichter auf.

Tempest schleppte sich ein Stück näher. Um jedes einzelne Fenster strahlten Lichterketten. Die dunklen Vorhänge waren verschwunden, das Glas war blitzsauber. Mitten auf dem Betonfußboden unter einem halbfertigen Metalltisch und einem Stuhl lag eine knallrote Weihnachtsdecke. An einer Wand waren Metallteile aufgestapelt.

»Was soll das werden? Möchtest du hier drinnen eine Weihnachtsfeier abhalten?«

Er nahm ihre Hand. Sein Lächeln war noch strahlender als auf dem alten Foto, das sie nach dem ersten Anruf bei ihm im Internet gefunden hatte. »Das ist dein zukünftiger Kursraum. Vorausgesetzt du willst ihn. Wir können die Wände anstreichen. Und die Weihnachtsdecke habe ich nur ausgebreitet, damit du siehst, was für einen Unterschied ein Teppich machen würde.«

Ihre Hände flogen zu ihrem Mund, ihre Augen füllten sich mit Tränen.

»Du hast gesagt, das Universum würde dir ein Zeichen geben.« Er legte die Arme um ihre Taille und lächelte sie an. »Das Universum war ein bisschen durcheinander und hat sich stattdessen an mich gewandt. Wirklich gut sieht es hier drin noch nicht aus. Aber wir können aus der Scheune einen schönen, gemütlichen Raum für die Kinder machen. Und für dich, mein Engel.«

»Nash.« Sie lachte und weinte und küsste ihn so heftig, dass ihre Vorderzähne gegeneinanderschlugen. Sie zuckten beide zurück und drückten sich die Hand auf den Mund. »Wirklich? Ehrlich? Ich meine, wie viel Miete ... Oh mein Gott. Wir haben noch nicht mal einen Mietvertrag. Ich habe noch keinen

Cent an dich bezahlt. Nash! Warum hast du nie etwas gesagt?«

Sein tiefes, frohes Lachen hallte durch die Nachtluft. »Weißt du, wie sehr ich dich liebe? Wie hätte ich nach unseren nächtlichen Küssen auf dem Balkon noch Miete verlangen können?«

Tränen rannen ihr über die Wangen, während er ihr Gesicht zwischen seine großen, warmen Hände nahm und sagte: »Ich liebe dich, Tempest. Ich liebe dich mehr als das Leben, und ich möchte dir helfen, deine Träume zu verwirklichen. Genau, wie du uns geholfen hast.« Er besiegelte sein Versprechen mit einem Kuss. Der Wecker in seinem Handy schrillte, doch er küsste sie noch einmal zärtlich und süß.

»Komm. Ich weiß, du brauchst deinen Schlaf. Lass uns in unser Zimmer gehen.« Er schaltete die Weihnachtsbeleuchtung in der Scheune aus und sie wanderten hinauf zum Haus.

»Du meinst, in uns*ere* Zimmer.«

»Nein, ich meine, in *unser* Zimmer«, sagte er, als wäre das völlig selbstverständlich.

Sie blieb stehen. »Und was ist mit Phillip?«

»Phillip liebt dich. Und er ist erst drei, Baby. Was Männer und Frauen im Bett alles machen, weiß er noch nicht, und ich habe keine Lust mehr auf das Versteckspiel. Ich liebe dich, und es wird Zeit, dass wir beide morgens gemeinsam aufwachen.«

»Wirklich?« Sie hielt sich an ihm fest, denn sie fürchtete, ihre zittrigen Knie könnten wegknicken.

»Wirklich, Baby. Natürlich nur, wenn du es auch willst.«

Machte er Witze? Sie warf die Arme um seinen Hals und stellte sich auf die Zehenspitzen. Dann drückte sie einen Kuss auf sein stoppeliges Kinn. »Können wir in dem Zimmer mit der Badewanne schlafen? Dann müssen wir nicht durch den Flur schleichen, wenn wir …«

Sein Lachen klang so befreit, dass sie es wieder und wieder hören wollte. Über die Schulter schaute sie zu der Scheune, die er zum Leben erweckt hatte. Dabei hatte sie das Gefühl, dass das erst der Anfang von Nashs innerer Befreiung war.

»Ich habe eine bessere Idee. Wenn Phillip im Kindergarten ist und ich meine erste Skulptur verkauft habe, bauen wir in die Nische ein richtiges Badezimmer ein.«

»Das willst du tun? Wirklich?«

»Das Badezimmer einbauen?«, scherzte er und zog sie weiter Richtung Haus.

»Wieder an deinen Skulpturen arbeiten!«

»Ja. Hattie habe ich bereits geschrieben, dass ich bis Weihnachten eine liefern könnte. Geantwortet hat sie noch nicht, weil sie wahrscheinlich tief und fest schläft, aber …«

Tempest sprang kreischend in seine Arme.

»Ich nehme mal an, das bedeutet, ja, du willst, dass wir von nun an im selben Zimmer wohnen.«

»Ja! Ich liebe dich, Nash. Ich liebe dich und Phillip von hier bis zum Mond und zurück. Ja, ja, ja!«

Er wirbelte sie herum, und bevor die Morgendämmerung einsetzte, geschah am nächtlichen Himmel ein Wunder. Die Sterne rückten in eine günstige Position und das Universum lächelte.

Einundzwanzig

»Meinst du, Nash wird das unbeschadet überstehen, Liebes?«, fragte Nashs Mutter Sandy Tempest augenzwinkernd, während im kleinen Festsaal des Kindergartens Beifall aufbrandete. Es war kurz vor Weihnachten und Sandy und ihr zweiter Ehemann Bradley waren bei ihnen zu Besuch. Die beiden waren warmherzige, aufgeschlossene Leute, und Sandy hatte bergeweise selbstgemachte Geschenke mitgebracht, die sie Nash und Phillip nie geschickt hatte. Die über Jahre hinweg liebevoll hergestellten Dinge verrieten, wie sehr Sandy ihr Sohn und ihr Enkel gefehlt hatten. Die selbstgewählte Trennung von den beiden musste sie sehr geschmerzt haben. Umso berührender und schöner fiel nun das Wiedersehen aus. Sandy hatte sich offenbar nie aus ihrer tiefen Trauer lösen können. Jetzt fand sie endlich den Weg zurück ans Licht und Tempe freute sich von ganzem Herzen für sie.

»Er ist aufgeregter als eine werdende Mutter kurz vor der Geburt«, lachte Tempes Mutter, die auf ihrer anderen Seite saß.

Phillip hatte sich bereits gut im Kindergarten eingelebt, die Weihnachtsfeier war in vollem Gang und Tempests Familie samt Jilly und ihren Geschwistern saß im Zuschauerraum. Jedes Kind aus Phillips Gruppe hatte ein kurzes Gesangssolo und

Nash hatte in letzter Zeit dauernd mit Phillip geübt. Um seinem Sohn Sicherheit zu geben, hatte er angeboten, ihn auf der Gitarre zu begleiten. Dabei hatte Tempe das Gefühl, dass Phillip nicht besonders nervös war – im Gegensatz zu seinem Daddy.

Nash saß mit krampfhaft ineinander verschlungenen Händen auf einem Stuhl an der Seite der Bühne. Die Gitarre lehnte zwischen seinen Knien. In dem schicken weißen Hemd und der dunklen Hose sah er einfach zum Anbeißen aus. Deshalb hatte sie ihn vor der Feier kurzerhand für ein paar heiße Küsse in einen der Gruppenräume gezogen, während die anderen Gäste zu ihren Plätzen gegangen waren.

»Ich glaube, er hat Lampenfieber«, flüsterte Tempe, während Phillip sich an den vorderen Bühnenrand stellte und Nash nach der Gitarre griff. Sie war ungeheuer stolz auf ihn. Er hatte die Skulptur des Jungen, der in den Himmel schaute, fertiggestellt und ihr anvertraut, dass sie ihn an PJ und seinen Traum von einer Karriere als Baseballprofi erinnerte. Sie hatten beschlossen, die drei Stücke, die lange im Schuppen eingeschlossen gewesen waren, zu behalten, und hatten ihnen schöne Plätze gesucht, wo sie jeder bewundern konnte. Nash arbeitete an einer neuen Skulptur für Hattie und sprach bereits davon, sich im nächsten Herbst bei seinem alten Galeristen Larry zu melden.

Shannon tippte auf Tempes Schulter.

Tempe wandte sich um und freute sich über das strahlende Lächeln ihrer Schwester. Die Finger ihrer freien Hand hatte Shannon zwischen die Finger ihres Verlobten geflochten. Am vergangenen Wochenende hatte sie Tempest mit ihrer Kindermusikgruppe geholfen, nachdem sie einen ganzen Monat damit zugebracht hatten, die Scheune herzurichten. Die

Innenwände waren frisch gestrichen, es gab nun einen Teppichboden, eine Heizung und eine Beleuchtung, die den Namen verdiente. Nash hatte schöne, kindgerechte Schränke gebaut, aus denen die Kinder die Instrumente jederzeit selbst holen konnten. Shannon hatte begeistert erklärt, sie hätte nie einen schöneren Kursraum gesehen. An seinen kindergartenfreien Tagen war Phillip meistens mit in der Scheune gewesen, und hatte auch in der Gruppe mitgemacht, bei der Shannon mitgeholfen hatte. Der sehnsüchtige Blick ihrer Schwester war Tempest nicht entgangen. Zwar stand Shannons und Steves Hochzeitsdatum noch nicht endgültig fest, doch lange würde die Einladung sicher nicht mehr auf sich warten lassen. Vielleicht waren Cole und Leesa nicht die Einzigen, die in naher Zukunft zur Vergrößerung der Familie beitragen würden.

Shannon beugte sich vor und zeigte auf Ty, der mit seiner Videokamera an der Seite des Raumes stand. Dann deutete sie zur anderen Seite, wo ihr Vater sich positioniert hatte und ebenfalls filmte. »Dad meinte, wir müssten unbedingt jeden Blickwinkel einfangen. Ich glaube, er hat Phillip noch fester ins Herz geschlossen als uns damals, als wir klein waren.«

Tempest nickte. Phillip nannte ihre Eltern inzwischen Papa Ace und Granny Maisy.

»Jetzt singt Phillip Morgan ›Jingle Bells‹ für uns«, kündigte Miss Juliana an und lenkte damit Tempests Aufmerksamkeit zurück zur Bühne. »Sein Vater Nash begleitet ihn auf der Gitarre.«

Phillip blinzelte nervös in die Menge. Dann entdeckte er Tempests Vater und begann zu strahlen. »Hi, Papa Ace!« Suchend schaute er in die Runde, sah Tempest in der ersten Reihe sitzen, winkte und rief: »Hi, Tempe! Hi, Granny Sandy!

Hi …« Miss Juliana eilte zu ihm und flüsterte ihm etwas ins Ohr. Phillip nickte und die Erzieherin zog sich wieder zurück.

Nash spielte die ersten Akkorde von »Jingle Bells«, und Phillip sang anfangs so leise, dass die Zuschauer sich vorbeugten, um ihn hören zu können. Doch langsam wurde seine Stimme fester.

»Tempe B, Tempe B

Klingt es weit und breit

Schön wär's, wenn du Ja sagst heut,

für jetzt und alle Zeit.«

Tempest griff nach der Hand ihrer Mutter. Das Herz schlug ihr bis zum Hals. Hatte sie richtig gehört? Das Publikum schnappte laut hörbar nach Luft, während Nash aufstand, zu Phillip ging und dabei weiter in die Saiten griff. Nashs Blick hing an Tempest.

»Oh mein Gott«, flüsterte sie.

Phillip atmete tief ein und sang noch einmal aus Leibeskräften den umgeschriebenen Refrain. Dabei stiegen er und sein Vater langsam von der Bühne.

»Tempe B, Tempe B

Klingt es weit und breit

Schön wär's, wenn du Ja sagst heut,

für jetzt und alle Zeit.

Hey!«

Sie traten vor Tempe hin. Nash gab seiner Mutter die Gitarre und nickte Phillip zu. Beide gingen auf ein Knie. Tränen verschleierten Tempes Blick, sie konnte die zwei kaum sehen.

»Tempe«, sagte Phillip. »Ich und Dad, wir wollen dich heiraten.«

Sie machte den Mund auf, brachte aber nur einen erstickten Laut zustande.

Nash nahm ihre Hand in seine, auch in seinen Augen schimmerten Tränen. »Mein Engel, du hast uns mehr Liebe gegeben, als ich mir je erträumt hätte. Du hast dich uns geschenkt. Dich und deine Zeit und dein Herz. Du teilst deine Familie mit uns, und wir hoffen – ich hoffe –, dass du auch den Rest deines Lebens mit uns teilen wirst. Tempest, mein süßer, wunderbarer Engel, möchtest du mich heiraten?«

»Und meine Mom sein.« Phillip warf Nash einen empörten Blick zu. »Vergiss nicht ›meine Mom sein‹. Du hast gesagt …«

Nash zog Phillip an sich und küsste ihn herzhaft auf die Wange.

Alle lachten, Tempest weinte noch mehr und dachte an den vergangenen Monat, als Phillip Fotos von ihnen an den Familienbaum aus Packpapier für den Kindergarten geklebt hatte. Er hatte gefragt, wo er das Bild von Tempest befestigen sollte, und Nash hatte ihm gesagt, er könnte sich den Platz dafür aussuchen. Prompt hatte Phillip es an die Stelle geklebt, die für *Mom* vorgesehen war.

»Tempe, willst du mich heiraten und Phillips Mom sein?«, fragte Nash.

Phillip nickte, dass seine Locken nur so wippten. Er löste sich aus Nashs Umarmung, schob sich zwischen Tempests Knie und blinzelte sie hoffnungsvoll an. »Bitte heirate uns und sei meine Mommy.«

»Ja, mein süßer Liebling. Ja. Ich möchte deinen Daddy heiraten und deine Mommy sein.«

Die Zuschauer lachten und applaudierten, Nash warf die

Arme um alle beide und zog Tempest von ihrem Stuhl. »Ich liebe dich so sehr, Baby.«

»Ich liebe dich so sehr, Baby«, wiederholte Phillip ernst und brachte damit alle noch einmal zum Lachen.

»Der Ring«, flüsterte Sandy unüberhörbar.

»Ach ja.« Nash nahm Tempests zitternde Hand und steckte ihr einen Ring an, der seinem sehr ähnlich sah.

»Ist wie der von Daddy«, erklärte Phillip. »Wenn ich groß bin, macht er mir auch einen.«

»Ich kann dir auch einen anderen machen«, bot Nash an, »wenn dir das lieber ist.«

Tempe schloss ihre Finger um Nashs und sagte: »Er ist perfekt. Genau wie ihr beide.«

Phillip schlang die Arme um Tempes Beine und sie hob ihn hoch. Nash umarmte sie und seinen Sohn. Wieder gab es Beifall. Tempest hatte miterlebt, wie ihre Geschwister die große Liebe gefunden hatten. Nur Ty wartete noch auf sein Glück. Sie war bei romantischen Anträgen mit dabei gewesen und hatte auf traumhaften Hochzeiten Tränen der Rührung vergossen. Aber nichts, absolut gar nichts, hielt dem Vergleich mit dem stand, was gerade geschah. Mit ihnen. *Mit uns.*

Nash hatte die Überraschung für Tempest zuvor mit den Eltern der Kindergartengruppe abgesprochen und Miss Juliana gebeten, Phillips Solo ganz ans Ende des Programms zu setzen. So wurde keines der anderen Kinder um seinen großen Moment gebracht. Nach unzähligen Umarmungen und Gratulationen und mehr Fotos, als je zuvor von ihm geknipst worden waren, kam er endlich wieder ein wenig zu Atem. Die Frauen unterhielten sich aufgeregt, hin und wieder wurde leise gelacht. Nash fing einen Blick von Tempest auf und hauchte ihr einen Kuss zu. *Oh, mein süßer Engel. Meine Liebe zu dir wird mit jeder Sekunde größer.*

»Willkommen in der Familie«, sagte Ty. Vor zwei Wochen war er von einem Fotoshooting im Ausland zurückgekehrt und würde bald zum nächsten aufbrechen.

Nash freute sich, dass er Gelegenheit hatte, ihn kennenzulernen. Tempests Brüder hatten ihn gerne in ihre verschworene Gemeinschaft aufgenommen.

»Einen Moment lang dachte ich, du kneifst«, frotzelte Nate. »Du hast ausgesehen, als würdest du auf der Bühne aus den Latschen kippen.«

»Ich hätte niemals gekniffen«, widersprach Nash. »Und wenn sie mich lassen würde, würde ich sie gleich morgen heiraten.« Am Tag, nachdem sie beschlossen hatten, Tempests Zimmer zu ihrem gemeinsamen Schlafzimmer zu machen, hatte er zusammen mit ihr die Truhe in der Scheune geöffnet. Sie hatten über jeden einzelnen Gegenstand gesprochen und alle Fotos aufgehängt. Daneben hingen jetzt die Bilder, die Sandy mitgebracht hatte. Als Phillip mehr über den Baseballhandschuh hatte wissen wollen, hatte Nash ihm von seinem Onkel erzählt, der jetzt im Himmel war. Eine Weile hatten sie sich über PJs Baseballbegeisterung unterhalten und Nash hatte Phillip den viel zu großen Handschuh anprobieren lassen. Noch am selben Nachmittag hatte er Phillip beigebracht, wie man einen Baseball fing. Eines Tages würde er PJs Mütze an seinen Sohn weitergeben, und er hoffte, Phillip würde sie mit Stolz tragen.

Ace legte den Arm um Nashs Schultern. »Ich könnte mir keinen besseren Schwiegersohn für uns und keinen besseren kleinen Jungen für Tempest vorstellen. Sie hat das große Los gezogen, Nash, und gegen ein paar weitere Enkel hätte ich auch nichts einzuwenden. Wir haben unglaublich viel Spaß mit dem kleinen Phillip.«

Inzwischen kamen er und Maisy einmal die Woche zu Besuch. Das Familienthema in Phillips Kindergarten hatte zu vielen Fragen geführt. Über Großeltern, Tanten und Onkel. Nash hatte Phillip erklärt, für ihn könnten Tempests Angehörige all das sein, wenn er es wollte. Auch über seine Mutter hatte er mit ihm gesprochen und sich dabei auf sein Gefühl verlassen. Er hatte seinem Sohn gesagt, dass es Väter und Mütter gab, die zusammenlebten, und andere, die das nicht taten. Und dass er von ganzem Herzen geliebt wurde, obwohl seine Mutter nicht bei ihnen wohnte. Für den Moment schien das Phillip zu genügen. Eines Tages musste er ihm die Wahrheit sagen, doch bis dahin hatte sein Sohn hoffentlich so viel Liebe von ihm, Tempest und ihrer Familie erfahren, dass seine Welt dadurch nicht ins Wanken geraten würde.

»Und er hat unglaublich viel Spaß mit euch«, sagte Nash zu Ace. »Vor ein paar Monaten hatte er nur einen Vater, jetzt hat er eine riesige Familie. Ich danke euch, Ace. Nicht nur, dass wir bei euch willkommen sind, sondern dass Tempest mit eurer Unterstützung zu einer so wunderbaren Frau werden konnte.«

»Sie ist ein tolles Mädchen«, bestätigte Cole. »Aber Dad, mach Nash keinen Stress. In ein paar Monaten wirst du sowieso Großvater und die beiden sind noch nicht mal verheiratet.«

»Ich glaube, die Planungen sind schon im Gang.« Ty zeigte zu den Frauen, die eng beieinanderstanden und etwas zu besprechen schienen. »Ich gebe euch einen Monat, allerhöchstens zwei.«

Sam knuffte Ty in die Seite. »Im schönen Peaceful Harbor

bist du der einzige Braden, der noch Single ist. Du weißt, was das bedeutet?«

»Dass es gut ist, dass ich bald wieder zum Fotografieren ins Ausland muss, weil ich sonst ständig hören würde, ich solle sesshaft werden und heiraten?«

Tempest löste sich von den anderen Frauen und kam zu ihnen herüber. Sie blieb kurz bei Sandy stehen, die Phillip auf dem Arm hatte und ihn am Bauch kitzelte. Nash hatte geglaubt, das Wiedersehen mit seiner Mutter würde die Wut wieder aufleben lassen, die er all die Jahre mit sich herumgeschleppt hatte. Doch als sie in der Thanksgiving-Woche aus dem Wohnmobil gestiegen war, hatte er nur Liebe und Erleichterung empfunden. Sandy sah älter, aber auch glücklicher aus, als er sie in Erinnerung hatte. Sie waren beide in Tränen ausgebrochen.

»Quatsch. Das heißt, du hast jetzt freie Auswahl in der Stadt«, erklärte Sam. Nash konzentrierte sich wieder auf das Gespräch.

»Die habe ich bereits ausgiebig genutzt, genossen und abgehakt«, entgegnete Ty. »Außerdem habe ich einiges vor. Für ein geruhsames Leben fehlt mir die Zeit.«

»Mir fällt auf, dass du nicht wie üblich hinzugefügt hast: ›Und ich muss noch viele Frauen glücklich machen‹«, stellte Nate fest. »Vielleicht nimmst du dir ja doch langsam ein Beispiel an uns.«

Während die Männer Ty weiter aufzogen, schaute Nash seiner Verlobten entgegen. Mit ihr hatte sich für ihn alles geändert, und zwar von dem Moment an, in dem sie in ihrem hübschen Blumenrock aus dem Wagen gestiegen war und ihre unvergleichlichen blauen Augen auf ihn gerichtet hatte. Dieses süße Mädchen war in ihr Leben geweht wie eine Sommerbrise. Sie hatte ihn aus seiner Erstarrung befreit und all die verhärteten

Schichten entfernt, bis sie zu seinem Herzen und seiner Seele durchgedrungen war. Jetzt zog er sie zu sich, und sie schmiegte sich mit der Wärme und Zärtlichkeit an ihn, die ihm längst vertraut waren und die er so liebte. Er hatte nie eine Chance gehabt, dieser Frau zu widerstehen. Und er musste ihr recht geben: Hier waren höhere Mächte im Spiel gewesen, Mächte, die größer waren als sie beide.

»Wir haben nichts zu Tode analysiert«, flüsterte sie ihm ins Ohr.

»Das mit dem *vorsichtig weitermachen* haben wir ganz gut hingekriegt«, antwortete er. »Wir sind gemeinsam angekommen am schönsten aller Orte. Ich liebe dich, mein süßer Engel. Jetzt und für immer.«

Danksagung

Ich hoffe, die Geschichte über Nash, Phillip und Tempest hat Ihnen gefallen und Sie freuen sich auf das Buch über Ty, den letzten Braden in Peaceful Harbor, der noch nicht vergeben ist. Ich kann es kaum erwarten, diesem mysteriösen Bad Boy auf die Schliche zu kommen.

Falls Sie noch nicht zu meinem Fanclub auf Facebook gehören, dann aber schnell. Wir haben dort viel Spaß bei Chats über kernige Helden und selbstbewusste Heldinnen. Etliche Mitglieder des Fanclubs haben mich bereits zu Geschichten inspiriert, und wer weiß, ob Sie nicht selbst eines Tages ebenfalls in einem meiner Bücher auftauchen.
www.Facebook.com/groups/MelissaFosterFans

Ich lade Sie herzlich ein, mir auf Facebook zu folgen. Ich gebe mir Mühe, meine Fans stets über alles auf dem Laufenden zu halten, was in der Welt unserer fiktiven Traummänner passiert.
www.facebook.com/MelissaFosterAuthor

Abonnieren Sie auch meinen Newsletter, um immer über Neuerscheinungen, Werbeaktionen und Veranstaltungen informiert zu sein.
www.MelissaFoster.com/Newsletter_German

Und last but not least: Sichern Sie sich die Bonusgeschenke für treue Leserinnen und Leser. Familienstammbäume, Serien-

Checklisten und vieles mehr finden Sie auf der »Reader Goodies«-Seite (in englischer Sprache), die ich speziell für Sie eingerichtet habe:
www.MelissaFoster.com/Reader-Goodies

Wie immer schulde ich meinem wunderbaren Team von Lektorinnen und Korrektorinnen großen Dank: Kristen Weber, Penina Lopez, Elaini Caruso, Juliette Hill, Marlene Engel, Lynn Mullan und Justinn Harrison sowie meinem deutschen Team Usch Pilz, Rabea Güttler und Judith Zimmer. Und natürlich meinem allergrößten Schwarm, Les.

Lesen Sie hier einen Auszug aus dem nächsten Band!

Sieg für die Liebe

Die Bradens (Peaceful Harbor)

LOVE IN BLOOM – HERZEN IM AUFBRUCH

Eins

Wo zum Teufel ist mein Fahrradhelm? Aiyla Bell hatte ihre Ausrüstung in der vergangenen Woche öfter durchgesehen und umgepackt, als sie zählen konnte. In den letzten zehn Jahren hatte sie die ganze Welt bereist, um Fotos für hochwertige Bildbände zu machen, und nebenher als Skilehrerin und Wanderführerin gearbeitet. Packen konnte sie also im Schlaf. Es war unvorstellbar, dass sie sich ausgerechnet bei der Vorbereitung auf ein sportliches Highlight wie den Mad Prix einen so dummen Fehler geleistet haben sollte, wie ihren Fahrradhelm zu vergessen. Schon als Jugendliche hatte sie an solchen Sportereignissen teilgenommen, dieses war allerdings ihr bisher längstes. Seit Jahren träumte sie davon, bei diesem Charity-Event mitzumachen, weil sie so viel davon gehört hatte, aber zwischen ihren zahlreichen Reisen war einfach nie genug Zeit gewesen. Bis jetzt. Diesmal hatte alles zusammengepasst und sie konnte sich zu ihrem ersten Mad Prix anmelden. Fünf Tage in den Bergen von Colorado, fünf verschiedene Disziplinen in der freien Natur und vier Nächte, in denen sie auf dem Waldboden schlief. *Himmlisch!*

Sie durchsuchte gerade eine weitere Sporttasche nach ihrem Helm, als ihr ein vertrauter holzig-erdiger Geruch in die Nase stieg, der ihre Hände innehalten ließ. Ihr Puls raste. Der Duft, der sie seit Monaten verfolgte, wurde intensiver, und sie spürte, wie *er* hinter ihr in die Hocke ging. Ihr Atem stockte und sie bekam eine Gänsehaut, als die Erinnerung an Saint-Luc und die fünf unglaublichsten Tage ihres Lebens über sie hereinbrach.

»Glaubst du an das Schicksal?«

Sein warmer Atem streifte ihre Wange. Aiyla schluckte mühsam, wie gelähmt von der tiefen, verführerischen Stimme, die sie so oft in ihren Träumen gehört hatte, dass sie sich sie jetzt vielleicht nur einbildete. Ihr Herz hämmerte wie verrückt, als sie ihre butterweichen Beine zwang, aufzustehen. Im selben Moment richtete er sich ebenfalls auf, und als sie sich umdrehte, stand Ty Braden vor ihr, über eins achtzig groß, kräftig und muskelbepackt. *O Gott, du bist es wirklich.* Sein seidiges braunes Haar, das sein markantes Gesicht einrahmte, reichte ihm fast bis auf die Schultern und musste dringend gestutzt werden. Die Mischung aus Sehnsucht und Erschrecken in seinen goldbraunen Augen entfachte einen Sturm der Erinnerungen – an ihre Hand in seiner, seine Lippen auf ihren, intensive Gespräche über ihre Hoffungen und Träume, die eine ebenso perfekte Konstellation ergaben wie die Sterne am Nachthimmel über Saint-Luc.

»Ty«, hauchte sie atemlos. Am liebsten hätte sie ihn erklommen wie einen Berg, um seinen heißen, sinnlichen Mund erneut zu küssen und seine Arme um ihren Körper zu spüren, so wie damals in Saint-Luc. Aber nichts davon konnte sie tun. Sie war wie erstarrt, und das war wahrscheinlich auch gut so. Immerhin war er niemand anderer als Ty Braden, der weltberühmte Bergsteiger und Fotograf, dem der Ruf vorauseilte, ein notorischer Frauenheld zu sein.

In dem Versuch, die Fassung wiederzuerlangen, wandte sie den Blick ab und brachte schließlich ein mühsames »Was machst du denn hier?« hervor.

»Das ist Schicksal«, sagte er so bestimmt, als würde er es tatsächlich glauben. »Das Schicksal hat uns für weitere fünf Tage zusammengeführt.«

Sie zwang sich, ihn anzusehen, während ihr Herz heftig pochte bei dem Gedanken, wieder Zeit mit ihm zu verbringen. »Du glaubst doch nicht ans Schicksal, weißt du das nicht mehr? Du bist überzeugt, dass die Menschen ihre Geschicke selbst in der Hand haben.« An ihrem letzten Abend in der Schweiz hatte er sie gebeten, ihre Zelte abzubrechen und am nächsten Tag mit ihm weiterzureisen, »um zu sehen, wohin das führt«. Oh, wie sehr war sie in Versuchung geraten, alle Vorsicht in den Wind zu schlagen und ihn zu begleiten. Doch sie hatte Jahre gebraucht, um sich das Leben aufzubauen, von dem sie immer geträumt hatte. Und das konnte sie nicht aufs Spiel setzen, nur um sich in die lange Riege von Tys Frauenbekanntschaften einzureihen. Es hatte sie schlimm erwischt, sie hatte sich Hals über Kopf in ihn verliebt – und sie hatte es nicht fertiggebracht, sich den Gerüchten um seinen Ruf zu stellen. Stattdessen hatte sie ihn gefragt: »Glaubst du an das Schicksal?« Nein, hatte er gesagt, er glaube nicht daran, doch sie war immer schon überzeugt gewesen, dass es so etwas wie das Schicksal gab. Also hatte sie ihm geantwortet: »Wenn es sein soll, dann treffen wir uns wieder.« Sie waren übereingekommen, keine Telefonnummern und Adressen auszutauschen und auch nicht zu versuchen, sich ausfindig zu machen, sondern ihre Zukunft tatsächlich in der Hand des Schicksal zu lassen.

»Ich glaube, das stimmt nicht mehr, Aiyla.« Er sagte ihren Namen so, als hätte er die ganze Zeit nur darauf gewartet, ihn auszusprechen. Er trat näher, so nah, dass sie etwas Minziges in seinem Atem wahrnahm. »Ich kann es gar nicht glauben, dass du *hier* bist. Nach all dieser Zeit bist du *tatsächlich* hier.«

Die Sehnsucht in seiner Stimme brachte sie noch mehr durcheinander. Sie sah ihm in die Augen und Erinnerungen überschwemmten sie. Sie dachte daran, wie er sie in den Armen gehalten hatte, als sie – vollständig bekleidet – eingeschlafen waren, und wie sie aufgewacht war, weil er ihr zärtliche Worte zuflüsterte und sie sanft küsste. Wie sie sich unter Decken aneinandergeschmiegt hatten, während der Schnee rieselte und sie sich von ihrer Kindheit und ihren Familien erzählten. Es kam ihr vor, als würde sie seine fünf Geschwister schon kennen, obwohl sie ihnen noch nie begegnet war. Jetzt war ihr die Kehle wie zugeschnürt und sie wandte den Blick ab, um ihre Gefühle unter Kontrolle zu bekommen. Aus den Augenwinkeln nahm sie zwei Konkurrentinnen wahr, die flüsternd die Köpfe zusammensteckten und sie beobachten. Ihr Magen krampfte sich zusammen. Warum musste der einzige Mann, in den sie sich je verliebt hatte, in dem Ruf stehen, ein Frauenheld zu sein? Damals in Saint-Luc war er ihr nicht wie ein Schürzenjäger vorgekommen. Er hatte nicht einmal versucht, mit ihr zu schlafen, bis zur jener letzten Nacht, als er auf all ihre sexy Signale reagiert hatte. Signale, die sie dann mit einem einzigen Satz hinweggefegt hatte. Sie war kurz davor gewesen, ihm auf sein Hotelzimmer zu folgen, als er einen Schritt zur Seite trat, um einen Anruf anzunehmen. Mehr als diesen Moment hatte es nicht gebraucht, um die Begierde zumindest so weit aus ihrem Kopf zu bekommen, dass sie eine rationale Entscheidung treffen konnte. Wahrscheinlich dachte er, sie würde nur mit ihm spielen, aber es war nicht nur der Sex, um den sie einen Bogen machte. Sie hatte gedacht, sie würde ihr Herz retten. Und hatte diese Entscheidung seitdem immer wieder bereut.

Ty hob die Hand und Aiyla sah ihren leuchtend roten Fahrradhelm an seinen langen Fingern baumeln. An das Gefühl, wie diese Finger vor vier Monaten durch ihr Haar geglitten waren, konnte sie sich nur zu gut erinnern. Ihn hatte damals ein Fotoauftrag für *National Geographic* nach Saint-Luc geführt, wärend sie einen Skikurs geleitet und zwischendurch Aufnahmen für ihr neues Buch gemacht hatte. Dachte er noch an die Küsse, die ihr Innerstes nach außen gekehrt hatten? Und daran, wie sie sich an den Händen gehalten und bis in die frühen Morgenstunden geredet hatten?

Sie streckte die Hand nach ihrem Helm aus, doch er hielt ihn höher, sodass sie nicht drankam. Seine Mundwinkel zuckten, und als er näher trat und ihren Arm berührte, durchströmte Hitze ihren Körper wie flüssiges Feuer. Sie richtete den Blick auf den Helm, um *ihn* nicht anzusehen, und dachte an ihre erste Begegnung. Sie hatte auf einem Berggipfel gestanden und das schneebedeckte Tal unter ihr bewundert. Plötzlich war er aufgetaucht, auf der Suche nach Fotomotiven, und als sie ihn gefragt hatte, ob sie seine Aufnahmen sehen dürfe, hatte er die Kamera ebenso in die Höhe gehalten wie jetzt den Helm. Mit demselben spitzbübischen Lächeln hatte er erwidert, sie müsse ihm erst sagen, wie sie heiße, bevor er ihr seine Bilder zeigte.

Sie hatte so viele Fragen: Hatte er seit ihrer letzten

Begegnung die Reisen unternommen, von denen er geträumt hatte? Stimmten die Gerüchte, dass er ein Frauenheld war? In ihrem vernebelten Gehirn bildeten die Worte jedoch ein unentwirrbares Knäuel und sprudelten viel zu schnell hervor. »Ich wohne hier … in Colorado. Ich kann es kaum glauben, dass es jetzt losgeht mit dem Mad Prix. Und dass *du* hier bist.« *Himmel noch mal! Nun halt schon den Mund.* »Tja, die Welt ist ein Dorf. Ich brauche meinen Helm.« *Ich brauche meinen Helm? Großer Gott, mein blöder Helm ist mir doch schnurzegal.* Sie kniff die Lippen zusammen, um nicht weiter zu plappern.

Er reichte ihr den Helm, während ein wölfisches Grinsen seine Lippen umspielte. »Dafür steht mir doch sicher eine Belohnung zu, meinst du nicht? Immerhin hätte ich ihn auch bei Johnny, diesem Idioten, lassen können.«

Oh Gott, ja. Ein Kuss … oder lieber tausend Küsse? Sie musste sich wirklich unter Kontrolle kriegen. Sie konnte es sich nicht leisten, sich von ihm den Kopf verdrehen zu lassen. Aber seine sexy braunen Augen mit den Goldsprenkeln und seine neunmalkluge, vorlaute Art machten mindestens so süchtig wie ihre Lieblingsbonbons, Tropical Heat Hot Tamales mit ihrem scharf-fruchtigen Geschmack. Vielleicht glaubte er inzwischen tatsächlich ans Schicksal. Ob es das Einzige war, was sich an ihm geändert hatte?

Sie zwang sich, sich zu konzentrieren. »Eine Belohnung …?«

Eine Durchsage kündigte den Beginn des Wettkampfs in zwanzig Minuten an. Aiyla zog die Reißverschlüsse an ihren Reisetaschen zu. Sie wollte sie sich gerade umhängen, als Ty sie ihr aus der Hand nahm.

»Die kann ich tragen«, sagte sie, während er sich die Taschen mit leichter Hand über die Schulter warf.

»Oder nennen wir es nicht Belohnung, sondern einfach ein

Dankeschön dafür, dass ich deinen Helm gerettet habe«, sagte er, ohne auf ihren Einwand einzugehen. »Nichts Großartiges, nur vielleicht ein Spaziergang nach dem Rennen?«

Der Mad Prix begann mit einem Radrennen über dreißig Meilen, von denen die letzten acht durch die Berge führten und bei der Lichtung endeten, auf der sie ihre Zelte aufschlagen würden. Dorthin wurde auch ihr Gepäck transportiert.

Als sie nicht sofort antwortete, sagte er: »Nun komm schon, Aiyla. In Saint-Luc sind wir oft spazieren gegangen. Und ich meine mich zu erinnern, dass deine Hand perfekt in meine passte und deine Lippen ...« Er zog eine Augenbraue hoch.

Ein nervöses Lachen entschlüpfte ihr, bevor sie es verhindern konnte. Ihre Lippen hatten tatsächlich hervorragend zusammengepasst, noch besser als ihre Hände, und ein Spaziergang hörte sich wunderbar an. Aber sie brauchte Zeit zum Nachdenken. Als er ihre Taschen bei den Transportfahrzeugen abstellte und sie sich auf den Weg zu ihren Fahrrädern machten, fragte sie: »Wer ist Johnny?«

Ty wies mit dem Kopf auf zwei Männer, die bei einer Gruppe Frauen standen. »Johnny Jackson, einer der Jackson-Brüder. Um ihre Konkurrenten zu Fall zu bringen, schrecken sie vor nichts zurück. Ausrüstungsgegenstände zu stehlen ist noch harmlos für diese Idioten.«

Aiyla schüttelte verständnislos den Kopf. »Beim Mad Prix geht es um einen guten Zweck, nicht um olympische Medaillen. Und außerdem fahre ich ja bei den Frauen mit, also bin ich für sie überhaupt keine ernsthafte Konkurrenz.« Die Teilnehmer traten in drei Gruppen an: Männer, Frauen und Paare. Sie wusste, dass Ty ein leidenschaftlicher und ehrlicher Sportler war. Wenn man den Zeitschriftenartikeln und dem Klatsch und Tratsch im Internet glaubte, ließ er sich bei seinen sportlichen

Aktivitäten und in seinem Privatleben jeweils von unterschied-
lichen Grundsätzen leiten, doch es gab eine Gemeinsamkeit: Er
erreichte immer, was er sich vorgenommen hatte. Für ihn war
der Mad Prix wahrscheinlich nicht viel anders als eine weitere
Frau, die es zu erobern galt.

Und was bin ich dann?

Ein flaues Gefühl breitete sich in ihrer Magengegend aus.

Sie setzte ihren Fahrradhelm auf, damit sie etwas hatte,
worauf sie sich konzentrieren konnte.

»Ich wette, sie haben aus jeder Tasche irgendetwas
Wichtiges geklaut. Sobald die Veranstalter davon Wind bekommen, werden sie vom Wettkampf ausgeschlossen«, sagte Ty, als
sie bei ihrem Rad ankamen. Er senkte die breiten Schultern,
eine Bewegung, bei der ihr der Duft nach Sonnenschein und
herber Männlichkeit entgegenwehte, zu einem einzigen
verführerischen Paket zusammengeschnürt.

*Na prima, jetzt kann ich an nichts anderes mehr denken als an
das Paket in deiner Hose.*

Sie warf einen verstohlenen Blick auf die Ausbuchtung in
seiner Fahrradhose, die nichts der Fantasie überließ. Ach,
warum sollte sie sich etwas vormachen? Sie hatte so viele
Stunden von ihm geträumt, dass es tatsächlich kaum noch etwas
gab, was sie nicht schon längst in ihrer Fantasie durchgespielt
hatte.

Mit seidenweicher Stimme sagte er: »Also, unser *Date*.«

Aiyla sah ihn lange an, dachte an die Leichtigkeit und
Offenheit ihrer Gespräche und daran, wie mühelos er sie für
sich eingenommen hatte. Gleichzeitig hatten die Gründe,
weshalb sie in Saint-Luc eine Grenze gezogen hatte, nicht an
Bedeutung verloren. Aber war er wirklich der Mann, als den die
Gerüchteküche ihn hinstellte? Was war, wenn die Gerüchte gar
nicht stimmten? Wenn die Frauen, die flüsternd hinter ihm

standen, einfach nur herumalberten und gar nicht über ihn redeten?

Über den Lautsprecher kam eine weitere Aufforderung, sich für das Rennen bereit zu machen, und Tys Fingerspitzen streiften ihre. Wieder sah sie ihn an.

»Aiyla, ich weiß, dass du in Saint-Luc dasselbe empfunden hast wie ich. Gib mir etwas, das mich anspornt, das heutige Rennen zu gewinnen.« Seine Lippen kräuselten sich zu einem sexy Lächeln und eine heiße Woge durchströmte sie. »Versprich mir einen Spaziergang.«

Sie wollte ihn nicht wieder abweisen, nicht, nachdem das Schicksal nun tatsächlich die Fäden in die Hand genommen hatte. Aber sie musste die Wahrheit über sein Privatleben herausfinden und dazu gab es nur einen einzigen Weg: Sie musste all ihren Mut zusammenraffen und ihn fragen. Wieder entschlüpfte ihr ein nervöses Lachen, als sie sagte: »Wenn es zwischen Sieg und Niederlage entscheidet, kann ich unmöglich Nein sagen.«

Seine Finger schlossen sich um ihre und sein Gesichtsausdruck wurde ernst. »Ich glaube, du könntest so oder so nicht Nein sagen.«

Er lehnte sich nah zu ihr und sie hielt den Atem an und wartete auf den Kuss, von dem sie nicht wusste, ob sie ihn annehmen konnte – den sie aber trotz allem ersehnte. Sie schloss die Augen und seine Lippen berührten ihre Wange.

»Viel Glück, Babycakes«, flüsterte er kaum hörbar und ging davon.

Die Luft entwich ihren Lungen. Babycakes. So hatte er sie schon beim letzten Mal genannt, als sie zusammen waren, aber sie hatte keine Ahnung, warum. Nannte er alle Leute so? Und wenn ja, hatten andere Frauen dann auch das Gefühl, etwas ganz Besonderes zu sein, so wie sie gerade? Sie sah ihm nach und stellte fest, dass sich auch einige andere Frauen am Anblick seines hinreißenden Hinterns in der engen Radlerhose weideten. Das Leben wäre viel einfacher, wenn sie mehr wie ihre wesentlich ältere Schwester Cherise wäre, die sie großgezogen hatte, nachdem ihre Mutter gestorben war. Aiyla war damals gerade fünfzehn. Cherise lebte ein vorsichtiges, sorgsam geordnetes Leben, das nicht das geringste Risiko barg. Selbst ihr Herz war keinerlei Gefahren ausgesetzt. Sie hatte einen sicheren, verlässlichen Buchhalter ohne einen Funken Abenteuerlust geheiratet. Sie lebten in einem behaglichen Haus, umgeben von einem weiß gestrichenen Lattenzaun, und hatten zwei wunderbare kleine Söhne. Bei der bloßen Vorstellung, ein derart banales Dasein zu fristen, drehte sich Aiyla der Magen um. Hatte der Tod der Mutter ihre Schwester nicht gelehrt, dass das Schicksal seine Karten ausspielte, egal, wie hoch die Wände waren, die man um sich herum errichtete? Sich auf ein sicheres, langweiliges Leben zu beschränken, aus Angst, dass einem alles genommen werden könnte, bedeutete, dass man gar nicht lebte.

Aiyla hatte schon vor langer Zeit akzeptiert, dass sie nie der Typ für Einfamilienhaus und Lattenzaun sein würde. Sie liebte Abenteuer, liebte es, zu fotografieren und die Gesichter von Menschen festzuhalten, die ein volles, bisweilen sogar qualvolles Leben gelebt hatten. Diese Bilder würden alles überdauern. Und sie fühlte sich beschwingt und lebendig, wenn sie von ungezähmter Wildnis umgeben war. Als sie sich zwang, den Blick von Ty abzuwenden, und mit den Fingern gedankenverloren über die Wange strich, wo er sie geküsst hatte, musste sie zugeben, dass ihr auch die rohe Energie eines Mannes gefiel, der sein Territorium markierte.

Und jetzt wäre es gut, wenn sie sich auf das Rennen konzentrieren könnte und nicht auf den Mann, der ihr Herz in

Brand gesteckt hatte.

Kühle Luft strich über Tys Wangen, als er seine Konkurrenten überholte und sich auf seinem Fahrrad an den letzten großen Anstieg machte, bevor es auf dem Bergpfad weiterging. Das Geräusch der Reifen auf dem Asphalt war wie das Rauschen eines Wasserfalls, beständig und leicht, mit einem Wellenschlag, der leiser wurde, je weiter er sich von der Gruppe der Verfolger entfernte. Er hatte schon als Teenager an Sportevents teilgenommen, bei denen der Erlös für Wohltätigkeitsvereine bestimmt war. Besonders großen Spaß hatte es ihm immer gemacht, wenn sein älterer Bruder Sam ebenfalls angetreten war. Zu dieser Jahreszeit hatte Sam mit seinen Abenteuertouren jedoch Hochsaison, sodass Ty den Mad Prix allein bestreiten musste.

Er steigerte sein Tempo und sauste durch eine Kurve, vorbei an Zuschauern und freiwilligen Helfern, die ihn anfeuerten und ihm Wasserflaschen entgegenstreckten. Tief über den Lenker gebeugt fuhr er weiter, und als der Asphaltbelag festgestampftem Waldboden wich, legte er sich noch mehr ins Zeug. Hinter ihm wirbelte eine Staubwolke auf. Er trank hastig ein Energiepack leer, während er dem schmalen Pfad folgte, der sich zwischen den Bäumen hindurchschlängelte.

Noch acht Meilen.

Er hörte, wie sich seine Verfolger näherten und dann wieder hinter ihm zurückfielen. Ihre Lungen und Oberschenkelmuskeln brannten sicherlich von den Anstrengungen, die das unebene Gelände ihnen abverlangte, doch für Ty konnte es nicht anstrengend genug sein. Für ihn waren die Berge wie die Luft zum Atmen. Sie hatten ihn immer schon fasziniert, ihre majestätische Schönheit und Kraft gaben ihm ein Gefühl der Ruhe und inspirierten ihn gleichzeitig, so wie es die Zeit mit Aiyla in der Schweiz getan hatte. Seine Gedanken rasten zurück zu dem Moment, als er sie gesehen hatte, wie sie etwas in ihren Reisetaschen suchte. Er selbst hatte gerade nachgeschaut, ob die Transport-Crew seine Ausrüstung vollständig verstaut hatte, als er sie sah. Ihr Gesicht war halb von ihrem honigblonden Haar verdeckt, doch er hätte sie überall erkannt. Sie war zierlich, aber stark, mit sehnigen Schultern, hinreißenden Beinen und Armen, die ebenso feingliedrig wie muskulös waren. Und ihr glattes Haar? Es war eine perfekte Mischung aus einem hellen Braun und einem dunklen Blondton und schimmerte selbst in der Schwärze der Nacht. Das Gefühl, wie es seidenweich durch seine Finger glitt, hatte er ebenso wenig vergessen wie ihre Küsse unter dem Abendhimmel.

Vier lange Monate hatte er an jedem Flughafen, in jeder Menschenmenge nach ihr Ausschau gehalten. Sie hatten sich gegenseitig versprochen, nicht nach dem anderen zu suchen, und an dieses idiotische Versprechen hatte er sich gehalten, immer in der Hoffnung, dass sie sich mit dem Schicksal besser auskannte als er.

Als sich seine Konkurrenten um die Führungsposition von hinten näherten, trat er noch entschlossener in die Pedale, angestachelt von der Erinnerung an die Frustration, die jedes Mal in ihm aufgestiegen war, wenn er in Versuchung geriet, sie aufzuspüren. Ihre braunen Augen hatten ihn vom ersten Moment an gefesselt, und an jenem letzten gemeinsamen Abend, bevor er zu seinen nächsten Auftag aufbrechen musste, hatten sie seine ganze Aufmerksamkeit gefangen genommen, während sie ihm erklärte, warum sie ihn nicht begleiten würde. *Ich kann nicht einfach alles hinwerfen und mein Leben umkrempeln und hoffen, dass aus diesen fünf Tagen ein Auf-immer-und-ewig wird. Wenn uns das Schicksal wieder zusammenführt, dann weiß ich, dass es nicht nur um Verlangen, sondern um etwas Größeres geht.* Er hatte versucht, sie umzustimmen, doch sie war sich so sicher gewesen, dass sie das Richtige tat, hatte so verdammt dickschädelig darauf bestanden, dass sie ihr Leben nicht aufgeben würde. Wie hätte er ihre Entscheidung nicht respektieren können? Bisher hatte sich Ty noch nie mit nur einer Frau zufrieden gegeben, doch seitdem er ein Stück seines Herzens an Aiyla verloren hatte, konnte er nicht einmal an andere Frauen denken.

Ein Radfahrer überholte ihn, dicht gefolgt von einer kleinen Gruppe weiterer Fahrer, und riss ihn aus seinen Gedanken. Auf keinen Fall würde er Aiyla am Abend als Verlierer gegenübertreten. Er stemmte sich aus dem Sattel und zog mit angewinkelten Knien und erhobenem Kopf am äußersten Rand des Weges an der Konkurrenz vorbei. Er zwang sich vorwärts, trat noch entschlossener in die Pedale, bis er mit dem ersten Fahrer auf gleicher Höhe lag. Ty richtete all seine Aufmerksamkeit auf die Strecke, das Bild von Aiyla vor seinem inneren Auge, und wie ein Windhund, der einem Kaninchen nachhetzt, drängte er nach vorn, wild entschlossen, sie nicht entwischen zu lassen.

Ende des Auszugs

Wenn Ihnen die Vorschau gefallen hat, können Sie *Sieg für die Liebe* bei Ihrem Online-Buchhändler erwerben und weiterlesen!

Die Bradens (Peaceful Harbor)

Geheilte Herzen
Voller Einsatz für die Liebe
Liebe gegen den Strom
Vereinte Herzen
Melodie der Liebe
Sieg für die Liebe
Endlich Liebe – ein Braden-Flirt

Die Remingtons

Spiel der Herzen
Im Dschungel der Liebe
Herzen in Flammen
Herzen im Schnee
Liebe zwischen den Zeilen

Die Bradens & Montgomerys (Pleasant Hill und Oak Falls)

Von der Liebe umarmt
Alles für die Liebe
Pfade der Liebe
Wilde Herzen

…

Entdecken Sie Melissa Fosters Bücher auch auf:
www.MelissaFoster.com/Herzen-im-Aufbruch